有爱的青春陪伴者

愿遇一颗星

袖刀 著

江苏凤凰文艺出版社

图书在版编目（CIP）数据

愿得一颗星 / 袖刀著. -- 南京：江苏凤凰文艺出版社, 2023.9
 ISBN 978-7-5594-7648-7

Ⅰ.①愿… Ⅱ.①袖… Ⅲ.①长篇小说－中国－当代 Ⅳ.①I247.5

中国国家版本馆CIP数据核字(2023)第050090号

愿得一颗星
袖刀 著

责任编辑	王昕宁
特约编辑	廖唯佳　雪　人
出版发行	江苏凤凰文艺出版社
	南京市中央路165号，邮编：210009
网　　址	http://www.jswenyi.com
印　　刷	长沙鸿发印务实业有限公司
开　　本	880mm×1230mm 1/32
印　　张	11
字　　数	426千字
版　　次	2023年9月第1版
印　　次	2023年9月第1次印刷
书　　号	ISBN 978-7-5594-7648-7
定　　价	42.80元

江苏凤凰文艺版图书凡印刷、装订错误，可向出版社调换，联系电话025-83280257

目录

- 第一章　难不成想借机搭讪 ★ 001

- 第二章　分手快乐 ★ 028

- 第三章　姐弟恋，行不行 ★ 052

- 第四章　这弟弟真难撩 ★ 075

- 第五章　徐成冽，我一定会把你追到手 ★ 092

- 第六章　你会爱上我吗 ★ 112

- 第七章　这场漫长无声的暧昧 ★ 129

- 第八章　沈圆星，骗我你就死定了 ★ 150

- 第九章　可我喜欢星星 ★ 174

目录

- 第十章　来见你 ★ 193

- 第十一章　负罪感 ★ 217

- 第十二章　我们都静一静 ★ 234

- 第十三章　他们成了两条平行线 ★ 252

- 第十四章　你还喜欢我姐吗 ★ 274

- 第十五章　我爱你，这次没有骗你 ★ 296

- 第十六章　等待是最长情的告白 ★ 314

- 番外一　星星永远属于你一个人 ★ 337

- 番外二　我的阿洌 ★ 342

第一章
难不成想借机搭讪 ★

1

列车抵达南城时，车窗外已是日头西斜的光景。

残阳朱光殷红胜血，泼染了半边苍穹。

沈圆星被弟弟沈明川叫醒。

她眼里透着懵懂微光，连嗓音都带着几分刚睡醒的茫然困惑："到南城了？"

沈明川轻轻"嗯"一声，声音温柔轻细："马上进站了。"

沈明川："姐，我先把行李箱拿下来吧？"

"拿吧，我去上个厕所。"

等沈圆星从洗手间回来，列车已经进站了。

车窗外是流动的站台风物，因为是经停站，所以站台上还有不少旅人列队有序地排在黄线外等候。

待列车停稳，车门打开。

沈圆星姐弟俩推着行李箱跟着人群依次下车，很快便淹没在交汇的人海之中。

高铁站里来往的旅人密密匝匝，通道错落复杂。

要不是有沈圆星领路，沈明川怕是很难靠自己快速找到乘坐地铁的出口。

适逢九月开学季，这个点又正好赶上下班高峰期，地铁上乘客很多，沈圆星带着沈明川挤入车厢，找了个有扶手的一席之地。

姐弟俩面对面站着，真切感受着四面八方涌过来的嘈杂和拥挤。

饶是车厢里空调冷气"呼哧"吹着，也还是掩不住空气里浓重的汗味。

沈圆星出了一脑门的汗，白嫩细腻的小脸被未消的暑气炙烤得嫣红滚烫。

她定定看了眼与她面对面站着的沈明川，见他略有些不安和无措，便压下心间热出来的烦躁感，细声与他说话。

"今晚你要不要去你姐夫宿舍凑合一下？"

"不了吧,我去住宾馆就好。"

沈圆星倒也没多劝他。

她知道沈明川有轻微社恐,比较怯生,让他今晚和素未谋面过的人同睡一张床确实是为难他了。

即便那个人是沈圆星的男朋友,是沈明川未来的姐夫。

她寻思着,还是得趁早让沈明川和她男朋友见一面,便跟沈明川打了招呼,说改天带他见一见他未来姐夫。

沈明川没有意见,毕竟是未来姐夫,迟早要有接触的。

得他同意后,沈圆星便从包里摸出手机给男朋友霍明涛发微信。

她和霍明涛都是南城大学的在校大学生,沈圆星今年升大二,霍明涛升大三。

至于沈明川,他是南大今年招入的新生,也是第一次来南城。

微信消息发出去后,霍明涛那边并没有及时回复。

大概等了三五分钟,沈圆星才等到回复:【那就明晚请你弟弟吃饭吧,正好我也有个妹妹要介绍给你认识。】

沈圆星愣了几秒,柔顺的柳眉轻拧了一下。她适当叉开腿,降低重心,好让自己能在轻微晃动的车厢内站稳。

然后她腾出两只手来,飞快敲着手机键盘:【妹妹?你不是独生子吗?】

她和霍明涛是去年这个时候认识的。

当时沈圆星是南大的新生,霍明涛是接待新生的学长之一,便由他带她去报到,还帮她把行李拿到了宿舍。

霍明涛临走前要了沈圆星的微信,后来两人还一起在学校旁边的小吃街吃过东西。

一来二去渐渐熟悉了,霍明涛便开始追求沈圆星。

追了整整一个学期,沈圆星终于被他打动了。

第二个学期开学后不久,也就是今年年初情人节那天,她答应和他交往。

交往至今也快半年了,霍明涛一直对她不错。

沈圆星心里也暗暗将他规划到自己的未来里,甚至想过以后跟他结婚。

霍明涛是独生子,这点沈圆星在和他交往前就知道。

可他现在居然说他有个妹妹?

【霍明涛:邻家妹妹啦,从小一起长大的那种。】

【沈圆星:怎么没听你说起过?】

【霍明涛:又不是什么重要的人,我跟你提她干什么啊……】

【霍明涛:你别多想,别太敏感了,乖。】

【沈圆星:我说什么了吗?怎么就敏感了?】

【霍明涛：我这不是怕你误会嘛。】

【霍明涛：[委屈.jpg]】

【霍明涛：我这会儿还在高铁上，有点累，先不聊啦，我眯会儿，回头到宿舍了再给你打电话。】

【霍明涛：[拥抱.jpg]】

沈圆星拧着眉，还没来得及回复消息，车身忽然剧烈晃动了一下，车厢里的乘客们犹如浪尖的浮萍，被重重拍下的巨浪掀翻，几欲倾倒。

在毫无防备的情况下，沈圆星被站在她对面的沈明川狠狠撞上，连人带着脚边立放的行李箱一起往后滑退而去。

她脚上三十六码的运动鞋重重地踩在了什么东西上，硌脚极了。

待车身平稳下来，沈圆星侧身回首，低头看了眼刚才踩过的地方。

那儿静躺着一部屏幕稀碎的手机。

这就是她刚才踩到的东西？

沈圆星心下"咯噔"，定定看了几眼手机，又将视线往上抬，顺着视野里探下来的那只手去看手的主人。

手的主人是个高个子男生。

他正弯腰去捡手机，一米八五左右的大高个，因倾身折腰的缘故，脸压得离侧身回头看向他的沈圆星很近。

男生的手生得好看，脸也俊。

鼻梁高挺，剑眉英气，抿紧的薄唇红如胭脂，与他冷白皮的肤色相衬，颇为白净秀气，少年感十足。

猝然对上视线时，沈圆星感受到对方有一瞬愣怔。

随后从男生那双双眼皮褶皱很深的眼里，沈圆星还感受到他微淡的不快。

她堪堪从惊艳中回过神来，忙不迭伸手拽回了自己滑退了好一截的行李箱，余光瞥见那个男生低下身去，将地上屏幕碎裂的手机捡了起来。

捡起手机后，徐成洌简单检查了一下机体情况。

侧面按键没问题，使用正常，只是屏幕碎了，得更换新屏幕。

他这会儿有点后悔没有趁早给手机贴钢化膜。

毕竟换个原装的屏幕，得两千块钱。

刚才列车车身晃动，拿着手机打算订学校附近酒店的徐成洌被人撞了一下，手机脱了手，掉在了地上。

他本来是要捡的，结果前面的女生往后退了一大步，一脚踩在了他的手机屏幕上。

徐成洌弯腰的动作当即一顿，完全没料到这瞬息间的变局。

待女生侧身回头朝他看来时，他的目光顺着她滑下肩头的长鬈发往上看去，猝不及防和她对上了视线。

女生天然妩媚的眼里透着淡淡茫然，甜美娇俏的空气刘海不衬她明艳的五官，颜值打了一定折扣。

徐成洌不动声色地收回视线，弯腰拾起了惨不忍睹的手机，余光瞥见女生从他身侧迈过的一只脚，以及她退回去时从他身侧经过的行李箱。

"不好意思啊……我把你的手机踩坏了。

"你看看除了屏幕以外还有没有其他损坏，我会负责到底的。"

洋洋盈耳的女音令徐成洌思绪回笼。

他的视线聚焦在女生脸上，片刻后移到了她身后一脸怯生的男生身上。

没来得及思考他们之间的关系，地铁已经到站了，徐成洌薄唇动了动，嗓音温和地回："不用。"

话落，他便握住行李箱的拉杆走向缓缓打开的车门。

被他温润低磁的嗓音蛊到的沈圆星差点错过下车，还好沈明川轻轻拉了拉她的衣角提醒她到站了。

下车后，沈圆星想起刚才走掉的那个男生，举目四望，倒是一眼便从人堆里找出他来。

毕竟像他那样高挺峻拔的大男生，在茫茫人海中本就显眼。

他左手推着一个二十四寸大小的黑色行李箱，背着一个黑色的包，正徐徐往电梯那边去。

沈圆星追了上去，于熙来攘往的人群里一把拽住了男生的背包。

对方似毫无防备，被她拽得倒退半步，隔着一个背包与她相撞。

慌乱中，徐成洌本能地抬起手臂，屈肘朝后击去，触到一处柔软，他整个人僵住了。

只听一道女声惊叫，抓住他背包的那股力道应声松开了。

沈圆星一脸触电的表情，松开男生的包后，她两手护在自己胸前。闷痛在胸口蔓延开，她疼得龇牙咧嘴，眼泪在眼眶里打着转，羞赧、薄怒、茫然无措等各种复杂的情绪涌了上来。

徐成洌没想到会有人拽他的包。

他还以为有人胆大包天想抢劫，本能给了对方一记肘击。

但柔软触感令他失神了片刻，察觉到对方松手后，他回身看去，对上了一双满含提防和羞愤的眼睛。

竟然是刚才在车厢里遇见的那个女生。

见她护着胸眼含水光，徐成洌终于意识到什么。

原来刚才手肘触到的柔软是……

徐成冽耳尖悄然滚烫，暗暗咬了下自己的舌尖，痛意令他蹙起剑眉，声音沉哑："抱歉……我以为是小偷。"

他如实说，视线落在女生脸上，歉疚之余难免好奇她为什么追上来。

刚才在地铁上，他已经说得很明白了，手机的事不用她负责。

那她还追上来拽他做什么？

难不成……想借机搭讪？

思绪转至此，徐成冽皱紧了剑眉。

从小到大，他就没少被人搭讪，成年以后这种事更是成了他的日常之一。

是以女生们那些搭讪的套路，他也略知一二。

思及此，他看向女生的眼神微露狐疑和戒备，声音冷淡许多："还有事？"

沈圆星好不容易压下了眼里打转的泪，揉散了胸口的钝痛感。

听到男生冷冰冰的声音，她抬眸对上他那双愠色深浓的眼，实诚道："手机的事……你还是给我报个数吧，我赔你钱。"

说话间，她将男生从上至下打量了一番。

想他年纪应该与她弟弟沈明川相差无几，但个子却比明川高一些，显得一米六五的她在他面前很是小鸟依人。

也不知道他是吃什么长大的。

长得这么高大英俊，皮肤还保养得这么好。

在女生黑白分明的眼眸注视下，徐成冽眼瞳凝缩了一秒，压下了心中的不自在。

他的薄唇轻启，音色温润，语气却藏掖着几分寒："两千。"

男生言简意赅的回答，犹如一声闷雷，毫无征兆地劈落下来。

沈圆星下意识地睁大眼睛："什、什么……"

什么玩意儿？

两千！

换个手机屏要两千吗？

她以为顶多三五百来着，居然这么贵！

站在沈圆星身后的沈明川也惊呆了，姐弟俩的神情如出一辙。

但很快沈圆星便揪起了柳眉，似是很为难，陷入了纠结中。

她心里暗暗盘算着卡里的钱。

除去学费和生活费，她暑假里做兼职倒还攒了点钱，不多不少，正好攒了两千块，本来打算给霍明涛买一个像样点的生日礼物来着。

就在沈圆星算钱时，徐成冽洞悉了她的为难和纠结。

本来他也没打算让她赔偿，只是她追上来不依不饶，他才故意报这个价想让她知难而退。

眼下见女生已经面露难色，徐成冽沉了口气，淡淡开口："还是算……"

"能分期吗？"

女音轻浅，是商量的口吻，打断了徐成冽的话。

男生当场愣住了，深眸凝着薄光，氤氲着茫然之色。

只听女生接着道："你在这里下车，应该也是南大的学生吧？"

沈圆星打量着他，判断依据源于他带着行李，与沈明川年纪相仿，又在南大站下车这几点。

这个片区只有南城大学一所高校，平日里在南大站乘坐地铁的，不是南大的学生，就是附近的居民。

所以沈圆星猜测他也是南大的学生。

而且他应该和沈明川一样，是南大今年招入的新生。不然以他出众的气质和容貌，肯定早就在学校冒头并盘旋在男神榜单上才对。

思绪飞转间，沈圆星话音继续："我也是南大的，不出意外你还得叫我一声'学姐'。

"我的意思是，既然我们都是南大的学生，不如我们交换一下联系方式吧，我把修理手机的钱分期赔给你。

"你要是不信我，我可以把我的名字、班级、系别和宿舍号都告诉你。"

她一字一句说得仔细诚恳，试图取得对方的信任。

男生沉默地看着她，深眸里划过狐疑。

片刻后，他似是终于被她表现出的诚恳打动了，眉眼温和了些，淡淡道："不用了，是我自己没拿稳。屏幕裂了也不全是因为你那一脚，不必太在意。"

"这样啊……"沈圆星明白了他的意思，心下暗暗松了一口气。

不过对上男生视线时，她心里还是有一点过意不去。

她想了想，从包里拿出钱包，打开后从里面抽了五张百元大钞塞到了男生手里："我还是赔你五百吧，毕竟我那一脚踩得挺狠的。"

被塞钱的徐成冽半晌没反应过来。

他的视线垂落在女生手里的钱包上，看见她钱包透明夹层里的身份证。

证件上的女生扎着高马尾，没有刘海，露出饱满光洁的前额，眼神澄澈明净，扯着嘴角微露贝齿，笑得明艳动人，笑容很美很有感染力，令人眼前一亮。

徐成冽还瞥见了她证件上的名字——沈圆星。

堪堪回神之际，他视线微抬，猝然对上了女生白玉无瑕的面容。

她恰好弯唇笑着，漆黑如墨的眼里落了光，柳眉弯弯，嘴角弧度恰好，微露贝齿，几乎和证件照上的明艳女孩重叠。

那晃眼的笑容再次摄走了徐成冽的神魂,他深陷惊艳的泥沼,被拖拽着,几欲沦陷在她勾人的眼神里。

勾人不自知的沈圆星见男生眸光落在自己身上,不知道在想些什么。

与他说话也没有回应,她便当他是默许了自己赔付他五百块的提议,这才心安理得地跟男生打了招呼,然后同弟弟沈明川一起越过他先走了。

留下被惊艳到的徐成冽,满脑子都还回荡着女生明艳动人的笑颜。

南大站的地铁站出口与南城大学隔着一条主街道。

沈圆星带着沈明川穿过天桥,径直去了学校东门外的小吃街,入住了落座在小吃街尽头的小宾馆。

待安顿好沈明川,沈圆星又陪他在小吃街吃了晚饭,这才独自回了学校。

她和沈明川不一样,她不是新生,可以回学校住宿舍。

沈圆星回到宿舍时,已经是晚上九点多。

刚从电梯出来,她便在楼道里遇上了刚从公共洗衣房那边回来的室友林娇。

林娇上来便给了沈圆星一个熊抱:"星星你终于来了!我还以为今晚宿舍里就我一个人呢!"

虽然林娇的性子娇滴滴的,但她拥抱沈圆星的力气却不小。

"冷静点……冷静点……"沈圆星差点憋死,她轻咳了两声,终于挣开了林娇的"铁臂"。

她深吸了几口气,推着行李箱,和林娇一起回了宿舍。

"李女侠和苏美人还没来?"沈圆星进了屋,先看了一眼另外两名室友的床位,和放假离校前一样,没有任何变化。

林娇拎着装满床单的桶去了阳台那边,央求沈圆星帮她的忙。

两人一边抖着床单,林娇一边道:"苏梦家就在南城,她肯定要等明天报到才来学校吧。

"至于李女侠……她暑假里和她那个竹马出去旅游了,估摸着是坐明天的飞机,直接落地南城。"

暑假里沈圆星忙着兼职,没怎么看宿舍姐妹群的消息,自然也不知道李成欢和苏梦她们的近况。

她甚至连林娇今天返校都不知道。

晾完了床单和被套,林娇似想起了什么,帮着沈圆星铺床时,她说起了她老家月城今年的文科状元。

"文科状元啊,你说这是什么大罗神仙?

"最要命的是他拒了国内最好的两所学府,选了咱们南大!

"对了对了，他人长得还特别好看，我找下照片给你看哈……就算是星星你，肯定也会被他迷得团团转！"

沈圆星掖好了垫絮的边角，正慢条斯理地抖开床单，听到林娇最后一句话，她哭笑不得地扯了下嘴角："什么叫就算是我啊，说得我像是清心寡欲似的。"

林娇："你自从有了霍学长，可不就是清心寡欲了吗？平日里我们讨论帅哥、型男你都不带搭腔的。

"要我说，你真是白瞎了你这脸和身材。

"我要是你，我才不谈恋爱。

"为了一个霍明涛放弃整片森林，想想都觉得不划算。"

心直口快如林娇，一顿突突把话说完，方才后知后觉自己刚才可能说错了话，她忙不迭找补："我不是说霍学长不好啊……我就是觉得你应该配这世上最好看的男生才对。霍学长虽然长得也不错，但他的帅和你的美，真不是一个级别的。"

林娇说着，满目志忑地打量沈圆星的神情。

见沈圆星面无异色，她才壮了胆子接着道："星星啊，你有没有发现你为了霍学长真的改变了不少啊。都快变得不像你自己了……"

如今的沈圆星，从穿衣风格到脾性都在潜移默化中改变了不少。

只因霍明涛喜欢甜美些的女生，沈圆星便一改自己明艳动人的风格，剪了齐刘海，穿衣打扮也偏温柔甜美那一挂。

多少带点讨好霍明涛的成分。

倒也不是说她为了喜欢的人做出改变不好，但林娇就是觉得，改变后的沈圆星就像一颗遗落在浩瀚宇宙的星星，随着时间推移，逐渐蒙尘，失去了最初的熠熠光辉。

沈圆星嘴角弯着浅浅弧度，笑瞥林娇一眼，倒是没把林娇的话放在心上："不像我自己，那我像谁啊？你是不是傻？"

林娇：算了，陷入爱河的女人是说不通的。

她叹了口气，认真翻找手机相册，终于找到了之前在学校论坛上扒到的男神照片。

"来来来，看帅哥！"提到帅哥，林娇跟打了鸡血似的，整个人攀在沈圆星床边的楼梯上，高举手机，尽可能把照片凑上去，好让沈圆星看得真切些。

沈圆星低下了眼睫，虚着眸凑近手机，打算好好欣赏一下这位"文科状元"的风采。

林娇给她看的是一张红底寸照。

照片里的男生身穿洁白衬衣，一头黑色短发衬得他肤色冷白如玉。

因照片不算高清，沈圆星仔细描摹打量许久，才惊觉男生那张精雕细刻的脸很是眼熟。

2
少年隔着屏幕发散出来的清朗干净感，令沈圆星第一时间想到了傍晚时在地铁上遇见的那个男生。

林娇给的这张证件照约莫是有些年月了，照片里的少年看上去只有十五六岁，稚气未消，与她今日见到的本尊相比，就像未熟的果子，涩口。

"我就说他很帅吧！连你都看直眼了！相信不久的将来，我校的校草之位就要易主了。"

林娇一副西子捧心状，满眼期待和自豪，只因为未来校草是她老乡。

沈圆星的思绪回笼，将视线从照片上移开，倒是没反驳林娇的话，因为那个男生确实长得好看。

不过再怎么好看，也与她没什么关系。

沈圆星偏头继续铺床，想到霍明涛。

都这个点了，他还没到学校？

林娇还在旁边絮叨文科状元的事迹，说他出自月城一中，念高中时就是学校出了名的天才学神。又说他虽然是文科生，却拿过不少数学竞赛奖，是实打实的全能型学霸。

最后的最后，林娇才后知后觉地想起来，她说了这么多，还没告诉沈圆星她那位状元老乡的名字。

"哦对了，他叫徐成洌，双人旁那个徐，成熟的成，清洌的洌。不仅人长得好看，名字也很好听有没有。"林娇后知后觉报上名号，随后一脸迷妹样，嘴角的弧度就没压下去过。

沈圆星铺床的动作顿了一下，将"徐成洌"这个名字和地铁上遇见的那个男生对上号，敷衍似的应了林娇一声："名字和人倒是挺配。"

翌日，天高云淡，骄阳似火。
宿舍里没开空调，沈圆星和林娇相继被热醒。
醒了以后，沈圆星先去冲了个澡，然后换衣服出门。
她得去找沈明川，带他去报到。
出门之前，沈圆星帮林娇把阳台的落地窗关上，打开了空调，好让她能舒舒服服补个觉。
等电梯时，沈圆星给沈明川打了个电话，得知他已经办理完退房手续，从学校东门进来了，就让他在第一个三岔路口的凉亭等她。
走出女生宿舍兰慧楼时，沈圆星望了眼头顶的艳艳红日，有些后悔出来的时候没带遮阳伞。

她将及腰的长鬈发粗略绾起，顶着日头往不远处的林荫道跑。

一路上没少被树上聒噪的蝉鸣荼毒，吵得人心浮气躁。

前阵子学校论坛官方通知，说今年新生军训取消，理由是南城暑热，高温不下。

那时候沈圆星还不信邪，信誓旦旦地告诉沈明川，九月南城入了秋，肯定会降温。

可如今这秋老虎势头正高，狠狠打了她的脸。

沈圆星一路小跑，宁愿绕路也要从树荫底下过，好不容易才赶到东门第一个路口的凉亭和沈明川碰面。

帮他拿好行李，姐弟俩一路循着阴凉处绕路去的综合办公楼。

办理完入学手续，日头已经升到正空。

沈圆星帮沈明川拿着行李，和男生宿舍松竹楼的宿管大叔打了招呼，就跟着沈明川一起进了宿舍大楼。

沈明川的宿舍号是609，巧的是沈圆星的宿舍号是906。

比起巧合，她更愿意相信这是他们姐弟间的缘分。

但沈圆星着实没想到，这天底下还有更大的缘分等着她。

到609宿舍门前时，沈圆星看了眼一直跟在她身后的沈明川，用眼神示意他拿钥匙开门。

结果沈明川会错了意，跻身上前，腾出手敲了敲紧闭的房门。

没等沈圆星开口纠正，609的房门被人从里面拉开了。

朱色油漆的木门敞开了脑袋宽的一条缝。

门内赤着上半身，将一条灰色毛巾挂在脖子上的男生似是刚洗完澡，湿潮的乌黑碎发还坠挂着晶莹水珠，欲滴未滴。

沈圆星就站在沈明川身侧，视线穿过掀开的门缝，不偏不倚落在男生沟壑分明的腹肌上。

愣怔一秒，沈圆星心下乱成了热锅上的蚂蚁，面上却故作镇定，只烧烫着脸，淡定移开视线。

以至于她没能仔细去看男生的脸。

还是男生开口，她听着对方温磁的嗓音觉得熟悉，方才重新将视线挪回去，往他脸上细看。

徐成冽强忍着关门的冲动，下意识往门后藏身，视线定格在门外的沈圆星身上："又是你……"

话落，他忽然意识到这里是男生宿舍楼，她一个女生……怎么进来的？

"徐成冽！"沈圆星也认出他来，满目惊讶，"你也住609？"

她昨天便猜到他是南大的大一新生，后来林娇也证实了她的猜测，但她没想到天底下还有这么巧合的事情。

让林娇心心念念的文科状元居然和她弟弟沈明川分在同一个宿舍！

"你知道我的名字？"男生面色微凝，眼露狐疑。

昨日打消的怀疑复又升了起来。

沈圆星想解释，但又不好说自己是从林娇那里听说了他的传闻，还看了他十五六岁时拍的寸照。

好在宿舍里不止徐成洌一个人在，又一个男生过来，直接打断了他们的对话："怎么还有女生啊，什么情况？"

徐成洌顺势让位，去衣柜里拿了一件宽松的黑T套上。

宿舍里开着空调，冷气氤氲，潺潺往门缝外钻，勉强压了压沈圆星身上的热意。

换了个奶灰色卷毛的男生把门，视线落在她身上，像是被胶水黏住了，说话的调调更是断崖式的转弯："嚯哟，还是个漂亮妹子！

"妹子你好眼熟啊，我们是不是在哪儿见过？"

沈圆星被他信手拈来的搭讪噎到了。

还好沈明川关键时刻还是顶用的，他拿出钥匙晃了晃，声音轻细和善："同、同学你好……我也住609……

"这是我姐姐……你们应该、应该没有见过。"

男生的注意力被沈明川转移，视线落在俊脸白皙的沈明川身上，扯唇笑了笑："早说啊，我还以为刚入学就有人来查寝呢！"

下一秒他便将房门洞开，迎他们进屋："快进来吧，一会儿冷气跑出去，又该热起来了。"

话落，他的视线重新落回沈圆星身上，勾着嘴角贱贱地笑："姐姐要是不怕我们，也可以进来哦。"

他这么一说，沈圆星忽然就不想进去了。

但她不放心沈明川，怕他还和小学初中高中时一样，孤身一人，交不到朋友。

"乔英俊，你要是再乱说话我就把你关阳台去。"另一道陌生男音从屋内传出来。

打趣沈圆星的男生"喊"了一声，一改之前的不正经，客客气气把她迎进屋里："进来吧姐姐，我们都是当代好青年，保准不会吃了你的。"

沈圆星：想把这人嘴缝上是怎么回事？

这不是沈圆星第一次进男生宿舍。

011

上学期期末,她帮霍明涛他们宿舍打扫卫生,倒也见识过男生宿舍的脏乱差。

本以为沈明川这个宿舍也好不到哪里去。

结果进屋后,除了空调的冷气和奶香沐浴露的淡香味,她连一丝异味都没闻到,入目的地板、公共长桌也都干干净净。

从阳台落地窗透入的薄薄金光,将偌大的宿舍映得窗明几净,很难不让人怀疑,这真的是男生宿舍?

"既然人到齐了,挨个做自我介绍吧。"

之前唤"乔英俊"的男生这会儿手里正拿着一张理发店用的吸水毛巾,似是刚把他自己的书桌擦拭干净。

男生顶着板寸头,五官周正,轮廓硬朗,眉毛又粗又浓,嘴角噙笑,声音温沉有力,看着像是正直良善之辈。

"我先来吧,我叫高晨,今年十九岁,北城人。"

男生自我介绍完便看向那个叫"乔英俊"的男生。

沈圆星一边听着,一边用余光打量进门右手边、临近阳台那个床位下站着的徐成洌。

他套上了短袖T恤,下身一条同色的长裤,正背对他们的方向,将毛巾顶在头上慢条斯理地擦拭。

乔英俊和高晨同岁,同是北城人,高中还是同班同学。

两人的关系称得上"相爱相杀",没少在成绩上争高下。

两人自我介绍完,宿舍里陡然安静下来。

沈圆星看了眼紧张到脸色冷白的沈明川,暗暗叹了口气,代他道:"我弟弟沈明川,S市附中毕业的,比较腼腆,大家多担待。"

"你们好……"沈明川在沈圆星的眼神压力下,终于开了口。

下一秒,他便被乔英俊勾住了脖颈:"别不好意思啊,大男人有什么好害羞的,我们又不吃人。"

话落,他眼睛又溜到沈圆星身上:"姐姐,你叫什么啊?也是新生?"

"我不是新生。"沈圆星提了提嘴角。

还没来得及自我介绍,高晨先替她开口了:"你是法医学系的沈圆星沈学姐吧。"

沈圆星微愣,似是没想到高晨知道她。

男生的话,也让背对他们擦头发的徐成洌动作一顿,蹙着眉将"法医学系"在脑子里过了一遍。

"我想起来了!沈圆星!"

"法医学系的系花!我在学校论坛上看见过你的照片来着!我就说你很

眼熟嘛。"乔英俊一番话解了沈圆星心下狐疑。

只听乔英俊接着道:"不过学姐你和照片上的画风不太一样呢,我一时间都没认出来。"

论坛照片里的沈圆星更明艳大方,笑容和眼神勾人于无形之间,漂亮到令人惊艳不绝。

虽然现在她本人看上去温柔甜美,也很好看,但少了那种让人眼前一亮,挪不开眼的惊艳感,缺乏一丢丢致命的吸引力。

沈圆星并未在沈明川他们宿舍里待太久。

在乔英俊围着她喋喋不休时,她兜里手机响了,是霍明涛打来的。

这个电话迟到了整整一晚上,沈圆星看了一眼,直接挂断了。

等她安顿好沈明川走出松竹楼,方才憋着一口气,接听了霍明涛打来的第N个电话。

"星星,你终于肯接我的电话了……"男音哀怨,带点小心翼翼,似是也知道自己昨晚打电话犯了大错,语气很是心虚,"我昨晚回到宿舍都很晚了,又累又困,连澡都没洗直接睡了……

"所以才忘记给你打电话。

"星星,你别生我气好不好?

"原谅我一次,嗯?"

沈圆星站在烈日底下,全身晒得发烫,心下躁得慌。

她好几次想质问,但全忍住了,只轻轻"嗯"了一声,没什么情绪。

大抵霍明涛也听出了她语气里的不悦,又一阵哄。

最后他主动提了今晚请沈明川吃饭的事,还不惜下血本,把吃饭地点定在南大北门对面的一家比较有名的中餐厅。

沈圆星不是一个喜欢斤斤计较的人,她要的永远是霍明涛的态度。

是以他哄了她一阵,她心里憋的那口气渐渐也就散了。

定下了晚上吃饭的事,沈圆星快步回了兰慧楼,路上不忘给沈明川发微信,告诉他晚上一起吃饭的事。

收到沈圆星发来的微信时,沈明川正被乔英俊那个话痨缠着问沈圆星的事。

从年龄、生日到小学、初中、高中就读的学校,最后终于问到了关键点——

"川儿,你姐姐有男朋友吗?"

乔英俊的话音落定,宿舍里静谧得针落可闻,只余空调冷气"呼呼"吹着。

收拾完书桌的徐成洌用余光瞥了沈明川一眼,只见他实诚地点头,声音细若蚊蚋:"有的。"

"啊！我就知道！"乔英俊捂脸惋惜。

高晨好笑地瞥他一眼，追加一记暴击："据我所知，沈学姐的男朋友好像是我们系大三的学长。系草知道不，好像是叫霍明涛。"

"是的，我姐夫是叫这个名字来着。"沈明川弱弱给予肯定。

乔英俊"喊"了一声，很是不屑："狗屁系草，他给我们冽儿提鞋都不配。是不，冽儿？"

乔英俊扭头看向收拾完书桌，正悠闲靠坐在椅子上玩手机的徐成冽。

虽然徐成冽刚才没有做自我介绍，但乔英俊和高晨都知道他。

月城的文科状元，以全国第一的成绩入学南大。

加上徐成冽还长着一张逆天神颜，早在半个月前，他就已经在南大学校论坛上走红了。

虽不满意乔英俊起小名的癖好，徐成冽还是念在室友一场的份上，揪着剑眉瞥了他一眼。

幽沉的黑眸带着山海倾倒的气势，压得乔英俊乖了不少："这样显得我们兄弟几个亲密嘛，我保证就在宿舍里喊喊！"

徐成冽收回视线，没搭理他，算是默许他的保证。

倒是高晨笑了一声，打圆："行了行了，赶紧擦你的书桌去吧，俊儿。"

被叫小名的乔英俊顿时无语。

宿舍里唯二安静的便是沈明川。

他摆脱了乔英俊的纠缠，正拿手机回沈圆星的微信消息。

兰慧楼906宿舍。

回到宿舍刚冲完澡的沈圆星看见了沈明川回复的消息。

她又看了眼时间，十二点半了。

这燥热的天，她和林娇一样不想出门觅食，便一起点了外卖，由林娇下楼去拿。

简单吃完午饭，沈圆星想起沈明川似乎还缺点生活用品，便给霍明涛打电话，约他下午一起去逛超市。

霍明涛那边爽快答应了，和沈圆星约好，要来兰慧楼楼下接她。

心情颇好的沈圆星挑了一身粉白碎花的长款连衣裙，又把长鬈发绾在脑后，细细化了淡妆。出门前对着镜子左照右照，连问了林娇三遍自己这样好不好看，甜美温柔否。

得到林娇再三肯定后，沈圆星方才下楼去。

路上还在心里暗暗夸奖霍明涛今天挺有耐心，居然一直没打电话催促她。

结果走出兰慧楼后，沈圆星不觉间流露出来的笑意却是生生僵住了。

她远远看见站在公寓旁那排海棠花树底下的霍明涛,以及他身旁站到花坛上与他比高矮的女生。

3
海棠树苍翠,结的果实嫣红娇俏。
却远不及树下那个杏眼桃腮的女生吸人眼球。
这海天云蒸的天气,人本就易怒易躁。
沈圆星盯了海棠树下的那两人一阵,浅浅皱眉,走过去时,脸色肉眼可见的难看。
彼时霍明涛正由着柳星彤扶着他胳膊爬上花坛。
他身体微侧,提着嘴角噙着无奈的笑意,满目宠溺地看向柳星彤。
柳星彤也看着他。
站上花坛后,两人视线堪堪齐平,能看见彼此眼里的自己。
灼热的风将女生齐膝的裙摆吹起,裙角若即若离蹭着男生垂在腿侧的手。
他俩都愣神了片刻,直到霍明涛余光瞥见迎面过来的沈圆星。
"星星!"霍明涛抽身朝沈圆星小跑过去,两手并用挡在她头顶,俊脸上堆满疼惜,嘴也没停着,"这么晒的天,你怎么也不知道撑把伞,是不是傻。"
沈圆星的脸色因为男生真情实感的关切缓和了些。
她明眸淡淡扫向刚从花坛上下来的女生,撩开唇淡淡问霍明涛:"这就是你说的那个邻家妹妹?"
"是她,她叫柳星彤,你跟我一样喊她'彤彤'就行。"霍明涛如实回,下一秒便大大方方揽住了沈圆星的肩膀,把她介绍给柳星彤认识,"彤彤,这位是沈圆星,你明哥哥我的女朋友。"
介绍沈圆星时,霍明涛的神情是得意自豪的。
他说话时的语气,抚平了沈圆星心里最后一丝不适,以至于她和柳星彤对上视线时,还能挤出笑容:"你好,彤彤。"
"沈学姐好。"女音浸着甜,像含了糖在嘴里。
跟沈圆星打完招呼后,柳星彤的视线便又挪到了霍明涛身上,笑得眼睛眯成了一条缝,模样别提多可爱。
霍明涛也冲柳星彤笑了笑,视线转到沈圆星身上时,娴熟自然地勾过她的耳发,别到耳后。
他淡淡道:"彤彤也要买点生活用品,我就让她跟我们一起去逛商场。"话落,他凑到沈圆星耳边窃窃私语,"我家星星应该不会生气吧?"
沈圆星被他温热呼吸吹得耳热,抬眸瞥了男生一眼,算是默许了。
三个人一同往南门的方向走。

南大站地铁口再往前两个十字路口,就有一片商业区。

沈圆星他们要去的万达广场就在那边。

逛超市时,霍明涛一直牵着沈圆星的手,将她手心熨得滚烫,手心起了汗也不肯放开。

柳星彤走在霍明涛另一侧,逛零食区时,总少不了麻烦霍明涛帮她拿货架高处的东西。

她比沈圆星矮,一米五几的个子,靠在一米八的霍明涛身边格外小鸟依人。

几次三番后,沈圆星看着踮脚扒拉在货架上,眼巴巴望着霍明涛的柳星彤冷笑了一下。

待路过奶制品专区时,她随手拎了一件纯牛奶放进购物车里。霍明涛不明所以:"星星,你不是不爱喝纯牛奶吗,买给你弟弟的?"

沈圆星冲他笑笑,声音又"苏"又温柔:"不是啦,是买给彤彤的。"

"给我的?"柳星彤的惊讶不比霍明涛少。

随后她看见沈圆星那双精致漂亮的狐狸眼里闪过一抹嘲意,话音依旧温柔,却带着几分深意:"是啊,给你的。

"补点钙,看能不能再长点个儿。"

柳星彤刚刚还卡哇伊的小脸蛋顿时黑透了。

最重要的是,霍明涛并没觉得沈圆星的话哪里不对,他在旁边笑着,还摸了摸沈圆星的脑袋夸她想得周到。

回去的路上,柳星彤被沈圆星塞了一件纯牛奶在手里,倒是安分多了。

也就进学校后,霍明涛看不过去,帮柳星彤拿了点东西,多少让沈圆星觉得不舒服。

她承认自己小心眼,见不得霍明涛对除她以外的女生好。

更何况还是他青梅竹马的邻家妹妹。

单是身份就有够暧昧的,柳星彤还当着她的面使唤霍明涛,撒娇卖萌的事也没少干。

沈圆星心里别提多硌硬。

好在到兰慧楼楼下时,霍明涛把手里的东西递还给柳星彤,示意她先上楼去:"我和你星姐姐单独说会儿话,你先上去吧,乖。"

柳星彤深深看了沈圆星一眼,扬眉笑了笑,乖巧地"嗯"了一声。

待她进了公寓大楼,沈圆星好整以暇地看向霍明涛:"你这个邻家妹妹倒是很听你的话。"

"还行吧,小时候她就老爱跟在我身后跑,长大了也没多大变化。我家星星又温柔又大度,自然不会跟她一个小孩子计较。"

男生说着,从裤兜里摸出一只蓝色的首饰盒,当着沈圆星的面打开了。

"补给你的七夕节礼物。"男音低浅了些，他落在沈圆星脸上的目光温情脉脉，像烈火一样炙烤着沈圆星的脸，顷刻便一片滚烫，直烧到她心里。

她定定看着盒子里的锁骨链，意外又惊喜，一直傻愣在原地。

直到霍明涛取出锁骨链，绕到她身后替她戴上，沈圆星方才缓过神来。

葱白的指轻捻着锁骨链上的挂坠，她低下眼睫，半晌才低低喃了一句："谢谢。"

"就一句口头谢谢吗，不得亲我一下？"霍明涛回到了她身前，微微倾身，厚脸皮地将脸凑到沈圆星面前，满眼堆满戏谑，但实际上他心里没抱什么期望。

结果下一秒沈圆星踮脚往他脸上亲了一下。

动作飞快，如蜻蜓点水。

没等他反应、回味，女孩已经打了招呼，匆匆转身往公寓大楼里跑了，身姿翩然，转瞬便不见了踪影。

剩下霍明涛摸着自己被亲的那一侧脸，扯着嘴角笑，惊喜未定。

毕竟这算是他和沈圆星交往以来，一大进展。

艳艳红日当空，徐成冽和高晨、乔英俊一行，刚好经过兰慧楼前面那条林荫道。

眼睛最尖的乔英俊最先注意到兰慧楼下停留的男女。

他压着声音问高晨和徐成冽："那是沈学姐吧，该不会那男的就是她男朋友吧？啧，大太阳底下秀恩爱，也不嫌晒。"

高晨和徐成冽先后顺着他的视线看过去。

正好看见沈圆星踮脚去亲男生的脸，亲完转身就跑，清纯又娇羞。

背影莫名可爱。

"是吧，都亲脸了，不是男朋友还能是谁？"高晨淡淡笑着，想说沈圆星和霍明涛也算郎才女貌，挺登对。

不过看他俩刚才相处的状态，估摸着交往也没多久。

"走了。"

徐成冽冷凉的嗓音想起，瞬间碎裂了高晨和乔英俊的八卦欲。

两人回神，这才发现徐成冽已经走出一截了。

树影斑驳在他纯白衬衣上，似一幅流动的画作，与他俊秀身姿相得益彰。

乔英俊："啧，老天爷真是偏爱阿冽这家伙。有颜值，有身材，成绩还那么逆天……要不要人活了？"

高晨拍了拍他的肩膀，似是安慰："打起精神，接下来的四年里好好活着就行。"

暮色四合时，暑热消散了许多，南大学校里走动的人也多了起来。

晚风徐徐，吹得林叶婆娑，如鬼魅般。

沈圆星在她三个好室友好闺蜜七嘴八舌的商议后，穿上了她暑假里买的那条粉色蕾丝连衣裙。

林娇借了她一双白色高跟凉鞋，又把苏梦的蝴蝶结发饰盘在了沈圆星头上，最后还把自己新买的小香风珍珠包包借给了她。

"完美！温柔甜美风绝了！"林娇绕着沈圆星转了一圈，连后颈的一缕发丝都不忘理一理。

确定装扮完美，毫无瑕疵，她才放沈圆星离开。

宿舍里另外两人也不忘给沈圆星加油打气，让她今晚好好给那个邻家妹妹一个下马威，先从颜值上把人碾压下去，最好让对方知难而退。

沈圆星带着整个宿舍对她的厚望出门了。

她先去松竹楼楼下等沈明川和霍明涛。

她到时，松竹楼楼下那棵老槐树下已经有人等着了。

正是下午才见过的柳星彤。

她也换了衣服，一件粉色连衣短裙，扎了两个丸子头，俏皮可爱，杏眼漆黑灵动。

饶是沈圆星都不由得暗暗叹一句可爱。

是以霍明涛在看见柳星彤后，夸了她好一阵，最后才想起来也该夸沈圆星两句。

让人觉得他敷衍。

他们一行四人从南大北门出去，过了一道桥，没走多久便到了那家比较有名的中餐厅。

入座前沈圆星先去了一趟洗手间。

也不知道是不是要来月经了，她这两天腰酸背痛得厉害。

趁着上厕所的工夫，她看了眼手机记录，经期确实就是这两天。

回座位后，沈圆星便靠坐在椅子上一动也不想动了。

她不说话，沈明川自然也不好意思开口。

姐弟俩就坐在桌前，听霍明涛和柳星彤闲聊。

中途服务员过来上菜，还误把柳星彤和霍明涛当成一对，给他们推荐了情侣款的饭后甜品。

霍明涛这才注意到旁边脸色不太好的沈圆星，给她端茶倒水，还给她夹菜。

"这个糖醋排骨里的酸梅好吃，你尝尝。

"想吃什么跟我说，我给你夹。

"明川你也吃,别客气啊。"

霍明涛招呼完沈明川,便又被柳星彤拉着说小时候的趣事去了。

一顿饭吃到最后,霍明涛看了眼时间,也才晚上八点多,便提议一起去看电影,正好最近有一部新上映的片子他很感兴趣。

"我有点累,想回去休息了,改天再看吧。"沈圆星反手按揉着后腰,拒绝了霍明涛的提议。

连沈明川都看出来她身体不适,默默靠拢,帮她揉按后腰、背脊。

霍明涛却是转眼就被柳星彤的话带偏了思绪。

柳星彤提起了那部电影的宣传片,和霍明涛随口聊了两句,便彻底勾起了他的兴趣。

于是霍明涛央求沈圆星一起去,还说打车去电影院,绝对不会让她再受累云云。

若是平日里他俩单独出行,沈圆星也就顺着他的意思陪他一起去了。可今晚她在席间旁观了许久霍明涛和柳星彤,心里压着醋意,身体也不舒服……

沈圆星拒绝了,语气沉冷:"我真的累了。"

"那要不让沈学姐和小川川先回去吧,明哥哥我陪你去看?"柳星彤主动请缨。

霍明涛一口应下,根本没给沈圆星反应的机会:"星星,那今晚我和彤彤先去踩点,改天你有精神了,我们再单独去看一次好不好?"他虽是在问沈圆星的意见,但神情已经出卖了他的内心。

明眼人都看得出来,霍明涛有多想去看那部电影,又是多么迫不及待。

沈圆星差点没绷住。

但好在沈明川不轻不重的按摩力道时刻提醒着她,弟弟还在跟前呢,她得稳住。

沈圆星暗暗深呼吸后,回了霍明涛一句:"随便你。"

话落,她便抓住沈明川的胳膊,拉着他往桥头走,任凭霍明涛在后面怎么喊,她也誓不回头。

直到过了桥,走到南大北门门口,霍明涛也没追上来。

"姐……"沈明川沉默了一晚上,总算吱声了。

他看着沈圆星,沈圆星回头看着不远处那座灯火通明的桥。

来往行人也不少,唯独不见霍明涛的身影。

她心下沉了沉,有些酸胀难受,刚要挤出几滴眼泪来,便被一道调子略高扬的男声压了回去——

"川儿!

"姐姐也在啊!"

乔英俊的声音明朗清晰，就是调子听着有点欠，骚气得很。

沈圆星憋回了眼泪，视线透过桥头的灯影，捕捉到了乔英俊他们仨的身影，一眼便望住了走在最后的徐成洌。

穿着黑T短裤的男生，散漫得像是饭后出来遛弯的老大爷，一点年轻人的朝气也没有。

他的身影笼在夜色里，得天独厚的轮廓眉眼却在游离的灯色里清晰可见。

"老远我就看见你们了，一直没敢认，还好没认错。"乔英俊最先走近，长臂一伸直接搭上了沈明川的肩膀。

见沈明川并不慌张，沈圆星心里总算松快些。

"你们这是去哪儿了？"

她和乔英俊说话，接了话茬的却是高晨："刚吃完晚饭，就桥对面那家四合中餐厅。"

"好巧……"沈明川低喃一句。

因为他们刚才也是在四合中餐厅吃的饭。

傍晚沈明川出门时，乔英俊问过他晚上要不要一起吃晚饭。他说有约，乔英俊便没多问。

没想到大家吃饭的地点竟是在一处。

"那我们刚才怎么没看见你们啊，难不成你们在二楼？"乔英俊挠头，不忘回身问高晨和徐成洌，刚才吃饭的时候有没有看见沈明川他们。

高晨摇头，笑怼乔英俊是饿死鬼投胎光顾着吃饭，就算当时沈明川和沈圆星从他跟前走过，他也不一定能注意到。

至于高晨他自己，因为怕菜都被乔英俊吃完了，就抢菜吃去了，倒是没注意到旁人。

"阿洌你呢，刚才有没有看见沈学姐他们？"高晨声音温柔磁性，比夜里吹在身上的河风更让人舒适。

被点名的徐成洌正两手揣兜，看着灯火阑珊的桥对岸。

听见高晨的话，他浓密的眼睫垂了垂，随后风轻云淡地瞥了高晨一眼，余光掠过旁边的沈圆星，想到了不久前在四合餐厅的洗手间外面，看见沈圆星对着洗手台的镜子补妆。

"没有。"男音清冽冷淡，听不出丝毫人情味。

但禁不住徐成洌的声音磁哑好听，沈圆星不自觉多看了他一眼。

随后乔英俊提议同行，他们一行五人便一同进了南大北校门。

原本进了校门，沈圆星就该和他们分道扬镳的，毕竟松竹楼和兰慧楼在北门一左一右，方向不同。

但沈圆星想去趟学校的小超市，买点卫生巾。

她的经期应该就是这两天，得备着点。

南大校内一共两个小超市，一个坐落在松竹楼旁边，另一个在南门那边，相对比较远。

一行人浩浩荡荡进了超市。

沈圆星避开了沈明川他们，去后面货物架拿了两包卫生巾。

但她没急着去结账，因为柜台那边，乔英俊和高晨刚买完东西，正在付钱。

沈明川没什么东西要买的，被乔英俊请了一支冰棍。

还替沈圆星拿了一支。

徐成洌进了超市，顺着货架找了一圈，在最后一排找到了他平日吃的那个牌子的巧克力，拿了两盒小巧粒便要走，视线却无意落在了货架尽头的沈圆星身上。

她今天似是精心打扮过。

长裙及至小腿肚，露出踝骨精致的脚踝和莹白的一截脚脖子。

胭脂粉的连衣裙衬得她肤色白皙粉嫩，及腰的长鬈发被绾起后，她腰背一截显得挺直纤细，不盈一握。

整个人看上去，倒是比初见那天光彩夺目一些。

只要她不动不说话，像现在这样静静站在那里，倒也算是个温柔知性的大美人。

可一想到她那双风情妩媚、勾魂夺魄的狐狸眼，徐成洌又觉得她不适合走温柔知性甚至甜美的路线。

她应该像论坛上流传的照片里一样，更明艳张扬，眉眼间都透着不服人的野才是。

货架尽头的女生有回头的倾向。

徐成洌及时收回了打量的视线，悄无声息退回，藏到了货架背后。

缓了片刻，他才拿着东西去柜台结账。

超市门口，高晨他们三个已经等了许久了，一个个手里的冰棍都快吃完了，终于盼到他出来。

"沈学姐呢，还没好？"乔英俊扯着嗓子问徐成洌。

话落，他便想折回超市里去找沈圆星，却被迎面出来的徐成洌横身拦住了。

想到沈圆星面前的货架放的是卫生巾，徐成洌淡淡启唇："不是说要去打球消化一下？现在去吧。"

被拦下的乔英俊一头雾水："你不是说你不去吗？"

徐成洌："我不去，你们仨去。"

无故被划入打球行列的沈明川一脸问号。

可他还要等姐姐啊……

姐姐身体不舒服,得送她回宿舍才行。

"一会儿我送你姐回去。"

"你跟他们去运动下,对身体好。"徐成冽似是一眼洞穿了沈明川的心思,两句话堵得他哑口无言。

于是等沈圆星结完账从超市里出来时,沈明川他们已经不在了。

只剩下徐成冽,孤身一人站在不远处的路灯底下等她。

4

夜风卷着一片落叶从沈圆星脚边打着转远去。

城市的夜空难见星星,但今晚夜色清朗,云层薄,慢慢的夜色里倒是透着几点薄弱星光。

沈圆星四下扫了一圈,还是没看见沈明川和高晨、乔英俊的身影。

她只好将黑色塑料袋装好的东西背到身后,朝着路灯下似是在等她的徐成冽走去。

走近后,她问徐成冽:"其他人呢?"

男生闻言,往篮球场的方向抬了抬下巴:"打球去了。"

"你弟弟也去了。"

沈圆星略诧异,嘴角不自觉扬起:"他自己主动去的?这还真是太阳打西边出来了。"

徐成冽沉默,见她心情挺好,便顺势道:"走吧,我送你回去。"

他话落,从裤兜里抽出手,顺便带出一盒小巧粒的巧克力,慢条斯理地拆开。

他一边拆,一边往兰慧楼的方向走。

却迟迟没听见身后有脚步声跟上来。

于是他又停下来,逆着路灯的光回身,没什么温度的视线轻飘飘落在女生身上。

"怎么不走?"

沈圆星还杵在原地,刚因为沈明川开窍主动和人打交道而开心,转耳就听见徐成冽说要送她回去,便愣住了:"我自己回去就行……"

女音和煦,比拂面的风轻柔些。

徐成冽沉思了片刻,揪起了剑眉:"我答应沈明川,替他送你。"

"不用了,不方便。"沈圆星笃定徐成冽是个思想不会拐弯的人,干脆跟他开门见山,"我有男朋友来着,你送我回宿舍……容易招人误会。"

话已至此,她以为徐成冽会明白她的意思。

结果男生却只是静静看了她几秒,嗓音淡哑问她:"我送你回宿舍,你就会爱上我吗?"

许是话意太过直白且唐突,沈圆星愣了好几秒,方才回过神来连连摇头:"当然不会!"

说什么呢?怎么可能?

徐成冽收回了视线,从铁皮包装盒里倒出两粒巧克力扔进嘴里,声音拖腔带调又漫不经心:"那就别废话了。"

话落,男生转身头也不回地往兰慧楼的方向走。

留下目瞪口呆的沈圆星陷在深深的震惊里,半晌才提步跟上去。

一路上她都在给自己做心理建设,且尽可能和徐成冽保持一定距离。

毕竟越接近兰慧楼,过往的女生就越多。

而徐成冽那张脸又极其吸人眼球……

到兰慧楼楼下路口时,沈圆星便叫住了走在前面的徐成冽。

男生驻足回眸,神情淡淡地看着她,似是等她说话。

沈圆星左右环顾了一下,做贼似的,声音也压得低:"你回去吧,我已经到了,谢谢你送我回来。"

虽然并不希望他送,但最起码的礼貌得有。

徐成冽轻"嗯"了一声,回头看了眼不远处的兰慧楼,也打算原路返回了。

结果他步子还没挪开,就听见不远处有人喊"星星"。

朗润的男音带点诧异,对于沈圆星而言再熟悉不过。

她第一时间分辨出声音的主人是霍明涛,扭头朝林荫道那边看去。

还真看见霍明涛和柳星彤朝这边过来。

"任务完成,我先走了。"徐成冽打了声招呼,在霍明涛他们走近之前,先走一步,摆明一副不想与陌生人产生交集的态度。

渐行渐远的背影清瘦高挑,散漫极了。

沈圆星在霍明涛和柳星彤来到她跟前时,将视线从离去的徐成冽身上收了回来。

见霍明涛正盯着离去的男生看,神情些微凝重,她主动解释道:"那是你们系大一的学弟,阿川的室友。

"刚在路上碰见了,我不舒服,阿川又有事,所以托他送我回来。"

听到沈圆星这话,霍明涛的心落回了原位,暗暗松了一口气。他的视线回到沈圆星身上,揪着眉问她:"你哪儿不舒服?要不要去医院?"

见他终于紧张自己,沈圆星心下叹了口气。

她摇了摇头,拒绝了:"不用去医院,我回去洗个澡早点睡就行。你们呢,不是去看电影吗?怎么这么快就回来了?"

"附近电影院的票都卖完了,有票的要么时间太晚,要么距离太远,我们就回来了。改天再一起去看吧。"

沈圆星了然,没应声。

只听霍明涛又嘘寒问暖了一会儿,拜托柳星彤送她到宿舍里,便转身离开。

进入兰慧楼后,沈圆星和柳星彤并肩站在电梯口等电梯。

沉默在她们之间蔓延开,沈圆星明显感觉到,站在她身边的柳星彤有些心不在焉。

刚才在外面时,她就没怎么开口说话,视线似乎一直落在松竹楼的方向,很专注地看着什么。

"叮!"

电梯到了,沈圆星先进去,柳星彤后知后觉地跟上。

电梯门关上后,仅她们两人的狭窄空间里,终于有人说话了。

"沈学姐认识徐成冽吗?"

开口的是柳星彤,打探的语气,藏掖着女儿家的心思。

沈圆星哪能猜不到,垂下眼淡淡看着她:"认识但不熟。"

"你对他很感兴趣?"

"喜欢他?"

被人三两句话戳中心思的柳星彤面色一僵,她对上沈圆星透着精明的眼睛,暗暗收敛了自己的心思,淡然一笑:"没有啊,只不过他是我们这届新生里的名人,问一下而已。"

徐成冽那样的天之骄子一向很难追。好在大学四年日子还长,她倒也不着急,眼下还是先拿捏住身边的。

柳星彤心下有所盘算,接下来的时间里没再说话。

沈圆星也没想搭理柳星彤,只在出了电梯后,见柳星彤一直跟着自己,方才停下来定定看着她:"你干什么?"

"送你啊。"柳星彤睁大杏眼,满眼真诚无辜,"明哥哥让我送你,我要是没送……回头你跟他告状他肯定会生我气的。"

"沈学姐,你说是吧。"

沈圆星差点气笑了:"倒也不必在我面前阴阳怪气。"

"看你是霍明涛邻家妹妹的份上,我有话也就直说了。"

"霍明涛是我的男朋友,要是你对他有什么想法,我劝你趁早收起那份心思,别招他。"

沈圆星沉声,像是跟柳星彤讲道理又像是示威。

末了,她语气缓和下来,补了一句:"当然,我也会管好我自己的男朋友。"

该说的话说完,沈圆星越过柳星彤,径直往906宿舍走。

结果没走两步便被柳星彤叫住了:"沈学姐。"

沈圆星回眸,对上女生漆黑杏眸里涌动的挑衅,女生笑着,声音轻慢嘲弄:"万一你要是管不好他呢?"

感受到挑衅的沈圆星扬了扬眉,平心静气地回了她:"管不好就不管了呗,换一个好管的。"

说完她就头也不回地走了,怕再继续待下去,会忍不住和柳星彤互扯头花。

杵在原地的柳星彤反应了两秒,被沈圆星那副自鸣得意的样子气笑了。

她的意思像是告诉自己,霍明涛自己抢不走。

那就走着瞧。

九月第一周,沈圆星利用周末的空闲找了一份兼职。

就在东门外小吃街,是一家奶茶店。

她做兼职是为了筹钱给霍明涛买生日礼物。

暑假里她攒了两千,之前拨了五百赔给徐成洌,就剩下一千五了。

但沈圆星看上的那块表要两千五。

她算了下时间,周末做兼职的话,到月底之前应该能挣七八百,到时候再从生活费里挪一部分凑一凑,买礼物肯定是够的。

就在沈圆星算钱时,店里来了客人。

这会儿过了饭点,小吃街的人流量少了许多,奶茶店里也清闲不少。

客人进门时,沈圆星第一时间就注意到了。

视线落在对方身上后,她脸上标准的迎客笑容却是僵住了,很快又回暖,继续扯开嘴角:"是你啊,要点什么?"

来人是徐成洌。

大周末,宿舍里头乔英俊和高晨都还没起。

沈明川老早就在学校食堂吃了午饭,这会儿正在宿舍里看书。

徐成洌洗漱完便出来觅食了。

他打包了炒饭,想买杯冰奶茶去去火,没想到会在奶茶店里遇见沈圆星。

看她站在工作台里面,身上穿着奶茶店的工作服,徐成洌意会到了什么,淡声接了她的话:"蜂蜜柚子茶,加冰,正常糖。"

"好的,稍等。"女音利朗精神,带着淡淡笑音。

徐成洌拿出钱包打算给钱,却见沈圆星自掏腰包拿了二十块,放进收银台的抽屉里。

打了小票给男生后,沈圆星小声对他道:"你一会儿是直接回宿舍对吧?

我请你一杯蜂蜜柚子茶,你帮我把另一杯带给阿川吧,好吗?"

徐成冽看着她,薄唇抿成一条线。

他实在不理解她现在才来问他好不好有什么意义。

明明她已经付了钱打了票,替他做好了决定。

"你怎么知道我一会儿是直接回宿舍?"

"你打包了炒饭啊,不回宿舍趁热吃,难道还在外面溜达一圈等饭凉了再吃?"

徐成冽无语,自己怎么问了个这么蠢的问题。

店里这会儿只有徐成冽一个客人。

工作台除了沈圆星以外,还有一位同事,这会儿便是同事在制作徐成冽点的饮品。

沈圆星也得空和徐成冽闲聊两句,询问一下沈明川最近在宿舍里的近况。

外面烈日炎炎,奶茶店里开着空调,在等饮品期间,徐成冽和沈圆星有一搭没一搭地聊着,倒是丝毫不觉时间过得很快。

他原本不是个多话的人,也不太喜欢与人闲谈。

但沈圆星的声音好听,且她又是沈明川的姐姐,徐成冽遂多与她说了几句。

说到沈明川每天良好的作息和认真至极的学习态度时,徐成冽难免要夸沈明川两句。

毕竟沈明川是他这么多年来,见过的自制力最好的人。

听见沈明川被夸奖,沈圆星心里比谁都高兴。

"谢谢你啊小学弟,谢谢你愿意跟我家阿川做朋友。"

她那声"小学弟"温柔动听,笑音磁浅。

徐成冽愣住了,半晌没再接话。

恰在此时,店里又进了一位客人。

是个四五岁大的小男孩。

沈圆星的视线自然落在了小男孩身上,她倾身隔着工作台对小男孩微笑:"小朋友,你想喝点什么呀?"

她声音纤细了许多,听起来童真可爱,是哄小孩的调调。

话落,沈圆星又补了一句:"就你一个人吗?爸爸妈妈没跟你一起吗?"

小男孩手里捏着一张二十元面值的人民币,一双黑溜溜的眼睛先是看了眼旁边的徐成冽,最后定定望住沈圆星,声音稚嫩纯真:"漂亮姐姐你好,我想要两杯少冰少糖的原味奶茶。"

回答完沈圆星的第一个问题,小男孩又接着回答她第二个问题:"我爸爸陪妈妈在隔壁,我来帮妈妈买喝的。"

循规蹈矩的样子,别提多可爱。

"这样啊,你真棒呢,小朋友。"沈圆星的声音很软,听得人心里酥酥麻麻的。

徐成洌不禁看向她,见她全神贯注应对那个小孩,说话时表情要多夸张有多夸张。

小男孩明显很喜欢她,咧着嘴笑,毫不吝啬夸奖:"漂亮姐姐,你人长得漂亮,说话也好好听。

"你有男朋友吗?"

男孩歪着脑袋,问得十分认真。

店里静谧,只他们一大一小对话的声音。

是以被一个四五岁的小男生问及感情问题时,沈圆星多少有些吃惊,随后她不好意思地环顾了一下四周,视线自然也从徐成洌身上掠过了。

"谢谢夸奖,姐姐有男朋友哦。"女音轻细,压得很低。

沈圆星趴在收银台上,拿手挡着嘴认真回答小朋友的问题。

场面静谧且美好。

但小男孩接下来的话却打破了这份美好。

"那等我长大了,我也能当姐姐的男朋友吗?"

沈圆星有些错愕。

旁边盯着别处看,但一直留意着他们对话的徐成洌也愣住了。

几秒后,他听见沈圆星沉吟了一阵,随后认真回那孩子话:"不可以哦。

"这种事只能是两个人哦。"

"那好吧……"小朋友很失望,但很快又打起了精神,"那等我长大了,我乖乖等你和你男朋友分手可以吗?"

沈圆星脸上的笑意僵住。

听见旁边传来一道几不可闻的轻笑,她循着动静看过去,望住了以手抵唇的徐成洌。

他抵着唇掩饰似的轻咳了一声,慢慢敛去了眼底的笑意。

恰好另一名店员将他的饮品打包好了递过来,徐成洌接过后,没敢看沈圆星一眼,在她的注视下往店门外走。

走出店门之前,他隐约听见那道轻柔的女音对小男孩道:"也不可以哦。因为啊……姐姐不会和他分手的哦。"

出了店门,一股热风怼脸吹来。

徐成洌心下的清爽凉意顷刻便被吹散了,只剩下一股异样的烦闷感。

令他心情变得无比差劲。

第二章
分手快乐 ★

1

白驹过隙，南城气温也一天天降了下来。

到霍明涛生日这天，一场秋雨温柔细密地铺湿了地面，连空气都潮润许多，带着点雨后的尘埃味。

霍明涛生日，又适逢周末，所以沈圆星老早就起床梳妆打扮了。

她要做全场最美的崽。

林娇她们也受到了邀请，中午和晚上大家要一起吃饭，为霍明涛庆生。

除了沈圆星的室友们，还有霍明涛的室友以及柳星彤和沈明川两人。

满打满算十个人，中午在商场里吃全鱼宴时，他们正好围了一个大圆桌。

全鱼宴顾名思义食材都是鱼类。

水煮鱼、糖醋鱼、凉拌鲫鱼……对于爱吃鱼的霍明涛来说，简直就是盛宴。

席间霍明涛没少被灌酒，生日祝福也没断过。

沈圆星送他的那块手表还被他那几个室友巴巴艳羡了一阵，都说霍明涛福气好，女朋友人漂亮，对他也极好，最重要的是温柔体贴处事周到，一看就是上得厅堂下得厨房的三好女友。

柳星彤也握着杯子喝了一些酒，视线断断续续飘向沈圆星和霍明涛，眼神暗沉。

这些林娇她们几个都看在眼里，午饭后分开打车去电影院的路上，还问过沈圆星，柳星彤是不是对霍明涛有意思。

沈圆星没肯定也没否认。

苏梦让她多提防些："霍学长那个邻家妹妹看着可不简单。"

"怕什么，星星也不简单啊，美貌吊打那个小妹妹。"李成欢倒是一点也不担心，她对沈圆星信心满满。

她们宿舍四人同坐一辆出租车，路上没少闲聊。

从霍明涛和沈圆星的事，聊到李成欢和她那个竹马张明明身上。

张明明是霍明涛的室友，今天也在场。

他和李成欢还处于暧昧阶段，两个人性别像是搞错了，张明明过于柔弱斯文，便显得和他同框的李成欢特别女汉子。
　　闲聊了一路，到市中心的电影院时，沈圆星先下车付钱。
　　正好霍明涛他们也到了，一行人浩浩荡荡进了电影院。
　　买的是一部恐怖片的票。
　　十个人一起看，阵仗大得连检票的小姐姐都没忍住多看他们几眼。

　　电影开始时，沈圆星抱着爆米花慢条斯理地吃着。
　　她旁边坐的是霍明涛，再过去的座位则是柳星彤。
　　这样的座次沈圆星自然是不满意的，但鉴于柳星彤另一侧是霍明涛的室友，她便没说什么。
　　恐怖电影的氛围烘托到一定境界，倒也真是挺吓人的。
　　影厅里时而响起倒吸冷气的声音，也有女孩子惊叫，连霍明涛都被某个突然切换的画面吓得心跳漏了一拍。
　　他本能地想去抓旁边沈圆星的手，没想却有人先抓住了他的胳膊。
　　霍明涛愣住，感受到手臂上传来的温度，他借着荧幕微弱的光往右侧看了眼，依稀辨清柳星彤的脸。
　　她抓得紧，尝试抽走胳膊未果后，霍明涛放弃了。
　　没想到几分钟后，柳星彤却得寸进尺，纤柔无骨的手顺着他手臂滑到了手背，摸索着最后与他掌心相扣。
　　一切都在昏暗中悄无声息地发生，没有人知道他们十指相扣。
　　这种前所未有的紧张刺激感让霍明涛心跳越来越快，掌心的温度攀升上来，他很快便出了满满一手心的汗。
　　接下来的电影剧情讲了什么，霍明涛无心去看。
　　坐在他另一侧的沈圆星倒是看得专心致志，偶尔还会偏头和霍明涛小声议论剧情。
　　每每如此，便是霍明涛心跳最快的时候。
　　他害怕被沈圆星发现端倪，却又因为心底异样的感觉舍不得抽走自己的手。
　　暧昧的异样在静谧中暗涌着。
　　直至电影结束，柳星彤主动抽走了手。
　　离场时，沈圆星挽住了霍明涛的胳膊，顺势牵住他的手与他十指相扣。
　　霍明涛明显愣了一下，脸色都吓白了。
　　沈圆星打量他，定定看了一阵，忽然笑了："胆子小还看恐怖片，你这不是自虐吗?

"瞧你，脸都吓白了，手心里全是汗。"

她话落便扭头跟旁边的沈明川说话，全然没注意霍明涛闪躲的眸光。

一行人结伴走出电影院，去隔壁商场里的电玩城打发时间。

到了晚饭的点，众人又在附近找了一家火锅店。

吃完晚饭，还有饭后娱乐活动，地点就在附近的KTV一条街。

周末的KTV人很多，沈圆星他们找了几家，才勉强敲定一家环境不错、隔音也好的店。

他们点了个大包，一帮人玩牌的玩牌，唱歌的唱歌。

沈圆星被林娇拉着合唱了一首歌，苏梦和李成欢也被林娇生拉硬拽拉出来伴舞。

大家玩得很疯很开心。

中途霍明涛过来碰了一下沈圆星的肩膀，凑近她耳边跟她打了招呼，说是去外面透透气。

沈圆星倒是没多想，让他快去快回便是。

等她唱完一首歌坐回沙发上，才注意到包间里除了霍明涛不在，柳星彤也没见了人影。

一时之间，沈圆星心里觉得不太对劲。

以前霍明涛来KTV也没说去外面来着，今天怎么这么反常？

心里种下了怀疑的种子，沈圆星有些坐不住了。

她起身跟林娇她们打了招呼，便出门去找霍明涛。

出了包间，沈圆星先往走廊尽头的安全通道去。

走廊里的灯是迷离暧昧的暖色调，地毯踩着软软的。

沈圆星推开安全通道的门时，楼道里的感应灯应声亮起，靠墙而立的男生毫无征兆地暴露在光线里。

他眼皮褶皱很深的深情眼晦暗不明，俊美五官被笼在朦胧的光下，正虚着眸打量推开门的女生。

这里果然有人。

但沈圆星没想到，这人会是弟弟的室友。

那个人人称道，并敬为男神，说他品学兼优、秉性高洁的徐成冽。

他俩有大半个月没见过面了，此刻重逢，竟有种恍若隔世的错觉。

"好巧。"男生先开口，嗓音带着点磁欲的哑，很能蛊惑人心。

沈圆星差点忘记自己出来是做什么的。

她回了神，也冲男生点了点头，算是打了招呼，遂又想起什么，轻声问他："这里除了你以外，还有人来过吗？"

徐成冽站直了身体，灯光从他乌发间碎落，斑驳映在那张俊美从容的脸上。

他猜出沈圆星是来找人的，甚至猜到她来找谁。

他眼睫低垂，盯着地上新旧不一的烟头，徐徐道："我来以后没有，来之前应该有。"

沈圆星顺着他的视线看去，明白了他的意思，也笃定霍明涛从包房出来后，肯定没来过这里。

于是沈圆星道了谢，作势要退走。

离开之前，她和徐成冽打了招呼，说了再见。

将安全通道的门带上后，沈圆星回了KTV包房，想看看霍明涛回来没有。

走到半路，她又想去洗手间，便径直往走廊另一侧尽头走去。

这家KTV的洗手间划分在走廊尽头的庭院里。

院子里种了不少绿植，景观灯翠绿的幽光将庭院角落处的两道身影映得朦胧不清。

沈圆星刚过转角就看见了他们。

因为太过熟悉，所以沈圆星一眼就认出了霍明涛，至于他跟前站着的女生，即便看不清脸，沈圆星也能猜到那是柳星彤。

他们面对面站着，有花枝垂在女生头顶上方，画面唯美好看。

沈圆星离得不远，能听清他们的对话。

恰好听见柳星彤纤细好听的嗓音对霍明涛道："明哥哥，我是真的喜欢你，从我懂得男女之情那天起，我就意识到自己对你的感情了。

"我知道……事到如今我不应该说这些，但我憋在心里实在太久了……就算明知道会被你拒绝，我还是想说出来，至少让你知道我对你的心意……"

柳星彤说得情真意切，声音又婉转动听，饶是沈圆星一个女生听了，都忍不住心动。

她很担心霍明涛，心下又闷又躁，好几次都想不顾一切冲出去。

但最终她还是忍住了，忍到霍明涛说话，她听见男生低沉的嗓音带着点为难："抱歉彤彤……我已经有女朋友了。"

虽然霍明涛只说了这么一句，对沈圆星来说，却是足以让她心安了。

霍明涛拒绝了，这至少证明她没有看错他。

也证明霍明涛心里，的确是把柳星彤当妹妹看待，并没想过和柳星彤发生什么。

就在沈圆星心弦松懈下来时，庭院里那两人似是打算离开了。

她不想被霍明涛知道她因为不放心他，跑出来找他了，便手忙脚乱想找个地方躲起来。

回身之际，沈圆星看见了离她不过两步远的徐成冽。

他靠在走廊另一面墙上，从他的角度能直接看见庭院角落里的霍明涛、柳星彤两人。

沈圆星不知道他在她背后站了多久，不知道他听见了多少。

但眼下要紧的是避开霍明涛和柳星彤。

他们从庭院里过来，必定要经过走廊这个路口。

于是沈圆星情急之下，一把抓住了徐成冽的胳膊，将他拽到了庭院另一侧，藏到了夜来香花坛后面，利用夜来香的枝叶，将徐成冽高大的身躯严严实实地遮掩住。

为了防止徐成冽发出声音被霍明涛他们发现，沈圆星拽着他的胳膊拉低他，另一只手直接捂住了他的嘴。

"嘘，不许出声。"

男生愣住，佝偻着身子配合她的身高。

他穿的短袖T恤，手臂露在外面，被女生温热的掌心紧握着，热意如浪潮般汹涌上来。

不仅如此，沈圆星落在他唇上的手也温热柔软，带着点护手霜的奶香味。

那香味如千丝万缕的线，钻入他的鼻息，紧紧缠住心脏，并收紧力道……

徐成冽下意识隐了呼吸，抿着薄唇，生怕触碰到她掌心的肌肤，心跳也隐约有加快的迹象，他为了按捺住那股莫名的慌乱，选择闭上眼睛，放空大脑。

片刻后，落在他唇上的手抽走了。

沈圆星松开了他，撑着膝盖舒了口气，随后偏头去看旁边的徐成冽："不好意思啊，情急之下，把你也拽过来躲着了。"

男生徐徐睁开眼睛，呼吸渐渐恢复正常。

他面上山水不显，只垂眸静静看了沈圆星一阵，问她："刚才庭院里那个，是你男朋友？"

"嗯。"

"你刚才是在找他？"

"是啊。"

"那你躲起来干什么？"男生拧眉，似是想不通沈圆星的脑回路。

刚才去安全通道那边找人，现在人找到了，自己却藏了起来。

怎么想的？

沈圆星噎了噎，料想徐成冽刚才应该也看见庭院里不止霍明涛一个人才是，为什么还问她这种蠢问题。

"刚才你也看见了吧，有人跟他表白啊。"

沈圆星喃喃，话音刚落便听男生反问了一句："所以呢？你是他的女朋友，有什么好躲的？"

被他这么一问，沈圆星心里也在反思。

刚才自己为什么要躲呢，就算霍明涛知道她什么都看见了，也没关系的吧。说不定还能趁机敲打一下柳星彤，借机给她个下马威，让她尝尝自己的厉害。

可那些画面，脑补一下爽爽就行了。她还是想给柳星彤那个小姑娘留几分薄面，不想过于为难小姑娘。

似是看穿了她的心思，徐成冽活动了一下被她捏得骨头疼的手臂，拖腔带调道："你那个男朋友……能拒绝那个女生一次，不见得能拒绝她第二次。

"不要把男人这种生物想得太美好，他们很难经受住一次又一次的诱惑。

"我若是你，我会立刻让他远离那个女生，最好直接断绝一切来往。"

徐成冽说完，垂眸深深看了沈圆星一眼，径直绕过花坛，回到走廊里。

他要去洗手间。

从安全通道那边出来以后，徐成冽便朝洗手间这边过来。

结果却是又让他遇见了沈圆星。

徐成冽走后，沈圆星还在花坛后面站了许久。

直到她感觉膀胱快炸了，方才急急忙忙去了洗手间。

等她从洗手间回到包房时，霍明涛和柳星彤果然都已经回去了。

两个人像是没事人似的，分坐在沙发两边尽头。

霍明涛的两个室友在和柳星彤说话，张明明和李成欢正在合唱情歌，林娇、苏梦陪着沈明川斗地主，唯独霍明涛闲着，看见沈圆星回来，他立马起身来迎。

"你去哪儿了？我就出去透了透气，回来就不见你人影了。"霍明涛蹙眉，似是因为回来没看见她，有些不开心。

沈圆星抬眸看着他，神情微微复杂。

凝了霍明涛片刻，她才笑了笑，回他："洗手间。"

霍明涛"哦"了一声，牵着她去角落里坐下。

此后沈圆星和霍明涛之间一直没怎么说话。

因为霍明涛被他另外两个室友拉去玩牌了，剩下沈圆星抱着一瓶啤酒，闷闷喝着。

她想问霍明涛来着，心里又很纠结。

毕竟当时她躲了起来，若是现在又去质问霍明涛，难免显得自己矫情。

可不问吧，她心里又觉得烦闷。

是以她只能喝点饮料解解闷，暂时压一压心里的负面情绪。

约莫晚上九点多，在林娇的提议下，沈圆星他们离开KTV，回了学校。

男生们出于绅士风度，将女生们送到了兰慧楼楼下。

半道上霍明涛便牵着沈圆星的手，和他们打了招呼，说要单独去足球场逛逛。引得林娇他们一阵起哄，一个个全都用暧昧的目光打量他俩。

连沈圆星自己都愣了一下神,对霍明涛的提议感到惊讶。

夜风温柔,吹散了她心下许多烦闷,被男生牵住的手温热发烫,那种被包裹住的感觉,让沈圆星感到安心。

她陪着霍明涛绕着操场跑道走了一圈又一圈,时而看看天际的明月,时而又看那些夜跑的男生女生,总之没有说话。

霍明涛今天喝了不少酒,这会儿酒劲被夜风吹散一些,他牵着沈圆星的手,蓦地站住了脚。

借着酒劲,他还是将KTV里,柳星彤在庭院里跟自己表白的事告诉了沈圆星。

沈圆星站住脚,与他面面相对,抬眸望住男生俊朗的脸。

她没有说话,只心里安稳了许多。

至少霍明涛向她坦白了这件事。

"当时你和林娇在唱歌,我收到了彤彤的微信,说是让我一个人出去,她有话想单独跟我说。

"所以我就找了个借口,去见她了。

"我也没想到她会突然表白……当时我就拒绝她了,真的。"

霍明涛信誓旦旦,认真的样子,仿佛很怕沈圆星不信他。

"就是这件事我一时半会儿不知道该不该跟你说,纠结了一晚上……"

话已至此,沈圆星心里的结已经被他解开了。

该说的说清楚以后,她抬手摸了摸他的脸,轻笑了一声:"我知道啦,谢谢你选择告诉我。"

而不是一直隐瞒下去。

否则假以时日,这件事必然会成为他们之间一大阻碍。

就像一根鱼刺卡在肉里,若是没有及时取出来,时间长了,被鱼刺划伤的嫩肉,必然会坏死,腐烂。

感受到沈圆星掌心的温度,霍明涛扯开嘴角笑了,他的大手覆上她的手背,不让她的手从他脸上抽走。

他眼眸幽暗,紧紧盯着她,试探似的道:"星星……我想亲亲你。"

沈圆星的心跳漏了一拍。

仿佛此时此刻,霍明涛眼里只有她一个人。

那种被珍视的感觉让她心头一热,许久才轻"嗯"了一声,并默默闭上眼睛。

她也挺紧张的,垂在腿侧的另一只手不自觉攥紧。

霍明涛定定望着女生静美的面庞片刻,含笑俯身凑过去。

恰是此时,有人从他们旁边跑过,似有意又似无意地重重撞了霍明涛一下。

那个吻,终究没有落到沈圆星胭脂色的唇上。

"不好意思。"

清冷调调的男音格外熟悉。

沈圆星睁开眼,循着声音看去,正好对上徐成冽冷凉如水的眸子。

他换了运动装,似是夜跑时经过他们,不小心撞到了霍明涛。

2

夜空的阴云被风吹散了。

冷白月华垂落下来,俏皮地挂在男生高挺的鼻梁上。

他冷凉的眼眸不含任何情绪。

虽是道歉,但说话的语气似是没有拿捏好,清寒不羁,令霍明涛心下不爽。

偏偏这人霍明涛有印象,中文系大一的徐成冽,如今也算是南大的名人。

之前见过他送沈圆星回宿舍,也知道他是沈明川的室友。

加上徐成冽在学校风头无两,系草、校草之名全都被他收入囊中不说,连教授们也对他赞许有加。

饶是他道歉不够诚心,霍明涛也不好发作。

好在沈圆星抓住了他的胳膊,示意他不要生气。霍明涛便偃旗息鼓,顺势退了回来。

"时间不早了,我送你回宿舍吧。"霍明涛将视线从徐成冽身上收了回来,打算带沈圆星离开。

接吻的心情是没了,但好在他们以后还有的是时间。

沈圆星应了一声,走之前看了徐成冽一眼。

视线对上时,她感受到了男生眼里渗出来的寒意,幽冷得令人心悸、窒息。

好在徐成冽的视线并未在她身上停留太久。

在霍明涛牵住沈圆星的手时,徐成冽移开了视线,回身继续跑步。

清瘦的背影渐渐远去,过弯道时,他略随意地看了眼球场入口那边,恰好看见那一男一女手牵手离去。

身上的力气像是被夜风抽走了,徐成冽停了下来。

他掀着薄唇轻微喘着气,视线不自觉地追随那两人远去,右手落在胸口处,试图揉散那处异样的烦闷感。

九月最后一周结束,国庆长假如约而至。

周五下午,便有不少人坐上了回家的高铁。

霍明涛便是其中之一,他和柳星彤以及另外一个老乡同行。

沈圆星周五下午还有课,便没去送他,只在微信上跟他你侬我侬了一会儿。

最后一节课结束,沈圆星径直回了宿舍。

她给沈明川发消息，约他晚上一起吃饭。

毕竟这个国庆节，他们姐弟要一起留校过节，谁也不回家。

国庆长假期间，沈圆星要在奶茶店兼职。

约莫是南大附近有个博物馆的缘故，假期里小吃街的人流量还挺大，大部分都是外地来的旅客。

七天假期，沈圆星却过得比上课时还累。

她每天早出晚归，基本回到宿舍沾床就能睡着，便没怎么和霍明涛联系。

可沈圆星没想到，也就这七天的时间，她和霍明涛之间的距离悄无声息地被拉开了。

国庆收假，霍明涛返校当晚，应沈圆星的约，一起在小吃街吃了顿饭。

吃饭的时候他俩谈话的内容和话题基本都是沈圆星主导的，从家常到旅游景点，最后聊了一下她这几天兼职有多累。

沈圆星本来也是想让霍明涛心疼她一下，结果霍明涛只是听着，手里拿着手机，不知道在和谁聊天。每次她装作不经意地靠过去，霍明涛都会将手机息屏，反扣在桌面上。

他的反应让沈圆星不解，总觉得哪里不对劲，但又说不上来。

后来接连好几天霍明涛都没有主动联系过沈圆星，她才终于意识到了问题的严重性。

感觉一个国庆长假结束，他们之间的距离变远了。

她想走近霍明涛，给他发消息约他看电影。

霍明涛却说他周末要去做家教的兼职，没有时间。

于是沈圆星打消了看电影的念头，周末一整天都窝在宿舍里学习和看剧。

还好宿舍里还有林娇和苏梦陪着她，也就李成欢有个伴，每周周末都和张明明出去玩。

"你家霍学长最近怎么这么忙啊，晚上也没时间跟你煲电话粥吗？"林娇抱了一本小说趴在床上翻看，两只脚不规矩地扬起又落下，肉眼可见的无聊。

沈圆星靠坐在书桌前，右手转着水性笔，正在解一道高数题。

听见林娇的话，她头也没回，恹恹应了一声："没啊，可能大三了学业忙吧。"

"也是。"林娇喃喃，随后又道："话说这样算起来，你和霍学长得差两年毕业呢。"

毕竟法医学系和其他系不一样，别人读四年，他们得读五年才能毕业。

"差两年很好啊，这样等星星毕业的时候，霍学长应该已经工作稳定攒下首付了。"苏梦插话，"到时候星星也就不会太辛苦。"

她也在看小说，只不过是拿着手机躺在床上看，看的还是男频小说，悬疑题材的,这几天她贼痴迷。

"有道理,还是梦梦眼光长远。"林娇合上手里的书,伸手扒拉了一下睡她隔壁床的苏梦,"你在看什么呢?"

"在看最近男频里最火的一本悬疑文,特别好看!"苏梦转头就要给林娇安利。

结果林娇立马把手缩了回去,说是打死也不看。

苏梦只好转头看向底下坐在书桌前的沈圆星:"星星,你看小说吗?强烈推荐这本给你看!剧情紧凑,案情扑朔,特别烧脑!"

说到这里,苏梦话音一转,打趣起林娇来:"差点忘了,娇娇这智商,实在不适合看这本书。"

林娇一噎。

沈圆星:"看吧,书名和作者名在微信上发给我。"

"好嘞!记得支持正版哦,没账号的话,我把我的号借给你看也行,可千万别去看盗版,不然我跟你绝交!"苏梦平日里温温柔柔,这会儿倒是强硬起来了。

沈圆星哭笑不得,忙不迭应下:"放心放心,像我这种道德感极强的人,是绝对不会看盗文吸你作者大大的血的。"

苏梦心满意足,把书名和作者名发给了沈圆星。

沈圆星一看,作者"周吴郑王",这笔名未免也太随意了点。

不过令她想笑的还是苏梦那丫头。

似是怕她找错网站,苏梦还把正版网站的名字一并发了过来。

"我先去注册读者号,收藏一下,等写完这几道题我就去看。"

沈圆星做完题是真去看了那本书。

正如苏梦所说,作者文笔斐然,故事剧情紧凑且案情烧脑,单是第一个案子就将她吸引住了。

于是她们宿舍里三个人,从青天白日,看小说看到了夜幕垂落。

还是林娇肚子饿了,才结束了这一室的静谧。

出去吃饭之前,沈圆星给霍明涛发了一条微信消息,问他家教的工作结束没有,晚上要不要一起吃饭。

结果霍明涛一直没有回复,直到晚上九点多,沈圆星才收到一条新的微信消息。

不是霍明涛发来的,而是沈明川。

沈明川给她发了一张照片。

照片背景是市中心广场旁边那家电影院。

灯火斑斓的影院门口，站着一男一女。

女生正踮着脚，两只手攀上男生的脖颈，凑上去亲吻他。

男生似也有垂首之势，只是两只手还垂落在身侧，能看出几分犹豫。

沈圆星只看了一眼，视线便模糊了。

照片里霍明涛和柳星彤的脸逐渐虚化，她难掩鼻尖的酸涩感，呼吸渐渐急促起来。

宿舍里，林娇和苏梦正在以剪刀石头布的形式决定谁先去洗澡。

她们说话的声音就徘徊在沈圆星耳边，但转瞬间又好像变得很遥远。

甚至到最后，沈圆星已经听不清她们谈话的内容。

那种全世界陷入混沌、五感尽失、体温骤降、整个人如坠冰窖的感觉……沈圆星今日算是体会到了。

不过是一张照片而已，却让她有一种站在悬崖峭壁之上，濒临死亡的感觉。

真可笑。

诸多回忆像不停转动的万花筒，纷繁呈现。

沈圆星很快就头昏脑涨了，最后不得不闭上眼，趴在桌上大口大口喘着粗气，方才缓缓活过来。

"星星……你怎么了？"苏梦和林娇都已经察觉到了她的异样，赶到了她跟前。

林娇更是捧起了沈圆星的脸，然后被沈圆星哭红的双眼，以及满脸纵横的泪吓到了。

她心慌慌地问苏梦该怎么办，发生了什么事，是不是她们刚才吵架说错了什么话云云。

沈圆星便是在林娇的慌乱和苏梦关切担心的眼神里缓过神来的。

她接过苏梦递来的纸巾擦了脸，哭得抽抽了，差点一个没想通把手机给砸了。还好林娇拦住了，也看见了她手机里的照片："什么啊！霍明涛这个狗东西！他居然敢绿你！"

苏梦愣了一下，赶忙凑过去看照片，随后和林娇同仇敌忾，当着沈圆星的面，两人把霍明涛祖宗十八代骂了个遍。

两人骂完霍明涛，还不忘集火柳星彤。

"实话说，我长这么大，还是第一次见活的小三。"

"这人手段挺高明啊，这才多久，就把霍明涛那个狗东西蛊惑了？"

"多久？你是不是忘了人家是青梅竹马。"

"我看这个柳星彤，怕是从一开始就打定了主意要挖星星的墙脚了。"

苏梦抄着手，拧着秀眉给沈圆星复盘。

她俩说得差不多了，终于想起来安慰沈圆星。

可此时的沈圆星已经过了刚才那阵难受劲，正拿着手机给沈明川发消息。

【沈圆星：照片是你拍的？什么时候拍的？】

【沈明川：不是我……是乔英俊拍的。】

【沈明川：他和高晨去市中心的影院看电影，正好撞见了，就拍了照。】

【沈明川：姐……你终于回我了，你还好吗？】

【沈圆星：我没事了。】

【沈圆星：乔英俊几点去看的电影？】

【沈明川：好像是八点十分的票。】

【沈明川：姐，乔英俊说需要打手的话，他们可以……不收费。】

沈圆星抽了抽嘴角，差点被逗笑了，为沈明川交到真心实意的朋友而高兴。

但高兴之余，她给沈明川回了一句"暂时不用"，随后便切出去给霍明涛发消息，问他在哪儿。

微信没有回复，沈圆星便给他打电话。

一个电话接一个电话地打，起初对方是没有接听，到后来是直接关机。

就这么过了一晚上，翌日一早，沈圆星才收到霍明涛发来的微信消息：

【星星，我们分手吧。】

看到这条微信消息时，沈圆星刚被隔壁床李成欢的闹铃吵醒。

她们今天上午满课，不能睡懒觉。

躺在床上盯着那条消息看了好几分钟，沈圆星心里竟平静得出奇。

闹铃响第三遍时，寂静的宿舍里有了窸窸窣窣的声响。

李成欢对面床位的苏梦起来了，顺着楼梯下去，直奔厕所。

沈圆星是第二个下床的。

她一脸平静地拉开衣柜，挑选今天要穿的衣服。

只是挑衣服时，她盯着衣柜里一溜粉色系的裙子看了许久。

最后她蹲下身翻出了底下叠放好的牛仔裤，和一件雪纺的红色吊带上衣。

等苏梦从洗手间里出来，沈圆星拿着衣服进去了。

换好衣服出来时，她顺便把长鬈发打理好了，齐刘海被三七分分到了两边，露出了她光洁饱满的前额。

待沈圆星洗漱完从洗手间里出来时，林娇和李成欢也先后下床了。

两个睡眼蒙眬的人瞧见画风大变的沈圆星，先后呆愣住。

林娇先反应过来，眼瞳急速扩张，被惊艳得半天说不出话来。

最后，还是李成欢把她的心里话说了出来："星星，你这是要美上天的节奏啊！干啥啊，下凡试炼够了，准备回天当你的仙女去啊？"

沈圆星被逗笑了，随手将胸前的一缕发拨到肩后，下巴微扬，明艳五官在晨光熹微里绽放着风情。

不过淡淡一瞥,她那双狐狸眼便像是长了钩子似的,牢牢勾住林娇、李成欢她们的心。

寂静的宿舍里顿时鬼哭狼嚎起来,氛围太过活跃,沈圆星都没工夫再去难过了。

一行四人收拾打扮完,便出门去吃早餐,沈圆星顺便在食堂惊艳了一波人,又转战去教室,让那些习惯了她甜美温柔风装扮的围观群众,再见她昔日明媚动人的风采。

但平静美好的局面并没有持续太久。

上午的课程结束后,沈圆星在食堂排队打饭的途中,还是拿出手机给霍明涛打了个电话。

她一边打电话,一边和林娇她们打招呼,示意自己先走一步。

待走出了学校食堂,霍明涛的电话也打通了。

那头传来男生略心虚的声音:"星星……"

"一点整,市中心的百味咖啡厅见。不是说分手吗,那就见面分个干净吧。"

话落,沈圆星直接挂断了电话。

之所以选市中心的咖啡厅,是因为沈圆星不想被熟人撞见她和霍明涛分手的场面。

她怕自己控制不住,和他闹得太难看。

下午一点整,市中心百味咖啡厅。

沈圆星点了一杯蓝山,跷着二郎腿落座在店里角落里靠窗的位置。

霍明涛一眼就看见了她。

她穿着冶艳的红色上衣,一如当初他们初见时那样,娇媚明艳,光彩照人。她长鬈发披肩,为他剪的齐刘海也强行分开了,露出了白净的额头。

有那么一瞬间,霍明涛的心跳有所加快。

他仿佛回到了当初第一眼见她时的场景,找回了那种怦然心动的感觉。

"这里。"沈圆星也看见了霍明涛。

她朝他望过来的那一眼,像冰碴儿进了骨头缝里,冷得他心里咯噔了一下。

他踟蹰了片刻,方才拖着步子走过去。

最终在沈圆星落落大方却又薄凉的眼神的示意下,霍明涛坐在了她对面的位置。

沈圆星这才将冷沉的视线从他身上收回,取了手机,调出那张照片,直接摆放到了霍明涛眼前。

"这就是你跟我分手的理由,没错吧?"

霍明涛垂望了她的手机屏幕一眼,被那张亲密照惊得心跳漏了一拍,倒是没否认沈圆星的话。

"方便问一下吗,你俩发展到什么地步了?"她没问他们什么时候开始的,因为心里隐约已经有了答案。

更何况霍明涛根本答不上来这些问题。

沉默蔓延了许久。

最终还是沈圆星轻笑了一声,忍下了满眼的泪:"算了,不问了,就这样吧。"

她说着,抬手摘了不久前霍明涛送她的那条锁骨链,扔到了他面前,嘴角仍是上扬着的。

"分手快乐。

"表也摘了还我吧,这样我们才算两清。"

3

咖啡厅里环境清幽。

却也清幽不过沈圆星冷情的嗓音。

霍明涛摸了摸腕上的手表,满脑子都是沈圆星那句"两清"。

他心口没来由地钝痛了一下,迟疑了。

原本他以为,沈圆星提出要和他当面谈分手,她或许会开口挽留,百般纠缠。

可眼下的情况却和他预料的完全不一样。

沈圆星脸上云淡风轻,似乎分手而她而言就是一件不痛不痒的事情。

之所以要面对面地分手,只是为了把互送的贵重礼物归还,然后与他两清?

"怎么,舍不得表?"沈圆星看着霍明涛,从他浓而有型的眉到他抿成直线的唇,难免又想起了那张照片。

许是霍明涛觉得她话里带了点嘲弄的意味,听着刺耳。他下一秒便爽快地把表摘了,推到了沈圆星面前:"两清。"

霍明涛话落,暗暗咬紧了后槽牙。

从一开始担心沈圆星会死缠烂打,到现在隐隐期待她死缠烂打,他的想法在悄无声息地变换。

但他面上并不显露,只直勾勾盯着沈圆星看。

看着她纤细莹白的手拿起那块表,又看着她站起身,拎包要走。

"先走了。"沈圆星冲男生扬了下眉,算是打了招呼。

话落她便要转身离去,背影好不决绝。

尚且端坐在桌前的霍明涛没来由地跟着站起身:"等等……"

沈圆星应声顿住，随后徐徐回身，眼露狐疑："还有事？"

她还以为，霍明涛此刻应该心急火燎想要从她这里逃离，然后朝着他的邻家妹妹飞奔而去。

她没想到自己会被他叫住。

"对不起星星……"霍明涛沉了口气，面露歉疚之色，声音沉沉，接着道，"其实我们分手也不完全是因为外力。"

他确实是喜欢上了柳星彤。

因为国庆长假，他们一起经历了很多事，让他重新认识了那个小姑娘。

以前他只当柳星彤是邻家妹妹，没往男女恋人方向想过。

自从柳星彤跟他表白以后，他心里那层窗户纸仿佛被她捅穿了。

与她相处，他很难再继续把她当成邻家妹妹看待。

以看待异性的眼光去看柳星彤，他觉得她比沈圆星更适合他。

"我想要一个依赖我，需要我，满心满眼都是我的女朋友。但你吧……来月经不疼，看恐怖片也不害怕，看见蟑螂上去就是一脚……

"我觉得……你根本就不需要我。"

就像他生日那天，他们一起去看电影。

在能见度低的昏暗环境里，柳星彤全程紧紧抓着他的手。

可坐在他另一侧的沈圆星却抱着爆米花吃得津津有味。

全场那么多尖叫声里，唯独没有她的。

…………

沈圆星愣住了，她恍惚了片刻，视线才重新聚焦在霍明涛身上。

她柳眉轻皱了一下，笑了，很是自嘲："原来在你看来，导致我们分手的原因在于我不需要你。"

"我以前怎么不知道你这么会颠倒是非黑白？"

话音顿了顿，沈圆星扶着单肩包的肩带，正面面对霍明涛。

她敛了脸上嘲弄的笑意，眸色幽幽道："你说我来月经不疼是吗？"

"那你知道我经期前两天会腰酸背痛浑身不舒服吗？"

"你知道当初因为你喜欢看恐怖片，我私下里看了多少恐怖片练胆子吗？甚至我每次陪你看完恐怖片，晚上睡觉都会做噩梦，这些你知道吗？"

说起过往种种，沈圆星的分贝便不受控制地拔高，仿佛一股燥热夏风，吹皱了平静无波的一潭水。

她的血压直接飙升上来，面上犹如寒冬腊雪天，覆着一层薄冰："至于蟑螂那就更可笑了。"

沈圆星冷笑了一声，努力睁大的眼睛渐渐被涌上来的热意浸红了一些，她望了眼天花板，将那股温热稍稍推回去一些后，她才拧着眉心继续看向霍明涛:"我上去就是一脚是为了谁啊?

"谁怕虫心里没数是吗?"

霍明涛噎住了,他心下了然。

也终于想起来刚在一起时,他和沈圆星第一次约会逛街,半路看见一只不知名的虫子,他吓得往她身后藏的那件事。

原来从那时候开始,她就已经在很努力地护着他了。

一直以来,霍明涛以为自己在这段感情里付出得更多一些。

因为是他先喜欢上沈圆星的,是他先追求她,所以从一开始,他们的感情就不对等。

他觉得自己付出了太多,回报却寥寥无几。

如今才算明白,原来沈圆星也在很努力地爱他。

"星星……"霍明涛再次开口,嗓音低哑了些,语气里透着浓浓的歉疚。

可惜沈圆星没再给他道歉弥补的机会,红着眼圈转身走了,头也没回。

霍明涛挪了挪腿,有想过追上去。

但兜里手机响了,是柳星彤打来的。

这个电话就像一记醒钟,将他摇摆不定的思绪拉回了轨道上。

权衡利弊之后,霍明涛坐回了沙发上,也接听了柳星彤打来的电话。

咖啡厅外,阳光明媚,碧空如洗,是个好天。

沈圆星逃离了这个分手的地方,含在眼里许久的泪终于打着转"啪嗒啪嗒"往下掉。

她没有回头,攥紧了手里那块男表,捏得指节泛白。

走出咖啡厅后,沈圆星步子由慢到快,拐过一个转角后,方才浑身一软,卸下了所有力气,差点软倒在地上,还好她手快扶住了旁边那面墙。

沈圆星站住脚缓了一口气后,她将手里的表扬起,本来是想往地上砸的,但转念一想,这表价格不菲,砸了可惜,不如卖了,能挣回一点是一点。

这么一想,沈圆星把表放进了包里。

她看了眼前面不远处车水马龙的长街,心下有些茫然,不知道何去何从。

午饭还没吃,但她现在没什么胃口。

也不想回学校去面对林娇她们……

扶着墙站了好几分钟,沈圆星才拿定了主意,踩着高跟鞋徐徐往公交站台的方向走。

她一边走,一边打开包,从钱包里翻找出零钱。

打算坐公交车吹吹风,就跟着司机师傅,在这偌大的南城里兜兜转转也好。

56路公交车是南城最拥挤的一路车。

途经站点包括市中心的商业街，还有火车站、汽车站，以及几所大学站点和南城最大的图书馆。

沈圆星上车时，车上已经没有空的座位了。

她投了币，顺着人流往车厢后面走，一路拥挤，终于在司机师傅开车之前找到了一个落脚点，抬手抓住了吊环。

耳边尽是嘈杂人声，空气中混杂着烟味、香水味和汗味，味道怪异难闻。

沈圆星拢了拢单肩包的肩带，手捂着口鼻，突然有些后悔上了这趟车。

她应该找一辆空车才是，干脆下一个站换一辆好了。

思绪间，沈圆星察觉到一道不容忽视的视线似一直落在自己身上。

她遂抬眸穿过人影看去，毫无悬念地对上了一双熟悉的清冽的深情眼。

徐成洌！

虽然他戴着黑色棉质口罩，遮住了大半张脸，但她还是一眼就认出他来。

她瞳孔微扩，眼露诧异，本想颔首一笑打个招呼，却见男生移开了视线，看向车窗外。

仿佛刚才他落在她身上的视线，只是她的错觉。

沈圆星微张的唇又合上了，她收起了打招呼的心思，也扭头看着车窗外飞逝的街景。

车上人多，人挤人，身体有所接触也是正常的事。

她为了防小偷，一只手抓住吊环，另一只手则一直抓着单肩包的带子把包护在身前。

公交车行驶过程中，沈圆星也跟大家一样，时而随着车身前倾，时而后仰。

磕磕碰碰是难免的，一切都再正常不过。

可渐渐地，沈圆星察觉到了不对劲。

她身后站的那个大爷似乎靠她靠得太近了点，且随着车辆行驶过程中的晃动频率，她总觉得有一只手徘徊在她的后腰附近。

起初只是装作无意地碰一下，似是试探。

紧接着那只手胆大起来，直接整只手掌落在了她后腰处，隔着雪纺的衣料，轻柔摩挲。

感受到这一切的沈圆星先是愣了一下。

她在脑子里过了一下刚才站在她身后的老大爷的样貌。

犹记得他是一头花白的发，六七十岁的年纪，骨瘦如柴但身子骨很硬朗。

许是因为对方年纪的关系，初时他站到身后时，她并未察觉不对劲，毕竟都是年纪能做她爷爷的人，谁能想到竟是个为老不尊，老不正经的……

沈圆星愣神那片刻，对方已经试图顺着她的腰身往下摸去。

她想也没想，余光瞥见与她之间隔了几个人的徐成洌，她默默松开了抓住肩带的那只手，反手便扣住了身后老大爷皮包骨的手。

沈圆星抓了对方现行后，回身怒目瞪着他，明艳娇丽的脸蛋气得泛红："这位大爷，算你运气不好赶上我正在气头上。

"走吧，我请你去派出所喝杯茶去！"

她刚分手还憋了一肚子气，正愁没处撒呢，这糟老头偏往枪口上撞，真是好得很。

沈圆星用尽全力扣住老头儿的手腕，说话的分贝也刻意拔高，一时间盖过了周遭的嘈杂，附近的乘客全都朝她这边看过来。

那个被她抓个现行的老头儿顿时慌了神，混浊老眼四下瞟了瞟，闪烁地对上沈圆星的视线："小姑娘你说什么啊？抓着我干什么，把我这把老骨头都抓疼了……"

老头儿面相还算慈蔼，要不是沈圆星刚刚切身感受到了他的龌龊心思，这会儿怕也是要被他那一脸无辜蒙骗过去的。

老头儿不认账，沈圆星也不是好糊弄的。

她抓得他更紧，扯着嗓子把老头儿刚才干的龌龊事大声公告出来。

周围的乘客立马朝老头儿投去鄙夷的目光，众人指指点点，议论纷纷，也有支持沈圆星拉他去派出所立案的。

但很快风向就又变了，因为被沈圆星抓住的老头儿很会借着年龄优势卖惨。

他一边挣扎，一边抹泪，非说沈圆星在污蔑他，还扯出自己已故的老伴，哭诉说自己对老伴多么情根深种……又说沈圆星这是想害他晚节不保云云。

总之老头儿一番卖惨哭诉下来，车厢里的乘客态度有了变化。

大家开始怀疑沈圆星的指控到底是不是真的。

甚至有人觉得兴许这是个误会，可能只是老人家不小心碰到了沈圆星，被她误会了。

渐渐地，有人站出来为老人家出头，要沈圆星拿出证据证明老头儿确实对她行为不轨。

沈圆星看了眼人群中静静伫立，始终看着她的徐成洌。

她压下了心下所有烦躁情绪，扬声道："就因为他年纪大，会卖惨会哭，所以你们就觉得我在污蔑他是吗？

"我只是一个二十岁的大学生，用我自己的清白去污蔑一个老头儿，我图什么？"

她话落以后，有男人冷笑一声，嘴碎了一句："想讹钱呗，谁知道你是不是看人家老爷子手上戴着块金表，想坑人家点和解费用啊？"

045

沈圆星咬紧了牙关,抓住老头儿的手力道不减。

她深吸了一口气:"你们全都信他不信我是吗?那我要是拿出了证据,证明他确实行为不轨,你们会为刚才的失言向我道歉吗?"

话音一落,刚才嘴碎的那个中年男人便阴阳怪气起来:"我说小姑娘你啊,人长得挺漂亮,怎么这么牙尖嘴利?这么凶巴巴的,以后小心嫁不出去。"

车厢内就像炸开锅的水,顿时沸腾起来。

男男女女,指手画脚,从沈圆星的穿着打扮批判到她的长相,那些话一句比一句难听,却又好像给了沈圆星一个发泄的口子。

她轻抿了一下唇瓣,将唇色挤压得红艳妖冶,狐狸眼勾着肆意的弧度,一脸跋扈,语气散漫极了:"各位叔叔伯伯婶婶阿姨,法治社会我劝大家谨言慎行,不要对我评头论足、人身攻击哦,造谣污蔑损害我的个人名誉可是要负法律责任的。"

沈圆星话落,方才还气焰嚣张的中年男人顿时蔫了下去。

议论指点的声音小了,却也有人拿她刚才的话堵她:"你也知道造谣污蔑要负法律责任,那你倒是拿出证据证明这位大叔确实对你图谋不轨了啊?"

"就是就是,空口白话谁不会啊。"

"人家老爷子长得慈眉善目的,怎么可能做那种下贱的事?"

"小姑娘心思真是花啊,年纪轻轻的,不学好……"

就在沈圆星打算舌战群雄,借机发泄时,人群中一直守望她的徐成洌沉声开口:"证据在这里,我都拍下来了。"

男生嗓音清冽,穿透力强,又带着特有的磁性和不怒而威的气势,一开口便压盖住了所有的声音。

更何况他还仗着身高优势,将手机高高举起,示意所有人,老头儿的罪行都在他的手机里。

车厢里顿时鸦雀无声了。

方才那些对着沈圆星指指点点的人一个个都闭了嘴。

甚至在他朝沈圆星走去时,还主动让了道。

最终,徐成洌稳稳当当走到了沈圆星面前。

他将手机递给她,又从她手里接过了老头儿皮包骨的手腕,面色沉沉地凝望着沈圆星:"不是要去派出所吗?"

"我陪你。"

4

公交车终于行驶到了下一个站点。

司机师傅停稳车,过来询问事情的详细情况,确定老头儿的行为后,便给沈圆星指了这一站最近的派出所的路线。

他这趟车还要继续开下去,也不可能为了沈圆星这件事耽误车上所有乘客的行程。

再加上有人愿意陪沈圆星去派出所做证,又有视频作为证据,老头儿的罪名肯定能坐实。

是以在这站下车的人只有沈圆星和徐成洌,以及已经被徐成洌制住的那个老头儿。

人证、物证都有的情况下,老头儿的罪名很快便坐实了。

因是初犯,且影响不算恶劣,派出所同志按规程将其拘禁十四天。

至于沈圆星和徐成洌,录完口供以后便被派出所的同志送到了门口,走之前警察还再三确认了沈圆星的身体、心理状况,让她有需要随时联系他们,并且还夸奖了沈圆星的勇敢,以及徐成洌见义勇为的行径。

得知他俩都是南城大学的在校大学生,还不忘再夸夸他们年少有为,前途无可限量。

总之沈圆星走出派出所的时候,心情大好,连同失恋的烦闷感也被一扫而空,心下终于放晴了。

离开派出所以后,沈圆星理了理单肩包的肩带,侧身看向徐成洌:"谢谢你啊,还好有你在,进展才会这么顺利。"

她冲他扯了扯嘴角,眼尾勾着弧度,流露着肉眼可见的笑意。

阳光如薄纱坠在她白玉无瑕的小脸上,晒出浅浅粉晕,可爱又妩媚,明艳如春日。

徐成洌漆黑的眸被她上扬的嘴角晃动,暗光漫过,他沉声问她:"要是我没拍照呢,你怎么办?"

若是换了别的女孩子,当时在公交车上那场面,肯定早就哭红眼,无措极了。

但他与她眼神对上时,却是分明从她眼里看见了斗志。

他总觉得她心里有谱,靠自己也能圆满解决这次危机。

"要是你没拍照,或者你今天压根儿没在车上,那我就不会只抓住他的手了好吗?"沈圆星捏着下巴,话落直接攥起拳头朝着空气挥了挥,一脸凶神恶煞的模样,接着道,"我会回身给他一记膝击!然后大声喊'你干什么',紧接着哭得梨花带雨,绝对比他更可怜。"

话落,她冲徐成洌扬了扬下巴,眉眼飞扬的模样别提多张狂肆意。

对方只是报着薄唇看着她,一时无言。

虽然沈圆星和之前有些不一样,但徐成洌以为,这才是她本该有的样子。

笑容明媚又肆意的她,很好。

"说起来也怪他撞我气头上,刚分手正愁没地方发泄呢。"

沈圆星扭头目视前方，紧了紧包包的肩带，和徐成冽并肩往前走。

她想着今天徐成冽也算是帮了她一个大忙，盘算着请他吃个饭以表感谢。

结果邀请的话还没说出口，倒是被徐成冽抢了先："分手了？"

男音沉沉，听不出情绪。

但他既然问了，沈圆星便坦率地回答了："如你所说，他经受不住一次又一次的诱惑变心了，不分手留着过年啊？"

话落，她侧头看了徐成冽一眼。

正好他们两人经过一排榕树底下，阳光与树影毫无章法地错落在男生冷白的俊脸上。

他的眉眼轮廓和侧脸的线条，像是工匠精雕细刻的杰作，好看到让人挪不开眼。

直到徐成冽察觉到沈圆星的视线，偏头与她对上目光。

他的眼神晦暗不明，俊脸冷硬，连声音都听不出任何情绪，清冽平直："没关系，下一个更乖。"

沈圆星被他面无表情的安慰逗笑了："谢谢你啊，这么敷衍地安慰我。"

徐成冽一噎。

"你吃午饭了吗？没吃的话我请你啊。"沈圆星换了个话题。

徐成冽只好把那句"我认真的"生生咽回了肚子里，他轻轻"嗯"了一声："吃过了。"

他意识到什么，反问沈圆星："你还没吃午饭？"

"没来得及。"沈圆星揉了揉干瘪的肚子，视线拉远，看向街对面的步行街，她眼尖地注意到"必胜客"的招牌。

徐成冽循着她的视线看去，沉吟了片刻，他拿出手机装模作样地看了一眼，揪着剑眉："已经下午两点多了，中午吃的那碗面，好像也消化得差不多了。"

沈圆星闻声，忙不迭道："那正好，我请你吃饭吧，就当谢谢你今天帮了我。"

她话落便催促着徐成冽往天桥的方向走，摆明了是要去吃那家必胜客。

过了饭点，必胜客店里就餐的客人相对少一些。

环境清幽雅静，阳光从玻璃窗映入室内，将小圆桌的桌面照得反出光来。

沈圆星和徐成冽相继落座。

服务员递了菜单过来，沈圆星翻看了一下，询问了徐成冽的意思，然后做主点了两个套餐。

等餐时，沈圆星望了一眼窗外破出云层将人晒得滚烫的红日。

阳光刺得人不得不眯起眼，她望着天空没多久便眼花缭乱，赶忙回头，闭上眼睛缓了缓。

她和徐成冽也没什么话说，无非就是聊聊学习，以及沈明川，且一边闲聊，还一边拿着手机删除霍明涛的所有联系方式。

该删除的删除，该拉黑的拉黑，手法极快。

那些与霍明涛有关的朋友圈内容，她根本不敢停下来细看，就怕触碰到自己心里那寸柔软之地，当着徐成冽的面哭出来。

就在沈圆星清理手机里的垃圾时，服务员送餐过来。

先是水果沙拉，以及一份汤品，都是沈圆星套餐里的餐品。

"不是饿了吗，先喝汤垫一垫肚子吧。"徐成冽提醒她。

沈圆星这才拿起勺子，尝了一口温热的鸡茸蘑菇汤。

入口的鲜香和滑腻感让她舒服地呼了口气，也终于把手里的手机放下了。

"对了，我听我室友说，你是月城人？"沈圆星也是没话找话说，"月城大学中文系也很有名的，你怎么没留在家乡念大学，还能离家近一些。"

她和徐成冽虽然认识的时间不算短，而且见面的次数也不少。但两人真没什么交集，关系很是一般，属于半熟不熟的状态。坐在一起不说话的话，会很尴尬。

徐成冽自然不知道她心里的想法，只是有问必答："学校里有至亲，不喜欢。"

"很讨厌的至亲？"沈圆星盯着他，似是来了兴致，大有刨根问底的架势。

徐成冽愣了片刻，沉声否认："不讨厌。

"只是不想每天看他们秀恩爱，所以不喜欢。"

沈圆星没听明白，"他们"是谁，谁和谁秀恩爱？

她没说话，就盯着徐成冽看，就差把"没听明白"这几个字直接写在脸上。

"是我大嫂，她是月城大学中文系汉语言文学专业的教授。

"我大哥大嫂很恩爱，上下班都会亲自接送，我不想吃他们的狗粮。

"仅此而已。"

这些话他原是没必要说的，只是对上沈圆星茫然的神情，也不知怎么就松了齿关。

本以为解释清楚了，便能揭过这个话题，哪知沈圆星一脸憧憬，支着下巴感叹："真羡慕你大嫂。看你这长相，你大哥应该也长得很好看吧？"

徐成冽语塞。

看沈圆星涣散的目光，他便猜到她肯定在尝试着脑补他大哥的盛世美颜，似乎对脑补出的"大哥"还很满意的样子。

好在沈圆星手机响了，打断了她的思绪。

恰好徐成冽的餐品也被送了过来，他便一边吃着，一边听她讲电话。

给沈圆星打电话的人是沈明川。

约莫是从林娇她们那儿得知她午饭都没吃就跑出了学校,猜想她是去见霍明涛了,沈明川担心,这才打电话问一下情况。

得知沈圆星和徐成冽在一起,沈明川稍稍松了一口气:"姐,你要是难过想哭,随时可以找我,我会把肩膀借给你的。"

沈圆星听了他的话,莫名有些感动。

从小到大,她还是第一次听沈明川对她说这样的话。

就好像小时候那个总躲在她身后,需要她保护的小男孩,终于长大了,变成了男子汉。

"知道啦,我吃饭呢,先挂了。"沈圆星回神,连忙应付了一句,挂断了电话。

刚把手机放下,她便抬手抹了抹眼睛,还是没忍下眼眶里的酸涩感,温热的眼泪滚落下来。

吓得对面的徐成冽身形一顿,片刻后拿了纸巾递给她。

他知道是沈明川打的电话,但没想到沈圆星会哭。明明刚才在公交车上,她连骨子里都透着天不怕地不怕的气势。

"谢谢。"沈圆星接了纸巾,擦了眼泪便开始大快朵颐。

她其实并不脆弱,和霍明涛分手也没有她想象中那么难过。

但不知道为什么,她就是听不得自家弟弟的安慰,他一开口,她就觉得自己像是受了天大的委屈,泪意翻涌得厉害。

两人沉默无言地填饱了肚子。

沈圆星抢在徐成冽之前结了账,然后跟他一起走出了必胜客的大门。

得知徐成冽接下来要去市图书馆看书,沈圆星想了想,也跟着去了。

她想着,去图书馆看书打发时间也挺好,还能修身养性。

结果到了图书馆,沈圆星却是一直静不下心来。

在徐成冽找好书选了个临窗靠角落的位置坐下时,她还徘徊在那一排排书架之间,寻寻觅觅,试图找到一本令她心仪的书,用来打发时间。

就在沈圆星找书期间,独坐在图书馆一隅的徐成冽招了不少桃花。

他什么也没做,就只是端坐在菱形的玻璃窗前看书,挺直如松的身姿嵌在午后暖色调的阳光里,垂着鸦羽般的眼睫,时不时翻一页。

不过半小时的工夫,便有好几个年纪相仿的女生过来搭讪。

胆子小的只过来问他对面的位置是否有人,都被徐成冽一句"有人"挡回去了。

胆子大一些的,拿着手机过来问他要微信或是电话号码,也全都被徐成冽耐着性子打发了,回复无疑都是:"抱歉,我有女朋友了。"

简单粗暴,又显得他这个人很是不近人情。

沈圆星拿着书过来时，正好看见一个女生坐在徐成洌对面的位置。

女生整个人身子前倾，几欲霸占整张书桌，恨不得把脸整个凑到徐成洌眼前去，逼得徐成洌频频后退，似是忍耐到了极致。

这种场面，沈圆星一看就知道是怎么回事。

她也知道徐成洌那张脸招桃花，就是没想能被自己撞见。

好歹徐成洌今天也算帮了她一个大忙，沈圆星转了转脑子，将书拎在手里，踩着高跟鞋徐徐走过去。

就在那个女生缠着徐成洌非得让他留个微信时，她轻轻拍了拍女生的肩膀。

在对方回眸朝她看来时，她冲女生温柔大方地笑了笑，声音压得很低："不好意思啊小妹妹，这个座位是我的。"

她只说了这么一句，随后当着女生的面偏头看了徐成洌一眼，眼神意味深长，意思不言而喻。

女生将沈圆星上下打量了一番，在沈圆星颜值的绝对碾压下，倒是知趣地起身让了位置，悻悻离开了。

对面的徐成洌些微讶异，没想到刚才缠了他那么久的女生，会因为沈圆星一句话走人。

他心下狐疑好奇，便一直盯着沈圆星看。

沈圆星也抬眸瞥了他一眼，淡淡笑开："看你的书吧，不会有人再来打扰你了。"

话落，她翻开了自己手里那本关于女性的文学作品，随手翻了两页，便觉得无趣，遂拿出手机调了静音，打开《消消乐》玩了起来。

随着时间流逝，窗外日头西斜。

徐成洌果然没再被人搭讪过，得了个清静。

但他自从沈圆星在对面落座后，便没再看进去一个字。

他一直在琢磨沈圆星。

琢磨了很久，徐成洌才明白，原来沈圆星一声不吭坐在那儿玩手机也不离开，纯粹是为了帮他挡桃花。

若是换了别人，在图书馆这种地方不务正业地玩手机，徐成洌肯定会觉得碍眼。

但他今天却一反常态，注意力无法集中到书本上，反倒时不时往对座的女生脸上瞟。

或许是因为……

午后橘色的暖阳光辉落在她身上，过于耀眼。

又或许是她玩游戏时各种微表情比他手里的书本更有趣些。

第三章
姐弟恋，行不行 ★

1

南城入了秋，傍晚的天空火云滚滚，霞色无边。

残阳余晖映入菱形的玻璃窗，将窗前靠坐的沈圆星烘托得一身暖色，娇媚动人。

她记不得自己打了多少把《消消乐》。

一关接一关，玩到手机没电，精力值也彻底耗干了，她才放下手机，起身活动了一下肩颈腰背。

简单拉伸完，沈圆星看了眼时间，已经下午六点了。

"时间不早了，我得回学校了，你呢？"她收起了手机，作势拎起那本没看两页的书，视线却是垂落在对面的徐成洌身上，见他眼观鼻鼻观心，看书看得格外认真，还以为他一时半会儿肯定不愿离开。

没承想，沈圆星话落，对面的徐成洌便将手里的书合上了，那双深情眼凝着她，薄唇动了动："一起走吧，我也回学校。"

沈圆星面露诧异，愣神之际，徐成洌已经起身合上了书籍，顺势接过了她手里那本书，归还回原位。

正好沈圆星想去一趟洗手间，便随他去了。

两人出了图书馆，于昏沉暮色里徐徐往公交站的方向走。

夕阳将他俩的身影拉得很长，在沈圆星和徐成洌没看见的地方，两人的影子交叠到了一起。

许是太过安静，沈圆星觉得尴尬，便随便找了个话题："我看你刚才看的那本书好像是犯罪心理学专业的，你对犯罪心理学感兴趣？"

徐成洌的视线虽直视着前方，但余光却是一直留意着沈圆星。

本以为他们会一路无言，直到上公交车，直到回到学校，没想到沈圆星竟是主动开口，找了个话题。

徐成洌沉了沉眼眸，沉思了片刻，方才回答她："最近想了解一些专业知识点。"

052

"这样啊，那你平时都喜欢看什么书啊？"

"小说。"男音寡淡，听着像是没有什么说话的欲望，于是徐成洌又补充了一句，"悬疑类的。"

沈圆星想起了前阵子苏梦推荐给她的那本悬疑文，便和徐成洌提了一句，问他看过这本没有。

本以为能循着这个话题聊下去，结果听她提到书名，徐成洌却是站住了脚，神情异样，却又让人猜不透他的心思。

"怎么了？"沈圆星的声音小了些，还以为自己说错话了。

毕竟徐成洌的表情看上去好奇怪，一副欲言又止的样子，最终似乎下定了决心，把话咽了回去。

徐成洌轻拧着剑眉，淡淡道："没事，你说的这本……我知道。"

"看来这本小说真的很有名啊。"沈圆星并未深究他的异样，只因他俩到了公交站台，恰巧不远处他们要乘坐的那一路公交车正卡在红绿灯路口。

站在她身边的徐成洌没有吱声，他满脑子都在想，要不要告诉沈圆星，那本悬疑文是他的作品。

写作是徐成洌初中时就培养起来的兴趣爱好。

从几千字的小短篇故事，到几万字的中长篇故事，他一路坚持下来，这才有了爆红于网络的成就。

"我觉得吧，作者案情写得很有意思，就是主人公缺乏了一点人情味。

"就好像一个无情的查案机器。

"不过总体来说，每个单元故事都很精彩，伏笔、铺垫以及各种反转，十分令人惊艳。"

沈圆星滔滔不绝着，眼睛一直盯着红绿灯路口的公交车。

见绿灯亮了，公交车徐徐朝他们这边过来，她才终于回头看了眼身边的男生，笑意深了些："说实话，这本书最让我印象深刻的，还得是作者。

"周吴郑王，我真的很好奇，作者是在什么情况下起的这么个敷衍的笔名。"

徐成洌一噎。

他稍稍回忆了一下，似乎当时他手边正好摆放着一本《百家姓》。

笔名对他而言无非就是一个代号，便随便注册了一个，也没想到书会火，更没想到笔名会被人当着面吐槽。

沈圆星话落时，公交车已经徐徐到站停下了。她看了眼发愣的徐成洌，伸手拽了他一下："上车了。"

于是徐成洌回过神，紧跟在她身后上了车。

这趟公交车到南大站要途经十一个站点，车上人多，没有座位。

徐成洌便仗着身高优势,将沈圆星圈在了后门对面那空旷的一隅。

她身后是玻璃车窗,眼前是身如松柏的男生。

莫名地,她觉得很有安全感,好像这车上的拥挤和喧闹,全都被他的颀长身躯隔绝在外。

公交车行进过程中,偶尔摇晃拥挤。

徐成洌会被人挤压向沈圆星那边,他俩的距离一再拉近,最终只一拳之隔,还是他拼命撑着扶手和玻璃窗的功劳。

原本沈圆星倒也没在意他靠得近与不近。

直到鼻息间混入浓烈的男性荷尔蒙气息,她才终于意识到,徐成洌是个成年男性。

而在沈圆星的潜意识里,她一直将他和乔英俊他们,都当成弟弟一样的小男生去看待。

就在沈圆星思虑间,有人从前面挤了过来,似是要在下一站下车。

她见徐成洌被那个身材魁梧的大妈撞了一下,似是毫无防备,被撞得往旁边倾去。

沈圆星想也没想,便伸手捞住了他的腰身,把人给抱了回来。

待稳住身形后,徐成洌垂眸看向她。

因为刚才那一抱,女生的脸几欲贴到他的胸膛。

隔着薄薄一层T恤衫,他心脏附近的那片肌肤被她温热的呼吸炙烤得滚烫烧热。

还有她落在他后腰的手,明明看上去柔弱无骨的指节,关键时候却异常有力,扶住他时,似要将指节嵌入他的腰身里。

那温热感即便隔着衣衫也能将他灼烫,似一股电流涌进身体,酥麻痒意直往心窝处钻。

他呼吸滞了片刻,心跳悄无声息地变快,眸光定住,垂落在女生发顶的视线沉重得无法挪开。

直到沈圆星的手从他后腰处抽走,她往后紧紧地贴靠在车窗上,仰头朝他看来。

"你靠近我一些。别小看这些个大爷大妈,他们年纪虽大,但挤公交车时,身子骨比谁都硬朗。"

她嘴角噙着明媚的笑意,狐狸眼笑得弯成弧度,黑白分明的眸子里,清晰地映着徐成洌的俊颜。

他本就低首凝着她,这会儿近距离对视,又是以类似于"壁咚"的暧昧姿势……

徐成洌半晌说不出话来,话音似卡在喉咙处,任他拼命滚动喉结,试图清嗓，声带也还是像被麻痹了似的，动弹不了。

于是他静静看着她，漆黑深眸里只映着她明艳俏丽的小脸。

随着时间流逝，徐成冽觉着自己就像是一具人形木偶，身后似有无数看不见的丝线在操控着他，驱使他低首朝女生明丽的面孔靠近。

车身晃动，很好地掩盖了徐成冽的意图。

沈圆星只觉得他的眼神像黑洞一样，有种吞噬人心的魔力。

她看着他眼里的自己，有些出神，倒是没有察觉到男生有低首靠拢过来的倾向。

车厢内嘈杂，但沈圆星心下却是前所未有的静谧。

要不是包里手机突然响了，她差点真的陷进男生深不见底的眼里。

电话是沈明川打来的。

铃声响起时，不仅沈圆星回了神，心猿意马的徐成冽也像是突然神魂归位。

他忙站直身体，将脸别向了一侧，呼吸粗浓，耳根滚烫，握着扶手的手更是用尽了全力。

似是只有这样，才能让他澎湃的心跳平缓下来。

"在回去的车上了，大概还有七八站吧……好，那你在东门等我。"

沈圆星草草说了几句便挂断了电话，还不忘跟徐成冽打声招呼："一会儿下了车我们就分开走吧。

"不然我怕不等明天，学校里就会传出我俩的绯闻。

"到时候我先走吧，阿川在东门等我一起吃晚饭。"

徐成冽滚了下喉结，终于发出了一点声音，沉闷的一声轻"嗯"，连胸腔都在轻微颤动。

接下来的路程里，沈圆星把只有最后一格电的手机玩到关机状态后，又侧身靠着玻璃窗，去看车窗外飞逝的街景。

总之她就是不肯再抬头去看徐成冽，怕再被他那双眼睛吞噬思绪。

徐成冽也没敢正面面对她，视线一直落在旁边摇摇晃晃的吊环上。

他心下杂草丛生，满脑子都是刚刚沈圆星眼也不眨望着他时的样子。

她的眼神澄澈干净，神情懵懂，像一张纯白的纸，等待被人浓墨重彩地渲染。

沉默蔓延至公交车到站。

按照约定，沈圆星下了车先走。

她从右手边过天桥，一路小跑着奔赴弟弟之约。

至于徐成冽，他一直目视她的背影穿越人海逐渐远去。

期间女生头也没回，那道决绝的背影，竟让徐成冽生出几分自嘲。

嘲笑自己刚才在公交车上差点失态。

沈圆星的背影消失在天桥上时，徐成冽收回了视线。

按照她的意思，他往左走，从左手边的天桥过马路，然后从南大西门进学校。

虽然沈圆星说的话很有道理。

她和霍明涛刚分手，这会儿要是被人看见他俩一起进出学校，明天保不准会传出什么风言风语。

但徐成冽心里还是有点不舒服。

说不清为什么，就好像是对她急于与他撇清关系的作为感到不满。

明明她这么做才是正确的。

徐成冽回到宿舍时，高晨和乔英俊正在吵架。

字里行间提到了沈圆星，于是他留心听了几句。

"都说了你配不上她，能不能有点自知之明？"

高晨手里拿着一本书，坐在椅子上翻看，语调沉缓有力，揪着眉，似是对乔英俊很是不耐烦。

乔英俊则吹胡子瞪眼很生气，分贝拔得很高："我配不上你就配得上了？不说别的，就你那五大三粗的长相，人家沈学姐就瞧不上好吧！

"我就不一样了，我跟霍明涛是同款的帅气长相，沈学姐肯定喜欢我这款的！"

乔英俊话落，高晨抬眼瞪他，余光恰好瞥见默默拉开椅子坐下的徐成冽。

高晨眼睛一亮："阿冽回来了，你说，我俩谁更适合做沈学姐的男朋友？"

刚落座的徐成冽浅浅皱了一下眉，冷凉的眸光从高晨脸上移到乔英俊脸上，面无表情道："都不适合。你们适合做梦。"

2

暮色四合，微光如烟如雾，将南大东门笼出一层柔美的滤镜。

门外是人声鼎沸的小吃街，门内是清幽雅静的校园林荫道。

沈明川就站在林荫道尽头的树下，塞着耳机听歌，目无焦距地望着前方。

被沈圆星拍肩膀时，他明显吓了一跳，脸色微白。

直到看见她，他才勉强缓过来："姐……"

"吓到了？胆儿怎么这么小。"沈圆星拍拍他的背，随后挽住了沈明川的胳膊，拽着他往门外小吃街走。

她一边走，一边询问沈明川想吃什么。

弄得沈明川直到进了一家铁板烧的店，方才有机会问沈圆星和霍明涛之间的现状。

询问之前，沈明川先端详了一下沈圆星的神情、脸色。

见她情绪正常，心情也不是很差的样子，他才敢小心翼翼开口："姐，你和姐夫……哦不，霍明涛，你和他之间……"

"断干净了，联系方式删了，话也说清楚了。"沈圆星自顾自地说着，把那块男表放在了桌上，"喏，手表我也要回来了，本来打算给你的，但想想又觉得脏，还是卖了给你买乐高比较好。"

"唔，断干净了就好。那你要打手吗？"沈明川两只手揣在一起，规规矩矩叠放在餐桌上，乖巧得仿佛刚才的话不是从他嘴里说出来的。

坐在对面的沈圆星抽了抽嘴角，不用想也知道是沈明川宿舍里的乔英俊跟他说了些什么。

"不需要，你也别听乔英俊的鬼话，法治社会打人是不对的，你应该知道。"

"可是乔英俊还说，人都有底线，不能一昧忍气吞声，不然别人会以为你好欺负。"沈明川蹙着眉，眼里的担忧是真的，苦口婆心的语气也很真诚。

是实打实地在关心沈圆星。

沈圆星端起手边的花茶喝了一口，倒是觉得乔英俊这话教得没错。

"对了姐……我还有一件事想问你。"没等沈圆星回话，沈明川又开口了，难得主动提起话题。

他以前大多是沉默寡言，与人交流一向被动。

今天他表现不错，沈圆星自然心情好，嘴角勾起了弧度："你问。"

沈明川抿了抿唇，挪了挪身子，朝她靠近一些，问得很小声："你觉得……乔英俊和高晨怎么样？"

沈圆星被问住了。

不过，她怎么听着这话不太对劲，是她理解的那个意思吗？

她感觉沈明川是在问她情感方面的问题，但又觉得能从自家弟弟嘴里听到这种问题，是一件很稀奇的事。

"为什么这么问？"

"就……他们今天在宿舍里打起来了，争论谁更适合做你的男朋友。"沈明川话落，脸微微红了。

从小到大他都没管过姐姐的事，这次霍明涛劈腿事件，让沈明川意识到自己这个做弟弟的有多失职。

至少应该在姐姐挑男朋友的时候，替她把好关才是。

而之所以提到乔英俊和高晨，是因为他俩自从中午在食堂碰见过柳星彤以后，便一直在吐槽霍明涛劈腿的事，骂霍明涛眼瞎，又说柳星彤没有廉耻心，两人难得同仇敌忾。

后来回到宿舍，因为下午没课，沈明川与他俩在宿舍里待了一下午。

直到他给沈圆星打电话问她回学校没，乔英俊和高晨才又打开话匣子，为了谁更适合做沈圆星男朋友这件事吵了起来。

沈明川当时就想，要是沈圆星再谈恋爱，那他这个做弟弟的一定要好好为她把关。

他先拿乔英俊和高晨做了对比。

这两个似乎都不错，沈明川一时间拿不定主意，所以才鼓足勇气询问沈圆星的意思。

再看沈圆星，她的脸色直接僵住了。

沈圆星半晌才哭笑不得道："那你回去告诉他俩，姐姐我择偶有一条硬性标准，那就是年纪不能比我小。

"比我小的我都不来电，更何况他们还是你的室友，在我心里，都和你一样，是我弟弟。"

沈明川一脸恍然，瞬间不纠结了。

他之前还怕选了乔英俊当姐夫，高晨会不开心。

更怕因为自家姐姐，影响他们朋友间的感情。

虽说这一条"硬性标准"是沈圆星临时想到的，但她倒也没说谎，她确实打心底里接受不了姐弟恋，总觉得和比自己小的男生谈恋爱会很累。

又或许是因为她有个弟弟的关系，迈不过姐弟恋的这道坎。

吃完晚饭，沈圆星和沈明川一人抱着一杯奶茶往学校里走。

做弟弟的坚持要送她到宿舍楼下，沈圆星拒绝不了，姐弟俩便慢悠悠地散着步回去。

刚到楼下，沈圆星便挥手赶走了沈明川。

她叮嘱他回去以后休息半小时再洗澡，晚上早点休息，顺便也让他宽心，她的状态挺好的，完全没有被分手影响。

沈明川见她脸上始终挂着笑容，心里的担忧方才慢慢卸下来，抱着奶茶往松竹楼的方向去了。

留下沈圆星站在兰慧楼前面的路口盯着他渐行渐远的背影，直到沈明川的身影缩小成一个黑点。

此时夜幕已经笼住了整个南城。

晚风徐徐，海棠树枝丫颤颤，连同沈圆星鬓角的耳发都被吹乱，几欲迷住眼睛。

她随手将其勾回耳后，转身欲往公寓大楼里走。

没想余光却扫到了从侧面林荫道过来的一男一女，正是白日里才跟她分了手的霍明涛，和他那个邻家妹妹柳星彤。

真是冤家路窄。

沈圆星暗暗想，佯装没看见，散漫地收回了视线，头也不回地朝兰慧楼里走。

不远处过来的霍明涛和柳星彤都看见了她。

前者脸色僵住，连脚步都顿了一下，难掩心慌，半晌才想起来他们已经分手的事实。

至于柳星彤，她脑子里第一念头是牵着霍明涛的手快步追上去，想让沈圆星看看她上位者的风采，更想刺刺沈圆星。

奈何沈圆星走得太快，根本没有给柳星彤秀恩爱的机会。

但这不打紧，柳星彤在和霍明涛打了招呼以后，也风风火火地进了公寓大楼，终究还是让她在电梯口处追上了正在等电梯的沈圆星。

电梯此时正在公寓最顶层。

下行过程人们上上下下，所以沈圆星等待的时间有些长。

起初电梯口只有她一个人等着，不多时她便听见略着急的脚步声。

来人穿的高跟鞋，"哒哒哒"的声音越来越近，最终来人在沈圆星身后站定。

沈圆星没有回头看，她对来人是谁并不感兴趣。

待电梯到了，里面的人出来以后，她径直进了电梯。

回身之际，她看见了方才赶上来的柳星彤。

两人视线对上一秒，随着柳星彤进了电梯后转身面向电梯门，两人交错的视线又分开了。

柳星彤和沈圆星并排站着，待电梯门合上后，柳星彤往前挪了半步，似是连站位都要分出个高下。

沈圆星睇了柳星彤一眼，没说话，心里却在盘算，柳星彤着急忙慌赶上来跟她乘坐同一部电梯，到底想干什么？

总不能只是想跟她争个站位吧？

果不其然，电梯上行过程中，柳星彤先开口打破了静谧。

她声音婉转高扬，略得意："沈学姐，还记得上次我们单独相处时我说过的话吗？

"你看我没说错吧，你果然管不好你的男朋友。"

沈圆星抄着手，单肩包勾挂在左边肩膀上，她正全神贯注地盯着电梯里的控制面板。

看着楼层数字缓慢有序地跳动，她心下平静如水，话音也淡然："我纠正一下，是前男友。"

"对哦，你们已经分手了。"柳星彤轻笑，回眸看向沈圆星时，连眉眼都渗入了得意，"而且今晚明哥哥跟我表白了呢。"

"沈学姐，你说我要不要答应他呢？

"总觉得进展太快，有些对不住你啊。"

女生矫揉做作的样子，险些让沈圆星憋不住心下的火气。

沈圆星暗暗磨着后槽牙，余光瞥见柳星彤眉飞色舞的样子，很想上去赏她两个耳光。

也不知道这姑娘怎么想的，自己都已经如她所愿和霍明涛分手了，还非得凑到跟前来往自己伤口上撒盐……

本来念着自己年长一些，沈圆星是不想和她计较的。

这会儿听着她一句比一句气人的话，沈圆星绷不住了，冷笑了一声："有什么可对不住我的？"

"不过是一块我嚼过的口香糖而已，如今我已经吐出来了，谁喜欢谁捡回去便是，不嫌粘牙就行。"沈圆星拖长了语调，面上一派轻松。

待话音落定，刚好电梯到了九楼，沈圆星往前走了半步，挤开了挡道的柳星彤，也学她刚才那样，回眸看了她一眼，意味深长地笑了笑。

随后在女生铁青的脸色里，沈圆星扭着纤腰，洒脱离去。

背影别提多肆意潇洒，又透着风情妩媚，一丁点失恋的颓败都没有。

柳星彤因为沈圆星的话在电梯里愣了半晌。

直到门快合上了，她才伸手拦下，死死咬着下唇从里面出来。

沈圆星的反应全然不是她想看见的。

一定是装的，她就不信沈圆星真能这么快就放下！

事实证明，沈圆星那一脸轻松肆意确实是装出来的。

她到底是真心实意地喜欢过霍明涛，如今虽然分手了，也并非立刻就能幡然醒悟，脱离苦海。

毕竟霍明涛也曾全心全意对她好过，也曾在她有需要时，及时出现在她眼前。

回到宿舍后，沈圆星重重将门关上了。

她背靠着房门，在林娇、李成欢她们受了惊吓的眼神里，才后知后觉地拾回一些理智："不好意思，吓到你们了。"

林娇率先反应过来："怎么了这是，这么大的气性，谁惹你了？"

她刚洗完澡，这会儿正在敷面膜。

李成欢和苏梦正面对面坐在长桌前看书，做功课。两人也都被沈圆星吓了一跳，这会儿停下手里的事，齐刷刷盯着沈圆星。

在她们仨的印象里，沈圆星从没这样摔过门。

林娇话落，苏梦和李成欢便对视了一眼，同时想到了霍明涛。

"你下午不是去见霍明涛了吗，是不是他惹到你了？"苏梦问得小心翼翼，怕戳到沈圆星的痛处，又压不住心下好奇。

沈圆星吐了口气，身心俱疲地挪到自己的床位下方，拉开椅子坐下，把电梯里遇见柳星彤的事简要说了一下。

林娇顿时怒了："什么玩意儿啊，她插足别人的感情还有脸了？抢了别人男朋友还挺骄傲？"

"这么看来这个柳星彤也是个奇葩啊。你们说她图什么啊，要是图霍明涛那渣男，她现在已经凭借自己高超的'茶艺'把人抢到手了，还来刺激星星做什么？我现在非常怀疑她的动机，总觉得她并没有那么喜欢霍明涛。"苏梦摩挲着下巴，眼里漾着精光，发言相对理智。

至于李成欢，她比较直接，提议沈圆星去交一个新的男朋友。最好是比霍明涛更帅更优秀，甩那渣男八条街的优质男生。

"结合梦梦和欢欢刚才所说，我倒是想起了一件事。"林娇理了理面膜的边角，说话时嘴巴弧度很小，"就我那个老乡，星星你弟弟宿舍的那个文科状元学弟。

"他现在可是南大风口浪尖上的人物，我听说大一那些学妹对他可痴迷了。说不定柳星彤喜欢霍明涛是假，爱慕徐成洌才是真。

"综上所述，我觉着星星你可以去试一下徐成洌。

"咱用魔法打败魔法，顺便还能让霍明涛那狗东西长长眼，让他知道你当初答应跟他交往是他上下八百辈子修来的福气！"

沈圆星全程没发言，但她们的话她都听在耳朵里。

她稍稍回想了一下之前徐成洌送她回宿舍，正好撞见柳星彤和霍明涛。当时回宿舍的途中，柳星彤的确提起过徐成洌，还问她和徐成洌是不是很熟来着。

她当时就看穿了柳星彤那点小女生的心思。

只不过柳星彤后来否认了，加上又对霍明涛下了手，所以她暂时将这件事抛之脑后。

这会儿又想起来，她心下隐隐有了答案。

柳星彤应该是喜欢徐成洌的。

至于抢霍明涛……或许只是占有欲在作祟？

毕竟柳星彤和霍明涛从小一起长大，以前霍明涛的世界里也只有柳星彤一个异性，霍明涛估摸着没少宠着柳星彤。

现在那份宠爱被她分走了，柳星彤自然不乐意。

"星星，你怎么了？"林娇拍了拍沈圆星的肩膀，将出神的她唤了回来。

沈圆星含糊应了一声，喃喃着回："我在想……徐成洌好不好撩。"

3

宿舍里忽然静谧无声。

只落地窗那边吹了夜风进来，将林娇挂在书桌上的贝壳风铃吹得"丁零当啷"响。

异常的安静中，沈圆星敛了神思，她摇了摇头："不行不行，他那人看着就是个冷淡的，肯定撩不动。"

再说了，她不久前才跟沈明川信誓旦旦地说她绝对不会和比自己年龄小的男生谈恋爱，总不能转眼就打自己的脸吧。

沈圆星拍了拍自己的脸，暂时压下了利用徐成洌报复霍明涛和柳星彤的念头。

刚刚还满怀期待的林娇只能说："你要是撩不动他，那这世上怕是没人能撩动他了，星星你对自己有点信心行不行？"

话虽如此，林娇心里还是多少认可沈圆星刚才的说法。

尤其是徐成洌性格冷淡这一点，有眼睛的人都看得出来。

听说开学以来，跟他表白的女生也不少，下至大一的学妹，上至大四的学姐，鲜有人能招架得住徐成洌那惊为天人的超高颜值。再加上他还是高考文科状元，品学兼优，秉性高洁，被誉为"南大高岭之花"……

想摘下他的人数不胜数。

可这么久了，女生们前赴后继地表白，都无一例外地被他拒绝。

徐成洌彻底坐实了"高岭之花"的名号。

也正是因为这一点，身为吃瓜群众的林娇，才格外期待沈圆星和徐成洌能对上。

毕竟当初入学的时候，沈圆星可是被校友们誉为有史以来最天然的"钓系美人"。

沈圆星抱着椅背望着林娇："可他是我家阿川的朋友……再说了，我也不确定柳星彤是不是真的喜欢他，万一不是，那我不是白费功夫和演技。"

林娇一噎。

她才不会承认她是有私心的，就是想看南大颜值最高的两个人谈恋爱而已。

这件事暂时被沈圆星压在心里。

她接下来一周很是发愤图强，一门心思都花在学业上，似乎只有让自己忙起来，才能缓解分手初期的那份不适感。

但相安无事的日子也没持续几天。

一个周末过后，法医学系系花沈圆星和中文系系草霍明涛分手的消息在学校论坛上不胫而走。

只因为有人在论坛放了一张照片。

照片里是霍明涛蹲在一个女生跟前，为她系鞋带。

而那个女生，正是中文系大一的柳星彤，也是中文系新选上来的系花。

鉴于霍明涛前任女友沈圆星也是系花，于是论坛上一堆中文系的学生留言，说法医学系系花输给了他们中文系的系花，气得法医学系的学生前赴后继爬上论坛和他们对线。

【什么什么？沈圆星输给了柳星彤？这是什么绝世冷笑话，我家沈系花的颜值甩那什么彤十几条街好吧。】

【前脚和沈系花分手，后脚就搭上了柳，到底是无缝衔接还是渣男贱女联手重伤我方系花？】

【楼上你说得未免太委婉了，跟他们中文系的拽文干什么，直白点！柳是不是插足别人感情了？】

【有一说一，霍这眼光真是断崖式分裂，怎么想的？】

…………

论坛的节奏被法医学系的学生掌握，根据不少路人拼凑出来的线索，这下基本坐实了柳星彤插足霍明涛和沈圆星感情的事实。

于是之前冒头的中文系学生们个个不吱声了，剩下法医学系的学生疯狂输出，谴责柳星彤作风问题，以及霍明涛的渣男本质，相关帖子直接飘红挂在了论坛首页。

许是这些发言传到了柳星彤和霍明涛的耳朵里，中午午饭时间，霍明涛在论坛发帖申明，说他和柳星彤从小一起长大，他很早以前就喜欢柳星彤了。

字里行间都是对柳星彤的维护，全然没考虑过沈圆星的感受。

但这帖子沈圆星并没有看见。

论坛上风云骤起时，她还是奶茶店的苦命打工人，奶茶店生意太好，她忙得连喝口水的工夫都没有。

不过林娇她们看见了，上论坛时正赶上风向突变。

骂柳星彤和霍明涛的声音小了，说沈圆星是柳星彤替身的人越来越多。

"这些人眼睛不要就捐了吧，居然说我们家星星是柳星彤的替身！"林娇气不打一处来，刚想怼回去，倒是有个ID叫"英俊潇洒"的人先一步发言了。

【英俊潇洒：沈圆星明艳动人，要不是和霍大负心汉谈恋爱，人家早就

登顶校花了。还替身,那谁她配吗?】

林娇赶紧在下面回复:【总算有一个明眼人了!】

后来又有个叫"熹微"的人在霍明涛新开的帖子下回复了不少沈圆星的照片。

那些照片里的沈圆星要么穿蓝白校服扎高马尾,要么披肩黑长直发配冶艳红色连衣裙,每一张都是"瓜友们"没见过的沈圆星。

连林娇、苏梦她们都盯着那些照片发愣,半晌才意识到发照片的人身份肯定不简单。

"这些照片是星星大学以前拍的吧?看背景像是她高中时期拍摄的。"林娇捧着手机细细翻看照片。

苏梦也在看,被照片里肤白貌美凹凸有致的明艳少女惊艳得眼睛都舍不得眨一下:"这个ID叫'英俊潇洒'的人会不会是星星的弟弟啊?"

思来想去,她还是觉得这些日常照,怕是只有沈明川手里有资源。

照片里涵盖高中时期的沈圆星,高马尾和蓝白校服,青春明媚,笑容纯洁美好。

至于冶艳红裙那几张,看着像是参加了学校的活动,沈圆星化了淡妆,想来是上台表演节目前后拍摄的。

乌发红唇的沈圆星,将"纯欲"中的"欲"展现得淋漓尽致,单一个抬眸望向镜头的眼神,便像是坠了钩子,把人心搅弄得扑通狂跳,迷得神魂颠倒。

除此之外还有几张家居日常的照片。

里面的沈圆星穿着宽大T恤配超短裤,T恤衣摆刚刚掩过大腿根,底下一双匀称白皙的大长腿,"撕漫女"既视感不要太强烈!

照片一出,论坛那些人直接被沈圆星那接二连三的美照迷得晕头转向。

【绝美啊,这是什么神仙颜值!】

【同样是系花,沈系花这也太突出了点,叫别的系花怎么活啊?】

【我算是看明白了,敢情沈系花本质是纯欲天花板!她干啥走温柔甜美的路线啊,那根本不适合她啊!】

【没错,别人都是扬长避短,到沈系花这儿反倒扬短避长,怎么想的?】

【希望脱离爱情苦海以后的沈系花能够重回颜值巅峰!我始终没办法忘记她入学那天被路人拍的那张照片,不知道还有没有人记得?我记得当时那个帖子在论坛首页飘了好几天!】

【记得记得记得,你说的是不是那张吊带露脐装配短裤的照片?救命,又美又飒!】

…………

看着照片楼层的回复如高楼平地起,"起"势汹汹。

发照片的高晨扯了扯嘴角，不忘把当初沈圆星他们那一届竞选校花的名单截图也放上去，顺手还放了一张柳星彤的精修美照。

坐在高晨旁边的乔英俊皱起了眉头："你发柳星彤的照片干什么？还发精修照……你到底哪边的？"

一直旁观的沈明川看了眼高晨，隐约明白他的用意，便替他跟乔英俊解释："别担心，柳星彤的高清精修照打不过我姐那些纯天然日常照，那些人自会分辨美丑。"

高晨："没错，还是阿川聪明。群众的眼睛是雪亮的，沈学姐的盛世美颜三百六十度无死角，但柳星彤的精修美照却尚有瑕疵。

"俊儿你去带个风向。"

乔英俊顶着他"英俊潇洒"的ID加入了讨论。

还真如高晨和沈明川所说，论坛里那些人眼睛毒辣，谁美谁丑，高下立见。

"对了阿川，你姐是不是还不知道这事儿呢？"高晨看向沈明川，寻思着论坛上闹出这么大的动静，连霍明涛都出面当众维护柳星彤了……要是沈圆星看见了帖子，她能忍得住？

沈明川挠挠头："应该还不知道，她今天上午没课，在奶茶店兼职来着。"

他们闲聊着，时不时看一眼论坛上的风向。

闲暇之际，乔英俊的视线飘向了正在书桌前敲着笔记本电脑的徐成洌，他扯着嗓子喊了一声："阿洌，你真不想看看沈学姐大学前的照片啊？真的巨好看哦！"

之前沈明川请他们帮忙扭转论坛上的局面时，徐成洌便拒绝了。

他说沈圆星不会希望他们插手多管闲事，也不赞同沈明川把沈圆星过去的照片发到论坛上。

但徐成洌的反对并没有任何实质性的作用。

毕竟他不过是沈圆星弟弟的室友而已，在和沈圆星相关的事情上，本就没什么话语权。

是以他干脆闭嘴，坐在桌前默默码字。

至于沈圆星那些以前的照片，徐成洌并没有看。

他怕自己看了以后，会不顾一切阻止高晨把照片发去学校论坛上。

乔英俊话音刚落，沈明川便接到了沈圆星的电话。

彼时，沈圆星刚结束兼职，在回学校的路上。

途中看见了林娇发的微信，其中包括论坛的帖子链接。

于是沈圆星点进论坛看了那两个相关帖子。

从第一个路人帖到第二个霍明涛的澄清帖,她一路细看,终于看见了一个 ID 叫"熹微"的人发的那些照片。

都是她大学前的照片,有高中时期穿校服的,也有参加文艺会演上台表演前的照片,还有家居照……

单看这些照片,沈圆星便猜到了发照片的人是谁。

因为整个南大,拥有她这么多生活照的人只有一个——沈明川。

陈年旧照被晒到学校论坛上,沈圆星心里多少有些不适。

加上回来的路上,她遇见不少校友,一个个总免不了朝她多看几眼。

这种如芒刺背的感觉,难免惹得沈圆星不快。

是以她给沈明川打电话时,带了点情绪:"你没事儿发我照片干什么,还嫌事情闹得不够大,非得丢脸丢得全校皆知才满意?"

接到电话的沈明川没想到会被劈头盖脸一顿训,他咬着唇许久不吭声,有些委屈。

静默间,沈圆星进了宿舍大楼,站在电梯口前等电梯。

穿堂的风稍稍抚平了她心下的躁意,她深吸了一口气,脾气收敛了许多:"阿川,你怎么想的?"

察觉到沈圆星的语气缓和了许多,沈明川方才小心翼翼地开口,委屈极了:"我只是……不想看他们诋毁你欺负你。

"姐,做错事的人不是你,凭什么你要避而不谈忍气吞声?"

电话这头的沈圆星愣住了,心下轻颤。

沈明川的话似一股浪潮扑过来,打翻了她不想把事情闹大的固有思维。

听筒里,沈明川的声音还在继续:"高晨和乔英俊他们说得对,像霍明涛和柳星彤这样的人,你退一步他们能进三尺,你的退让和沉默只会让他们觉得你好欺负。

"姐姐,咱不受这委屈行不行?"

"叮!"

沈圆星面前的电梯门徐徐打开,里头冷白的灯光弥漫她的黑眸,似照进了她心底昏暗处。

分手以来的不得劲不痛快,这会儿全都翻涌上来。

沈圆星沉了口气,闭上眼屏息了片刻,终于温柔地应了沈明川一声:"知道了。论坛上的事你别插手了,我自己可以处理。放心吧,姐姐不会再受委屈了。"

电话挂断后,沈明川松了一口气。

虽然沈圆星让他别管论坛上的事,但他和高晨、乔英俊还是死守着论坛。

约莫二十分钟后，论坛上有一则新帖。

发帖人正是沈圆星，标题简单粗暴：【本来想着和平分手互不打扰，你却非要踩我捧她，那我就好好跟你讲讲道理。】

这个帖子针对性很强，明显是在喊话之前发帖维护柳星彤的霍明涛。

得知沈圆星上了论坛，坐在电脑前心不在焉码字的徐成冽果断拿起了桌上的手机，动作麻利地登入了学校论坛。

4

南大学校论坛的界面是海蓝色背景。

徐成冽登入论坛时，沈圆星发的帖子已经飘红挂在了论坛首页，不过短短几分钟的时间，帖子底下便盖起了万丈高楼。

这样的热度，在南大校内而言，已经快赶上徐成冽相关话题楼了。

徐成冽点进帖子时，沈圆星主楼的内容刚被审核完毕放出来，底下一溜抓心挠肺想看屏蔽内容的。

正应证了那句"来得早不如来得巧"。

刚被审核放出来的主楼内容简单粗暴，就是一张霍明涛和柳星彤在电影院门口亲吻的照片。

正如沈圆星标题所说，她是来跟霍明涛讲道理的。

讲道理之前，总要拿出一些实质性的证据，让吃瓜群众看清她的立场。

她在帖子里一气呵成，先简要说明了她和霍明涛分手的事实，再追溯分手的缘由。

这里难免要提到柳星彤。

正如沈圆星所说，当初霍明涛向她介绍柳星彤时，只说柳星彤是他的邻家小妹。

她信了他，结果霍明涛却背叛了她。

说到这里，沈圆星难免要隔空喊话霍明涛：【主楼的照片是什么时候拍摄的，你应该最清楚。你和我恋爱存续期间做出这样的事，我说一句你品行不端，这你得认吧？】

至此她算是把和霍明涛分手的原因清楚明了地告诉了吃瓜群众。

虽然沈圆星只喊话了霍明涛，但楼里却有不少提到柳星彤的回复，还说从那张亲吻的照片看，似乎是柳星彤比较主动。

那些议论的言辞沈圆星并没有去细看，她只针对霍明涛继续发表自己的言论，美其名曰和他讲道理。

她想霍明涛肯定也在论坛潜水，只不过不敢出来和她对线罢了。

想到这里，沈圆星便有些好笑。

笑自己竟然会有当众咄咄逼人的这一天，像个怨妇似的。

但正如沈明川所说，整件事中她都没有做错过任何事。

她没理由受这份委屈，还要装成没事人似的，看他们秀恩爱。

于是她针对之前霍明涛在论坛维护柳星彤的发言，又一次隔空喊话：【听说你很早以前就喜欢她了，把我当替身是吗？那我能冒昧问一句吗？既然你这么喜欢她，喜欢到见不得她受一丁点委屈的地步，那你找替身做什么？该不会从一开始，我就是你用来刺激她的工具人吧？】

许是沈圆星的发言让霍明涛的形象在整个学校论坛受到严重影响的缘故，身为当事人的霍明涛忍不住跳脚了，直接在她的帖子里回复：【我没说你是替身……】

看见这句疑似有些委屈的回复，沈圆星捧着手机冷笑了一声，直接回复他：【哦，你没说啊。行吧，既然我不是替身，我们之间就是正常恋爱正常分手，那就烦请你以后不要说什么"早就喜欢她"这种容易令人误解的话，不知道的还以为我才是那个插足你们感情的人呢。】

霍明涛不敢吱声。

隔着屏幕他都能感觉到沈圆星身上发散出来的怒意，也品出了她字里行间的阴阳怪气。

结果霍明涛偃旗息鼓了，柳星彤却突然冒了头：【沈学姐对不起，一切都是我的错，你别骂明哥哥。我和明哥哥之间真的只是青梅竹马的关系而已，那次是个误会……我们可以解释的。】

看见这"茶言茶语"，林娇就坐不住了。

她冲到沈圆星跟前："星星，你看看，她这说的是什么话？青梅竹马就可以当街亲亲了吗？什么玩意儿？

"不行，你必须得去拿下徐成冽！她挖你墙脚，你刨她地基，我就不信了，你还能输给她！"

沈圆星一边安抚林娇一边在论坛上回复柳星彤的消息：【解释什么，解释你如何恬不知耻当街亲吻别人的男朋友？还是解释你和霍明涛只是以青梅竹马的关系在玩暧昧，实际上你喜欢的另有其人？得了吧，都是千年的狐狸，跟我玩儿什么聊斋？】

"漂亮啊，就得这么怼她，看她还能装多久。"苏梦轻拍书桌，替沈圆星喝彩。

这会儿她们宿舍里几个人全都拿着手机，在论坛潜水围观沈圆星的帖子，她的发言，她们第一时间就能看见。

果不其然，沈圆星回复了柳星彤以后，那边果然没再吱声了，憋了半天也就憋出一句：【对不起……】

似是委屈极了。

沈圆星回了一句：【别道歉，不接受。】

随后她又发了一句：【散了吧，封楼了，以后他们的事别拉我下水，谢谢大家。】

发完这一句，沈圆星就果断退出了论坛。她揉了揉疲惫不堪的手腕，舒了口气："不行了，太累了，我得去洗个澡。"

"不是……你真不考虑一下跟徐成洌的事啊？"林娇还不肯放弃，一直跟在沈圆星身后，从衣柜跟到洗手间外，"我觉得柳星彤真正喜欢的人是徐成洌，星星你考虑一下啊。"

沈圆星将林娇关在了洗手间门外，自己靠在门上深呼吸。

片刻后她才懒懒地回："他是我弟弟的朋友，姐弟恋我真不行，不来电。"

男生宿舍609。

沈明川正被乔英俊勾着脖颈，庆祝沈圆星论坛"战役"大获全胜，和霍明涛、柳星彤轮流对线，也丝毫没有嘴下留情。

虽然故事里的主角都已经悄然退场，但这会儿学校论坛上却还流传着沈圆星的传说，从颜值夸到她飒爽的性格，不少男生还在论坛发起了表白帖，高调求爱。

于是之前做梦都想和沈圆星交往的乔英俊和高晨，又开始为了子虚乌有的假设争论起来。

宿舍里遍布他俩的争论声，沈明川在旁边劝说，徐成洌则拿着手机，看着论坛表白帖里某个人的回复：【得了吧，恢复单身的沈系花迟早会晋升校花，在座各位谁能配得上？】

又有人回：【校花就让校草来配呗，话说新晋校草选出来了没有？】

徐成洌退出了学校论坛，抄着手坐在椅子上，在想竞选校草的事。

开学时乔英俊便跟他提过这回事，但被他拒绝了。后来那小子悄悄拿了一张偷拍他的照片去竞选，也不知道结果出了没有。

就在徐成洌盘算着如何不着痕迹地挑一张自己的高清照片给乔英俊，让他去把参加竞选校草的糊照换下来时，沈明川为了缓和高晨和乔英俊之间剑拔弩张的氛围，提高了分贝："你们都别吵了，我姐说她接受不了姐弟恋……所以你俩都没戏。"

沈明川话落，宿舍里陷入了无边的沉寂。

刚刚还撸袖子打算干一架的高晨和乔英俊顿时像被人摁了暂停键。

半晌，高晨才试探似的问："小一岁都不行？"

沈明川："小一天都不行。"

乔英俊:"姐姐也太苛刻了,择偶标准不要这么严格吗?"

话落,乔英俊忽然想到了什么,直奔默不吭声的徐成冽而去,一把搂住了他的脖颈,将他的脑袋往后转,让那张惊天地泣鬼神的俊脸朝向沈明川:"咱就说,冽儿这颜值有没有可能成为例外?"

一向不喜欢被乔英俊勾肩搭背搂脖子的徐成冽难得安安静静地任乔英俊摆弄。他暗暗屏住呼吸,漆黑如墨的眼睛望住沈明川,隐隐藏着希冀,谨小慎微到没让任何人察觉。

沈明川被乔英俊的提问噎住了,盯着徐成冽那张脸支支吾吾半响,最后也只磨出一句:"或许吧……"

他不确定自家姐姐会不会因为徐成冽的脸破例,机会大概一半一半。

这个答案明显没有达到乔英俊的预期。

他觉得无趣,松开了徐成冽的脖子,还不忘徐成冽的脑袋原封不动转回去。

徐成冽全程没说话。

沈明川的话就像一块天外飞石,在他心里砸出一个坑。

他再没心思去看电脑屏幕,更别提敲键盘码字了。

论坛风波后的第二天,沈圆星在兼职的奶茶店和柳星彤打了照面。

彼时沈圆星穿着工作装在收银台忙碌,柳星彤和她的两个朋友进了店。

和沈圆星的视线对上时,柳星彤倒是一点也不惊讶,似是早就知道沈圆星在这里兼职,冲着她来的。

虽然不知道柳星彤想做什么,但看见她的第一秒,沈圆星便打起了十二万分的精神。

她们一行三人,点了饮品便在店里落座了。

一开始倒也风平浪静,险些让沈圆星以为是她多虑了,直到后来柳星彤和那两个女生聊起了霍明涛。

确切地说,是那两个女生八卦她和霍明涛之间的进展。

柳星彤咬着吸管,含羞带怯地浅笑着,并未刻意压低分贝:"他在追求我,我暂时还没想好要不要答应他。"

"哎哟,看你春心荡漾的样子,心里其实早就已经有答案了吧。"

"其实霍学长也挺好的,你们青梅竹马郎才女貌,真的很般配。"

"就是吧,他交过女朋友这一点,算是他本人的一点瑕疵。"

说到霍明涛的前女友,柳星彤意味深长地看了一眼收银台前的沈圆星,装得一脸委屈为难:"快别说了,回头又该被人误会是我害得明哥哥和她分手的。"

她那两个朋友也朝沈圆星那边睨了一眼,其中一短发女生满脸不屑:"什么啊,某些人自己技不如人留不住男人的心,还好意思怪别人。"

另一人:"彤彤,你别害怕,只要霍学长心里的人是你,旁人也只有羡慕嫉妒恨的份儿。"

短发女生:"那些技不如人的人,你压根儿不用把她放在眼里。"

奶茶店的面积不算大,虽然来往的客人多,些微嘈杂,但也掩不住柳星彤她们的说话声。

她们说的每个字每句话,沈圆星都听见了。

尤其是被说技不如人时,沈圆星心里那股怒火"噌"地烧了上来。

要不是有客人进店,她怕是已经从收银台出去,直接过去和柳星彤她们面对面对线了。

"一杯蜂蜜柚子茶,少冰少糖。"磁浅男音极具穿透力,压下满店嘈杂,清晰地传到了沈圆星耳朵里。

她觉得这道声音很熟悉,遂将视线从柳星彤那边收回,落在了收银台前站定的男生身上。

对上男生那双幽深的深情眼时,沈圆星略有些诧异。

许是因为最近林娇在她耳边念叨徐成冽的次数过于频繁,以至于沈圆星和徐成冽视线对上时,难免有些心虚。

她小声应了一声好,向他报了价格。

结果徐成冽从钱包里抽出了一张百元大钞夹在指间递给她,收银台里的零钱竟是不够找补给他。

"不好意思,有零钱吗?我这儿找不开,还差十块。"沈圆星蹙起秀眉。

今天来店里的客人,基本都是百元大钞,零钱早就找补出去了,这会儿没剩几张。

沈圆星想了想,本打算让徐成冽稍等一下,她去隔壁店换点零钱。

结果落座在角落里的柳星彤却突然站起身,朝他们这边走过来:"我替他付吧,我有零钱。"

似是没想到柳星彤会如此侠义,沈圆星看向她的目光略有些诧异,心下却越发确定柳星彤对徐成冽有意思。

她倒是不介意柳星彤替徐成冽付钱,本已经伸手过去,打算接钱了。

结果手腕却被男生颀长清瘦的指节一把攥住。

冰凉的触感让沈圆星心下一激灵,视线忙不迭回到了徐成冽脸上。

却见男生沉着俊脸,薄唇懒动:"再来一杯蜂蜜柚子茶,按照你的口味做。"

他截住了沈圆星去接钱的手,指腹被她温热的肌肤熨得滚烫,他强装镇定地将她的手推回去,然后才抽回手揣进长裤裤兜里。

沈圆星望着他看了一阵,方才后知后觉地打单子,然后把零钱找补给他,倒是刚好合适。

她余光瞥了眼旁边被无视的柳星彤，见柳星彤尴尬得脸色涨红，随后又一阵青一阵白，心里莫名有些舒爽。

柳星彤含了一口气，满心屈辱地收回了递钱的手，心有不甘地看了旁边身材修长的男生一眼，最后红着眼坐回了角落里的椅子上，余光却还注意着收银台那边的动向。

只见徐成洌将其中一杯蜂蜜柚子茶推给了沈圆星，男音寡淡清冽，听不出什么情绪："请你喝。"

话落，徐成洌拎着自己那杯蜂蜜柚子茶，转身走出了奶茶店的店门。

留下一脸茫然的沈圆星，以及角落里恨得咬牙切齿的三个女生。

徐成洌来过后，柳星彤她们便没再继续逗留在奶茶店里。

她们离开时，沈圆星特意注意过柳星彤的脸色，还是很难看，并没有缓过来。

她心下畅快不少，也深刻意识到，林娇的建议值得考虑，用徐成洌对付柳星彤，可比她自己直接上阵对线输出的伤害大多了。

沈圆星体会到了前所未有的快乐，好心情一直持续到下班。

回到宿舍后，她慎重考了一下"钓"徐成洌这件事，决定试一试。

得知她要"钓"徐成洌，宿舍里头其余三人直接疯狂了。

尤其是林娇，立马拿了纸笔坐到沈圆星跟前，要替她制定完美的攻略计划。

恰在此时，沈圆星收到了沈明川的微信消息。

【沈明川：姐，这周六晚上你有空吗？】

沈圆星一边听林娇说话，一边分神回复沈明川。

【沈圆星：有空，怎么了？】

【沈明川：那个……乔英俊组织了一个联谊会，想请你去凑个数。】

【沈明川：你要是不想去我就直接回绝他。】

【沈圆星：联谊会？你去吗？】

【沈明川：不去不行，跟他们玩牌输了。[捂脸.jpg]】

联谊会的性质沈圆星是清楚的。

既然沈明川要参加，那她这个做姐姐的自然要跟过去看着他才行。

毕竟从小到大沈明川也没谈过恋爱，要是真在联谊会上遇见心仪的女孩子，她也能帮他把把关。

心下有了决断后，沈圆星给了沈明川肯定的答复，然后询问了一下参加联谊会的具体有哪些人。

沈明川倒是把他自己知道的事全都一五一十地告诉了她。

比如组织者是乔英俊和他们班另外一个女同学，再比如他们整个宿舍都被乔英俊拉去凑人数。

【沈圆星：你们宿舍……徐成洌也去？】

【沈明川：应该要去，乔英俊正对他死缠烂打中。】

【沈圆星：好的，我知道了，那你到时候把聚餐地点和确切时间发给我。】

沈明川收到沈圆星的答复后，默默舒了一口气。

其实他之所以答应乔英俊去说服沈圆星，无非是想让姐姐早点走出失恋的阴影。

"我姐答应了，那接下来的事就麻烦你了。"沈明川收起了手机，过去拍了拍乔英俊的肩膀。

彼时乔英俊正围着徐成洌，试图说服他一起去联谊会。

因为只要徐成洌愿意参加这次联谊会，女生那边就绝对不会缺人。

沈圆星和徐成洌，这两人可是这次他组织联谊会的制胜砝码。有他们在，这场联谊会一定会前所未有的盛大。

"太好了！感谢沈学姐鼎力相助！"乔英俊感觉自己的计划已经成功一半了。

高兴之余，他忙不迭把注意力集中到徐成洌身上。

他本以为还得费不少口舌才能说服徐成洌，结果刚刚一直不为所动的男生却突然从椅子上起身，深眸凝了一眼，薄唇动了动，声音低浅，平铺直叙："联谊会我去。"

乔英俊瞪大了眼。

刚刚才从洗手间出来的高晨："俊儿你出息了，竟然说动了阿洌！"

连乔英俊身边站着的沈明川都被惊到了，他狐疑地盯着徐成洌看了一阵，若有所思。

以他们对徐成洌的了解，他不可能答应得这么爽快。

那么导致徐成洌改变主意爽快答应的原因是什么？

沈明川蹙眉想了片刻，前后也就发生了一件事，那就是他告诉乔英俊，他姐姐接受了联谊会的邀请。

难不成……

沈明川心下大惊，总觉得自己发现了不得了的事情。

但是他又不敢确定，毕竟那可是徐成洌，徐成洌和他姐姐平日里交集也不多……

下一秒，沈明川的思绪便被乔英俊一声尖叫打断了，还被搂住脖子被迫陪他一起欢呼，就为了徐成洌答应参加联谊会这件事。

接下来的几天里，乔英俊一门心思扑在了联谊会上。

按照计划，周六晚上他要组织参加联谊会的所有人一起吃饭，吃完饭还得换地方继续聚会，给那些看对眼的人深入交流感情的契机。

于是具体的聚餐地点，沈明川也是周六那天上午才发给沈圆星的。

得知沈圆星要去参加联谊会，林娇她们一个个跟打了鸡血似的，一大早便起床陪沈圆星出去逛街，买新衣服。

午饭后回到宿舍，几人又齐心协力打扮沈圆星，从下午两点忙到六点，总算把沈圆星打造成了她们心目中女神的样子。

傍晚六点半，沈圆星准时出发，打车去市中心一家中餐厅。

她下楼时给沈明川发了消息，本来是约好了两人一起过去的，结果沈明川回消息说他被乔英俊先拽走了。

不过留了人等沈圆星一起走。

于是沈圆星按照沈明川的指示，在南大南门旁边的超市门口找到了那个等她一起走的人。

彼时已是日暮西垂。

秋日余光零散落下，将超市旁边花坛前的男生身影拉得很长。

沈圆星赶到时，男生正背对她的方向，仰头看着花坛里那株花开繁盛的丹桂树。

浓郁的花香被秋风一扫，连空气里都浸染了几分甜。

她撩了一把散落颊侧的长鬈发，妆容精致的面容明艳夺目，一路上吸引了不少路人的视线。

这会儿秋风起势，撩起她浓密乌黑的长鬈发，微微露出她浅浅粉晕的耳垂，以及耳垂上镶嵌的石榴红的耳饰。

"徐成洌。"女音清朗，如山风穿过空谷。

花坛前的男生身形微僵，足足做了半小时的心理准备才静如止水的内心，此刻又被她宛若清风的声音吹皱，涟漪轻泛。

片刻后，徐成洌才回身顺着声源处看去。

几乎只一眼，他就被那抹笼在夕阳里的高挑倩影囚住了视线。

女生明艳，吊带红裙妖冶似火。V领设计令她修长玉颈和精致锁骨一览无余，但最惹人流连的却是她V形领口处打成蝴蝶结的衣带，似一扇蝶翅，半遮半掩着雪色里的那丛沟壑。

徐成洌移开视线，克制着想要把身上的针织开衫脱下来往她身上套的冲动，嗓音喑哑地应了一声："太慢了……

"我已经等你很久了。"

第四章
这弟弟真难撩 ★

1

清冽男音裹着秋风拂过沈圆星耳畔,她面上的笑意僵了一下,随后踩着高跟鞋加快脚步,朝徐成冽小跑过去。

但她抱歉的话还没说出口,花坛前的男生已经抬腿往校门外的方向走。

俊脸冷沉,面无波澜,却让沈圆星看出了他对她的避之不及。

好像她是什么怪物,多看一眼他都不乐意。

沈圆星拧眉,嘴角的弧度落了下来,不明白徐成冽的反应是怎么个情况。

她只能踩着高跟鞋急急忙忙追上去,礼貌性地道歉:"不好意思,让你久等了。"

然而徐成冽并没有回应她,只是两手揣在黑色长裤的裤兜里,在前面走得飞快。

于是沈圆星便觉得他可能是生气了,就因为她让他等了太久。

在路边拦出租车时,沈圆星抽空将男生从头到脚打量了一遍。

要说她今晚为了这场联谊会耗时耗力费心打扮得光彩照人,那徐成冽绝对是今晚这场联谊会上最敷衍的一个。

浅灰色针织开衫搭 T 恤,慵懒随性。

好似他不是去参加联谊会的,而是去闲逛遛弯。

拦到了出租车,徐成冽将后座的车门拉开,视线偏落在明目张胆打量他的沈圆星身上,浅声道:"你先上。"

他的绅士礼貌让沈圆星嘴角弯了弯,道了谢便单手压在连衣裙的领口,弯腰钻进了出租车后座。

本以为徐成冽会坐上副驾驶,结果他跟在沈圆星后面,也钻进了后座车厢,并顺手带上了车门。

"市中心广场。"

彼时夜幕已经垂落下来,车窗外霓虹斑斓,车水马龙。

沈圆星有些摸不透徐成冽的心思。

明明之前还一副生她气的架势,这会儿怎么又跟她一起坐在后座?
封闭的车窗隔绝了风声,车厢内空间逼仄且悄寂无声。
沈圆星先是悄悄瞄了一眼旁边正襟危坐的徐成冽,视线在他被光线割裂出明暗的陡鼻附近停留了片刻。
她暗暗收敛了目光,拿出手机,在宿舍姐妹群里冒了泡。
【沈圆星:姐妹们,我现在和徐成冽在出租车上。】
【林娇:好机会!姐妹上啊!】
【苏梦:别的不说,你俩还挺有缘分的。】
【李成欢:现在立刻放下你的手机,和他聊天去啊,想什么呢?】
【林娇:欢欢不愧是过来人,星星你学着点!】
【沈圆星:可是因为我迟到的事情,他似乎对我很有意见……】
沈圆星拧起了秀眉,精致瓷白的脸在手机屏幕的冷光下清艳绝色。
再加上她今天喷了香水,若有若无的玫瑰甜香缭绕在车厢内,实在让人难以凝神静气。
徐成冽单手支靠在车窗上,漆黑深眸朝向玻璃车窗,悄无声息又明目张胆地盯着玻璃窗上映出的那抹倩影瞧。
他脑子里正高速运转着,在想沈圆星参加这次联谊会的初衷和用意。
八成和沈明川有关系,但或许,正如高晨所说,她也想找个人脱离单身,早日走出上一段恋情的阴影?
从沈圆星今日的穿着打扮来看,徐成冽看出她对这次联谊会很上心,一改之前温柔甜美的风格,发扬了她明艳五官的优势,妆容和衣着偏性感美艳。
即便在静谧逼仄的车厢里,她也如一朵暗夜盛开的红色妖姬,在他身边静静发散着蛊惑人心的幽香。
徐成冽只借着车窗玻璃窥了她片刻,便感觉脸热心烫,燥热难耐。
再加上沈圆星时不时从手机屏幕上抬起眼眸,偏头朝他看过来。虽悄无声息,但她的一举一动全都落在了他眼里。
她小心翼翼窥探他的样子,勾得徐成冽心里酥麻,抵在薄唇的手不由得重重压下,从唇上发散开的些微痛意拽回了他的自制力。
徐成冽将车窗降下,露了一条缝隙。
夜风如潮浪般灌入,他几欲眯了眼,索性垂掩眼睫藏起了眸中的欲色。
可即便是陷在无边的黑暗里,他脑子里还是有一条发光的丝线,正慢条斯理将沈圆星的模样一笔一画勾描出来,每一笔对于徐成冽来说都是诱惑。
他只能不停用指腹摩挲唇上的纹路,才能勉强控制住呼吸的节奏,不让自己的心思走漏。
至于沈圆星,她只觉得徐成冽今天很古怪。

他的脑袋一直朝着窗外，支了手肘在车窗上，维持一个姿势一直没怎么动过。她好几次想和他搭话，但瞧见他一副明显不想搭理人的样子，便又把到嘴边的话给咽回去了。

【沈圆星：救命，这弟弟好难撩，根本无从下手！】

【林娇：不是吧，连你都这么说……】

【李成欢：搭话了吗？实在不行你在车子过弯的时候假装往他怀里摔也行啊！】

【苏梦：真没想到平日里看上去最木讷的欢欢，竟然是我们当中最会的那个！星星你加把劲啊，不要浪费你无敌的外在条件！】

沈圆星欲哭无泪，探头看了眼车窗外的街道，寻思着要不要听李成欢的建议，在下一个路口转弯的时候，试试往徐成洌怀里摔。

就在沈圆星纠结之际，出租车到了红绿灯路口，突然一个急刹。

惯性使然，毫无防备的沈圆星用力往前倾去，额头即将重重砸向驾驶座的椅背时，她一手抓住了车门上的扶手，一手撑在了前面的椅背上，额头砸在了一片温热柔软上。

出租车司机降下车窗，冲着刚才从前面横穿过去的一辆电瓶车骂骂咧咧。

沈圆星的心跳如雷，半晌没敢动。

直到耳边响起徐成洌低磁的声音："没事吧？"

男生温热掌心轻落在她薄背上，顺着背脊往下，来回轻抚。

他另一只手垫着沈圆星的额头，直到她抬头，他才抽回那只骨节分明的手。

沈圆星摇摇头。

此时司机师傅已经骂完那个骑电瓶车的年轻人，继续行驶。

从后视镜里往后排看了一眼，司机师傅跟他俩道了歉，随后夸奖徐成洌道："小伙子不错啊，虽然吵架冷战，但还是时刻注意着女朋友的动向。真是难得啊。"

话落，他又冲沈圆星笑了笑："我说小姑娘，惹男朋友生气了就主动哄哄嘛，声音软一点，再撒撒娇，他绝对招架不住的。"

沈圆星和徐成洌双双僵住。

两人都想解释他们之间的关系，但又都没开口。

最后一路沉默到市中心广场，沈圆星和徐成洌先后下了车。

徐成洌付了车钱，把找零的钱放回钱包时，站在他背后的沈圆星鼓起勇气打破了沉寂。

"刚才……谢谢你。"沈圆星攥了攥裙摆，眸光清透的狐狸眼勾着浅浅弧度望住男生。

徐成洌塞钱的动作顿了一下，轻轻"嗯"了一声，没多说什么。

静谧又在他俩之间持续了几秒，就在徐成冽打算拿手机给乔英俊打电话，询问他聚餐的具体位置时，他针织衫的一角被人不松不紧地拽住了。

　　夜风打着转从他俩脚边蹿过，将沈圆星一袭红裙掀起，隐隐露出裙摆下那双莹白修长的美腿。

　　她伸手压住了裙摆，另一只手轻拽着徐成冽的针织开衫，揪紧、摩挲，最后一鼓作气朝他走近了一步，双眸直勾勾看着他，屏住了呼吸。

　　她的声音是前所未有的温软，带了点撒娇的意思："徐成冽……你能不能别生我气了？"

　　让他在校门口等她太久的确是她不对，但她之前也道过歉了，按理说他应该消气了才是。

　　可这一路上徐成冽的表现都让沈圆星觉得他很不对劲。

　　于是她决定参照司机师傅的建议，声音软一点，跟他撒撒娇。

　　没想到效果立竿见影。

　　徐成冽的脸色果然比刚才缓和了许多，不冷也不沉，还添了几分血色，连呼吸声都比之前明显一些。

　　许久，徐成冽才低哑地轻应了一声。

　　他垂低眼睫，视线落在她抓着他衣角的指节上，几次三番想将自己的手覆上去，最后却隐忍下来，只沉声说了一句："走吧，再耽搁下去，他们该等急了。"

　　沈圆星听得出，徐成冽的音色温润了许多，虽然声线依旧平直，但多少掺杂了一些春回大地的暖意。

　　她心情大好地应了一声，松开了他的衣角。

　　刚抽回手，她却突然又想到了什么，忙不迭把手回归原位，继续不松不紧地揪着徐成冽的衣角，还给自己找了一个完美的借口："前面步行街人多，我怕和你走散了。"

　　徐成冽淡淡瞥了她一眼，心下略有些狐疑，但并没有拆穿她的刻意。

　　他面无表情地拿出手机给乔英俊发消息，随后带着沈圆星穿过步行街，走到尽头处那家中餐厅。

　　聚餐的地方是乔英俊早就订好的。

　　为了让联谊会顺利进行，包间里的餐桌是长方形，便于一男一女相对入座。

　　众人可以一边吃东西，一边交流感情。

　　沈圆星和徐成冽在服务员的引领下找到了包间。

　　进门前，沈圆星松开了徐成冽的衣角，随手理了理自己的裙摆，拨了拨头发。

随后他俩一前一后进门,包间里所有人的目光顿时齐聚过来,嘈杂声蓦然消失了,一个个都满目惊艳地望着他们。

"绝了!"乔英俊率先回神,惊叹了一声。

在他看来,红裙妖娆的沈圆星和休闲随意的徐成洌真是前所未有的般配。

他俩一个是冶艳盛开的红玫瑰,一个是慵懒优雅洋洋洒洒覆落在玫瑰上的冷月清辉。

两人同框出现,无疑是这人间最惹眼的一道风景线。

2

包房里的冷白灯光均匀地垂落在每一个人身上。

沈圆星淡淡扫过前来参加联谊会的那些人,先是和沈明川对了一眼,淡淡笑了一下。

直到她看见了柳星彤。

沈圆星脸上的笑容顿时僵住了,诧异之余,她的视线扫过和柳星彤一起玩牌的两个男生。

其中并没有霍明涛。

也就是说,柳星彤来参加这场联谊会,霍明涛不知情?

"姐,过来坐。"沈明川的声音拉回了沈圆星的思绪。

也让那边和柳星彤一起玩牌的两个男生抬眸看了过来。

看见红裙妖娆、明艳动人的沈圆星,男生们相继愣了一下神,随后谁也没了玩牌的心思。

乔英俊身为组织者,忙不迭招呼大家有序入座:"一对一入座啊,自己选好位置哦。"

他话音落定,徐成洌被他摁坐在了长桌正中间的C位。

沈圆星本打算坐到沈明川对面的位置,但转念一想,她要是坐在沈明川对面,那今晚这场联谊会对沈明川不就毫无意义了吗?

于是沈圆星犹豫了,余光瞥见C位的徐成洌,心下叫嚣着撺掇她坐过去。

柳星彤几乎与她同时站到女方C位,也就是与徐成洌相对的位置。

两人视线近距离对上,柳星彤先开口:"沈学姐,刚分手就来参加联谊会啊,还打扮得这么漂亮。"

她笑里藏针,讽刺意味极浓烈。

沈圆星能听出来,在座其他人自然也明白。

且不久前她们还曾在学校论坛隔空扯破脸过,这会儿凑在一起,无疑给这次联谊会添了不少看点。

"谢谢夸奖,我就是来凑个热闹,比不得柳学妹'业务繁忙'。"沈圆星也没惯着柳星彤。

她嘴角漾着浅浅弧度,那双狐狸眼眼尾微翘,勾出的弧度与眸中潋滟风情像无数只无形的手,攥紧了在场每一位异性的心脏。

话落,沈圆星直接拉开椅子坐了下去。

她眼波一转,直勾勾锁着对座的徐成洌,嘴角弧度深了些,美得恰到好处:"不介意的话,我就坐这儿了。"

慢半拍的柳星彤目瞪口呆,没想到沈圆星会这么直接。

但最让她气结的还是徐成洌的反应,他虽然面无表情,却回应了沈圆星:"随你便。"

两边C位都被颜值最高的人拿下了。

除了柳星彤和一个叫江颂的男生,其他人倒是没什么意见。

沈明川和乔英俊一左一右坐在了徐成洌身边。

沈圆星旁边则分别是一个叫李静依的女生和一个叫赵高雅的女生。

至于柳星彤,她倒是和男生堆里第二好看的江颂凑到了一起。

和沈圆星也就间隔了两个位置的距离。

虽然不知道柳星彤和霍明涛之间现在到底是个什么情况,也不知道乔英俊那人怎么想的,竟然邀请了柳星彤和她一起来参加这场联谊会。

但这并不影响沈圆星这会儿心里的舒爽愉悦。

毕竟自己刚才可是抢了柳星彤的位置,还当着柳星彤的面坐到了她梦寐以求的徐成洌对面。

单是看着柳星彤不停变幻的脸色,沈圆星心里就没来由地舒坦和解气。

点餐的时候,因为心情好,沈圆星洋洋洒洒点了好几个菜。

等服务员上完菜,她因为超乎常人的食量又引起了一波关注,相比之下,她的饭量倒是比她对面的徐成洌还要大一些。

看着徐成洌冷沉的脸色,柳星彤身边的朋友没忍住跟她交头接耳:"这个沈圆星,长得漂亮又怎么样,吃这么多,哪个男生见了不得吓一跳。"

柳星彤笑笑不语,倒是对徐成洌脸色沉沉的样子很满意。

沈圆星倒是毫不在意旁人的目光。

她点了椒盐皮皮虾,还有糖醋排骨和可乐鸡翅,另外还点了比较下饭的鱼香肉丝和脆皮烤五花肉。

这家店菜的分量倒是比沈圆星想象中要小一些,或许是为了配合长桌设计,菜色都是一人份的量。

于是她又加了两份糖醋排骨。

沈圆星也是第一个动筷子的,其他人还在扭扭捏捏打算和对座的人搭话时,她已经涮洗了碗碟,准备大快朵颐了。

倒是正应了她之前回怼柳星彤的那句话，她真是来凑热闹的。

"都吃吧，一边吃一边聊，千万别害羞。"乔英俊发话，包房里的氛围总算活络起来。

大家也纷纷动筷，试探性地和对座的人闲聊起来。

唯独沈圆星和徐成洌相对无言，两人低埋着脑袋，自顾自地吃着自己点的菜。

直到沈圆星稍微填饱了肚子，决定中场休息一下。

"徐学弟，你怎么也来参加联谊会了？"经典开场白，虽然有明知故问的嫌疑。

但这话从沈圆星嘴里说出来，倒是一点不让人觉得尴尬和生硬。

原以为她会沉默到底的徐成洌抬眸看了她一眼，慢条斯理地咽下了嘴里的东西，方才放下手中竹筷，端坐一方，回答她的问题："凑人头。"

话落，他也学她明知故问，补了一句："你呢？"

沈圆星被他一本正经的样子逗笑了，右手搭在桌边，左手支着脑袋，她瞥了眼徐成洌旁边的沈明川，见他和那个叫李静依的女孩子聊得还挺开心，嘴角便勾出了弧度："来看着我弟弟，要是他遇上合适的女生，就替他把把关。"她说这话时，倾身往徐成洌那边靠了靠，拿手挡在嘴边，压低了声音，似是怕沈明川听见。

徐成洌的目光落在她忽然凑过来的脸上。

其实沈圆星的妆容很淡，是她五官的先天优势，衬得她妆容明艳，妩媚勾人，有种吸人眼球的魔力。

待沈圆星退回去后，徐成洌不动声色地垂下了眼睫，默默夹了一块豆腐喂到嘴里。

煎得两面金黄的豆腐，本该咸香味嫩，他却食之无味。

直到沈圆星再一次找到话题："你谈过恋爱吗？"

似是为了应景，沈圆星问了他感情方面的问题。

比起旁边那些人兜圈子式地打听彼此的感情史，沈圆星的提问显得格外直白。

徐成洌眸色微凛，差点被喝下去的那口花茶呛到。

愣了两秒，他才放下茶杯，轻抿了下薄而有型的唇，实诚地回："没有。"

他从小到大最喜欢做的事情只有两样，一是玩《消消乐》，二是看书。

无论是国内外的名著，还是快餐式网文小说，他来者不拒。

后来看着看着，便想自己提笔写故事，于是才走上了写文这条路，只醉心于编造别人的故事，现实生活中人际交往关系很单薄。

饶是如此，他还是被无数女生变着花样地表白过。

"那你想过谈恋爱吗?"沈圆星托腮看着他,另一只手落在陶瓷茶杯上,笋尖似的食指轻轻在茶杯边沿研磨打转,动作莫名有些撩人。

徐成洌的视线一直落在沈圆星的手上,呼吸微微发紧,他不自觉地滚了滚喉结,方才强迫自己移开视线去看她明丽漂亮的脸,声音有些沉哑感人:"怎么?"

沈圆星没想到他这次没有直接回答她的问题,而是反问,她有些诧异。

诧异之余,她淡淡扯开嘴角:"没什么,就是好奇你谈恋爱会是什么样子?"

是否还能维持这般清冷禁欲,一副冷淡的样子?

她笑起来妩媚风情,眼尾微微上挑,弧度勾人于无形,一举一动都像是在撩拨谁,天然不做作,却带着致命的吸引力。

徐成洌便被她一颦一笑勾住了心下柔软处。

但他面上装得风平浪静,勾着薄唇淡淡一笑,嗓音低哑蛊惑,似反击:"你好像对我很感兴趣?"

说话间,徐成洌桌下屈着的长腿出卖了他内心的大乱动——因心率加快,长腿无处安放,下意识往前伸展开,没想却在桌下逼仄的空间里碰到了沈圆星的腿。

刹那间,面对面坐着的两人都僵住了,脸上一副触电的表情,视线胶着在一起。

后来还是徐成洌先回神,忙不迭收回长腿,低低说了一句"抱歉"。

沈圆星也缓过来,瞥见男生略显局促的神情,她像是发现了他完美伪装下的一丝破绽,趁胜追击上去。

桌下视野盲区,她跷起了二郎腿,故意用高跟鞋的鞋尖去蹭徐成洌的裤腿。

蹭到他坚硬结实的小腿时,沈圆星看见对座男生的俊脸浮起了不可思议的红晕。

他亦抬眸望住她,深眸里翻涌着极为复杂的情绪。

沈圆星见状,压抑着因为紧张刺激而狂烈跳动的心跳,她勾着妖冶红唇,支着脑袋,媚眼如丝地勾着他,面上一派正经:"是挺感兴趣的,要不我们交换一下联系方式,深入了解一下?"

徐成洌喉咙干涩发紧,体内像是烧着一把火。

在沈圆星言语调戏和桌下时不时蹭腿撩拨的双重攻击下,他的呼吸渐渐急促起来。

感受到身体的异样后,徐成洌"噌"地站起身,面露急色,嗓音沉哑:"我去下洗手间。"

沈圆星一脸问号。

她是触到他身上什么开关了吗?

3

徐成浏离开包房时面色沉沉,步子四平八稳,倒是装得像个没事人一样。

但走出包房的瞬间,他垂在腿侧的手却攥成了拳头,鸦羽般的眼睫低垂下去,深深吸气。

约莫半个小时后,徐成浏回到了包房。

他的座位已经被一个大二学长占了,那位学长正在和沈圆星聊天。

自徐成浏去洗手间以后,沈圆星的攻势被生生打断,她正想继续吃东西,没想到来了个建筑系的男生,和她聊起了新上映的一部电影。

那部电影沈圆星还没去看,男生便邀请她吃完饭离队,他俩单独去看。

"不好意思啊,我晚点有约了。"

女音袅袅动人,似春风化雨,细细密密的潮润。

听见沈圆星拒绝了那人,徐成浏沉冷的脸色缓和了一些。

没等那个男生再多说什么,他走到了男生身后:"麻烦让一下。"

男生回眸看了徐成浏一眼,结合沈圆星刚才回绝他的理由,顿时打消了继续纠缠下去的念头。

待男生回到自己座位,徐成浏拿了纸巾仔仔细细将那张椅子擦拭了一遍,然后才落座。

他看了一眼对座的女生,见她正低垂着眼睫和餐盘里的皮皮虾做斗争,那副认真较劲的模样,和方才在桌下用脚尖蹭他腿时的妩媚截然不同。

要不是之前发生的一切还历历在目,徐成浏都要怀疑沈圆星到底有没有撩拨过他。

"回来啦,你怎么去了这么久?"女音扬长,说话间沈圆星睐了他一眼,眼神狐疑。

她的话让徐成浏面色一红,想说什么,却又说不出口。

总不能如实告诉她,他在洗手间的隔间里看了半小时的悬疑小说才成功转移了注意力。

好在沈圆星也没有追根究底的意思。

她揪着眉,吐槽皮皮虾的壳硬。

于是下一秒,她面前那盘椒盐皮皮虾被徐成浏拿走。

她看过去,只见徐成浏拿了两只一次性的手指套慢条斯理地戴上,开始剥虾。

他的动作不疾不徐，但很有技巧性。

沈圆星把刚刚剥好的虾肉塞进嘴里，眼也不眨地看着他，竟觉得徐成冽剥虾的样子有点好看，或许是因为他剥虾的动作过于优雅？

徐成冽将剥好的虾肉放在干净的陶瓷碟子里，积累一些后将碟子放到沈圆星面前。

"吃吧。"

低浅的男音不含情绪，却轻轻拨动了沈圆星心底的弦。

她盯着他陡鼻薄唇看了好一阵，并没有急着吃虾，而是拿出手机在姐妹群里直播。

【沈圆星：那什么……徐学弟从洗手间回来了。】

就在徐成冽去洗手间的那半个小时里，沈圆星在群里简要地说了一下她在桌下蹭他腿的事，几度担心是自己行为太过了，惹得徐成冽反感，故意避开。

林娇几人听说了沈圆星的事迹，在群里此起彼伏地尖叫了好一阵。

最后还是李成欢给了她一点建议，先别下结论，等徐成冽从洗手间回来以后，再看他是个什么反应。

如今徐成冽回来了，沈圆星看不懂他沉着脸给她剥虾的操作，便去群里求解。

【林娇：认真的？男神给你剥虾？】

【苏梦：这是见效了吧，八成是心动了，等一个后续。】

【李成欢：你干脆再蹭一次，看他什么反应。】

【李成欢：或许之前那次，他以为你是无意的呢？】

沈圆星盯着手机，瞳孔微扩，似是被李成欢一语点醒了。

她将手机放下，两手扶着桌沿，美目盈盈望住对面的徐成冽。

他还在慢条斯理地剥虾，白皙修长的指节套在塑料手套里，似笼了轻纱的羊脂美玉。

徐成冽剥虾时似乎很是专注，垂着眼睫，动作有条不紊，剥出的虾肉十分完整，不难看出他是个追求完美的人。

但实际上剥虾对于徐成冽而言，不过是一种静心的手段，能让他不去在意沈圆星落在他身上的视线，分散注意力。

可他心底的平静并未维持太久。

只因长桌底下，某人的脚又开始造作起来，试探似的往他脚踝蹭。

徐成冽剥虾的动作微滞，掀起眼帘沉沉望了沈圆星一眼。

他桌下的腿往后退了些，悄无声息地挪动，随后在她又一次试探似的蹭过来时，一举夹住她的脚脖子。

沈圆星心下狠狠一颤，瞳孔微扩，被吓得闪过一抹流光，差点没控制住喊出声来，下意识抿紧了唇瓣。

片刻后她白净柔嫩的脸上浮起可疑的红晕，望向徐成洌的视线充满诧异。

"你……"沈圆星欲言又止。

她试图抽回桌下的脚，结果夹住她的那双腿十分有力，桎梏一般锁着她。

沈圆星几番挣扎也没能挣脱。

她瞪着徐成洌，一个劲地用眼神示意他松开腿。

结果男生却只是静默看了她一阵，薄唇渐渐勾出弧度，深眸里漾着狡黠的暗光，似是用眼神问她：还蹭不蹭了？

沈圆星一噎。

她在男生幽暗深眸的凝视下逐渐心慌意乱，最后到底还是受不住他捎带欲色的眼神，果断认输投降。

不蹭了！

沈圆星冲他鼓了鼓腮帮子，一脸奶凶样。

于是男生松开了她的脚，正襟危坐，低头继续剥虾，不管沈圆星有多羞愤，他的嘴角始终勾着薄浅的弧度。

又一碟虾肉放到沈圆星面前时，她心下平复过来。

说到底刚才也是她先对他不轨，他反击确实没毛病。

看在虾肉的份上，沈圆星决定不和徐成洌计较。

只是她抬眸去看他时，却被他鼻翼旁落的一根眼睫毛吸引了注意力。

见徐成洌摘了一次性手套，又拿了湿纸巾擦手，丝毫没有意识到自己掉了一根眼睫毛。

沈圆星心下一动，单手撑着桌面站起身去，弯腰倾身，隔着长桌伸手捻走了那根碍眼的睫毛。

许是她的动静太大，包房里其他人的视线齐聚过来，一个个不明所以地看着他俩，还以为沈圆星刚才凑过去是要……

连徐成洌本人都以为她是被他刚才的反击惹急眼了。

在沈圆星弯腰靠过来时，他的心脏蓦地收紧，提到了嗓子眼，视线从她白玉无瑕的脸上顺势下移，瞥了眼她胸前红色衣带系成的蝴蝶结。

顷刻间的视觉冲击令徐成洌气血升温，沸腾起来。

他"噌"地起身，在沈圆星笑着夸他的眼睫毛又长又卷时，打断了她："……我去下洗手间。"

沈圆星再次一脸问号。

她就想知道徐成洌这去洗手间的频率是不是身体有什么毛病？

狐疑之际，沈圆星将那根又弯又翘的眼睫毛放在了餐巾纸上，随后拿起手机在姐妹群里吐槽。

【沈圆星：他又去洗手间了！[抓狂.jpg]】

【苏梦：此处省略号。】

【李成欢：同上。】

【林娇：好家伙。】

【沈圆星：撩个人怎么这么难。[托腮.jpg]】

这次徐成洌去洗手间的时间更久，他回来时，聚餐已经临近尾声了。

且回到包房后，他几乎没和沈圆星对视过，也没回座位，和乔英俊打了招呼便去包房外面等着。

不多时，乔英俊带着一群人离开了中餐厅，往街对面走，一行二十人，场面相当壮观。

其实这个时候，联谊会的目的已经达到了一些。

因为队伍当中有两对男女走在一起，聊得很开心。

沈明川和李静依便是其中的一对。

见状，沈圆星打消了与他们三人行的念头，默默落在队伍最后。

倒是没想到和徐成洌又撞上了。

两人并肩走在队伍最后，沐着拂面而过的夜风，谁也没说话。

只是夜风时不时将沈圆星红裙的一角拂起，擦过男生的手背，轻微酥麻的痒感令徐成洌蜷紧了指节。

他的余光落在她身上，眼神复杂朦胧。

他想不通沈圆星之前在餐桌下做的那些事的目的是什么。

他要是没理解错的话，她那是在撩拨他吧。

第一次可以说是无意的，那第二次第三次呢？

又是蹭腿又是特意在他眼前弯下腰……她那点小心思根本藏不住。

可偏偏沈圆星嘴上什么也不说，徐成洌不确定她是不是在餐桌上喝了点小酒昏了脑子，又或是……恶作剧？

"徐成洌。"

女音冷不丁响起，断了他所有思绪。

他侧头看过去时，正好对上女生浸染了路灯暖光的眼睛。

在接触到他的视线时，沈圆星那双精致漂亮的眼里忽然有了笑意："你刚才去洗手间那么频繁，是不是身体哪里不舒服？"

"……不是。"男音低沉。

徐成洌敛了神思，视线从她脸上移开，浓密的眼睫低垂下去，掩住了幽幽眸光。

沈圆星却接着道："那你去洗手间是为了躲我吗？因为我之前问你要联

系方式，还有……"

思来想去很久，沈圆星也就想到了这一种可能性。

她并未把桌下蹭他腿的事挑明说，话音顿住后，掩饰似的轻咳了一声，没好意思说下去。

徐成冽显然明白了沈圆星的意思，心下一噎，喉结滚了滚，还是那两个字："不是。"

准确地说，他不是想躲着她，只是经受不住她一而再再而三地撩拨。

"我不信。"沈圆星站住脚。

此时他们已经和大部队差了一条人行道的距离。

乔英俊领头，带着大家过了路口处的人行道。

到沈圆星和徐成冽时，路灯变红，他俩便停了下来，和街对面的那帮人遥遥相隔。

四周没有旁的熟人，沈圆星的话音自然清晰明朗些。

她侧头定定看着徐成冽，勾着嘴角笑得俊俏："除非你跟我交换联系方式。"

正如李成欢所说，要撩汉就得脸皮厚。

为了光明正大拿到徐成冽的联系方式，沈圆星也是豁出去了。

无边月色拉长了他俩的身影。

红裙冶艳的女生面向身材颀长峻拔的男生，两人相对而立，视线胶着在一起。

夜风吹起了沈圆星齐腰的长鬈发，也拨乱了徐成冽蠢蠢欲动的心。

他两手撒开针织开衫慵懒插在裤兜里，低磁的声音被风声挟裹着，漫不经心地传到沈圆星耳朵里："交换联系方式……然后呢？"

男音带着摄人心魂的魔力，像一片羽毛从沈圆星耳畔蹭过，电流般的酥麻感从耳朵直流进她心里。

她看着男生慧黠幽深的眼睛，呼吸滞了滞，心跳悄然加快，脑子里白茫茫一片。

徐成冽的眼神仿佛在问她，然后呢？要了联系方式以后，你还想要什么？

他仿佛已经看穿了她的心思，并且试图蛊惑她坦白从宽。

沈圆星的心跳声越来越烈，如擂鼓喧天，她张合着嫣红的唇，半晌没能应上一个字。

是错觉吗？

她怎么感觉自己好像被徐成冽反撩了一波？

4

秋风萧瑟，车水马龙的路口灯火斑斓，人声纷杂。

可沈圆星却像只看得见、听得见徐成冽似的。

其他景致也好，声音也好，都蒙着薄雾隔着屏障，被逐渐虚化。

他那句"然后呢"还飘在她耳边，像一根极细极软的丝线，缠裹住她的耳膜、心脏。

许久，沈圆星才找回点理智来，脑子转过了这个弯儿。

就在她打算一鼓作气昧着良心表白时，徐成冽兜里的手机响了。

单调低沉的音乐极具穿透力，沈圆星微张的唇合上了，视线垂落在声源处。

徐成冽也收回了视线，瓷白温润、指骨匀称的手带出了手机，随手接听。

手机里传出乔英俊略聒噪的声音："阿冽你和姐姐杵在那儿干啥呢，都绿灯了还不过来？再不过来，我们可不等你们了。"

乔英俊那声"姐姐"破灭了徐成冽心里的幻想，那无疑是在提醒他，他比沈圆星小两岁。

且沈圆星之前和沈明川说过，她不接受姐弟恋。

"知道了。"男音沉沉，徐成冽轻拧了一下浓而有型的剑眉，挂断电话，将手机揣回裤兜里。

他睇了沈圆星一眼，嗓音淡淡道："走吧，他们在催了。"

于是他俩之间氤氲出的那点暧昧氛围如同肥皂泡泡一样，碎在了略喧嚣的夜风里。

沈圆星只轻应了一声，默默跟上他，两人之间保持着不远不近的距离，顺着斑马线走到了街对面，又和乔英俊他们的队伍会合，再没机会继续刚才的话题。

去KTV的路上，沈圆星一直在考虑要不要找机会给徐成冽一记直球。

但她又怕铺垫不够，鱼儿没上钩，到时候被拒绝。

就这么陷在两难抉择里不上不下，一路纠结到了KTV。

包房里，光线昏暗，播放的又是极旖旎的一首纯音乐。

这样的环境无疑更适合男女关系的发展。

大家凑在一起点了酒和小吃，也有人直奔点歌台。

只有沈圆星，打了招呼便先去了趟包房里自带的洗手间。

她在洗手间的马桶盖上坐了近二十分钟，一直抱着手机和林娇她们聊天，想让她们帮忙拿个主意。

【林娇：这有什么可纠结的，直接表白吧，他都给你剥虾了。】

【苏梦：万一……我是说万一，万一要是被拒绝了，那怎么办？】

【李成欢：这好说啊，你要让他意会到你对他有意思，但嘴上千万别说

喜欢他，就说想追他。】
　　【李成欢：要是他对你有意思，他定然会给你追他的机会。】
　　【沈圆星：那要是他对我没意思呢？】
　　【林娇：没意思还给你剥虾！】
　　【苏梦：……娇娇，剥虾这事儿还能不能过去了？】
　　【林娇：嘤嘤嘤，我也想有个人给我剥虾，这谁受得住啊，剥虾哎！】
　　…………
　　中间苏梦和林娇插科打诨了一会儿，李成欢大概在忙什么事。
　　于是沈圆星便在洗手间里多坐了一段时间，直到洗手间的门被人敲响，她才看见了李成欢的最新回复。
　　【李成欢：他要是对你没意思，那咱要么直接放弃，换一个人撩，要么再接再厉，死皮赖脸再撩亿次！】
　　【李成欢：以你的外在条件，只要你敢豁出去撩，徐成冽那种级别的纯情小学弟分分钟沦为你的裙下之臣！】
　　沈圆星匆匆回了一个省略号过去，应了门外询问的人一声，然后就起身出去了。
　　洗手间外面站的是李静依，从聚餐时就和沈明川聊得来的那个女生。
　　据沈圆星所了解，她是美术系大一的学妹，人长得白白净净，斯文秀气，性格腼腆，和沈明川气场很合。
　　是以沈圆星对她很友好，笑容可掬，说话也轻声细语："不好意思，让你久等了。"
　　李静依满脸歉意，很是不好意思："没有没有……"
　　她俩错身而过，一个往里一个往外。
　　等身后洗手间的门关上，沈圆星将手机塞回了单肩包里，随后又将散落胸前的一撮头发往后拨，在暗色环境里露出白皙修长的雪颈，以及线条流畅的精致侧脸。
　　茶几那边，乔英俊正拉着徐成冽让他一起玩牌。
　　男生身上的浅灰色针织开衫在拉扯间滑下了肩膀，露出里面的白衬衫。
　　偏巧包房里随机切换的灯光落了一缕在他身上，如烟如雾般虚笼着，让人不经意便想到了美男半露肩颈的香艳画作。
　　沈圆星微微晃神，随后在徐成冽隐忍不耐的嗓音里回过神。
　　"我不会。"男生斩钉截铁，冷漠到了极点。
　　乔英俊差点就放弃了。
　　结果沈圆星踩着高跟鞋身姿摇曳地走过去，随手把肩上的包拿下，放在了徐成冽身后的沙发上。

她接了话,嗓音噙笑且妩媚:"玩吧,四个人斗地主也挺好玩的,你不会我可以手把手教你,包教包会。"

话落,沈圆星已经站到了徐成冽跟前。

她满含期待地看着他,眼神别提多蛊人。

落座在靠近点歌台那边沙发上的柳星彤冷笑了一声,似是很不屑。

沈圆星的目光朝她那边扬了扬,并未搭理,只在众目睽睽下静静将视线落回徐成冽身上,拖着调子催促他:"玩不玩啊,给个准话。"

三秒寂静后,徐成冽落座在他身后的沙发上,恰巧沈圆星的包就夹在他背后。

于是沈圆星也就理所当然地挨着他坐下了。

剩下乔英俊等人目瞪口呆地愣在原地,犹记得在沈圆星去洗手间的那段时间里,他们一直轮番劝说徐成冽玩牌,但他都以"不会玩"为借口拒绝了。

后来柳星彤提议帮他看牌,教他玩牌,徐成冽没等人家说完便拒绝了。

他就像个固执己见的小老头,认死理,就一句"我不会",或者"我学不会"。

最后柳星彤尴尬地去了点歌台那边落座,走之前还是自己找了台阶下,说去唱几首歌。

片刻静谧后,大家被突然放大的音乐声拉回了现实中,倒也没太计较徐成冽超常的反应。

寻思着也许真的是他被邀请烦了,又或者是给沈圆星面子。

也有人看出猫腻,比如沈明川、高晨和乔英俊。

他们仨的视线轮流在徐成冽和沈圆星身上来回探索,试图从他俩脸上看出点端倪。

可惜不管是徐成冽还是沈圆星,两人脸色都很正常。

且两人先后落座后,也并没有其他交流,连眼神都没有汇在一起过。

实在看不出什么。

倒是他们三人的打量让徐成冽稍微有点不爽,他皱了皱眉,声音低了八个度:"不是要玩牌?"

乔英俊第一个回过神来,忙不迭落座:"玩啊,就咱四个斗地主,输了的喝酒!"

高晨斜睨他一眼:"就你那点酒量,能喝过谁?"

乔英俊一边洗牌一边回怼:"川儿和阿冽,他俩都不是我的对手好吧。"

高晨"喊"了一声:"你也就这点儿出息,跟他俩没喝过酒的比,你还有脸'炫'。"

他俩拌嘴已然是日常,除了沈圆星跟看戏似的津津有味,沈明川和徐成冽根本不搭腔,眼皮子都懒得抬一下。

等乔英俊洗牌发牌以后，沈圆星瞥了眼徐成洌冷峻的面容，悄悄挪近他一些，一只手落在他身后那方寸之地，撑着身子贴上去看他手里的牌。

动作间，两人难免有肢体触碰。

徐成洌只觉右手手臂到腰身一截蓦地笼上一层温热感，若有似无的香气正一点点吞噬他的理智。

偏偏沈圆星没有收敛的意思，指导他理牌的那只手还时不时蹭过他的指节，似羽毛一样刮过他的皮肤，酥酥麻麻的痒蔓延开。

"三个人斗地主你会吗？"沈圆星问他，声音似轻烟袅袅娜娜。

徐成洌垂了眼睫瞥了她一眼，见她神色认真，便沉了沉呼吸，往旁边挪了一寸："不会。"

沈圆星正给他看牌呢，拿牌的人忽然动了一下，她当然能感觉到。

她当即便扣着他结实的小臂把人拽回来一寸："别动啊，牌还没理好呢。"

她这一拽，徐成洌的手臂贴上了一处柔软，电流穿身的感觉差点让他当场丢下手里的牌跑路，奈何沈圆星扣住了他的肩膀。

"好了，理好了。我帮你看两把牌，你仔细看我是怎么针对他们出牌的，应该就能懂了。"

沈圆星话落，身子退开了一些，落在男生肩上的手又撑回了沙发上。

两人之间的距离拉开以后，徐成洌烧灼的心终于等来了一场及时雨。

他暗暗匀着呼吸，视线落在手里那把牌上，一头雾水。

只听对座的乔英俊笑话沈圆星："不是吧学姐，你什么都不说，就让阿洌看着？这就是你说的包教包会啊？"

沈圆星偏头看了看徐成洌，眼神勾撩着他，嘴角弧度很深："阿洌这么聪明，看两遍肯定就会了，不信我们打赌啊。"

"行啊，赌就赌。输的人做俯卧撑怎么样？"乔英俊本是开玩笑，他就是仗着沈圆星只穿了一条吊带红裙不方便，不敢应战。

结果沈圆星却应了。

坐在她身边的徐成洌动了动唇，却被沈明川抢了先："姐，你别冲动。"

"放心吧，我相信阿洌，他可是文科状元。"女音笃定，饱含了对徐成洌百分百的信任。

这让刚才想阻止她和乔英俊打赌的徐成洌说不出话来，心脏正因为她一声又一声的"阿洌"而"怦怦"狂跳着。

以至于乔英俊那二傻子拍桌应了赌约，他都没反应过来。

如今赌约已经成立。

本打算随便应付一下的徐成洌顿时打起了十二万分的精神。

坐在他对面的乔英俊表示，冥冥之中，自己似乎感受到了一股莫名的杀意。

第五章
徐成冽，我一定会把你追到手 ★

1

玩牌时，沈圆星贴着徐成冽很近，为了方便指挥他出牌。

期间她身上若有若无的香气和她柔软的身骨，男生都感受得淋漓尽致。

于徐成冽而言，这是一场身体与精神双重煎熬的考验。

因为他一边要运转大脑去自悟游戏规则，一边还要分神压抑克制体内的躁动，煎熬折磨至极。

终于熬到教学结束，沈圆星被乔英俊明令禁止说话，也因此抽身远离了徐成冽一些。

她身上的香味和暖意如抽丝剥茧般渐渐散去，徐成冽的心脏终于恢复如常，律动速度慢慢平复下来。

他也终于能将注意力完完全全集中到手里那把扑克牌上。

正如沈圆星所说，斗地主很简单。

徐成冽虽然只看了两把，但是已经基本摸清了游戏套路。

第三把他正好和沈明川是队友，两人联手赢了"地主联盟"的高晨和乔英俊。

且游戏结束后，徐成冽还简要地将游戏规则理了一遍，向乔英俊实实在在证明他确实看懂了斗地主的玩法。

证明了沈圆星对他的信任没有错付，当然也判定了之前立下的赌约，是乔英俊输了。

乔英俊愿赌服输，当场趴在地上做俯卧撑。

包房里所有人跟着起哄围观，倒是没少夸乔英俊的身材。

沈圆星便是夸他的人之一，还是对她身旁的徐成冽说的。

说话时，她眼睛盯着做俯卧撑的乔英俊，根本没注意到旁侧徐成冽落在她身上的视线有多幽暗冷沉。

趁着大家看热闹之际，徐成冽沉沉锁着眉眼带笑的沈圆星。

他稍稍凑近她一些，声音压得很低，问她："要是我没学会斗地主，你

092

输了怎么办?"

低浅男音在耳畔响起时,沈圆星感觉到了他吐纳过来的温热呼吸,她的注意力骤然被徐成冽吸引过去,回眸对上他沉甸甸的视线。

近距离的对视下,沈圆星被男生俊美如画的脸盅得咽了口唾沫,沉默了片刻方才故作镇定地回:"我说了我相信你。事实证明,你做到了,我没有信错你啊。"

徐成冽拧眉,显然不接受她的说法:"万一呢?"

万一他要是没这么好的悟性,导致她输给了乔英俊呢?她有没有想过输了以后怎么办?

徐成冽越想,眉头拧得越紧。

偏偏与他近距离对视的沈圆星满脸不在意,她歪头想了想,嘴角的弧度更肆意了:"那我俩不是一队吗?万一我真的输了,你也可以替我接受惩罚啊。"

沈圆星突然想到了当初送沈明川去宿舍时,在他们宿舍门外隔着门缝看见过的风光。

可以肯定的是,徐成冽的身材比乔英俊好多了。

就在沈圆星遐想之际,徐成冽也愣神了片刻。

他先回神,注意到沈圆星的视线并未聚焦,一副明显思想跑偏的样子,他抬手敲了一下她的额头,语调微扬:"那我要是不乐意替你呢?"

被敲额头的沈圆星轻呼一声,下意识捂住额头,视线总算是重新聚焦在男生那张沉冷俊美的脸上,似是不敢相信他刚才的举动,一双眼睛撑得偏圆,分贝也拔高了些许:"那我就愿赌服输呗。"

徐成冽刚好转一些的心情又起了乌云。

他刚要说什么,又听沈圆星接着道:"我只说输了的人做俯卧撑,又没说一定要当着所有人的面在这里履行赌约。你怎么和他们一样傻,脑子转不过弯的?"

徐成冽的脸色又难看了一些,也不知道是气的还是怎么。

沈圆星见状,忙温声安抚,还不忘伸手捏捏他板着的俊脸:"我错了,阿冽你一点也不傻。别板着脸啊,笑一个,像我这样。"

她说着,又凑近徐成冽一些,扯开嘴角,勾长眼尾的弧度,冲他笑得颠倒众生,活像一个妖精。

徐成冽近距离端详着女生精致明艳的五官,呼吸一竭,几欲承受不住她笑容的冲击。

在光线昏暗,音乐与人声交杂的环境里,他的防御正一点点被沈圆星卸去。

所有人都在围观乔英俊,给乔英俊呐喊助威。

只有他俩,落座在沙发一角,面容隐没在暗色里,只剩彼此的呼吸若即若离地交融在一起,眼里也只有对方。

旖旎暧昧悄无声息将他们包围。

沈圆星也不知道自己的思绪是何时游离的,她只是觉得徐成冽那双深情眼蕴含着蛊惑人心的魔力。

盯着看的时间久了,总忍不住将视线垂落到他轻抿成线的薄唇上,越看越觉得诱人,像她小时候最爱吃的草莓果冻。

在无人注意的沙发一隅,沈圆星两手悄无声息地搭上了徐成冽的大腿,不轻不重地轻压着,随后她撑起身子不受控地欺压过去。

她心跳如雷。

脑子里有个声音告诉她,也许她现在亲上去,就能拿下徐成冽了。最坏的结果也不过是被他推开,她不会有什么损失。

追人啊,就得厚脸皮一些,少说多做,尽可能地跟对方暧昧不清……

沈圆星的心跳越来越快了,为即将迈出的这一步感到前所未有的紧张。

突然,徐成冽扣住了她压在他腿上的一只手。

他有力的指节将她纤细皓腕攥紧,紧到沈圆星感到一些痛意,好不容易凝聚起来的勇气和战意都被击溃了。

她拧起了秀眉,哀怨地望着男生,娇滴滴一句:"你弄疼我了……"

徐成冽本就绷紧的身躯顿了一下,喉结用力滚动,他拽着沈圆星的手,拉着她从所有人身后绕过,悄无声息地往包房里唯一的洗手间去。

恰巧之前去洗手间里补妆的李静依出来了,在门口处碰上气氛不对的徐成冽和沈圆星。

李静依弱弱地打量了他俩一眼,想说什么,却在徐成冽一记沉冷的眼神下闭了嘴,随后只能眼睁睁看着沈圆星被男生拽进了洗手间里,"嘭"的一声重响,洗手间的门被关上了,随后还传来反锁的"咔哒"声。

门外的李静依蒙了,回身看了眼同样安静下来的乔英俊等人,她的视线落到沈明川身上,动了动唇欲言又止。

洗手间里冷白的灯色悄然落在门后两人身上。

被一路拽进来的沈圆星直到后背贴靠在磨砂玻璃门上时,才堪堪回神。

她的呼吸略微有些急促,在这突然封闭静谧的环境里,她感受到了来自面前男生的强烈荷尔蒙气息。

他有力的手臂撑在她倚靠的门上,手臂若即若离地贴在她颈侧,另一只手还捉着她的手腕,力道比之前松了一些。

从他拽她进来,到他反锁房门,最后将她推靠在门后,上演"壁咚"的戏码,所有过程一气呵成，耗时不过三五分钟罢了。

沈圆星看着徐成洌，黑白分明的眸子里写满茫然和无辜。

她正想问徐成洌要干什么，反倒被他抢了先。

男生凛冽的深眸锁着她，嗓音低且潮，像是压着声音在歇斯底里："沈圆星，你到底想干什么？"

被点名的沈圆星愣住了，浓密眼睫扇了扇，大脑正在高速运转。

半晌，她才转了转被他握住的手腕，牛头不对马嘴道："阿洌，你弄疼我了。"

徐成洌心脏一空，下腹压着的火这会儿正"噌噌"往上蹿。

他松开了她的手腕，却窥见女生眼里流过一抹笑意，当即愣住。

下一秒，沈圆星踮脚朝他凑过来，纤细的胳膊缠上他的脖颈，面上是撩拨人的妩媚风情："其实我只是想追你而已，没有恶意的。"

她话音轻如鸿毛，酥酥麻麻拂过徐成洌心下柔软处。

他对她本没有防范，蓦地被勾住了脖颈，又被她柔软身子贴了个严丝合缝，该感受到的，他们彼此全都感受到了。

于是两人双双僵住了身形。

徐成洌也是忍无可忍才将沈圆星拽进洗手间里，想单独跟她聊聊。

刚才在沙发那边，他分明察觉到她是故意朝他靠过来的。

她柔弱无骨的手搭在他腿上，烫得像烙铁一样，温热感烧得徐成洌体温攀升，心跳加快。

当时他本可以顺势亲吻她，可理智却阻止他这么做。

因为他不想这么不明不白地与她暧昧。

于是他悬崖勒马，将她带进了洗手间，想问问她三番五次这样撩拨他到底想干什么。

他没想到沈圆星会主动靠过来，还说什么想追他。

不过一句不走心的玩笑话，却让他身体僵住了。

至于沈圆星，她是因为两人身体严丝合缝贴在一起的那一刻，感受到了徐成洌的不对劲。

她缩回了手，随后惊慌失措地靠回洗手间的磨砂玻璃门上，后背紧紧贴着冰凉的门板，她脸颊烧烫，双眼闪烁飘忽，羞意爬满整张脸，连声音都是轻颤的："徐成洌，你……"

沈圆星欲言又止，主要还是因为后面的话她羞于启齿。

她的反应令徐成洌回过神来，他心跳漏了一拍，俊脸上也爬了几分羞意。

但他扫过沈圆星纯欲羞怯的小脸时，忽然就忍住了，他不想在她面前暴露自己纯情的本质,更不想被她当成一个未经人事的小弟弟。

于是徐成冽硬着头皮挪动脚,抵住了沈圆星的脚尖。

他修长高挑的身躯也随之靠过去,在沈圆星惶恐的神情里,他垂首低压过去,近距离凝着她,有意将温热呼吸全都吞吐在她颊侧、唇畔。

他学她招惹他时一样,语气蔫坏又放浪:"我什么?你要是说得出口,我倒是可以考虑一下把联系方式给你。"

沈圆星一副惊呆的样子。

她与他视线一直相对,距离近到几欲撞进彼此的眼中。

是以徐成冽眼里勾起的戏谑蔫坏她全看在眼里,和他平日里品学兼优、秉性高洁、近乎无欲无求的男神形象完全不一样。

所以徐成冽并非高冷禁欲性冷淡。

他这反应可太强烈了!

思绪一转,沈圆星忽然想到了之前在餐厅吃饭的时候,徐成冽先后去过两次洗手间,且就在她蹭了他的腿,以及起身捡走他鼻翼眼睫之后!

似发现了什么惊天大秘密的沈圆星瞪大了双眼,她脑热口快,惊呼出声:"所以你之前去洗手间也是因为……唔——"

话没说完,沈圆星就被徐成冽捂住了嘴。

徐成冽没想到沈圆星真这么"虎",他只是逗逗她,她倒是真敢说,声音还那么大,生怕门外那些听墙角的人听不见?

徐成冽收敛了眼中的荡色,余光瞥了眼磨砂玻璃门外的阴影。

他收回视线,低低垂望着沈圆星片刻,心下一动,便俯身凑到她耳畔,报复性地用他沙哑性感的嗓音低低提醒她:"外面一堆人偷听,你声音这么大,名声不要了?"

沈圆星愣了片刻,她背靠在磨砂玻璃门上,哪里知道门外有人啊。

但面对徐成冽的反撩,她心下不服。

她拉下徐成冽掩在她唇上的手,压低了声音:"你都当着别人的面拽我进洗手间了,还好意思说我?"

沈圆星拉下徐成冽的手后便不松不紧地抓着他的指尖,触感柔软温热,酥痒得令徐成冽根本忽视不了。

他愣神了片刻,回神时低低问了沈圆星一句:"那是谁一直招惹我的?"

沈圆星顿时噎住了。

思来想去,起头的人还是她自己,根本无可辩解。

于是她干脆摆烂,噘了噘嘴:"我不管,我名声肯定没了,你得和我交换联系方式,得同意让我追你,还得对我负责。"

徐成冽险些被她可爱到,心下软得一塌糊涂,甚至想抚上她柔嫩白皙的脸。

但他忍住了，傻子都听得出沈圆星的话有多敷衍。

而且她说话时都没敢直视他的眼睛，追他的心思是真是假还有待考究。

思及此，徐成冽的脸色沉下来。

他沉默了许久，语气里是前所未有的认真："为什么想追我？"

沈圆星眼睫轻颤，心下紧张得不行。

她以前没撒过谎，更何况还是这么大的谎言。

所以她压根儿不敢看徐成冽的眼睛，怕自己在他略带审视的目光里原形毕露。

支支吾吾半晌，沈圆星才梗着脖子拔高分贝道："哪有那么多为什么，想追……就追呗。"

她话落，视线落在旁边那面瓷砖贴成的墙上，为了缓解紧张，开始默数上面的条纹。

沈圆星话落后，洗手间里便陷入了无边的沉寂。

徐成冽居高临下地看着她，心下惊涛骇浪逐渐平复。

初时，沈圆星类似表白的话，为他带去过躁动。

但躁动过后，还是理智占据了上风，逐渐将徐成冽从擂鼓声的悸动中拉扯出来。

他逐渐意识到，沈圆星那些撩拨的手段和类似于表白的暧昧言辞，都带着明确目的性。

徐成冽沸腾的内心渐渐冷却，他蜷紧了指节，随后直起身退开去，与沈圆星之间拉开了距离。

"我拒绝。"

男音清冽刺骨，十足理智且冷沉。

得到回应的沈圆星僵了片刻，视线终于回到了男生俊脸上。

她不知该露出什么表情，因为徐成冽的拒绝仿佛早已在她意料之中。

沈圆星也不知道自己心下是什么感觉。

只是空白一片，风平浪静，并没有什么情绪波动。

徐成冽也看出来了，周身气场骤然冷冽。

他没再看沈圆星，而是拨开她，拉开洗手间的门走了出去。

门外偷听的乔英俊等人被吓了一跳，一个个尴尬不已，忙不迭后退散开去，假装路过，假装没有偷听他们说话。

也没人敢和徐成冽打招呼，因为他的脸色特别难看，周身气场不怒而威，令人不敢靠近。

徐成冽出了洗手间，也没在包房里过多停留，径直往包房外走。

直到走到包房门口时，他才沉住气，回身跟乔英俊打了声招呼，说自己先走了。

所有人都看出来徐成洌在生气。

但他们不清楚他为什么生气,只初步把原因归结于随后从洗手间里出来的沈圆星。

其实他俩具体在洗手间里说了些什么,乔英俊他们也没听太清,就隐约听见沈圆星说要追求徐成洌。

吃瓜不完整,一个个抓耳挠腮。

本来想等沈圆星出来以后旁敲侧击一下,结果她出来时一脸颓色,乔英俊等人顿时没敢多问。

明眼人都猜到了,沈圆星这副表情肯定是表白被拒绝了。

就在沈圆星为自己作战失败烦恼纠结时,寂静的包房里响起了柳星彤略带嘲讽的笑音:"看来今年沈学姐的情路有点坎坷呢,建议学姐把眼光放低一点,成功率应该能高一点哦。"

这话顿时打消了沈圆星想要放弃徐成洌的念头,相反,还更加坚定了她要拿下他的决心。

"是挺坎坷的。"沈圆星回了柳星彤一句,脸上颓色尽褪,又明媚如初,语气肆意又张扬,"看来我得向柳学妹学习,坚定目标,愈战愈勇才是。毕竟再坎坷的路也终有被人踏平的一天,你说是吧,柳学妹。"

旁人自然不明白沈圆星在说什么,但是柳星彤自己却很清楚,沈圆星这是在内涵她当初跟霍明涛表白被拒绝的事。

柳星彤气得咬了咬后槽牙,讥笑了一声:"好啊,那我拭目以待。"

她就不信沈圆星能追到徐成洌。

徐成洌可不是霍明涛,有那么好追?

沈圆星也笑了,轻飘飘地回了一句:"学妹到时候可别哭。"

她非得把柳星彤的"地基"挖个底朝天不可!

2

徐成洌离开以后,沈圆星也没再逗留。

她去沙发那边拿了包,走之前和乔英俊打了招呼。

沈明川本打算同她一起走,怕她一个人回学校不安全。

结果沈圆星拒绝了,她睇了那个叫李静依的女生一眼,凑到沈明川耳边道:"阿川,好好把握机会啊,别那么腼腆,主动一点。记得送人家到宿舍楼下,最好再买点吃的给人家。"

沈明川脸色微红,自然明白沈圆星是在说谁。

但他还是不放心她一个人回去:"要不我先送你回去,然后再赶过来。"

"真不用，我又不是小孩子。"沈圆星坚定拒绝，走之前还不忘跟李静依也打一声招呼。

她离开包房时，笑容明艳，似乎情绪已经完全整理好了。但走出包房的那一刻，她脸上的笑意却垮了下来。

沈圆星在走廊里站了一会儿，仰头看了眼天花板的镜面，自己满脸写着颓废，很难看。

倒不是因为徐成洌拒绝她而伤心，只是有点心累。

经过今晚的接触，沈圆星意识到徐成洌这个人真是前所未有的难搞。

正常情况下，知道自己得不到，沈圆星必定当断则断，立马放下。

可徐成洌是个例外，她不能放弃。

三五分钟后，沈圆星拖着疲惫的身躯走出了KTV。

她本想打车回学校，没想走出KTV后却在台阶下看见了等在路边的徐成洌。

按理说他应该早就离开了才是，怎么等在这里？

难不成在等她？

沈圆星狐疑，强打起精神顺着台阶下去。

台阶下的徐成洌注意到了她，脸上泰然自若。在沈圆星走近时，他淡淡启唇："阿川给我打电话了，让我送你到宿舍楼下。"

就在沈圆星离开包房以后，沈明川因为不放心，还是给徐成洌打了个电话。

恰好徐成洌也在路边等车，接了电话他便转身往回走到台阶下等着，因为这里是离开KTV的必经之路。

沈圆星收起了狐疑的目光，点点头表示了解。

"麻烦你了。"她一改之前的轻浮放浪，语调很是正经。

大概因为之前被徐成洌拒绝，她以为是他不吃那一套，索性不演了。

面对突然变得正常的沈圆星，徐成洌倒还有些不适应，半晌才沉着嗓轻应了一声，率先往路口那边走："走吧。"

沈圆星不远不近地跟着徐成洌，凝着那道挺拔瘦削的背影，心下盘算着，到底要怎样才能俘获他的心。

到路口时，徐成洌拦下一辆出租车。

出租车在路边停下后，徐成洌绅士地拉开了后座的车门，回眸看向落后一些的沈圆星，深情眼里晦暗不明，嗓音比夜风冷凉："你属蜗牛的？"

沈圆星愣怔几秒，方才反应过来他是在嫌她走得慢。

她忙不迭踩着高跟鞋小跑几步，差点崴了脚跌倒，好在车门前长身而立的男生及时伸出手握住了她的胳膊，帮她稳住了身形。

"谢谢……"沈圆星站稳后主动抽回了胳膊。

她悄悄打量了徐成洌一眼,见他面上没什么反应,讪讪地弯腰钻进了出租车的后座。

这一次徐成洌并没有和沈圆星一起挤在后座。

待她上车后,他便将车门带上,自己拉开了副驾驶的车门。

回南大的路上,车厢内寂静无声。

折腾到现在,沈圆星也有些累了,她偏头靠在车窗上,目光迷离地看着窗外飞逝的夜景,什么也没想,甚至快忘记车上还有徐成洌的存在。

出租车直接开进了南大,从南门进,途经办公楼和篮球场,先到兰慧楼。

车身停稳时,沈圆星回了神。她看了眼计价器,本来想给钱,结果副驾驶座的徐成洌丝毫没有要下车的意思,只沉声对她道:"到宿舍以后,记得给你弟弟报平安。"

沈圆星张了张嘴,最终只是轻应一声,然后自己下了车。

果然,她下车后,出租车又朝着松竹楼的方向扬长而去。

就好像徐成洌只是看在她弟弟沈明川的面子上,好心让她搭了个顺风车而已。

想起徐成洌在洗手间里"壁咚"她的样子,沈圆星皱了皱眉,她也不知道自己到底是哪一步走错了,本来挺好的氛围,忽然就僵冷下来。

而且她隐约感觉到徐成洌似是心里有气,所以她才怀疑是不是自己说错了什么话。

沈圆星站在路口吹了会儿夜风,直到看不见出租车的车尾灯,才转身往公寓大楼里走。

回到宿舍已是晚上十点,沈圆星先给沈明川发消息报平安,然后去洗澡。

等她从洗手间出来,林娇她们仨买了夜宵回来,正好围着她八卦今晚的事。

"他真的拒绝你了?"林娇咬了一口烤面筋,和沈圆星说话时,嘴里一股孜然和香葱的味道。

满宿舍都被烧烤味儿熏染了,洗漱过的沈圆星愣是没经受住这份诱惑,被林娇她们拉下水,跟着吃了点。

苏梦买了臭豆腐和关东煮,李成欢买了曹氏辣卤配米饭,林娇买的是烧烤和炸鸡柳。

三人各分了一些给沈圆星,把她撑得不行。

苏梦不太能吃辣,但是她的关东煮里加了小米辣,这会儿正辣得眼泪花直打转。

她一边拿纸巾擦眼泪,一边对沈圆星说道:"听你这么说,我觉得徐学弟是真不错。一看他就不是那种会被美色所惑的人,连你的撩拨都能抗住,了不得啊。"

"可能像徐学弟这样的优质男性,都不太在乎外表?"李成欢差不多快吃完了,正在收拾残局,这时终于插了一句话,顺便帮沈圆星理一理思绪,"依我看,他可能更看重女性的内在美。既然单凭外表没办法撩动他,那你就多花点心思,真情实感地追求他试试。"

"真情实感?"沈圆星擦了擦嘴,秀眉拧着,有些为难,"怎么个真情实感法?"

"你没追过人吗?"李成欢问完,也没等沈圆星回话,自己就有了答案,"当我没问,你的确没追过人。"

她顿了下,又接着道:"那你就回忆一下当初霍明涛追你的时候都做了些什么,不妨借鉴一下。"

经李成欢提点,沈圆星临睡前坐在桌前制定了一个"挖柳星彤地基大作战计划"。

她将"地基"这两个字圈出来,在旁边做了标注——"地基=徐成冽"。

计划的第一步是加上徐成冽的微信。

这一点沈圆星思来想去,还是觉得要利用沈明川这一优势。

于是她给沈明川发消息,让他把徐成冽的微信推给她。

正如李成欢所说,追人最考验的是耐力。

沈圆星发送了加好友的申请,然后捧着手机上床,在床上翻来覆去到凌晨两点多,始终没有等到一个好友申请通过的提示。

翌日是周末,沈圆星一觉睡到了中午十一点多,还是被林娇的一声尖叫惊醒的。

"你小声点啊,星星还在睡觉呢。"苏梦坐在书桌前看书,听见林娇的动静也吓了一跳,回头看了她一眼。

正在阳台上晾衣服的李成欢接了一句:"也不知道星星昨晚熬到了几点。"

"两点多快三点吧。"沈圆星有气无力地应了一声,随后看向从座位上弹起来的林娇,"你怎么了,鬼吼鬼叫什么?"

林娇也看向她,一脸欲言又止的表情。

沈圆星打着哈欠下床,先去了洗手间。

等她出来时,林娇已经把手机递给苏梦和李成欢看过了,经协商,她们还是决定把柳星彤和霍明涛在学校论坛上公开恋情的事告诉沈圆星。

然而沈圆星已经看见了,就在昨晚她等徐成冽通过好友申请的时候,因为无聊,她去学校论坛看了一圈,恰好看见霍明涛发的官宣帖。

所以林娇说起时,她脸上没什么反应,只问她们中午吃什么,要不要一起去小吃街拼一份干锅。

见沈圆星如此淡定,林娇那些安慰的话全都咽了回去,一时间竟不知道

101

作何反应。
　　最后还是李成欢接了话:"那就干锅排骨和虾怎么样?"

　　午饭过后,沈圆星一行四人回了宿舍。
　　沈圆星继续自己的作战计划,她先向沈明川确认了一下徐成冽的微信号,确定自己没有加错人,只是徐成冽单纯地忽略了她的好友申请而已。
　　深感挫败之余,沈圆星又问沈明川要了他们班的课程表。
　　她打算去蹭徐成冽他们班的课,就像当初霍明涛追她时一样。

3
　　霍明涛和柳星彤恋爱的热度在学校论坛持续了两天。
　　受影响最大的还是沈圆星,走哪儿她都能被人用同情的目光盯着瞧。
　　这也让沈圆星加深了挖"地基"的执念。
　　周三这天下午,沈圆星去蹭了徐成冽他们班的基础写作课。
　　她踩着点从后门摸进教室,坐在了刚落座不到一秒的徐成冽右手边的空位。
　　彼时,徐成冽正翻开面前的书本,另一只手百无聊赖地转着一支黑色水性笔。
　　他和乔英俊他们一道来的教室,进教室之前分开了,乔英俊他们仨去了洗手间。
　　察觉到旁边坐了人,徐成冽自然以为是乔英俊他们回来了,他眼皮子都没掀一下,淡淡开口:"这么快就回来了?"
　　刚坐下的沈圆星身体僵了一下,扎成高马尾的长鬓发垂下一缕在颊侧,遮掩住了她满目心虚。
　　许是半晌也没听见回应,徐成冽侧头看过去,视线蓦地冻住:"你……"
　　他狐疑地蹙眉,似是为了验证自己没有走错教室,还四下扫了一圈,周围确实都是班里的同学,他没有走错教室。
　　可为什么沈圆星会在这里?
　　徐成冽的视线垂落在女生面前摆放整齐的本子和笔上,语气狐疑:"你怎么在这儿?"
　　"蹭课啊,反正闲着也是闲着。"沈圆星的声音落落大方,夹杂着浅浅笑音,仿佛她出现在这里是一件很正常的事。
　　徐成冽还想说什么,却被上完厕所回来的乔英俊三人打断了。
　　看见徐成冽身边的沈圆星时,乔英俊和高晨也相继露出诧异的神色,唯独沈明川一脸淡然,仿佛早已料到。

他们三人相继在徐成冽左手边的位置落座。

乔英俊表现得尤为激动，隔着徐成冽同沈圆星打招呼："哈喽姐姐，你这是追我们家阿冽追到教室来了？"

被洞穿心思的沈圆星倒也没有藏着掖着，嘴角弯了弯："算是吧。"

夹在他俩中间的徐成冽一噎。

他以为周六那天晚上，他在KTV包房的洗手间里，已经把话说绝了。

换作别的女生，被拒绝以后至少也会有点眼力见地离他远一些不是吗？

"姐姐酷哇，我挺你！"乔英俊兴奋的声音略有些炸耳朵。

徐成冽侧头凉凉地扫过去，某人立马闭嘴。

恰好教授从教室前门进来，偌大教室里顿时安静下来。

徐成冽那些赶人的话也生生卡在了嗓子眼，最后他只若有所思地看了沈圆星一眼，然后翻开课本，眼观鼻鼻观心地听课。

可坐在他旁边的沈圆星却半点没消停。

台上教授开始讲课，她便翻开了自己带过来的笔记本，拧掉笔帽，低头写着什么。

起初徐成冽以为她真是来听课的，还虔诚到自己带笔记本来做笔记的地步。

直到女生纤细莹白的手将那册笔记本小心翼翼推到他面前，白纸黑字写着：

我之前加你微信好友，你怎么没反应啊？

没同意也没拒绝，像是忽略了她的好友申请似的。不知道他是有意还是无意，沈圆星只好硬着头皮追问一句。

看见她略显潦草的字迹，徐成冽皱了皱眉，垂着眼睫沉思了片刻，并没有做任何回应，只心里暗想了一下，他这两天确实收到过好友申请的提示，不过他并没有搭理，根本懒得点进去细看。

没想到加他的人竟然是沈圆星。

就在徐成冽沉思之际，沈圆星又把笔记本挪回了自己面前，提笔写了新的内容，写完复又挪回徐成冽眼前：

联谊会那天对不起啊。

徐成冽面不改色，但心下却已经掀起了风浪，抓耳挠腮地想知道沈圆星这是怎么了。

她画风突变,葫芦里又在卖什么药?

他斜瞥她一眼,深眸狐疑,但还是没有任何表示。

于是沈圆星继续写:

> 其实我平时不是那样的,你不要误会啊。

徐成洌的眉头拧得更紧了,薄唇抿成一条直线,心下又生起一股躁意。他想打断沈圆星,但她写字的速度极快,转眼又是新的内容:

> 我也只是针对你这样⋯⋯真的!
> 你不喜欢我以后不会再那样了,你别生我气行吗?
> 我是真的想追你。
> 虽然你已经拒绝了⋯⋯但我还想再试试,不想放弃!
> 徐成洌,我一定会把你追到手的!

接二连三的黑色字迹挤入徐成洌的眼帘。

那些字就像蚂蚁一样在他心上来回爬走,痒意也逐渐爬满他的胸腔。

他原本打算完全无视沈圆星,可这会儿他却满脑子都是她,连台上教授讲课的内容都没听清。

徐成洌想起了那天晚上自己拒绝沈圆星时的场景。

那句斩钉截铁的"我拒绝",是他下了许久的决心才说出口的。

明面上是在拒绝沈圆星的追求,实际上,那是徐成洌为了斩断自己因她生出的杂乱思绪,对自己做的一个了结。

本以为拒绝以后,沈圆星就会远离他的生活,他也不会再为她所乱。

没想到她又一次追上来了,且这一次干劲更足,一副不达目的誓不罢休的架势。

许久之后,徐成洌扯过了沈圆星写字的笔记本,就着他手里的黑色水性笔,垂着眼睫坐姿端正地在本子上写了一行字。

他写字时,沈圆星就支着脑袋巴巴望着他。

午后阳光穿透教室里的玻璃窗,俏皮地落在男生的颊侧和鼻翼,将他陡鼻拓下一层薄薄光影。

沈圆星看得有些入迷,几欲被他白瓷无瑕的肌肤蛊惑,想伸手过去描摹他的鼻梁骨。

便是此时,徐成洌将本子拂回了她面前,白纸上赫然落了一行铁画银钩的字:

不要影响我听课。

沈圆星愣了半晌,才扁扁嘴,半趴在桌上,在本子上写下一句:

好吧……

她还特意把那串省略号描得特别粗。
可惜徐成冽看了以后,仍旧没有任何反应。
于是接下来的时间里,沈圆星安分了。
她也知道打扰别人学习是一件不厚道的事,且还在对方明确提醒以后。
所以她支着脑袋盯着笔记本上那行遒劲有力的字看了许久,暗暗感叹徐成冽果真字如其人,都是行云流水的好看。
讲台上那位老教授的声音沉缓和蔼,无疑是这困意盎然的午后最好听的催眠曲。
沈圆星对写作基础这门课也不感兴趣,她看了会儿笔记本上的对话内容,便趴在桌上侧枕着手臂盯着旁边的徐成冽看。
他就像一件历经数次打磨后的艺术品,轮廓五官也好,身材皮肤也罢,无一不是世间仅有的完美。
此时此刻,沈圆星隐约明白了那些学妹甚至学姐迷恋徐成冽的原因。
单是这张巧夺天工的脸,便足够姑娘们欣赏一辈子了。

时间静静流淌,落在徐成冽鼻梁的阳光也逐渐迁移西斜。
他在沈圆星的笔记本上回复了她以后,便正襟危坐,目不斜视地看着讲台上的老教授,屏息静气认真听课,尽可能心无旁骛。
可自打沈圆星趴在桌上盯着他看的那一刻起,徐成冽的心海就没再平静过。
从一开始的涟漪轻泛,到后来的惊涛骇浪,他每一刻都如坐针毡、焦躁难安。
好几次他都差点没忍住垂眸去看沈圆星。
逐渐地,落在他脸上那道淡然却专注的视线消失了。
徐成冽心下的浪潮趋于平静,他也终于试探性地分出一点余光,瞥了眼趴在桌上一动不动的女生。见她垂掩着眼皮睡着,他缩紧的心脏渐渐舒展开,暗暗吁了一口气。
他的视线垂落在女生安静的睡颜许久,看见暖色的阳光漫过她乌青的发,

105

静静点亮她放在桌上的左手手背。

教室里极静,除了教授讲课的声音,便只剩下过耳的微风和翻动书页的细微声响。

沈圆星睡得香甜,似是做了美梦,她的嘴角勾着浅淡的弧度,面色温软柔和,静美得令人移不开眼。

又好像有一种催眠人的魔力。

徐成冽只是盯着她看了一阵,便也发困起来,他慢慢又丧失了专注力,已经听不清教授讲课的内容,最后枕着手臂趴在桌上,与女生面面相对。

坐在他旁边的乔英俊注意到了动静,偏头看了一眼,一时间呆住了。

午后暖阳金光熠熠,散落倾泻,覆满沈圆星和徐成冽的头发、面庞。

不远处的玻璃窗如同画框,将那双面对面趴在桌上酣睡的男女纳入画中。

乔英俊虽看不见徐成冽的脸,也不知道徐成冽到底此时是睁着眼还是闭着眼。

但他认为,此场景堪为世界名画,得拍照留念!还要拉上高晨和沈明川一起见证这一幕。

校花和校草同框入睡,这场面可不多见。

"咔嚓!"

手机相机的快门声打破了满室静谧和谐的氛围。

不仅讲台上的教授举目朝他看来,其他同学的视线也相继聚拢过来。

最要命的是,刚刚还趴在桌上的徐成冽也直起了身体,似是听见了动静,他回头望住了拿着手机的乔英俊。

"那位拍照的同学,你再忍耐一下,咱们这堂课马上就要结束了。"老教授略风趣地揭过了这场意外。

乔英俊悻悻地揣起手机,不好意思地低下头去。

待老教授继续讲课,同学们的视线也回到了讲台上。

乔英俊却是半点不敢松懈,因为旁边的徐成冽还在盯着他,满眼审视,目光冷冽犀利。

4

睡梦中,沈圆星察觉到那道慈蔼温沉的声音似停顿了片刻。

她在穿入室内的一阵午后微风里醒来,手臂压得发麻,精致的五官几欲拧成一团。

得亏沈圆星及时醒来,乔英俊逃过了一劫。

——徐成冽落在他脸上的视线移开了,余光瞥了眼幽幽转醒的沈圆星,而后正襟危坐目不斜视,装作一副自始至终都在认真听课的模样。

睡意驱散后的沈圆星侧头看了徐成冽一眼，见他稳坐一旁不动如山，心下难免有些气馁。

不过她的注意力最终还是集中到了自己压得发麻的手臂上，一顿按捏揉搓，待缓过神来时，这堂课恰好到点结束了。

沈圆星去了一趟洗手间，回教室后本打算再睡一节课，结果手机上收到了一条来自沈明川的微信。

她看了一眼沈明川发过来的照片，睡意顿时没了。

照片里午后阳光温柔暖软，光线如纱如雾，轻笼在她和徐成冽身上。

与她之前所看见的徐成冽不一样，照片里的男生也和她一样，枕着手臂趴在桌上睡觉，且与她面对面。

唯一可惜的是，照片里的徐成冽是背对着镜头的，无法看清他的脸，自然也不知道他当时是一副怎样的表情。

不过有了这张照片，沈圆星也算有了动力。

这至少说明徐成冽并不是真的油盐不进。

就算他是一座大冰山，她早晚也能完全融化他。

蹭了两节课后，沈圆星和徐成冽他们一起下课。

路上她没少和徐成冽搭话，从吃饭睡觉到兴趣爱好，却始终没有得到他的回复。

最后沈圆星只好使出撒手锏，举着手机里那张照片凑到男生眼前："阿冽，我睡着的样子好看吗？"

被她声音包围的徐成冽心下正躁动不已，蓦地瞥见那张铁证如山的照片，他的脚步停了下来。

沈圆星也随之停下，走在他们前面的乔英俊三人悄悄回头看了一眼，神色各异。

乔英俊顿时脸色煞白，有一种死到临头的强烈预感。

至于发照片给沈圆星的沈明川则有恃无恐，反正他无论如何也是要站姐姐那边的，要是徐成冽真怪罪下来，就说是乔英俊发他的照片。

他们仨，唯有高晨吃瓜吃得心安理得，津津有味。

不过他也是没想到，沈圆星竟然这么勇敢，说追就追，而且攻势还这么猛。

不远处，驻足后的徐成冽先是看了眼沈圆星，随后视线微抬，轻飘飘地扫向乔英俊。思绪一转，他又看了眼沈明川，大体知道了事情的来龙去脉。

他面上不露山水，视线回到了沈圆星脸上，很寻常的寡淡口吻："在睡觉，没注意。"

不远处的乔英俊三人一噎。

鬼才信徐成洌的话,听见相机快门声第一时间回头看情况的人,怎么可能在睡觉?

可惜他们没有证据证明。

被堵得哑口无言的沈圆星冲徐成洌猛地眨眼,满眼质疑,最终还是被对方扛下来了。

徐成洌移开了视线,越过她继续往前走,笔直冲着乔英俊过去。

乔英俊吓得转身就跑,美其名曰要去小吃街买奶茶喝,让他们先回宿舍。

徐成洌他们下午两节基础写作课以后就没课了,但沈圆星还有课。

她没敢耽搁太久,死皮赖脸跟着徐成洌他们到了松竹楼楼下,目送他们进了公寓大楼,她才转身飞奔回明思楼。

还好她早就和林娇打了招呼,让林娇帮忙拿一下课本。

下午的课程结束后,沈圆星给沈明川发了消息,打探徐成洌的行程。

得知他们正在前往1号食堂的路上,沈圆星二话没说,把课本塞给了林娇,然后一路狂奔跑出明思楼,往1号食堂去。

也许是正值饭点的原因,来1号食堂用餐的学生不少。

沈圆星赶到时,周围已经有了关于徐成洌来1号食堂吃饭的讨论声。据说是有人在学校论坛上发了帖子,给1号食堂引流。

这种时候,沈圆星难免要庆幸自己有一个靠谱的弟弟。

沈明川帮她排了队,就在徐成洌身后。

沈圆星赶到时,徐成洌刚到窗口,食堂的阿姨正在战术性手抖,把大铁勺里的菜匀了又匀。

"姐,高晨他们占了座位,一会儿你直接过来吧。"沈明川的饭菜早已经被乔英俊他们带去了餐桌那边。他在这里排队就是为了等沈圆星而已,如今等到了,自然是把位置给她,他自己功成身退,就不在这里当电灯泡了。

沈圆星应了一声,不忘冲沈明川挤眉弄眼,夸他事儿办得不错,还特别有眼力见。

待沈明川离开,沈圆星赶忙凑到徐成洌背后,轻扯了一下他的衣角,想问他都要了些什么菜。

结果她还没来得及说话,徐成洌已经打好饭菜准备撤了,走的时候顺势抽走了被沈圆星抓住的那一片衣角,回头淡淡瞥她的那一眼,宛若在看陌生人。

因为徐成洌的眼神太过陌生,沈圆星滞了一秒,让他跑掉了。

待沈圆星回过神来,她一边咬着后槽牙懊恼刚才撒了手,一边往前移动,到了窗口前。

她先扫了一眼今日的菜色,打算选两荤一素,比如豆干炒腊肉,再比如莴笋，最后是……

"阿姨，我还想要一份盐煎小排。"

"我要盐煎小排！"

两道女音几乎同时响起，不过沈圆星声小一些，被对方压了一筹。

听着那声音有几分熟悉，沈圆星侧头看去，视线落在了旁边的队列上。

恰好队列里的柳星彤也正偏头来看她，两人的目光顿时对上了。

寂静了两秒，空气中隐约擦出了火药味。

柳星彤倒是一早就注意到沈圆星了。

因为那人排在徐成冽身后，还恬不知耻地拉住了徐成冽的衣角，结果被人家不留情面地甩掉，场面不要太难看。

自己身后还站着霍明涛，正好可以让霍明涛看看沈圆星的现状，让他知道他当初和沈圆星分手是多么明智的选择。

但柳星彤没想到沈圆星会和她一样，选中盐煎小排。

两人各自觉得晦气，但更晦气的是，食堂阿姨告诉她俩，盐煎小排就剩下最后一份了。

"你俩商量一下吧，谁要？"

食堂阿姨话落，先将其他菜装盘，然后视线在沈圆星和柳星彤之间来回游移。

沈圆星也没想到她和柳星彤之间已经冤家路窄到这种地步，打个饭菜也能撞上最后一份这种情况。

她自然不想让给柳星彤，于是两人又异口同声："我要！"

话落，四周都安静了许多。

不少视线投落在她俩身上，窗口内的食堂阿姨则皱起了眉头，一副很为难的样子。

四周不少人开始交头接耳，低声议论。

毕竟之前沈圆星和霍明涛分手的事，以及霍明涛和柳星彤交往的事，相关帖子至今还飘红挂在学校论坛上，也算是论坛难得一见的高热度帖子了。

这不，沈圆星和柳星彤刚因为一份盐煎小排在食堂里争夺起来，学校论坛上又出了一个关于她俩情敌见面分外眼红的帖子。

仿佛早前柳星彤和霍明涛不轨的丑事已经在众人心中淡去，如今议论主调竟是沈圆星技不如人。

就在局面僵冷之际，一直出于歉疚心理，没太敢直视沈圆星的霍明涛开口了，他自然是帮着柳星彤的："沈学妹，凡事有个先来后到，这份盐煎小排按理说应该给彤彤，不如我……"

霍明涛本来想说，今天这顿饭他请客，当作补偿沈圆星。结果他话还没

109

说完，就被沈圆星一声嗤笑打断了。

沈圆星满含讥讽的眸光沉沉落在了霍明涛脸上，她本不想看他，怕脏了自己的眼睛，但他刚才说的话实在是太可笑了，她忍不住：“霍学长不觉得'先来后到'这种话从你的嘴里说出来，很可笑吗？”

霍明涛噎住，显然明白沈圆星指的是他在和她交往期间，与柳星彤过度亲密的事。

且沈圆星是他的前女友，柳星彤是现任。要说先来后到，确实是沈圆星在先，柳星彤为后。

"有什么可笑的，真要说先来后到，那也是我和明哥哥认识在先。

"再说了，学姐如今不是正追赶着校草吗？难不成你所做的这一切不过是为了气我明哥哥？"

柳星彤故意拔高了分贝，打量沈圆星的目光充满敌意。

一想到徐成冽和沈明川他们一起落座在不远处的餐桌，沈圆星怂了，不想被他知晓她追求他是另有所图。

她主动结束这场僵局，冲柳星彤冷笑了一声："气他？他也配？"

话落，她便将目光转向窗口那边，对食堂阿姨道："盐煎小排我不要了，改土豆烧排骨吧，谢谢阿姨。"

食堂阿姨忙不迭帮沈圆星舀了一大勺土豆烧排骨，似是为了安慰沈圆星，这次她并没有手抖，饭菜的量特别足。

这场没有硝烟的战局因为沈圆星的退出宣告结束。

虽然是沈圆星先退步，但柳星彤和霍明涛也没占到上风。尤其是霍明涛，夹在中间平白被人鄙夷了一顿。

沈圆星端着餐盘落座在沈明川身边时，脸上无精打采。

她全然没了撩拨徐成冽的兴致，低垂着眼睑，看着餐盘里满满当当的土豆烧排骨，又想起了霍明涛刚才维护柳星彤时说的话。

她倒也不是难过，就是很不甘，没抢到那份盐煎小排。

旁边的沈明川看了她一眼。

他之前也想过上去帮腔的，但他刚站起身，沈圆星那边已经结束了。于是他又坐回凳子上，眼看着沈圆星端着餐盘过来。

见她心情不好的样子，沈明川动了动唇，刚想出言安慰，结果坐在沈圆星对面的徐成冽将餐盘挪了挪，与沈圆星的餐盘紧贴在一起。

细微的铿锵声吸引了高晨、乔英俊的注意。

连情绪低落的沈圆星也掀起了眼帘，视线不偏不倚落在对座的男生身上。

只见徐成冽低垂着眼帘，面无表情地往她餐盘里夹菜。

沈圆星顺着他的手臂看向他的餐盘,这才发现他竟也要了一份盐煎小排。这会儿他正将餐盘里的盐煎小排,一块接一块地往她餐盘里夹。

原本因为痛失盐煎小排而低落的沈圆星当即便呆住了。

她的视线顿在徐成洌清瘦细长又肤色白皙的手上,只觉一股暖意打脚底徐徐升起,很快暖入了心房。

她不禁掀起眼帘,目不转睛地盯着徐成洌看。

徐成洌似是察觉到了她专注的目光,夹完最后一块盐煎小排,他也睇了她一眼,面无表情道:"别误会,我只是不爱吃这玩意儿。"

沈圆星:不吃还让它进了你的餐盘,钱多?

旁边的沈明川以及高晨、乔英俊沉默不语,一个个神色怪异。

因为他们都知道,徐成洌这货从不挑食,怎么可能有他不喜欢吃的东西!

第六章
你会爱上我吗 ★

1

虽然徐成冽夹排骨时一直板着俊脸，说话也冷冰冰的没有温度。但沈圆星还是被他感动到了，莫名想流泪。

当她咽回泪意，想着就冲排骨的面子，高低得给徐成冽整几句话时，对方也刚好朝她看过来。

徐成冽的冷沉视线似是一眼洞穿了沈圆星心里的小九九，他夹起她餐盘里一块小排，径直喂到她嘴里，生生把沈圆星微张的嘴堵住了，那句"还是阿冽疼我宠我念着我，最喜欢阿冽了"卡在了嗓子眼。

"食不言。"男音低冷，具有一定慑力。

话落，徐成冽便垂下眼睫继续慢条斯理地吃饭，拿筷子的手暗暗攥紧了力道。

他正一边为刚才冲动之下的投食行为懊悔，一边回忆刚才投食时筷子有没有沾到沈圆星的嘴？

被塞了一块盐煎小排的沈圆星神情僵住，片刻后方才腾出手美滋滋地啃完那块小排，心下也被徐成冽投食的举动甜到，嘴角抑制不住地翘着弧度。

她这算是融化了冰山的一角吧，之前的课真是没白蹭！

在1号食堂吃完晚饭后，沈圆星和徐成冽他们一起离开了食堂。

走出食堂时，外面已是暮色四合的光景，晚风拂面，风里送来一阵清幽的桂花香。

从1号食堂回兰慧楼一共有两条路径。

路程差不多，只不过一条道要途经明思楼和办公楼，以及3号食堂、图书馆等。

另一条则要经过男生宿舍松竹楼。

到松竹楼楼下时，沈圆星叫住了徐成冽："你在这里等我一下。"

话落，她便小跑着冲进了松竹楼旁边的超市，打算买两杯酸奶，给徐成浥润润肠胃。

就在沈圆星急吼吼跑进超市后，本该留在原地等她的徐成冽浅皱了一下眉，毅然决然地往公寓大楼里走去。

沈明川欲言又止，终究还是没有叫住他，只和乔英俊他们打了声招呼，让他们先回宿舍，自己则在路口等沈圆星。

约莫十分钟后，沈圆星从超市里出来了。

她拿了三盒酸奶，两盒原味，一盒草莓味。

远远看见孤零零站在路口等她的沈明川，沈圆星蹙了下眉："徐成冽呢？"

"他……回宿舍了。"沈明川如实回，有些不忍心。

但好在沈圆星并没有表现得有多悲痛失望，她只是撇了撇嘴，一副"我就知道"的表情，然后便哀怨地递了便利袋过去："那你帮我把这个带给他吧，有一盒原味是给你的。"

沈明川想说徐成冽八成不会收这玩意儿，毕竟开学以来，他作为徐成冽的室友，也没少被班里的女生们拜托，帮她们带东西给徐成冽。

结果无一例外，徐成冽全都拒收，让他和乔英俊他们把礼物哪儿来的送回哪儿去。

可是这话说出口，沈明川又怕打击到沈圆星，于是他把话咽了回去，点点头："我知道了。"

话落，他顿了下，又道："姐，我先送你回宿舍吧。"

到底是亲姐姐，他实在不放心她。

沈圆星一口回绝："你赶紧把酸奶带回宿舍，帮我给徐成冽。顺便再帮我提醒他一下，通过我的微信好友申请啊。"

话落，她便推着沈明川往松竹楼那边走，走了一段后冲他摆手，自己先转身离去了。

被委以重任的沈明川长长叹了口气，低头看了眼便利袋里的酸奶，认命般往回走。

男生公寓609宿舍。

从洗手间出来以后，徐成冽便被高晨和乔英俊围住了。

他俩抄着手，一脸意味深长的笑意，堵着徐成冽盘问。

"阿冽，咱们都是兄弟，你能不能给我们一句准话。你是不是对沈学姐有那么点意思，啊？"

说话的是高晨，旁边的乔英俊一通附和，声音吵人。

徐成冽被他俩堵在沈明川的衣柜门上，面上波澜不惊，只是深眸里涌着复杂的光。

他对沈圆星的心思昭然若揭，即便嘴上不承认，但身体却很诚实。

这一点值得他反思。

但面对高晨和乔英俊的逼问，徐成冽一时间不知如何作答。

正如他们所说，都是兄弟，这种事本不至于瞒着他们。

可徐成冽又想到了沈明川。

恰在此时，宿舍门外传来钥匙开门的声音。

被困一隅的徐成冽顿时压下了内心的松动，斩钉截铁道："没有，我对沈圆星一点意思都没有，只希望她别再缠着我，很烦。"

徐成冽的话音刚落，进门的沈明川将宿舍门用力甩上了。

响动惊吓了高晨和乔英俊，他俩齐刷刷看向刚进门的沈明川，倒是没注意徐成冽溜走了。

因为沈明川的回归，高晨和乔英俊没再追问徐成冽。

毕竟事关沈圆星，那可是沈明川的亲姐姐，他夹在徐成冽和沈圆星之间，一定很不好受。

沈明川皱着眉，压着心下的气性，将便利袋里的酸奶分别分给了高晨和乔英俊。

唯独没有徐成冽的份儿。

得了酸奶的乔英俊很开心，不忘跟沈明川道谢。

没想到沈明川却是朝落座在书桌前打开了电脑的徐成冽看了一眼，拔高分贝道："要谢就谢我姐吧，酸奶是她买的。"

刚还漾着满脸笑意的乔英俊满脸问号，连高晨都有些诧异，免不了多问沈明川一句："沈学姐买给我们的？"

沈明川轻"嗯"一声，没多言。

但高晨和乔英俊却有些狐疑："就三盒，阿冽……没有？"

若是沈圆星请客，怎么可能没有徐成冽的份儿啊？这不科学！

明明之前在楼下，沈圆星还指名道姓要徐成冽等她一下来着，看她去了超市，想来这酸奶应该是买给徐成冽的才对。

"不知道。"

沈明川回答得模棱两可，差点把高晨和乔英俊整郁闷了。

半晌，乔英俊才试探性地问沈明川："该不会是阿冽没在楼下等着，学姐生气了吧？"

沈明川回到了自己的座位，头也没回，还是一句"不知道"搪塞过去。

至此，高晨和乔英俊也隐约察觉到了沈明川的情绪。

同宿舍以来，这还是他们第一次看见沈明川闹情绪的样子，虽然面上还是温温和和的模样，语气却冷淡许多。

114

就是不知道他为什么闹情绪。

徐成冽也察觉到了沈明川的情绪不对。

但他顾不上深思,此时他正抓心挠肺着,也很好奇为什么酸奶没有他的那一份。

虽然理智告诉他,不要去在意这种芝麻大点的小事。

沈圆星生气了最好,这样她或许就不会再继续追着他,扰乱他的心了。

可这种想法只在徐成冽脑海里存在了0.1秒。

他的手已经不受控制地拿起了桌上的手机,切入微信界面,点进通讯录界面去翻好友申请记录。

翻到沈圆星的好友申请时,徐成冽落在手机屏幕上的食指顿了一下,还是只犹豫了0.1秒,他通过了沈圆星的好友申请。

通过申请的那一秒,徐成冽的心跳是前所未有的快,搏动速度和力度都超乎寻常,像是烧起了一把火,心脏正被放在火上炙烤着,煎熬不已。

几秒钟后,理智重新掌握了主导权,徐成冽又突然后悔不已,想趁着沈圆星没发现删掉她。

结果他还没来得及操作,沈圆星的消息已经发过来了:【啊啊啊啊啊你终于加我了弟弟!】

一秒后,这条消息被对方撤回。

随后又是一条重新编辑好的消息发过来:【你终于加我了![泪目.jpg]】

握着手机的徐成冽沉了脸色,满脑子都是被沈圆星撤回的那条消息。

尤其是"弟弟"两字,像针一样刺进他的心。

徐成冽没有回消息,他攥紧了手机,说不清是生气还是什么。

他生平第一次痛恨自己把一个人、一件事看得如此透彻,若是能糊涂一些,被她的虚情假意骗过去也是极好的。

【沈圆星:阿冽,酸奶好喝吗?】

【沈圆星:不知道你喜欢哪种口味,我就各拿了一瓶。[机智如我.jpg]】

最新的两条消息,勉强转移了徐成冽的注意力。

他侧头看了眼刚把酸奶拆封的高晨和乔英俊,心下了然。

半晌,徐成冽回:【下次亲手给我。】

他还是没能掌控自己的心,畸形地期盼着沈圆星的演技能再高超一些,早日修炼到能骗过他的境界。

2

收到徐成冽的回复时,沈圆星正抱着椅背和林娇她们说话。

正说到食堂发生的事,林娇坚定不移地表示,徐成冽这根铁杵,很快就要被沈圆星磨成针了。

李成欢没在宿舍,林娇和苏梦都是"母胎单身",在追人这方面实在没什么经验可以传授给沈圆星。

于是沈圆星捧着手机看着徐成洌回复的内容,绞尽脑汁想了许久,才认定徐成洌这么说八成是觉得她心意不到位。

看来下次送他东西还是得亲手交到他手里才行。

下定决心后,沈圆星回了徐成洌一个可爱的傻笑表情包。

结果对方又没了音信,仿佛她给他发过去的消息,全部石沉大海。

饶是如此,沈圆星也还是孜孜不倦地给他发消息,看见什么有趣的新闻也会第一时间分享给徐成洌。

这让徐成洌万分后悔通过了她的好友申请。

直到夜里九点多,沈圆星给他发了一句"晚安",他的手机方才消停下来。

徐成洌也终于码完字,他稍微活动了一下手腕和脖颈,不受控地拿起手机去翻看沈圆星发过来的那些历史消息。

【沈圆星:阿洌,你明天上午没课对不对?】

【沈圆星:你明天准备几点起床呢?】

【沈圆星:[托腮.jpg]】

【沈圆星:你在干什么啊,很忙吗?】

【沈圆星:今晚好多星星啊,夜空好美,你看见了吗?】

…………

沈圆星还给他拍了一张星空夜景的照片。

照片大抵是在她们宿舍阳台上拍摄的,入目便是几欲垂落的夜幕苍穹,满天繁星,斑斓的光芒迷人双眼。

但让徐成洌停住视线的还是照片里倚靠在阳台栅栏上对着镜头比剪刀手、笑得明艳动人的女生。

徐成洌不受控地弯了弯嘴角,一时间竟不知道该说沈圆星聪明还是愚笨。

说什么星空照,合着也不过是借机给他发自拍,试图迷乱他的心智罢了。

殊不知他看见照片的第一秒便洞悉了她的小九九。

不过她的目的还是达到了。

那张矫揉做作的自拍照,祸乱了徐成洌整晚,令他辗转难眠。

翌日,拂晓时分。

晨风从阳台半敞开的落地窗悄然入室,辗转难眠的徐成洌终于有了一些困意。

他刚将手背搭放在额头上,枕畔的手机就响起了微信消息提示音。

有那么一瞬间，徐成洌以为自己幻听了。

结果下一秒，微信的语音电话响了起来，差点把宿舍里其他三人吵醒。

徐成洌只看了眼来电提示，来不及细想便按了接听键。

寂静中，他听见手机里传出沈圆星元气满满的声音："早安，阿洌！你起床了吗？能不能下楼来，我有东西要给你。"

她的声音外还有着窸窸窣窣似是塑料袋摩擦的杂音。

徐成洌觉得刺耳，便将手机挪远一些，蹙起了剑眉。

他本来想拒绝沈圆星，直接挂断电话蒙头补觉，结果沈圆星却接着道："你要是不下来，我就只好去求门卫大叔放我进去，就说我有非常重要的东西要亲手交给我的男朋友！"

徐成洌一僵。

鬼使神差地，他竟莫名相信沈圆星真能干出这种事情来。

于是他反应了两秒，答应下楼，并动作麻利地下床去洗手间洗漱。

大概十分钟后，徐成洌沐着破晓的晨光走出了松竹楼的大门。

他穿了一件宽松的长袖T恤，领口肥大，袒露一片冷白肌肤，以及他性感的喉结和深凹的锁骨。

破出云层的晨光覆落在他身上，如同天神降临。

沈圆星两手背在身后，站在松竹楼旁边的花树下，看着那抹由远至近的高挑身影，有片刻失神。

直到晨风掠起她及腰的长发，一缕青丝荡过视野，割裂了那幅唯美的画作。

徐成洌也走近了，从模糊的轮廓身形到清晰明了的俊脸，他由远至近，最终在离沈圆星一步远的位置站定，两只手随意散漫地揣在裤兜里，蹙着眉，似是攒了几分起床气，声音也懒洋洋的，透着不耐烦："什么事？"

"不好意思啊，打扰你睡觉了。这个给你，回宿舍吃完再好好补个觉吧。"沈圆星一边说着，一边从背后抽出手来，将藏起来的早餐一股脑塞给徐成洌。

热腾腾的肉包子香味四溢，还有豆浆的醇香和葱油饼的味道。

沈圆星买了不少，全塞给了徐成洌，脸上堆满了明媚的笑："我也不知道你喜欢吃什么，就都买了一些。你要是吃不完，可以分给室友们。"

话落，她冲徐成洌挥挥手："行了，你赶紧回去吧。我也该回宿舍收拾收拾，上午还有课。"

被塞了满手早餐的徐成洌僵愣住，他的视线停顿在沈圆星脸上两秒，垂下眼睑，不经意瞥见了她脚上的小白鞋，顿住了。

白白净净的鞋面上落了一个非常清晰的脚印子，看上去很新鲜，应该才印上去没多久。

察觉到这一点的沈圆星连忙缩回右脚，下意识往左脚后面藏去，颇有些难为情:"买肉包子的时候,排队的人特别多,难免拥挤……我本来想回去换一双鞋然后再来见你的,但又怕早餐凉了。"

女音袅袅,让徐成洌心下一动,不禁蹙起了剑眉。

他试想了一下沈圆星排队买早餐时,被人踩那一脚时的场景,心下浮起几分疼惜之情。

许久后,他将视线重新落回了沈圆星脸上,强忍着将她揉进怀里的冲动,沉声问她:"你到底为什么要追我?"

沈圆星愣住,片刻后她深吸了一口气,目光灼灼地看着徐成洌:"因为我喜欢你啊。"

她的眼神和语气特别真诚,自认演技进步很大。

可徐成洌还是看穿了。

他的深眸里只闪过一瞬的欣喜,转眼就被心下涌上来的凄切吞没了。

他最后只淡淡回了她一句:"知道了。"

他又补了一句:"回去吧。"

话落,徐成洌便拎着沈圆星给他的早餐转身往公寓大楼里走。

背影冷漠决然,头也没回。

沈圆星目送他的身影远去,至最后消失,脸上的笑意也渐渐垮了下来。她揪着眉,反思自己刚才的答案以及所表现出来的情绪是否有不恰当的地方。

为什么徐成洌一点反应都没有,她大清早给他送早餐,他就不感动吗?

想当初霍明涛拎着早餐出现在兰慧楼楼下时,她可被他感动坏了。

难不成是她刚才发挥失常,情感过于饱满,显得很突兀很假?

自省过后,沈圆星摩挲着下巴往回走。

她时不时还低头打量小白鞋鞋面上的脚印,不禁又想,会不会是因为这个鞋印让徐成洌觉得碍眼了,所以他看上去才有那么一点不高兴?

徐成洌拎着热腾腾香喷喷的早餐回到宿舍时,正好沈明川醒了,刚从洗手间里洗漱完出来。

瞥见徐成洌手里五花八门的早餐时,他愣了两秒,隐约猜到了什么。

沈明川往阳台那边走,途经徐成洌的床位时,他停下来看着已经落座的人,想了想,还是压低了声音道:"我这是第一次见我姐这么卑微地追求一个人。"

宿舍里本就安静,即便沈明川碍于还在睡觉的高晨和乔英俊,刻意压低了分贝,他的话也还是清晰地传到了徐成洌耳朵里。

彼时徐成洌刚把那些早餐放在书桌上,他不用想也知道沈明川是在和自己说话,他侧身回眸望住沈明川,神情平静。

只听沈明川接着道:"我姐她从小就骄傲,能这么低三下四地追求你,那一定是对你喜欢到了骨子里。

"希望你不要辜负她的真心，阿洌。"

徐成洌定定看了他几秒，察觉到沈明川说的这些话是发自肺腑的真心话。

他流转眸光望向阳台外被晨光染得金黄的天际。思忖片刻，他淡淡启唇："真心……"

徐成洌呢喃了一声，不禁失笑，视线重新落回沈明川身上，眼含精光瞥着他："看来你对你姐姐还不够了解。"

话落，徐成洌便回过身戳开了笔记本电脑，顺便把书桌上的早餐放到了公用的长餐桌上，没有动它的打算。

至于沈明川，他因为徐成洌那句莫名的话而呆愣在原地，满脑子问号，不明白徐成洌是什么意思。

什么叫他对他姐姐还不够了解？

徐成洌也没再理会沈明川，打开笔记本电脑后，他就一直盯着电脑桌面上被剪裁过的星空图愣神。

此时他的思绪似被入室的晨风理顺了许多，结合之前学校论坛上流传出的关于霍明涛和柳星彤交往的事，以及之前食堂里沈圆星与柳星彤针锋相对的行为，他大致猜到了沈圆星追求他的目的。

无非是想把他当成工具人去报复谁罢了。

她那些浮于表面，只挂在嘴边随口说说的"喜欢"，他徐成洌才不稀罕。

兰慧楼906宿舍。

沈圆星蹑手蹑脚地拿钥匙开了门，进了屋。

本以为林娇她们还在睡觉，结果大家都醒了，洗漱的洗漱，化妆的化妆，都挺忙。

瞥见回来的沈圆星，啃着苹果的苏梦问了她一句："去哪儿了？晨练吗？"

沈圆星反手关上了房门，直奔阳台换鞋，打算把小白鞋刷洗干净。

她一边换鞋，一边回苏梦的话："刚追完男神回来，累死我了。"

林娇一听见"男神"两字便想到了徐成洌，她立马凑过来："你又发起了什么攻势，'效益'如何？"

沈圆星拎着换下来的小白鞋往洗手间走："也没什么，就是给他送了点早餐。至于'效益'啊……没什么感觉。"

"好家伙，沈圆星你出去买早餐也不给我们带一份！"林娇的思绪瞬间偏离了正轨，一直缠着沈圆星，直到她刷完小白鞋，去阳台那边晾晒，并答应一会儿去食堂请她们吃早餐，这事儿才算完。

最后也就化完妆的李成欢给了沈圆星一些可用的建议，给她加油打气，

119

让她向当初的霍明涛看齐。

沈圆星哭笑不得,最终还是认命地给沈明川发了几条微信消息,打听徐成冽平日里的生活习惯和喜好。

得知徐成冽有夜跑的习惯后,沈圆星翻开那册日记本,把夜跑这个项目也列入了她的追人计划之中。

当天晚上吃完饭,浅浅休息了半小时,沈圆星便在沈明川的提醒下换衣服出门了。

因为是临时起意去夜跑,沈圆星虽有运动装,却没有适合跑步的运动鞋。还好林娇够姐们儿,把那双买回来以后一直没穿过的运动鞋借给了她。

"加油啊星星,回头你俩要是成了,记得请我吃饭。"林娇拍拍她的肩。

沈圆星系上了鞋带,起身理了理衣服,冲林娇丢了个媚眼:"放心吧,等我追上徐成冽,一定请全宿舍吃饭。"

3
时值十月底,南城秋意甚浓,夜里气温降了许多。

沈圆星一身长款运动装出门,长发高高绾起扎成了马尾,一脸斗志昂扬的样子,飒爽极了。

她早就打探好了徐成冽夜跑的路线,径直往足球场的方向去。

途中遇见了出双入对的霍明涛和柳星彤,擦肩而过时,她无视了霍明涛向她投来的惊艳目光。

到足球场时,沈圆星调整了一下气息,不忘理一理鬓发和衣服。

随后她借着路灯的光伸长了脖子四下打量,试图寻找徐成冽的身影。

许是下午时飘过一场细雨的缘故,今晚来足球场散步的人很少,跑道上只有三五道人影,熙熙攘攘经过暖色调的路灯。

沈圆星看得仔细,终于让她找到了徐成冽。

徐成冽似也看见了她,视线朝她这边抬了片刻,便装作没看见似的,目视前方匀速往前跑。

沈圆星本来想叫住他的,但又怕引起其他人的注意,只好改变主意,默默迈着腿追赶上去。

"阿冽,好巧啊,你也来跑步啊。"女生话里带着笑音,语气没拿捏好,这场偶遇的戏被她演过了。

徐成冽一听她的声音就知道她并非偶然出现在这里,八成私下里又和沈明川通了气。

他没有搭理沈圆星,目视前方,匀速往前跑,竭力调整自己的呼吸和注意力,不让她的存在干扰到自己。

"你每天都来夜跑吗？难怪身材那么好。"沈圆星想起了当初开学时，她送沈明川到宿舍，偶然撞见过徐成洌赤裸上半身的样子。

话音刚落，她身旁慢跑的徐成洌身形一僵，差点一个趔趄。

月色与路灯的灯色交错在徐成洌胭脂色的薄唇上，他用力抿紧，半晌才松了齿关，蓦地提快了跑步的速度。

转眼被他甩在后面的沈圆星一头雾水。

她又说错话了？为什么忽然提速，她怎么追得上！

虽然心里堆满了哀怨，沈圆星还是咬紧牙关追上了徐成洌。

此时她的呼吸已经乱掉了，说话上气不接下气："阿洌……你就不能……慢一点，我都追不上了……"

徐成洌拧眉，被她喘气的声音搅得心乱如麻，想也没想便又提快了速度，再一次往前冲刺，摆明了是要甩掉沈圆星。

"徐成洌……"沈圆星忍下了骂骂咧咧的冲动，两手叉腰站住了脚，勾着腰身大口大口喘着粗气，满头冒着细汗，脸上温度也很烫。

她感觉胸腔内涌入了空气，呼吸间有种说不上来的撕裂感，难受极了。

可即便如此，沈圆星稍作休息后，还是奋起直追，硬着头皮咬牙去追跑远的男生。

她像是跟自己较劲，憋着一口气，直到赶上徐成洌，才松了绷紧的那根神经。

可惜徐成洌这人并不懂得怜香惜玉，见好就收。沈圆星一追上他，他就立马提速又将她甩下。

周而复始，两人在偌大的足球场跑道上上演着龟兔赛跑的戏码，追逐赛持续了很久。

沈圆星感觉自己浑身的骨头都快散架了，两条腿不听使唤似的颤颤巍巍。最要命的是，林娇借给她的新鞋似乎不太合脚。

刚开始还没感觉，等三五圈跑下来后，她感觉自己的脚后跟和小脚趾被磨得火辣辣地疼着，八成是蹭破皮了。

沈圆星忍着疼追着徐成洌又跑了半圈。

此时球场上的人已经走光了，偌大的足球场内，只有过耳的风声和前面不远处那抹颀长瘦削的身影。

沈圆星望着两人逐渐拉远的距离，她将下嘴唇咬得发疼，最终实在是忍不住了，慢慢停下来。

跑在前面的徐成洌似乎丝毫没有察觉她的异样，很快又跑过了一盏路灯。

目送他的身影渐渐远去的沈圆星拖着快散架的身躯走到了就近的一盏路灯底下，扶着灯杆往地上坐，小心翼翼地脱下运动鞋检查伤口。

便是此时，一抹黑影从她头顶投了下来，完完全全挡住了路灯的光线。

沈圆星愣了一秒，遂抬头看去，视线停在了跟前那道峻拔身影上，有些诧异："阿洌……"

意识到徐成洌的目光落在她脚上时，沈圆星的第一反应是把脚塞回鞋子里，两抹羞意爬上她的脸颊。

但即便她动作再快，徐成洌还是看见了她磨破皮的脚趾，以及脚后跟的鲜红印迹。

他眸色微沉，针扎似的痛意在他胸腔内密密麻麻蔓延开。

说不心疼是假的。

可他面上却丝毫没有表现出来，连蹙眉也只是一瞬间的事。

他居高临下地凝视了沈圆星片刻，忽然启唇，低喃了一句："笨蛋。"

没等沈圆星反应，男生高大的身躯转了过去，背对她蹲下，音色一如既往的冷洌："上来。"

徐成洌的语气霸道又强硬，似是命令，带着一种无形的约束力。

于是沈圆星迟疑了片刻，乖巧又欣喜若狂地爬上了他宽广结实的后背："谢谢你，阿洌……"

她温声喃喃，试探似的环住了徐成洌修长的脖颈。微卷的马尾因着男生起身的惯性滑下了她的肩头，荡过男生脸侧，最终垂在他耳畔。

酥麻的痒意令徐成洌稍微找回了一些理智。

他背起了沈圆星，却僵愣在路灯下，迟迟没有挪步，心下纷繁复杂，有两道声音在分庭抗礼。

一个斥责他多管闲事，为自己平添烦恼；一个唆使他面对内心，别再硬抗下去。

"阿洌？"沈圆星娇软的身子完完全全压在他背上。

不仅如此，她环着他脖颈的手也没消停，还支在他肩上去拨弄他的耳垂。

"你怎么愣住了，想什么呢？"沈圆星问徐成洌。她说话时也不知是有意还是无意，柔软滚烫的唇瓣几欲贴上他另一侧耳垂。

徐成洌心里那两道声音顿时被她碾压下去了，他的心跳猛烈如擂鼓，一下比一下沉重有力。

他暗暗咬紧后槽牙，偏头避开沈圆星的触碰，背着她往足球场出口的方向走。

行动间他的身体绷得紧直，只用小臂一截固住她的双腿，尽可能避免肌肤接触。

"你这是打算送我回去吗？"沈圆星又问了一句。

即便沈圆星知道徐成洌可能一直不会给她任何回应，但这样大好的撩拨他的机会,她绝不会白白放过。

徐成冽不吭声,背着她往兰慧楼的方向走。

她便攀着他的肩,故意埋在他后颈处说话,温热呼吸如潮浪一般一浪接一浪铺洒在男生的冷白肌肤上。

饶是如此,徐成冽还是没有任何反应,只默默加快了行进的脚步。

在他背上作天作地,用尽手段的沈圆星很快便蔫儿了。

眼看着穿过前面的林荫道就要到兰慧楼了,而自己这边还一点进展都没有,连徐成冽的嘴巴都没撬开……沈圆星顿时脑热起来,眸色微凛,她又环住了徐成冽的脖颈,凑到他耳边做最后的挣扎:"阿冽,你身上好香啊。"

沈圆星倒是没有撒谎,徐成冽身上除了浅淡到可以忽略的汗味,还有一股茶的清香味。

徐成冽因为她的话站住了脚,耳根烧烫不已,胸腔里的心脏如同困兽一般横冲直撞。

平复了许久,他才压下了几欲喷涌而出的悸动,作势要松手,音色喑哑道:"你要是再胡说八道,我就把你扔下去。"

他这么一威胁,背上的沈圆星果然乖觉了不少。

她死死圈着他的脖颈,小声嘟囔:"你把我扔在路边,要是被别人捡走了怎么办?毕竟我这么好看。"

徐成冽无语。

4

纤柔的女音混在风里,稀碎朦胧,却娓娓动听。

尽管这是沈圆星信口胡诌的玩笑话,也还是悄无声息地拨动了徐成冽的心弦。

他沉默了一阵,还真把沈圆星放下了。

但不是因为她刚才一系列的撩拨,而是徐成冽意识到,他不能将沈圆星背到女生宿舍楼下,不然明天关于他俩的流言蜚语就会遍布南大学校论坛。

被放下地的沈圆星愣住了,似是没想到徐成冽还真是说一不二。她明明已经收敛了不少,他却还是把她扔了下来。

沈圆星心下堆满了不乐意,但她面上不敢表露出来,只好尝试苦肉计:"哎呀,我的脚好疼,沾地就疼,疼死我了……"

沈圆星一边哀号着,一边弯下腰去,踮着脚尖,揪着五官,摆出一副痛意难忍的样子,还不忘偷瞄徐成冽冷峻的面容,察言观色。

可惜徐成冽这人很少喜形于色。

他平日里看着温和有礼,实则对人对事淡漠极了,礼貌里透着生疏,温和得近乎冷淡。

此时便是，他脸上根本看不出任何情绪，连眼神都幽沉得深不可测。

沈圆星不确定自己这招苦肉计对他是否有用，只能硬着头皮演下去。

两三分钟过去后，长身立在她面前的徐成冽有所行动。他弯下腰来，两手撑在膝盖上，垂首盯着沈圆星脚上的运动鞋看了一阵，淡淡问了一句："疼得走不了路？"

闻言，沈圆星以为他这是被她的演技骗过去了，忙不迭点头："对，走不了路了。所以阿冽，你能不能再背……"

沈圆星的话音戛然而止，只因徐成冽突然蹲下身去，骨节分明的手一把握住了她的小腿肚。

他的举动让沈圆星的心跳漏掉了一个节拍，差点没忍住惊叫出声。

但徐成冽并未给她反应的时间，他直接抬起她的脚，动作麻利地脱掉了她脚上的运动鞋，还不忘在她站立不稳时腾出手扶她一把。

短短几分钟的时间，沈圆星脚上的运动鞋依次被徐成冽脱了下来。

如今她脚上只穿着船袜，踩在林荫道的水泥路面上时，她脸上写满了惊恐、狐疑和不敢置信。

她精致漂亮的狐狸眼圆睁着，眼也不眨地盯着徐徐站起身来的男生。

"拎好。"徐成冽把脱下来的运动鞋挂在她指尖，面对沈圆星复杂的面部表情，他面不改色，"这样脚就不疼了，自己走回去吧。"

沈圆星一噎。

她想说什么，可做完这一切的徐成冽已经打算功成身退了。

他特意从另一条岔路回松竹楼，走之前还不忘提醒沈圆星回去的路上两条腿迈得快一些。

毕竟……地上凉。

沈圆星微张着嘴，一时间竟不知从何骂起。

她眼睁睁看着徐成冽的背影远去，见他头也不回的架势，她心里气血翻腾不已。

半晌，她才认命般又好气又好笑地往兰慧楼的方向走，一路上步子迈得飞快，恨不得立刻拥有类似于瞬移的特异功能，直接移回宿舍。

虽然脱了鞋走路脚凉，但确实如徐成冽所说，那磨破皮的地方的确不疼了。

于是走出一截路后，沈圆星停下来，干脆把船袜一起脱掉，赤着脚走回去。

不远处折回林荫道上的徐成冽远远注视着她，有些忍俊不禁。

直到那抹倩影消失在林荫道的尽头，他才轻轻叹了一口气，转身沿着岔路回了松竹楼。

沈圆星回到宿舍时，林娇她们正围坐在苏梦电脑面前看恐怖片。

宿舍里没开灯，只有电脑屏幕的冷光略显阴森。

是以房门被推开时，电脑前围坐的三人吓了一跳。

沈圆星打开宿舍里的灯，拎着鞋去了阳台。

林娇、苏梦她们的视线自然聚集到她白皙赤裸的脚上，又先后注意到了沈圆星磨破了皮的脚后跟和脚指头。

"星星，你脚怎么弄成这样了？"林娇第一个站起身。

话音刚落，便被苏梦点醒："你瞎啊，看不出来她那是被你的鞋磨的？"

林娇："……我也不知道那鞋磨脚啊，买回来我也没穿过。"

她俩还争论了几句，沈圆星没注意听。

这会儿她满脑子都在想徐成冽，搞不懂他到底怎么想的，背了她，却又在半道把她放下，变脸比变天还快，她就没见过比他更反复无常的男人。

"星星？"林娇不知何时凑到了沈圆星面前，在耳边喊了她一声。

沈圆星的思绪被拉了回来，她茫然地看了林娇一眼："怎么了？"

林娇定定看了她一阵，视线垂落到她脚上："我说你这脚得上点药，赶紧洗洗过来，我帮你上药。"

一想到沈圆星的脚是被她的鞋磨破的，林娇心里就过意不去。

沈圆星倒也没跟林娇客气，洗完脚便去餐桌那边坐下了，上药过程中没少喊疼。

接下来的一周，沈圆星因为脚上的擦伤需要休养，暂时没去缠着徐成冽。

蹭课也好，早餐也罢，她暂停了一切追求计划。

不过她养伤之余还不忘好好学习，绝对不让自己的学业落下。

就在沈圆星休养生息时，学校论坛里却不断更新着柳星彤和霍明涛恋爱后的近况。

他俩每天同进同出，霍明涛对柳星彤无微不至的呵护，为他俩积攒了一小批CP粉。这些人在论坛上大肆宣扬两人的恋爱有多甜，偶尔也会把沈圆星这个前任拉出来对比，说柳星彤和沈圆星在霍明涛心里的分量可见高低。

也因此，不少人认定霍明涛和柳星彤才是真爱。

至于沈圆星，她不过是霍明涛用来填补内心空虚寂寞的慰藉品而已，两人委实算不上有情。

诸如此类的发言在南大学校论坛上有很多，林娇每天看得七窍生烟，窝火极了。

身为当事人的沈圆星也气，但生气之余她也没有忘记自己的战略。

脚上磨破的伤好全的第二天，她便在微信上向沈明川打听了徐成冽的行迹。

彼时夜色已晚，一场秋雨悄无声息而至，雨幕很快便将偌大的校园吞没。

淅淅沥沥的雨声如一道屏障，掩盖了外界所有的声音。

沈圆星抱着一杯热奶茶靠坐在书桌前的椅子上，视线落在桌上的手机上。

一响动，她立马拿起手机查看。

是沈明川给她的回信。

【沈明川：阿冽这会儿在图书馆，刚打电话给乔英俊让他帮忙送伞过去。】

【沈明川：我和高晨已经拦下了俊儿，姐，接下来可就看你自己的了。】

沈圆星看完消息，激动得拍桌而起，吓得宿舍里其余三人齐刷刷朝她看来。

林娇："干什么呢，拍桌起义啊？"

沈圆星没理她，起身去衣柜里翻找衣服，还去阳台拿了雨伞。

还是苏梦接了林娇的话："看她这架势，是要出门吧。"

此时已经是夜里十点了，又是下雨天，很少有人会往外跑。

沈圆星却是急匆匆地披上外套拿了两把雨伞就要往外走，甚至来不及跟林娇她们解释。

见状，林娇追着沈圆星到宿舍门口，刚想追问什么，却被回过身来的沈圆星堵了回去："还是带一把伞比较好。

"娇娇，你帮我把这把伞放回去吧，谢谢！"

话落沈圆星便朝着电梯口那边跑了，头也没回。

她的背影看上去很兴奋，像是要有什么好事发生。

离开兰慧楼后，沈圆星撑着伞冒雨前往学校图书馆。

路上她没忘记给沈明川发一个微信红包，算是他拦截乔英俊的奖赏。

这场秋雨来得猝不及防，不久前整个学校里还有不少抱头乱窜的学生穿梭于雨幕当中。

但去图书馆的路上，沈圆星倒是一个人影也没撞见。

想来应该和不久后宿舍大楼落锁有关。

她为了不让徐成冽等太久，加快了脚步，一路小跑。

雨水随着迎面的风飘入伞下，沈圆星的额发和衣裙多多少少有被淋湿。

彼时徐成冽正等在图书馆门口，长身立在檐下，抱着怀里的书，静默无声地看雨。

他身边并没有其他人，因为这个点来图书馆自习的人本来就不多。

漫漫夜色里，万物无声，唯有秋雨像断了线的珠帘似的往下坠，落在树木枝叶上、水泥道上，噼里啪啦地响。

对于喜静的徐成冽来说，深夜听雨无疑是一种享受。

所以即便乔英俊许久没能赶来，他也不急不恼，面色如常。

过去的一周里，徐成洌的生活平静如水。

一日三餐，上课下课，食堂、教室、宿舍和图书馆、足球场，来来回回他也就在这几个地方打转。

原本再正常不过的生活，这两天他却总觉得有些枯燥。

他时常会想到沈圆星蹭课的那天，还有她大清早跑到松竹楼下给他送早餐，以及足球场夜跑伴装偶遇等场景。

自从足球场夜跑之后，沈圆星便在他的生活中销声匿迹了。

明明两人同在一所学校，明明他们还互加了微信好友，现在却足足一周没有过任何联系。

这让徐成洌最近的心情略有些浮躁。

思绪繁杂后，徐成洌收回了落在雨幕里的视线。他垂首看着被雨水浸湿的台阶，注意力有些涣散。

便是此时，一道脚步声由远至近，穿过雨幕传到了他的耳朵里。

徐成洌顺着台阶往下看去，视野里闯入了一抹倩影。

来人撑着雨伞，顺着台阶奔他而来，老远便叫了一声他的名字。

"不好意思啊，让你久等啦。"沈圆星气喘吁吁在徐成洌面前停下。

她将雨伞高高举起，撑在徐成洌头顶，脸上漾着笑意："走吧，我送你回宿舍。"

徐成洌愣怔片刻，将垂落在她脸上的视线移开，后知后觉地明白了什么，心下那股浮躁似是被这场秋雨的凉意压了下去，他紧绷的俊容微微有松动的迹象，半晌才压下心底的起伏。

他又居高临下地凝着沈圆星："你怎么来了？"

"给你送伞啊，不是你让人给你送伞过来吗？"沈圆星也望住他，满眼坦然，隐隐藏着狡黠笑意。

徐成洌一看便知道她是为心里那点小九九而沾沾自喜，他也有些忍俊不禁："就送一把伞？"

沈圆星噎住，眼睛往别处看，心虚不已："那我宿舍里就一把伞，这也是没办法的事。大不了我先送你回松竹楼，然后我自己再回兰慧楼。"

徐成洌倒是没有戳穿她的谎言，心下有种拨云见月的明朗。

他沉默了片刻，从沈圆星手里接了雨伞，认命般步下台阶："那就别愣着了，走吧。"

再耽搁下去，宿舍楼该落锁了。

沈圆星应了一声，自以为蒙混过关了，嘴角的弧度就没下去过。

她一路上没少搞小动作，一开始只是矜持地揪着徐成洌的衣角，后来干脆挽住他的胳膊，整个人往他身上靠，还装模作样地抱怨说雨伞太小了。

回去的路上，行人极少。

加上有雨伞遮掩，他俩并肩依偎，模样亲昵，倒也没有人注意到。

徐成洌僵直着身体长腿阔步往前，察觉到沈圆星跟不上时，他又不动声色放慢了步调，一路沉默无言，只听着旁边的沈圆星在叽里呱啦，说她自己这一周的近况。

明明很吵闹，徐成洌的心情却没来由地好起来。

到松竹楼下时，徐成洌站住了脚。

他身边的沈圆星也适时闭上嘴，两人陷入了沉默。

寂静蔓延了一两分钟，沈圆星偏头看着低垂着眼睫若有所思的徐成洌，小声唤他："阿洌？"

徐成洌回了神，讳莫如深的眸光落在沈圆星脸上，想起了他第一次送她回宿舍时，她斩钉截铁说过的话。

他沉声开口，一副漫不经心的语气："当初不是说不会爱上我吗？现在算怎么回事？"

沈圆星愣了一秒，差点没跟上他的脑回路。

半晌，她才明白徐成洌说的"当初"是指他代替沈明川送她回宿舍的那天晚上。

那晚说的话如同玩笑，沈圆星根本没放在心上，要不是徐成洌提起来她早忘了。

这会儿被他质问，她有些答不上来。

但好在她脑瓜子转得快，她目光灼灼地盯着他斧刻刀削的眉眼，战术性反问："那你呢？"

"我送你回宿舍，你会爱上我吗？"

这是他当初问她的问题，如今她也算原封不动地还给他了。

本以为徐成洌会答不上来，不承想他却一直看着她，漆黑的深情眼幽沉专注，仿佛这个世界只剩下她。

许久，他才移开视线，别开脸看向别处，声音沉哑地低喃："当然会……"

第七章
这场漫长无声的暧昧 ★

1

徐成冽的声音极小，不及淅淅沥沥的雨声。

加上他低喃时，面朝着别处，沈圆星压根儿不知道他说过话。

"算了算了，你不想回答就算了。"沈圆星撇撇嘴，拽了拽徐成冽的衣袖，"走吧，我把你送到公寓门口。"

"别到门口了再被雨淋湿，那可就太不划算了。"

她嘟嘟囔囔着，死心眼地将徐成冽送进了公寓大门，走之前还不忘跟徐成冽挥手道别："我也回去了，微信聊啊，不许无视我的消息！"

被送到檐下，确保不会再淋雨的徐成冽欲言又止。

他很庆幸自己刚才的低喃没有被沈圆星听到，却又有些遗憾。

压下心里的矛盾后，徐成冽嘱咐沈圆星："到宿舍后记得报平安。"

沈圆星些微诧异，惊喜地笑笑，调侃道："这种时候你不是应该主动提出要送我回去吗？"

小说里也好，电视剧也罢，不都是这样的剧情吗？

徐成冽语塞，顿时收起了满心担忧，转身头也不回地往大厅里走。

剩下沈圆星后悔不已，早知道是这样的结局，她刚才就不开玩笑了。

毕竟徐成冽要是真提出送她回宿舍，那他俩今晚不得在这雨夜里来来回回互送个百八十回？

她也就是开个玩笑而已，又不是真要让他反送她回去，干什么这么小气啊。

沈圆星扁了扁嘴，撑着伞回兰慧楼的途中，她没忘给徐成冽发微信消息：

【阿冽，我错了……[委屈巴巴.jpg]】

【我跟你开玩笑的，我自己能回去啦。】

【你回去以后记得喝点热水，今晚还挺凉的。[认真.jpg]】

发出去的消息如石沉大海，直到沈圆星回到了宿舍，徐成冽那边还没有回复。

于是她先去洗澡，洗完澡吹干头发，又在书桌前写了会儿作业，才又拿

129

起了手机,继续锲而不舍地给徐成冽发微信消息:

【徐成冽,你到底有没有心?】

【回个消息会断手吗?】

消息发出去不到两秒,沈圆星又屁颠屁颠地撤回了。

她以为徐成冽肯定没看见,结果消息撤回后的下一秒,一串省略号出现在了他俩的对话框里。

似是为了证明回复消息不会断手,徐成冽又回了她一句:【刚才去洗澡了。】

沈圆星顿时尴尬不已,绞尽脑汁想着如何补偿。

就在这时,沈明川给她发了一条微信消息:【姐,明晚我们宿舍要一起去看一部新上映的恐怖片,你去吗?】

沈圆星赶紧先回沈明川的消息:【去!片名给我,我来订票!】

随后她又切回了和徐成冽聊天的界面,诚心道歉,并提了明晚请他们看电影的事。

徐成冽那边没再回消息,他还忙着更新小说。

翌日傍晚,沈圆星和沈明川他们宿舍四人一起去小吃街吃饭。

席间高晨和乔英俊没少跟沈圆星道谢,谢谢她请他们看电影。

许是为了报答沈圆星,他们一行五人进入影厅入座时,高晨特意把紧挨着徐成冽的座位让给了沈圆星。

如此她和徐成冽便挨坐在一起,乔英俊坐在徐成冽左侧,沈明川和高晨依次落座在沈圆星右侧。

影片开始前,影厅里的灯光齐刷刷灭了。

沈圆星看着大荧幕,恍惚想起,她已经很久没有来过电影院了。

上一次看电影还是霍明涛生日,也是一群人热热闹闹来看电影,和今日的场景很相似。

很快沈圆星的思绪便回笼了,她于昏暗中轻轻拍了拍自己的脸,告诫自己别忘了正事。

今天出门之前,沈圆星精心打扮过。

也从李成欢那里学了两招,比如看恐怖片时要适当抓住机会向徐成冽展示她柔弱的一面。

李成欢说男生都喜欢小鸟依人的女生,她适当软一些,更能激发男生的保护欲,尤其是看恐怖片的时候,不要过于暴露自己的本性。

毕竟软软的女孩子,谁会不喜欢呢?

沈圆星觉得李成欢的话非常有道理,于是在影片播放过程中,她总会在适当的时候表露出恐惧、害怕。

一开始她只是捂着自己的嘴巴,溢出一些受到惊吓的声音,之后好几次因为分贝过大,引得旁边的沈明川、高晨他们朝她望过来。

坐在徐成洌另一边的乔英俊还倾过身子来安慰她:"学姐别怕,这些都是假的,演员啦。实在你害怕的话,就抓住阿洌的胳膊。"

沈圆星惊喜地瞪圆眼睛。

这一秒,她可真是爱死乔英俊这个小弟弟了。

旁边绷紧了身体,死咬着薄唇愣是没让自己发出一点声音的徐成洌顿时无语了。

他寻思着,这场电影结束以后,可以申请换宿舍了。

室友一个接一个叛变可还行?

徐成洌正腹诽着,坐在他右手边的沈圆星默默朝他靠过来,额头几欲低到他的臂膀,只听她瓮声瓮气地小声道:"阿洌,我可以抓住你的胳膊吗?我害怕……"

隔壁旁听的沈明川内心一片省略号。

他没记错的话,之前和霍明涛他们一起来看电影,所有人都被吓得不轻、惊叫连连,可他唯独没有听见过姐姐的声音。

而且沈明川还记得,很久以前,他第一次看恐怖片被吓得"哇哇"直哭时,沈圆星还安慰他来着。

当时他问:"姐,你不怕吗?"

沈圆星一脸不屑地答:"有什么好怕的,你姐我以后可以要当法医的人。"

后来沈圆星真的考上了南大法医学系。

想想她平日里实验课面对那些大体老师还能下得去刀子,这种级别的恐怖片,怎么可能吓到她?

沈明川暗暗叹了一口气,突然有点可怜徐成洌。

这会儿他八成已经被姐姐的演技骗得团团转了。

徐成洌确实有被骗到。

确切地说,他应该算是心甘情愿地被沈圆星骗。

就因为她在昏暗环境里朝他靠过来,不安分的手也抱住了他的胳膊,暖热的小脸还隔着薄薄一层衬衫衣料,贴着他的手臂。

徐成洌实在招架不住。

在沈圆星抱住他胳膊的一瞬,他的心跳便开始不受控地加速,像极了困兽冲破囚笼的前兆。

狂乱躁动,想朝着她飞奔而去。

2

荧幕冷光闪烁,画面斗转,恐怖吓人的片段过去了。

可沈圆星抓着徐成洌胳膊的手却没有松开。

她手心的热度浸染他的肌肤,烘得他心脏怦然。

意识紊乱了片刻,徐成洌找回一丝理智,他一边稳住心神,一边试图从女生手里逃脱,抽出自己的胳膊。

沈圆星倒也没有死皮赖脸的意思,她顺着徐成洌的意思,微微松开了他。

可也就松了两秒钟,她又借着刚刚闪过荧幕的恐怖画面揪紧了徐成洌的衣袖。不仅如此,她挽住徐成洌胳膊的那只手还顺着他的手臂一路下滑,将那抹灼人的温热感延伸至他的手心。

她摸到了他骨节分明的手,心下一横,干脆再胆大妄为一些,直接与他十指相扣。

徐成洌目视着前方,视线聚焦在荧幕上,也被刚才的画面吓得心跳漏了一拍。

但他面上沉着冷静,丝毫没有泄露自己的惧意。

唯独沈圆星嫩柔纤细的指节穿插过他的指缝,与他十指相扣时,这一刹那,他心底的桎梏似乎被灼烧了一角,本就不安分的心几欲沦陷。

徐成洌一动也不敢动,只觉掌心的烫意攀爬而上,顷刻便浸染了他的耳根和脖颈,被沈圆星扣住的右手似麻痹了,一动都不能动,连指节都僵硬绷紧。

偏偏始作俑者并没有察觉到他内心的兵荒马乱,还在他手背上造作,似有意又似无意般轻按他手背上的关节处。

"阿洌你好厉害啊,这么吓人的画面,你居然连眼睛都没眨一下。"沈圆星奸计得逞,嘴角的弧度根本压不住地往上翘。

她一边说着,一边往他手臂上靠,与他十指相扣,亲密极了。

大抵是第一次做这种事,沈圆星心下也有些紧张,心跳比平时快一些。但她一点也不虚,只暗暗为牵到了徐成洌的手而开心着。

沈圆星刻意压低的女音袅袅动人,徐成洌差点就被她蛊惑了。

可即便维持着最后一丝理智,他还是没办法再像刚才那样推拒她的靠近,以及十指相扣这样的亲密举止。

徐成洌心里很乱,他知道自己应该推开沈圆星,严厉拒绝她的亲近和暧昧。可他的身体却不听使唤,任由她摩挲他的手背,在他心上作乱。

徐成洌唯一能做到的,也就是不去看她,不给她任何回应而已。仿佛自己是一尊没有感情的石塑,凭她随意撩拨、折腾,面上始终无动于衷。

这场电影对于徐成洌来说格外漫长,中后期时他甚至没办法将注意力集中到大荧幕上。

他全身的感官都不受控地往右手上凑,想要去真切感受沈圆星掌心的温热,以及她指节的纤细、肌肤的软嫩。

虽然徐成冽没有给予沈圆星任何回应,但在昏暗环境中偷偷牵手这种事对他还是有不小的刺激。

他的体温不断攀升,心脏律动和呼吸的节奏也越来越急促,掌心早已焐出了汗。

但即便如此,他和沈圆星谁也没有抽手。

两人一直十指相扣到电影结束,直到坐在徐成冽左手边的乔英俊站起身,打算去洗手间。

这细微的动静吓得徐成冽心跳频率紊乱,右手也终于恢复了知觉和行动力似的,他抽回了手,结束了这场漫长无声的暧昧。

沈圆星倒也没再缠着徐成冽,因为影片已经结束了,她没了正当理由。

影厅里的灯光亮起时,沈圆星抬头朝站起身去的徐成冽看了一眼,隐约瞥见他耳根可疑的红。

她有些忍俊不禁,将汗湿的手甩了甩,也跟着站起身来。

徐成冽不说话,沈圆星也没再招他。

她跟在沈明川身后,看他和高晨、乔英俊谈笑,心情越发好了。

偶尔她也会回头看一眼只身一人走在最后的徐成冽,催促他快一点。

她一脸无邪的样子,让徐成冽不禁怀疑之前在影厅里发生的一切,是否是他的幻觉。

明明沈圆星在黑暗中伺机对他做了那样的事,这才过了多久,她怎么能装得像个没事人一样?

就算是演戏,她这出戏的速度也未免太快了点,着实令人寒心。

平复了内心的兵荒马乱后,徐成冽又回归了平静。

他的面色沉冷如霜,落在沈圆星背影上的目光复杂,心中隐隐作痛。

他将右手揣在裤兜里,默默跟在沈圆星他们身后走出电影院,内心的挣扎,非常人能理解。

"阿冽你在后面干什么呢,该不会也被吓着了,还走不出来吧?"乔英俊和高晨他们聊到了全片最精彩也是最吓人的片段,想起当时坐在他身边的徐成冽一点反应都没有,便回头看。

见徐成冽有些魂不守舍,乔英俊以为他也被吓得不轻,只不过面上还在强装镇定。

徐成冽还没来得及回话,沈圆星抢先了:"阿冽才没有被吓着呢,他全

133

程淡定得很。"

高晨打趣:"学姐,你今晚到底是去看电影的还是看阿洌的,怎么他的一举一动,你比谁都清楚。"

沈圆星落落大方地笑,意味深长地看了徐成洌一眼:"本来是去看电影的,但电影哪有阿洌好看啊,所以我就……"

她话落,乔英俊和高晨一阵起哄。

徐成洌在他们的起哄声里再度红了耳根,绷着一张俊脸从他们之间穿过,似有意又似无意般将乔英俊从沈圆星身边挤开了。

期间他一个字也没说,仗着腿长,阔步往前走,很快便把沈圆星他们几人甩在了后面。

走之前,徐成洌还死鸭子嘴硬地说了一句"无聊"。

乔英俊他们并未放在心上,只是安慰沈圆星:"学姐别气馁啊,阿洌他这人就是口是心非。你继续加油,我们都看好你的。有什么需要帮忙的地方,你尽管开口。"

沈圆星倒是丝毫没有气馁,她看了眼逐渐和他们拉开距离的徐成洌,笑了笑:"谢谢你们啊,等我追上他,再请大家吃饭。"

高晨和乔英俊连声叫好,沈明川则是一脸哭笑不得。

犹记得当初乔英俊和高晨为了沈圆星吵嘴的事,以及沈圆星扬言说她不接受姐弟恋的事。

他实在摸不透他姐的心思。

乔英俊他们跟上徐成洌时,他已经拦下了一辆出租车。

鉴于他们一共五个人,得多叫一辆出租车,所以众人便约了在小吃街尽头那家台球厅会合,让沈圆星和徐成洌先走。

徐成洌本来想拒绝的,他不会玩台球。

没想到沈圆星先一步应下了,并且看上去还一副跃跃欲试很想去玩的样子。

徐成洌便把拒绝的话咽了回去。

出租车只到小吃街的路口,徐成洌先下车,付了钱,然后便和沈圆星一起站在路口等乔英俊他们,因为他不知道那家台球厅的具体位置,怕走错了地方。

小吃街位于南大旁边,来往的人里有不少是南大的学生,自然一眼就认出了站在路口等人的徐成洌和沈圆星。

无论男女,看见他们同框难免要私下议论几句,视线也会不自觉地停留在他们身上。

感觉到越来越多的目光聚拢过来，徐成洌皱了下眉。

他余光瞥了眼旁边没事人似的沈圆星，她正伸长脖子往来往的车流里看，似是很期盼乔英俊他们的出现。

"我去买水。"徐成洌忽然出声，拉回了沈圆星的注意力。

她回头看向他，却见徐成洌已经往路口旁边的小超市去了，背影清冷孤傲，很有距离感。

待徐成洌买了水回来时，乔英俊他们乘坐的出租车也到了路口。

他只买了两瓶苏打水，一时间竟有些后悔。

就在徐成洌思索着解决办法时，沈圆星、乔英俊他们已经朝他走过来，于是他将另一瓶苏打水递给了高晨。

高晨一脸茫然，最后受宠若惊地接了苏打水。

惹得乔英俊很是不满："什么啊，阿洌你怎么只给高晨买水，我们呢？"

徐成洌轻轻咳了一声，直接把钱包递给他："自己买去。"

乔英俊接了钱包，屁颠屁颠去买水了，还不忘问沈圆星和沈明川想喝什么。

待乔英俊买了水回来，他们一行五人往小吃街深处走。

一直走到底，沈圆星终于看见了高晨他们说的那家台球厅。

招牌十分隐晦，门面看上去有些年份了，没想到店内却是一派崭新的气象。

台球厅里灯光冷白，空气中时而能听见球体撞击的声音。

室内似是开了空调，沈圆星便将自己的风衣外套脱掉，里面只剩下一件紧身的连衣短裙。

自从和霍明涛分手后，沈圆星便回归了风情妩媚的路线，穿着打扮偏成熟性感，紧身的连衣裙将她婀娜的身材勾勒得凹凸有致。

尤其她腿上一双半透明的黑丝，裹着纤细匀称的长腿，别提多吸人眼球。

连乔英俊他们都看直了眼，徐成洌又怎么可能幸免。

不过他心里更多的是烦躁，他很不爽其他人落在沈圆星身上的视线。

"学姐球技怎么样？"高晨清了清嗓，拿球杆戳了一下被沈圆星美色所惑的乔英俊。

于是乔英俊赶忙挪开视线，心下暗骂徐成洌不识好歹，学姐这么漂亮的女生如此锲而不舍地追求他，他居然还端着架子！

"高中的时候经常玩，大学以后没碰过……所以一般吧。"沈圆星挑了球杆，正擦拭着杆头。

她说话时侧身靠在台球桌上，一双笔直性感的腿轻轻交叠在一起，身材曲线凸显得淋漓尽致。

高晨又问了沈明川，大概了解战力后，他们四人做了简单的分组。

沈圆星和沈明川姐弟俩一组,他和乔英俊一组,浅浅赛一场,赌一顿饭。

不会台球的徐成冽被高晨勒令站在一边给他们计数当裁判。

这样无论赢得胜利的是哪一组,徐成冽都能蹭一顿饭。

比赛开始之前,沈圆星走到桌边打算试一下手感。

可当她俯身贴近桌面时,贴着大腿的裙角便会往上爬一些,引得台球厅里不少异性频频看来。

偏偏沈圆星自己似毫无察觉一般,俯身俯到一半又直起身勾了勾耳发,越发撩拨人心。

一直旁观的徐成冽眉头越皱越紧。

他的视线在沈圆星腿上停留了片刻后,他便红着耳根移开,遂看见了周围停下来朝他们这边张望的其他男性,一个个眼神如豺狼一般,盯着沈圆星那只"猎物"。

徐成冽的眸光幽沉了些,在沈圆星第二次试探似的俯身时,他朝她走了过去。

身为焦点人物,沈圆星自然也察觉到了周围聚拢过来的视线。

她其实也很不喜欢其他人落在她身上的视线,正想法子解决现状时,身后忽然传来脚步声。

片刻后,她那不盈一握的细腰被人拴上了一件毛衣针织开衫。

给她拴衣服的人就站在她身后,那人的长臂轻拢住她的腰身,清瘦白皙的指将外套的袖子系好,打了个结。

浓烈的男性荷尔蒙气息混着茶的淡香将沈圆星包围起来。

她撑在球桌上的手不由得攥紧拳头,身体绷直,难得心跳加快,呼吸也急促了些,感受到了前所未有的紧张。

"下次不许再穿这么短的裙子来这里。"徐成冽嗓音喑哑。

将外套系在沈圆星腰上后,他并没有第一时间退开身。似是莫名的占有欲作祟,他将她虚拢在怀里,抬眸冷厉深沉地扫了其他人一眼,眼神里充满警告和敌意,气势不怒而威,连高晨、乔英俊他们都没逃过,被震慑住了。

沈圆星失神了片刻,就为徐成冽凑到她耳边说得咬牙切齿的那句话。

待她回神时,徐成冽已经退开,坐回到了旁边休息用的实木椅子上,拿出手机漫不经心地看着。

经过刚才那一出,台球厅里其他客人全都收回了视线,各玩各的。

高晨和乔英俊则互看了一眼,笑得意味深长。

沈明川先开球,第一杆便为队伍挣得一分。

约莫二十分钟过去,球场上的球基本已经清空了。

沈圆星将最后一颗球进洞,和沈明川一起险胜了高晨、乔英俊。

乔英俊表示不服气，要再来一局。

沈圆星看了眼旁边坐着玩手机的徐成冽，让他们仨自己玩，她把球杆归位，悄无声息走到了徐成冽身边。

"在看什么呢？"

3

徐成冽落在手机屏幕上的手指顿了一下，心脏突突地跳。

但他没抬眼，几秒后继续玩着《消消乐》。

只听沈圆星在他旁边低低地笑："来台球厅玩《消消乐》，你也算是独一份儿了。真不玩台球吗，不会我可以教你的。"

女音缠着他，如鬼魅的蛊惑。

徐成冽无法静心玩游戏，浓而有型的剑眉浅皱，心下杂草丛生。

见他沉默不语，沈圆星绕到他眼前站定，正儿八经喊了一声："徐成冽。"

她分贝不低，吸引了不少人的注意力。

徐成冽下意识抬头看着她，深眸里闪过狐疑，仍是不说话。

沈圆星作势要解腰上的针织外套，视线与他相接，饱含笑意和挑衅。

果不其然，她才刚解开打结的衣袖要把外套拿开，就被定定看着她的徐成冽捉住了手腕，拦下了。

他深不见底的眼里透着些微不快，强势又霸道地把衣袖重新系好，低垂着鸦羽般的眼睫淡淡启唇："我不会，也不想学。还有……不许解开，否则……后果自负。"

话落时，他漆黑晦深的眸意味深长地看了沈圆星一眼，似命令的语气将她震慑住了。

沈圆星的心跳漏了一拍。

她果真没敢再解开衣服，却也不甘示弱："你说不许就不许，我凭什么听你的？"

话落，她两手背在身后，俯身欺近他，满眼挑衅："你是我的谁啊，徐成冽？"

徐成冽心下一噎，因为沈圆星靠得太近，他竟能从她眸中看见自己。

他的心脏又开始不受控制了，搏动、收缩，不断提速。

他将眉头拧紧，根本答不上来这个问题。

正如沈圆星所说，他不是她的谁，她凭什么听他的？

可徐成冽心里就是酸涩不爽，他闭上了眼睛，片刻后才站起身，咬咬牙狠心拨开沈圆星，往洗手间去了。

碰了一鼻子灰的沈圆星扁扁嘴，已然习惯了徐成冽避而不谈的冷漠态度。

她坐在了他刚才坐过的椅子上，掏出手机去姐妹群里哀号：【徐成冽好难追啊，我想放弃了……】

再追下去，她感觉自己都快没脸见人了。

徐成冽在洗手间里待了很久。

直到高晨发消息告诉他这一局结束了，他们去结账，该回学校了。

他这才松了口气，悠然从洗手间里出来。

结果出来以后徐成冽才发现沈圆星已经不见了，沈明川告诉他，说沈圆星先回宿舍了，但把他的外套留下了，让沈明川转交给他。

徐成冽接了外套没应声，心下庆幸之余又觉得意兴阑珊。

回宿舍的路上，徐成冽一直低垂着眼帘一副忧心忡忡的样子。

他揣在裤兜里的右手攥紧又松开，满脑子都是与沈圆星在昏暗影厅里十指相扣的画面，呼吸沉重不已，心上也像压着一块大石头似的，沉甸甸的。

"阿冽，你真不喜欢沈学姐啊？"乔英俊的手重重落在了徐成冽肩上，"我觉得沈学姐挺好的啊，她对你的好我们可都看在眼里。这么好的女孩子，可遇不可求，你真的一点也不心动？"

徐成冽挥开他的手，深眸瞥过去，看见了乔英俊旁边的沈明川，到嘴边的话又咽了回去，他将薄唇抿成一条线，收回了视线。

高晨也忍不住凑热闹，绕到徐成冽另一边，将他夹在中间："你到底不喜欢她哪一点啊？我是真想不明白。"

徐成冽蹙眉，半晌还是沉声回了一句："假模假样。"

简简单单四个字，高晨他们却听得云里雾里。

什么假模假样，谁假模假样？沈学姐吗？

徐成冽并未给他们明确的答复，趁高晨他们狐疑之际，他只身往前走，迎着夜风，继续想一些事。

沈圆星回到宿舍后先洗了澡，然后再靠坐在椅子上和林娇吐槽徐成冽有多难撩。

"你说他到底喜欢什么样的女生？

"这阵子我什么类型都尝试过了，娇软，性感，可盐可甜！他还是不动如山。

"你说他的心不会是铁做的吧？"

林娇支着脑袋听她说，心里却在脑补沈圆星和徐成冽在电影院十指相扣的画面，以及在台球厅里，徐成冽脱了外套系在她腰上的场景。

林娇光是想想，就忍不住"姨母笑"。

"星星啊，有没有一种可能，其实男神他心里已经沦陷了，现在他只是嘴硬而已？"

林娇的目光聚焦在沈圆星身上："不然他为什么容忍你一次又一次地撩拨他，还任由你牵他的手？

"我觉得他百分百喜欢你！"

沈圆星皱眉，小脸苦哈哈的："那他为什么不说呢，为什么不接受我的追求？是我还不够诚心吗？

"喜欢也不表达，他简直世界第一大奇葩。"

"我也觉着他太过能忍！我愿称他为忍者神龟！"林娇试图逗笑沈圆星，安抚她内心的暴乱情绪。

哪知沈圆星根本笑不出来，她现在已经有点后悔听信林娇的唆使去追徐成冽了，一直追不上弄得她很是抓心挠肺。

就在沈圆星纠结要不要继续时，沈明川给她发了一条微信。

【沈明川：姐，我觉得我还是应该跟你说一声……下周二是阿冽的生日。】

沈圆星的注意力顿时跑偏了。

她打开手机上的日历看了一眼，下周二是11月8日。

徐成冽十九岁的生日……

【沈圆星：你怎么不早说！我还不知道他喜欢什么样的生日礼物，快去帮姐打听打听！】

【沈明川：……你还真是打算把小强精神发挥到淋漓尽致啊。[叹气.jpg]】

【沈圆星：[拳头.jpg]】

没多久沈明川又发了消息过来，说是打听了一圈，没人知道徐成冽喜欢什么不喜欢什么。

他好像什么都喜欢，又好像什么都不喜欢。

整个就一无欲无求的神。

【沈明川：不过据我观察，阿冽他很喜欢穿白衬衣。衣柜里挂了一排的白衬衣……】

【沈圆星：他穿白衬衣很好看啊，黑衬衣应该也不错吧。[摸下巴.jpg]】

【沈圆星：行了，我知道该送什么！你退下吧。[挥手.jpg]】

4

"星星，你到底有没有听我说话啊？"林娇搁那儿安慰了半天，蓦地发现沈圆星抱着手机在傻笑，当即不干了，鼓着腮帮子以示不满。

沈圆星这才回神，视线落在林娇身上，问她："你觉得徐成冽穿黑色的衬衣怎么样？"

刚刚还气鼓鼓的林娇顿时揪着眉幻想了一下。

她记得徐成冽平日里似乎偏爱白衬衣，每次出现在视野里，总让人眼前一亮，给人一种清朗干净的少年感。

身高体长，气质清冷的他，无疑很适合白衬衣。

至于黑衬衣嘛……

林娇不太能想象出来，毕竟她从没见过徐成冽穿黑色的衬衣。

"应该也很好看吧，可能会更成熟一些？"林娇不太确定。

沈圆星却笑得合不拢嘴。

大概是因为她有幸见过徐成冽的腹肌，所以现在很容易就能脑补出他穿黑色衬衣的样子。

"星星，你的脸好红啊。"林娇戳了戳她的脸颊，一脸暧昧地笑，"你是不是想到什么少儿不宜的画面了？"

"你才少儿不宜，我只是想……要不要送徐成冽一件黑色的衬衣。"沈圆星捂住自己的脸，试图用低温的手背灭去脸上的热度。

林娇唆使她送，说也想看看徐成冽穿黑色的衬衣是什么样。

于是周末那天，沈圆星在林娇、苏梦还有李成欢的陪同下去了南城市中心的商场。

她们一行四人逛遍了商场里所有男士服装店，精挑细选，最后终于选定了一件无论是版型还是样式，都很符合徐成冽淡漠气质的黑色衬衣。

徐成冽穿衣服的尺寸是沈明川悄悄告诉沈圆星的。

为了保证送出去的礼物能被徐成冽喜欢，沈圆星还忍痛将之前卖手表的钱分出一半买了这件价值四位数的衬衣。

只因为这个牌子是徐成冽经常穿的。

"真没想到徐学弟家境这么好啊，一件衬衣都得四位数。"

苏梦感叹时，沈圆星正拎着那件黑色的衬衣左看右看，总觉得样式太过单调，跟徐成冽那个人一样不解风情没意思。

她看来看去，还是觉得这礼物得送出她自己的风格才行。

于是在苏梦跟林娇八卦徐成冽的家庭背景时，沈圆星从苏梦那里借了一些绣十字绣用的针线，打算给那件价值四位数的黑色衬衣再锦上添花一下。

得让徐成冽看一眼就知道这礼物是她送的才行。

沈圆星挑了金色的线，凭借着她在解剖课上练出来的针线活技术，飞快地在衬衣左边袖口处绣了一颗金色的四角星。

苏梦和林娇八卦完，看见沈圆星绣好的那颗星，双双呆住。

半晌，苏梦先回神："星星，你这是……"

"标记啊，星星就代表我。换句话说，我这也算是把自己送给他当生日礼物的意思。"沈圆星笑得意味深长,那模样看得苏梦和林娇一阵恶寒。

她俩后知后觉地觉得,沈圆星自从和李成欢学了那些撩汉的把戏后,是越发放飞自我了,哪还有一丝当初她和霍明涛交往时的矜持在?

虽然知道沈圆星追求徐成冽目的不纯,但林娇总觉得她对徐成冽这个"工具人"的付出未免太过了。

总有一种假戏真做的错觉。

徐成冽生日这天,南城下了一场雨。

细密的秋雨连绵不绝,很快便润湿了地面,连林间密叶上的灰尘也冲刷干净,叶面一片油亮,纹路分明。

天蒙蒙亮时,沈圆星便给徐成冽打了语音电话。

她撑着雨伞站在松竹楼楼下,伞外是淅淅沥沥的雨声,几欲掩盖她讲电话的声音。

电话那头的徐成冽刚起床洗漱完,正准备换衣服。

看见来电,他只好将手机夹在耳边,腾出双手去衣柜里翻找衣服,嗓音湿潮低磁:"什么事?"

徐成冽没有把自己的生日告诉沈圆星,但他隐约猜到沈明川肯定跟她打了小报告。

不然怎么可能这么巧,她偏偏在他生日这天早上给他打电话?

她虽然缠他缠得厉害,却极少给他打电话,通常也就是微信上发消息而已。

果然,沈圆星说的第一句话便是:"阿冽,生日快乐。"

虽是徐成冽预料之中的事,可那轻飘飘的女音噙着笑意祝福他时,他平静无波的心还是起了涟漪。

徐成冽拿衣服的动作微顿,轻轻应了一声,淡淡回:"谢谢。"

虽然还是和以往一样寡淡的语气,但只要沈圆星仔细听,便能听出他音色里潜藏的温润。

可惜沈圆星并未仔细听,她着急着说后面的话:"你现在有空吗?我在你们宿舍楼下,有东西想给你。"

话落也没等徐成冽反应,沈圆星将退路堵死了:"没空的话你先忙,我会一直等你的。"

徐成冽生平最讨厌别人道德绑架,可唯独沈圆星对他使这招,他就是招架不住。

沉吟片刻,他才回她:"知道了。"

话落,徐成冽便挂断了语音通话。他拿了衣服换上,动作利落,没敢耽搁太久,毕竟外面在下雨。

近日冷空气入了南城,气温骤降,早晚尤甚。

徐成洌没忍心让沈圆星在雨里等他太久,出了宿舍门便一溜小跑,直到乘坐电梯下楼,途经大厅时他方才放慢了脚步,装得不疾不徐的样子。

雨幕里,沈圆星一手撑伞,一手拎着热腾腾的早餐以及礼品袋,正百无聊赖地盯着公寓旁的花树看。

她以为徐成洌应该不会立刻下楼来,做足了久等的心理准备。

结果十分钟不到,一阵有条不紊的脚步声由远至近,朝她走来。

沈圆星回眸看去,一眼便看见了将手挡在头顶,朝她小跑过来的男生。

他穿了一件白衬衣,衣摆嵌在黑色长裤的裤腰里,外套是浅咖色的长款风衣,学院风十足,衬得他气质澄澈干净,像一张白纸。

沈圆星看得有些出神,直至徐成洌抵达她眼前,跻身站到她的雨伞底下。

他腕骨突出的手随意拨了拨被雨淋得潮润的发,眼眸漆黑幽沉,剑眉微皱:"以后别再给我送东西了。"

"不送可以,什么时候追到你什么时候就不送了。"沈圆星将手里大包小包的东西拎给他,满眼笑意和狡黠。

看得徐成洌胸口憋闷,欲言又止。

他最终还是接过她买的早餐,后知后觉地察觉到礼品袋,神情微愣。

沈圆星将伞举高一些,腾出来的那只手戳了戳礼品袋的袋子:"这个是给你的生日礼物,希望你能喜欢。

"徐成洌,生日快乐,要永远快乐啊。

"希望以后你每一年的生日,我都能陪你度过。"

她的语气诚恳,连看向徐成洌的眼神都充满真挚。

这让身为当事人的徐成洌心下一动,险些就沦陷了。

他沉默了好半晌,组织了许久的话,最终还是只两个字:"谢谢。"

因为他的反应太过平淡,沈圆星有些丧气。

但她很快又打起了精神:"快回去吧,我也回去了。"

徐成洌压下了那股冲动,转身在她的目送下折回了公寓大楼。

回到宿舍后,他将早餐放在餐桌上,连带着礼品袋一起。

这一幕刚好被下床上厕所的乔英俊看见,感叹了一句:"沈学姐又给你送早餐了,她还真是锲而不舍啊。"

徐成洌没回应,想了想还是将礼品袋挪到自己书桌上安放。

他压下好奇心强迫自己不去打开礼品袋,以免自乱阵脚,可到底还是没能坚持太久,那双骨节分明的手便将礼品袋扒开了。

里面是包装完好的黑色衬衫,是他平常穿的 A 家品牌。

徐成洌对这款黑色衬衫有些印象,他去 A 家买衣服时也曾看见过,还上身试过，因为太过成熟性感，被他排除了。

没想到竟被沈圆星当成礼物送给他。

当初徐成洌去买衣服时，乔英俊和高晨也跟在身边，对他穿黑色衬衣做过简单评价。

大致内容是……禁欲、野性、男人味，称得上是行走的荷尔蒙？

思绪徐徐回笼，徐成洌皱着眉，打算将这件黑色衬衣压在箱底。

毕竟如今在学校里他已经足够引人注目了，他不想再加倍招摇，从而引来更多追求者。

就在徐成洌挂衣服时，他的余光瞥见了衬衫左边袖口处的刺绣。

金色线绣成的一颗四角星，在纯黑色映衬下格外引人注目。

徐成洌捏着衣袖愣在了衣柜前，被刚下床的高晨看见了，悄无声息地凑过来打量。

"阿洌你干什么呢？"高晨眯着眼，眼里还夹杂着几分迷蒙睡意。

他浑厚的声音拉回了徐成洌的思绪，徐成洌将衣袖卷折起来，遮住了那颗星星："没什么。"

高晨虽然没看见袖口的星星，却看见了衬衣上的吊牌。

他知道这衣服是崭新的，且一看就不是徐成洌平日里喜欢穿的风格，便意味深长地笑道："这该不会是沈学姐送你的生日礼物吧？我之前听你接了个语音电话，应该就是沈学姐打给你的吧。"

徐成洌没有否认，他将那件黑色衬衣挂进了衣柜，转眼就把柜门关上了。

只听高晨继续道："这样一来你晚上请客吃饭是不是也得叫上沈学姐啊，毕竟你都已经收了人家送来的生日礼物了，总得请人家吃饭意思一下不是？"

"是啊阿洌，晚上吃饭也叫上沈学姐呗。"乔英俊从洗手间出来了，也凑拢过来。

全宿舍也就沈明川比较淡然，在沈圆星追求徐成洌这件事上，他只暗地里传递情报，明面上也就劝过徐成洌一次，后来再没多言过什么。

徐成洌想了想，觉得高晨和乔英俊言之有理。

他已经收了沈圆星送的生日礼物，自然要请她吃饭。

于是趁着高晨和乔英俊去洗漱时，徐成洌拿手机给沈圆星发了一条微信：【谢谢你的礼物，晚上一起吃饭。】

彼时，沈圆星刚回到宿舍。

收到徐成洌的消息时，她刚把雨伞晾在阳台上，抱着手机欣喜若狂。

欢喜之余，沈圆星还不忘追问礼物的事：

【阿洌，礼物你喜欢吗？】

【左边袖口的小惊喜有没有看见啊？】

【你知道那是什么意思吗？】

徐成洌被她一连三问难住了，半晌也不知道该从哪个问题着手回答，抑或说他不知道该如何回答这三个问题。

尤其是第一个问题。他总不能把心里话说出来，告诉她，其实只要是她送的礼物，他都会喜欢。

思来想去，徐成洌还是针对性地回答了第三个问题：【不知道。】

沈圆星几乎秒回：【我就知道你不知道。】

【沈圆星：其实很简单，送你一颗星星。星星=我。[咧嘴.jpg]】

徐成洌盯着消息来回看了好几遍，心跳久久难以平缓。

虽然知道沈圆星说的是玩笑话，他不应该当真，可他还是忍不住心动，羞意爬满耳根。

【沈圆星：送你一颗"星"，希望你能喜欢。】

【沈圆星：徐成洌，我真的很喜欢你。】

接连两条消息，攻城略地，几欲占领徐成洌整个心脏。

他清晰地感受到了心脏的收缩搏动，在胸腔内起起伏伏，声音震耳欲聋。

愣怔了许久，徐成洌才平复了略微急促的呼吸，将手机息屏，没再回复消息，只是握着手机在椅子上坐了很久。

直到乔英俊他们洗漱完，叫他吃早餐，他才勉强从混乱中挣脱出来，内心已经彻底动摇了。

雨下了一整个白日，傍晚方停。

沈圆星在宿舍里挑衣服，更换了一套又一套，最终在李成欢的建议下，她选择了最性感的那一套。

白色长袖一字肩的上衣，配一条黑色紧身连衣裙，将她比例完美的身材凸显得淋漓尽致。

临出门前，沈圆星拢了拢披散的长鬓发，调整了一下环形珍珠的耳饰，最后补了口红。

确定这身装扮将她身材的长处完完全全展现出来以后，她才拎包换鞋出门。

在楼道里等电梯时，沈圆星遇见了柳星彤。

对方穿着打扮依旧甜美可爱，俏皮精致如同一只等比例放大的洋娃娃。

柳星彤碰到沈圆星也不尴尬，皮笑肉不笑地打着招呼："好久没见面了，学姐最近忙什么呢？"

沈圆星也不示弱，将垂在胸前的一缕发往后轻轻一拨，露出白皙圆润的香肩，以及弧度优美的肩颈线。

她朝柳星彤笑得风情妩媚，连声音都淬了酒似的蛊惑："没什么，忙着挖'地基'而已。"

话落，电梯刚好抵达，沈圆星径直走了进去。

门外愣怔的柳星彤脸上还僵着笑容，满眼狐疑地望了沈圆星几秒，不知道她到底在说什么东西。

什么地基？什么玩意儿？

"不进来吗？"沈圆星按了楼层，抄着手悠闲地靠在电梯壁上，漫不经心地看着门外的女生。

柳星彤后知后觉地进了电梯，两人静默无言。

电梯抵达一楼后，柳星彤率先出去，留下沈圆星慢条斯理地拉开手提包，掏出振动已久的手机。

她一边接电话，一边往外走。

走出公寓大楼时，正好撞见花坛旁边你侬我侬的柳星彤和霍明涛。

那两人也看见了沈圆星，前者嘴角勾着得意的浅笑，后者神情微僵，而后收敛了许多，冲沈圆星笑了笑。

沈圆星没搭理他俩，只对着电话那头的沈明川道："我已经走出公寓大楼了，你们在林荫道那边的路口等我一下。"

说话间，她踩着高跟鞋身姿摇曳地远去，曼妙身影深深刻入了霍明涛眼里。

直到柳星彤牵住他的手问他打算带她去哪儿吃晚饭，霍明涛这才回过神，含糊应了一声。

沈圆星走远后，倒也回头看过霍明涛和柳星彤一眼。

正好看见男生低头去亲女生的额头，画面很温馨，可惜两个当事人让她觉得硌硬。

是以沈圆星和沈明川他们会面时，脸色不是很好。

吃饭的地方在南城市中心，是一家拥有百年历史的老牌火锅店。

地方是乔英俊定的，原本徐成洌的初衷是请他们去南城比较有名的一家二星米其林餐厅吃饭，结果被乔英俊嫌弃那地方餐品的分量太少。

徐成洌身为东道主，自然是主随客意。

从南大打车到那家老牌火锅店约莫半小时的车程。

沈圆星和徐成洌先走，两人久违地并坐在出租车后排，距离隔得很近，在逼仄的空间里，徐成洌甚至能闻到沈圆星身上清冷甘甜的香水味，像是白栀子和红玫瑰的完美契合，香味淡雅，却沁人心脾。

沈圆星有些心不在焉，她还是没想通自己到底哪里输了，为什么会被一个小丫头片子抢了男朋友。

她心有不甘,想报复,却又不想把吐掉的男人再捡回来。

所以对徐成冽,她势在必得。

思及此,沈圆星侧头看向身旁的正襟危坐的人,终于注意到他白色V领毛衣底下的内衬是她送给他的那件黑色衬衣。

她呼吸一竭,有些错愕:"阿冽……"

女音轻喃,带着一丝不敢置信。

徐成冽听见了,循声看过去,对上她圆睁的狐狸眼。察觉到她的视线落在自己领口处时,他抬手掩住,后又觉得这是多此一举,便又松开了。

他轻轻咳了一声,蹙着眉似是解释:"是乔英俊他们起哄我才穿的。"

沈圆星轻笑了一声,才不管他是因为什么穿了她送给他的衬衫。

她心里欢喜雀跃,半响才缓过来:"很好看呢,虽然比我想象中要差那么一点点。"

沈圆星说着,还掐着食指和拇指在徐成冽面前比画。

徐成冽虚着眸,微挑剑眉,声音低了好几度:"比你想象中差?"

换句话说,沈圆星的意思是他穿这件衬衫没她想象中那么好看是吗?

他心下冷笑了一声,醋意横生,连说话的调调都颇有些阴阳怪气:"说说看,你想象中的我穿上这件衣服是什么样子的?"

沈圆星愣怔几秒,隐约察觉到车厢内的气压变低了,可是她不知道徐成冽的情绪为什么会有如此波动,是她刚才说错什么话了吗?

"说不出来?"徐成冽微掀薄唇,语调充满不快。

沈圆星吓得赶紧应声:"你……真想知道?"

徐成冽面无表情,很坚持:"嗯。"

"那行吧。"沈圆星抿了抿唇瓣,朝他欺身过去,拿手挡在唇边凑到他耳根前,"我想象中啊,就最好是你刚洗完澡,单穿衬衣,不许系纽扣,把胸肌和腹肌全都露出来……那画面……想想就很绝!"

沈圆星说话时,温热呼吸如羽毛一般扫着徐成冽的耳郭,声音也极轻极低,轻吞慢吐,蛊惑人心。

更何况她所叙述的画面还那么……

徐成冽差点一口气上不来晕厥过去,心脏"扑通扑通"狂跳,响彻胸腔,俊脸也迅速涨红,言语失调,半响也就吞吞吐吐低吼了一句话:"沈圆星……你醒醒!"

沈圆星被男生低磁愠怒的嗓音蛊住了,偏着脑袋凑近去瞧他通红的俊脸。

"阿冽……你害羞了?"意识到这一点,沈圆星前所未有地开心起来。

徐成冽蹙眉否认,侧身朝向窗外想要避开她。

结果沈圆星却死皮赖脸凑过来，软绵绵的身子倾覆在他身上，非得伸手捧着他的脸，把他脑袋转过来。

"你真害羞了！就因为我刚刚说的话？那我要是再想点别的，比如我俩接吻，你……唔——"

沈圆星的嘴被徐成冽强有力的手掌捂住了。

她被他反压在后座靠背上，压得死死的，丝毫没有反抗的余地，只能"呜呜"个不停，以示不满。

徐成冽脸上的羞意已经顺着耳根蔓延到了脖颈。

要不是车上还有司机师傅，他真想往她那张特能叭叭的小嘴上咬上一口，疼哭她！

5
驾驶座的司机师傅眼观鼻鼻观心地开着车，对后排小情侣间的打情骂俏充耳不闻。

到地方后，他将车停靠在路边，这才抽空回头看了眼小情侣："年轻就是好啊，趁着年轻好好谈一场轰轰烈烈的恋爱啊，叔看好你俩。"

徐成冽一噎。

被他捂住了嘴只能"呜呜呜"的沈圆星："呜呜呜……"

虽然她口齿不清，但徐成冽却奇迹般听懂了——谢谢叔！

付了钱下了车，徐成冽脸上的温度总算降下来一些。

夜风拂面，他暗暗调节自己的呼吸，没去看跟在后面的沈圆星，自然也不知道沈圆星拿着手机在姐妹群里发表了什么震惊世界的发言。

【沈圆星：姐妹们，你们觉得我找个机会强吻徐成冽怎么样？】

她这一句话，犹如一颗石子砸进了平静的湖里，顿时激起了层层浪花。

【林娇：[惊掉下巴.jpg]】

【苏梦：星星……你认真的？[瞪眼.jpg]】

【李成欢：我愿称你为勇士！而且我双手双脚支持你！】

【林娇：你会接吻吗？我有点担心你被反杀……】

【沈圆星：……瞧不起谁呢？】

她将手机息屏，塞回了手提包里，打起精神朝路边背对着她的徐成冽走去。

哪知她刚走近，徐成冽便避开她换了个地方站着，简直视她如蛇蝎。

这让沈圆星很苦恼，也意识到自己刚才在出租车上是有一些过了，看来强吻这事儿还是不行，容易引起反作用。

见徐成冽一副不太想搭理自己的样子，沈圆星收起了过去缠着他惹他心烦的心思。

她给沈明川发了消息,问他们到哪儿了,然后乖乖站在徐成洌旁边一步开外的位置,将视线落在车水马龙的长街上。

几分钟后,沈圆星发现了一家花店。

她悄悄看了眼一旁别开脸誓死不想与她有任何眼神交集的徐成洌,蹙着眉暗暗叹了一口气,以为他这是还在为车上她调戏他的事生气,便盘算着要不要去买束花哄他开心。

今天到底是徐成洌的生日,沈圆星可不想接下来的时间里,他都拿后脑勺冲着自己。

"阿洌,我去买点东西。"

女音话落,一阵脚步声逐渐远去。

站在路边一直没敢正眼看她的徐成洌终于有所动容。

他听着渐渐远去的脚步声,迟疑地回过身,幽沉的视线往那抹渐行渐远的倩影望去。他舒展了微拧的眉,伸手揪了揪胸口的衣服,薄唇微张,长舒了一口气。

直至刚才为止,他始终陷在羞意里不敢直视沈圆星的脸。

她在车上说的那些话已然在他脑海里形成了画面,连她冶艳饱满的红唇都在他脑袋里有了特写。

心下有道声音在叫嚣着,让他反击。

沈圆星捧着一束红玫瑰从花店出来时,沈明川他们还没到,微信上回消息说是堵车了,还让她和徐成洌先去火锅店里坐着等。

将手机揣回包里后,沈圆星抱着那捧明艳的玫瑰徐徐朝路边身形峻拔的男生走去,而后她停在他身后,乱七八糟的内心似被夜风捋顺了,突然安静下来。

沈圆星深呼吸,字正腔圆地开口:"徐成洌我喜欢你,请你跟我交往吧,我保证我会一直喜欢你,爱你一辈子的。"

她豁出去了,银牙一咬,情话信手拈来。

徐成洌自然是不信的,可不信不代表他不会被打动。

当他转身看向沈圆星时,她举到他面前那捧艳丽的玫瑰瞬间让他兵败如山倒,连最后一丝理智都被玫瑰氤氲的香味覆盖吞没了,只剩下满心旖旎和悸动,以及那颗坠落在他眼里的星星。

呼吸似乎停住了,风声、人声、车声,悉数消失。

徐成洌只看得见眼前赠他玫瑰的明艳女生,也只听得见她娓娓动听的声音。

"跟我交往吧，徐成冽。

"我以后每天都给你送早餐，每晚都陪你夜跑。

"有新上映的电影我们一起看，你想去任何地方我都会陪你去，包括图书馆。

"以后你的每一个生日，我都会陪你一起过。"

沈圆星眼也不眨地盯着他，黑白分明的眼眸里也只映着他的身影。

她这一次真的拿出了十二万分的诚意，也算是背水一战，决心要做一个了结。

徐成冽渐渐看明白了她眸中复杂的深意。

他的心动如潮浪，起起伏伏，欲退欲涨。

他很清楚，今天将是她最后一次"告白"。要是他这次也拒绝了她，便再也不会有下一次了。

沈圆星等了很久，终于在过耳的风声里听到了徐成冽低沉的声音。

"我考虑一下。"他说。

第八章
沈圆星，骗我你就死定了 ★

1

今夜有月，风吹散了云层，月色坠落人间。

但在南城市中心最繁华的地段，清冷月华还是过于黯淡，悄无声息便被斑斓的霓虹掩盖住了。

喧嚣的风掠起了沈圆星及腰的长鬈发，她闭了闭眼，似陷在幻觉里，总觉得刚才徐成冽的答案很不真实。

他说考虑一下……

竟然不是直接拒绝，而是……考虑一下？

沈圆星回神之际，嘴角差点咧到了耳根后："那你别考虑太久！"

徐成冽捕捉到了沈圆星眼里一闪而过的欣喜若狂，有些微愣神。

虽然他知道她所做的一切都是别有用心，可是一想到她如此期待着他的回复，他的心情便没来由地好起来。

徐成冽还想说什么，结果一辆出租车在他俩旁边停稳了，乔英俊率先从副驾驶下来。

"哇，阿冽你花哪儿来的？"乔英俊的注意力被徐成冽怀里的玫瑰吸引。

徐成冽也垂眸看了一眼，粗略一数，总共十一朵红玫瑰，其寓意不言而喻。

他也没想到沈圆星会送他玫瑰花，从小到大他被女生告白的次数不少，情书也好礼品也罢，他都收了许多。

唯独玫瑰花是第一次收。

紧随乔英俊之后，下车的高晨和沈明川也凑了过来。

只不过高晨的注意力在徐成冽身上，沈明川却看向沈圆星。

"难道我们到得不是时候，阿冽你正打算向沈学姐求爱？"高晨以为玫瑰是徐成冽买的，正准备送给沈圆星。

没承想事实却是相反的，收花的徐成冽和送花的沈圆星双双陷入了尴尬。

看穿一切的沈明川轻轻咳了一声，打破了尴尬的氛围，也转移了乔英俊和高晨的注意力："饿了，我们还是赶紧吃饭去吧。"

他手里拎着蛋糕，是他们宿舍三人合资给徐成洌订的。

经沈明川打岔，玫瑰花的事算是揭了过去，他们一行五人顺着人行道往市中心最幽静的那条小巷去。

徐成洌预订的百年火锅店就在那条小巷里。

那条小巷称得上是南城的黄金地段，闹中取静，就像大隐隐于世的世外高人一样的存在。

这家百年老牌火锅坐落在小巷尽头，占地面积极广，属于庭院式火锅店。因其口碑和用餐环境，店里客流量非同一般。

且这家店只设有包房用餐，每天排队等房间的客人数不胜数。

徐成洌之所以能提前订到房间，还是沾了他家舅舅和谢氏集团的光。

老板亲自领着他们进了包房，预留的包间也是全店最好的，位于店内人工湖湖心亭的一座水榭。

湖上烟雾缭绕，缥缈如仙境。

沈圆星便被这一路上复古的建筑吸引了目光，暗叹乔英俊和高晨有眼光，吃个火锅还能挑到档次这么高的地方，她总有一种吃完这顿火锅就能羽化登仙的错觉。

进了包间后，老板和徐成洌在门外单独聊了几句，随后徐成洌便进了房间。

乔英俊第一个凑上去，根本压不住心下的好奇："阿洌，你实话告诉我，你是不是什么隐瞒身份的富二代，为什么会认识这家店的老板？"

其实乔英俊也算问出了在场其他人的心声。

尤其是沈圆星，她莫名有点心虚，怕自己招惹的是什么有钱人家的少爷，回头不好脱身。

徐成洌只淡淡扫了乔英俊一眼，无情地吐槽他："你小说看多了？"

随后他徐徐解释："店老板是我舅舅的朋友，仅此而已。"

他还省略了很多内容，比如这家火锅店当初能够在南城市中心最繁华的地段保留下来，多亏了他家舅舅在经济上的支撑。

"好家伙，我就说我室友要是个富二代，我不可能不知道！"

高晨摩挲着下巴，想来想去还是觉得徐成洌这人平日里吃穿用度看上去都不像是个普通大学生。

加上他们对他家里的情况根本不了解，今天既然说到这里，自然免不了多八卦几句。

就在徐成洌被高晨和乔英俊围着盘问时，沈明川带着沈圆星悄悄走出了包房。

他俩还有其他任务。经过乔英俊他们投票决定，给寿星送上生日蛋糕这活儿落到了沈圆星头上。

沈圆星乐意之至,也知道这是乔英俊他们在为她助攻,心下感激不已。

十分钟后,水榭包房里的灯被灭掉了,室内陷入昏暗。

正和徐成洌说话的乔英俊和高晨默契地闭了嘴,左右拽着徐成洌的胳膊扶他起身。

"阿洌,生日快乐!"乔英俊话音刚落,沈圆星推着蛋糕从门外进来。

蛋糕上点了一圈蜡烛,中间还有两根数字蜡烛,代表着徐成洌十九岁生日。

蜡烛微光在灌入室内的夜风里摇曳闪烁,暖光忽明忽暗地跳动在沈圆星身上,她正勾着嘴角,用她婉转动人的嗓音为徐成洌唱着《生日歌》。

很快沈圆星洋洋盈耳的声音便被乔英俊的大嗓门压了下去,三男一女的合唱,很难再捕捉到势弱的女音。

可即便如此,徐成洌还是将视线定格在了沈圆星脸上。

他心上像是压着一块沉甸甸的石头,正为她不久前的告白所烦恼。

但是这一刻,徐成洌能清楚地感受到沈圆星脸上的笑容是发自内心的。

她为他庆生,送他礼物,送他玫瑰,为他唱《生日歌》……这一切言行,她并没有太过勉强她自己。

恍惚间,徐成洌竟忍不住在心里问自己,要不要试着相信她?

"生日快乐,阿洌!快许愿吹蜡烛吧!"满怀欣喜的女音拉回了徐成洌的思绪。

他的视线终于聚焦,垂落在了近在眼前的沈圆星脸上,随后顺着她视线的指引,锁定了蛋糕上摇曳的烛光。

在乔英俊他们的起哄和催促声里,徐成洌有模有样地双手合十,视线又移回对面的沈圆星脸上,定定看了她几秒,他才闭上眼睛。

时间分分秒秒过去,沈圆星他们都围着蛋糕和徐成洌,看着他无比虔诚地默许愿望。

片刻后男生掀开了浓密纤长的眼睫,那双漆黑如墨的深情眼里映着闪烁的烛光,漂亮得像惊世的瑰宝。

与他面对面的沈圆星被他眼里流动的暖光惊艳,神情微滞,只眼睁睁地看着徐成洌弯下腰去,一鼓作气吹灭了蛋糕上的所有烛光。

距离室内灯光开关最近的沈明川适时开了灯,室内复明,宛若白昼。

高晨将切蛋糕用的刀具递给了徐成洌,让他切下第一块蛋糕。

随后乔英俊问:"阿洌,你刚才许的什么愿望啊?"

没等徐成洌回答,他被高晨敲了一下脑袋,高晨骂道:"笨蛋!愿望说出来就不灵验了好吧。阿洌,你别听他的,千万别说出来。"

徐成洌笑笑不语,倒也没打算把愿望公布于众。

更何况,他许的那个愿望,确实不适合让人知道。

思及此,他掀起眼皮朝沈圆星看去,她正巴巴望着蛋糕上的车厘子,一副垂涎欲滴的样子。

于是徐成洌将蛋糕上"唯二"的车厘子分到了沈圆星的碟子里。

他们在等锅底沸腾的过程中,先吃了点蛋糕垫肚子。

沈圆星吃得津津有味,看着很有食欲。

相比之下,徐成洌的吃相偏斯文儒雅,不知道的还以为他对蛋糕这玩意儿不感兴趣。

"姐,你嘴角有奶油。"沈明川提醒道。

沈圆星忙不迭摸了摸右边嘴角,什么也没摸着,于是她又在沈明川的示意下去摸左边嘴角。

没等沈圆星的手落下,坐在她左手边的徐成洌已经先一步攥着纸巾凑过去,手疾眼快地替她擦掉了嘴角的奶油。

于是沈圆星的手便摸到了他冰凉的手背。

两人皆是一愣,触电般的酥麻感涌遍全身。

徐成洌忙不迭收回手,将纸巾揉皱,移开视线什么也没说。

至于沈圆星,她回神后的第一反应就是勾着嘴角笑,满眼都是熬过漫漫长夜,终见曙光的欢喜雀跃。

目睹这一切的沈明川和高晨、乔英俊——

说徐成洌对沈圆星没意思,打死他们也不信。

晚上九点左右,徐成洌他们离开了火锅店。

因着明天上午有课,他们没去KTV继续下一场,而是选择打车回学校。

回去时,依旧是沈圆星和徐成洌同乘一辆出租车,两个人挨坐在后座。

逼仄的空间里,除了沈圆星身上淡淡的香水味,还夹杂着酒味。

沈圆星喝酒了,是火锅店老板送来的特制果酒,免费赠送的。

当时在包房里吃火锅时,徐成洌因为接电话离席了好几次,沈圆星便是那个时候被乔英俊他们拉着尝了点果酒。

一向滴酒不沾的沈圆星觉得果酒的味道还不错,果味几欲压盖住酒味,似乎也不怎么醉人的样子。

于是她贪杯了,喝了有小半瓷瓶。

这会儿上了出租车,沈圆星降下车窗吹了片刻夜风,忽觉脑袋有些犯晕,意识开始混沌起来,感觉像是酒劲后知后觉地赶上来了,正循序发作。

是以回去的途中,沈圆星将手肘耷拉在车窗上,一直没吭声,更别说对徐成冽趁胜追击了。

出租车在南大南门外停的，徐成冽说想散散步消消食，要从南门步行回去。

沈圆星便和他一起下了车，两个人在垂落的月色里并肩往学校里走。

途中遇到不少校友，落在他们身上的视线只增不减，他们俩却是谁也没去在乎。

徐成冽本打算先送沈圆星回宿舍，毕竟她喝了酒，而且这会儿像是酒劲开始发作了，走路都有些不稳当，摇摇欲坠令人忧心。他曾几次三番想伸手过去扶她，最终忍下了。

可沈圆星得知他送她回宿舍后要折去图书馆找一本典籍后，却说什么也要跟他一起去图书馆。

"阿冽，阿冽……"女音哼唧着，软软柔柔，袅娜动人。

徐成冽的心都快被她喊化了，实在拒绝不了。

于是他带上脸色渐红的沈圆星一起去了图书馆。

图书馆还有一个小时左右才闭馆。

徐成冽带着沈圆星进门时，馆内的学生并不多，且大家都在埋头看着自己手里的书籍，或是专心找书，并没有人注意他们。

脑子一直晕乎乎的沈圆星轻轻揉着太阳穴，跟在徐成冽身后去了图书馆二楼，顺着过道往最后一排书架那边走。

在徐成冽专心致志找书时，沈圆星便拿着手机看了眼微信消息，姐妹群里有一条最新消息，是林娇发来的。

【林娇：星星，你行动了吗？】

沈圆星看了看，打字回复。

【沈圆星：行动什么？】

【林娇：你之前不是说要强吻男神吗？我这一晚上都在想这事儿，憋了很久还是忍不住想八卦……】

对此，沈圆星脑子里飘过一排省略号。

她当时也就是脑子一热，冲动之下说的胡话而已，没想到林娇居然当真了，而且一直记挂着这件事。

【沈圆星：我不敢啊……我怕适得其反。】

【李成欢：其实吧，以我的经验，徐学弟肯定是对你有意思的。】

【林娇：我觉得也是，就算以前没意思，你追了他这么久怎么着也有点意思了。[摸下巴.jpg]】

【苏梦：我也赞同楼上两个说的。徐学弟肯定是喜欢你的，不然为什么任由你跑去蹭课，还在明知道你会趁着他夜跑去缠着他的情况下，日复一日

如常夜跑?】

【苏梦：他要是真不喜欢你，早就冲你发火了，哪能让你这样死皮赖脸地纠缠他。】

群里还说了许多，沈圆星全然没了心思继续往下看。

许是酒精发酵的关系，她混沌的脑子里走马灯似的闪过很多画面。

譬如她去蹭课时，被乔英俊拍到的他和她的照片；还有之前陪徐成冽夜跑因为鞋子不合脚磨破了皮，他背她回去；还有今晚那束玫瑰花，以及徐成冽的回复……

许许多多的细节都足以证明，徐成冽虽然嘴上说着不喜欢她，但心里却是对她有好感的。

沈圆星想，也许一个人可以一直嘴硬，但他日常的言行举止却能实诚地表露他的内心。

于是，她借着酒劲，乘着翻出窗台的月色，径直朝在角落里找书的徐成冽走去。

彼时徐成冽刚找到他要的那本古代典籍，腕骨突出的手正要将那本书从书架高处拿下来。

结果下一秒，他就被一股强势的劲道推到了旁边的墙上，那本书重重地掉在了地板上，发出巨大响声。

好在这附近并没有其他人，只有背靠在墙上一脸无措的徐成冽，和将他推在墙上，踮脚揪住他衣领的沈圆星。

月色漫漫，从玻璃窗斜落在几欲叠合在一起的两人身上。

徐成冽呼吸微滞，眸光闪烁，满眼不可思议："……你干什么？"

因为图书馆里太过安静，徐成冽将声音压得很低，嗓音低磁。

揪着他衣领的沈圆星却是一脸视死如归的表情。

她借着涌上来的酒劲，将柔软的身子埋到他怀里，仰着精致明艳的小脸望住他，逼问道："你想好了没有，到底要不要和我交往？"

被逼问的徐成冽愣住了，没想到沈圆星会突然发作。

他之前分明答应过她会考虑来着，好歹也得给他一个晚上的时间考虑。

没等徐成冽张嘴，沈圆星以咄咄逼人的语气接着道："你到底为什么不肯和我交往，你明明就很喜欢我！"

她语气笃定，分贝拔高，似是在宣泄心头的强烈不满。

疑似被沈圆星"壁咚"的徐成冽蒙了，他凝着她结了红晕的脸，一时间竟是答不上来。

他试图握住她揪着他衬衣衣领的手，想劝她冷静一点，告诉她醉了。

结果他才刚碰到沈圆星的手背，便被她另一只手无情地拍开，她接着道："徐成冽！我追了你这么久……你今天必须给我一个说法！

"不然我就在这儿……办了你！"

沈圆星混沌的脑子里想的是之前林娇问她有没有强吻徐成冽的那件事，只是"强吻"两字儿到了嘴边，忽然就打了转，改了口。

话落，沈圆星自己愣了一下。

徐成冽一呆，也不知道该说什么。

两人之间静默了半晌，沈圆星心下一横，另一只手也揪住徐成冽的衣领，将人往下拉。

至于徐成冽，他被沈圆星的话震惊到了，沉默了半晌，本想轻轻推开醉酒的她，结果某人说风就是雨，他大脑里顿时一片空白，呼吸一竭，胸腔内的心脏如同奔腾的野马一般撒了欢地横冲直撞。

情急之下，他抓住了沈圆星造作的那只手。

与此同时，图书馆里的灯幕地熄灭，本就静谧的馆内陷入了无边的昏暗，只剩窗外零星月色温柔如水地倾洒在他和沈圆星身上。

停电了。

这个念头第一时间占据了徐成冽的大脑。

正一门脑热的沈圆星也停下了动作，显然被突然降临的昏暗吓到了，受了惊。

昏暗中，月色悄然窥视他俩。

刚还借着酒劲一鼓作气，打算背水一战的沈圆星立马跟泄了气的皮球似的，蔫了下来。

但她落在男生身上的手却倔强地没有挪开，只是人已经没了刚才跋扈的气焰，开始于静谧无声的夜色里抽抽搭搭起来。

被她压在墙上的徐成冽愣住了，身躯绷直，后背冰凉，胸前却烧着火。

他听见了沈圆星低低抽泣的声音，细碎的软音，带着哭腔喊他："阿冽……你为什么不肯跟我交往啊？你明明喜欢我的……"颤音与呜咽声交错起伏。

沈圆星哭哭啼啼着，一遍又一遍地唤他，问他为什么不跟她交往，好像受尽了天大的委屈，连哭声都是压抑的，不敢太过张扬。

徐成冽顿时心慌意乱，手足无措。

他没想到沈圆星会哭，他这阵子已经习惯了她明艳娇媚的笑脸，以为她就是打不死的小强。

但此时此刻……她却埋在他怀里，揪着他的衣角哭得梨花带雨。

在她压抑且断断续续起起伏伏的哭声里，徐成冽那颗坚硬如铁，如镀了一层寒冰的心终于暖化，渐渐碎裂成一瓣一瓣。

他轻咬薄唇，忍下了心脏的绞痛感，闭上眼，满脑子都是沈圆星勾着嘴角撩拨他、逗弄他的过往。

她的笑颜，她说的那些话，她对他做过的那些事……如同潮水一般朝他席卷而来，转眼便冲破了徐成洌的心防。

他的理智，终究还是被决堤的情感淹没了。

在沈圆星第四次追问他时，徐成洌睁开了眼睛。

他抓住沈圆星的那只手微微用力，垂眸凝着她时，连月色都照不进他涌着暗潮的深眸里。

他另一只手又握住了沈圆星的肩膀，女生的哭诉声因他接下来的举动中断了。

沈圆星被高大的男生反推在了角落里另一面墙上。

她的思绪停顿，只觉后背贴上寒凉的墙壁，还没来得及站直身体，便被男生伟岸的身躯压住，被他完完全全圈在了昏暗的一隅。

窥探他们的月色失去了目标，因为徐成洌将沈圆星推入了角落最昏暗之地，他自己也紧跟着她沉入了昏暗里。

峻拔的身体沉沉压着她，男生利用手臂和身躯，在她周围筑起了围墙。

沈圆星当即便哭不出声了。

浓烈的男性荷尔蒙将她彻底包围住，他贴上来的身躯让她感受到了他陡然转变的气场，她晕乎乎的脑子里也收到了一丝危险的信号。

此时的他严肃冷冽，霸道又野性。

就像匍匐已久的狼，在昏暗中对猎物发起了进攻。

徐成洌的呼吸急促了许多，他适应了昏暗，深眸垂望着被他困在怀里的沈圆星，严肃质问："当真喜欢我？"

这一问，似是他最后的理智，也是他给她最后的退路。

可惜沈圆星毫无察觉。

她脑子还是昏昏沉沉的，强迫自己镇静下来后，她于他怀里仰起头，醉眼模糊地望住他，差点陷进了他深不见底的深情眼里，呼吸不觉间就加快了。

她紧张到心跳飞快，最终木讷地点了点头，声若蚊呐："当真……"

徐成洌沉吟片刻，将俊脸压近她，一只骨节分明的手已悄然爬上了沈圆星滑嫩滚烫的脸颊。

他磁声低问："喜欢我什么……嗯？"

沈圆星呼吸收紧，无法忽视那只摩挲着她脸颊的手，她的肌肤快被他掌心的热度融化了，心也是。

要不是秉着一股坚定信念，沈圆星怕是无法回答他的问题。

"喜欢你……好看……"

"嗯？"

"我喜欢你的脸和身材，还喜欢你……品学兼优！秉性高洁！"

她想到了之前林娇夸过徐成洌的那些词，试图搪塞过去。

可话落之后，这静谧昏暗的图书馆一隅却陷入了死一般的沉寂。

许久，愣神的徐成洌才有所动容，抚着沈圆星脸颊的手游走到她脑后，轻轻托住了她的后脑勺。

似是找到了说服自己沉沦的理由，男生轻轻应了一嗓，遂薄唇递进，压上了他肖想已久的独属于沈圆星的柔软。

他吻上了她。

柔软滚烫如星河坠落。

呼吸交融间，他哑声轻喃，语调是前所未有的温柔："沈圆星……记住你今晚说的话，骗我你就死定了……"

初吻失守的沈圆星早已被男生灼烫的薄唇烧去了所有理智。

她被他握着后颈，被迫承受他的吻，由浅至深，像是要探索她的心，以及她的灵魂深处。

呼吸被吞没，理智被冲散，沈圆星木讷被动了许久，终于试探似的回应着徐成洌的吻，汲取到他口中的甘甜。

明明周围昏暗且寂静，但她脑子里却像是有烟花升起，光亮一簇接着一簇，胸腔内更是沸反盈天，思绪逐渐被搅乱。

2

沈圆星迷蒙的双眼半合，眼睫垂下，陷入了完全的黑暗。

但感官似乎被放大了，口中的甘甜柔软令她几欲窒息，却又舍不得推开，就这般任由对方予取予求，直到她身软无力，身子顺着冰冷的墙壁下滑。

用高大身躯紧紧抵着沈圆星的徐成洌，随手挽住了她的纤腰，将人又提了回来。

吻势暂缓，他给了沈圆星换气的机会，轻磨着她的唇低语："不是想和我接吻？那就站稳……继续。"

话音没入粗重急促的呼吸声里，徐成洌又覆上去，像极了食髓知味的恶鬼，又像是要在这连月色都无法窥探的昏暗一隅，对怀里的人尽情地宣泄爱意。

被握着后颈像只小猫崽似的沈圆星，只能被动地仰头迎合，拼命用两只手攥紧他的衣襟。

她的体温在不断攀升，胸口像是压了一块巨石，沉重的窒息感潮水般席卷而来，脑子里也是浑噩的，像打翻的颜料混在一起，五彩斑斓。

徐成冽的吻技很生涩，没什么技巧性可言，有时失了力道，还会听到沈圆星吃痛的闷哼。

约莫两分钟过去，图书馆的灯重新点亮。

窗外的月色顿时黯然失色，角落里接吻的两人若有所觉，但谁也没有在意，依旧唇舌厮磨。

直到一道快门声撕裂了这一隅的静谧。

身形峻拔的徐成冽后脊僵住，反应了一秒，他将沈圆星藏在了怀里，高大身躯挺直，侧头朝声源处冷冷瞥去。

他的深情眼覆着浓雾似的欲色，锁定书架尽头来不及躲藏的男生后，他揪起眉，眼神微露不悦和杀气。

被抓包的男生堪堪回神，忙不迭收起手机，脸都吓白了。

本来以为只是碰巧在图书馆遇到了接吻的情侣，想拍照曝光到论坛上，痛斥世风日下，没想到照片里的男主角竟然是南大声名远播的"高岭之花"徐成冽！

男生僵愣了片刻，反应过来时立马转身跑了。

庆幸的是，当事人并没有来追他的意思。

徐成冽的呼吸尚未平复，低喘着，直到那个偷拍的男生逃走他才回过头，垂眸望住怀里的沈圆星。

他没有去追偷拍的人，因为那个男生他认识，是同班同学。

虽然平日里没什么交集，但只要记下对方的容貌，被偷拍的照片他迟一些便能拿回来。

对他来说，眼下最要紧的还是沈圆星。

他方才亲她是有些重了，她的红唇润泽冶艳，略有些肿的迹象。

醉呼呼的沈圆星似是察觉到了痛意，掀着卷翘浓密的眼睫，双眼雾蒙蒙地望着他，揪着柳眉一副想哭又哭不出来的样子，声音低哑得似被撕碎过，格外娇滴滴："阿冽，你咬得我好疼啊……"

徐成冽僵住，好不容易平复的呼吸又乱了。

他满目欲色地锁着她白里透红的小脸，半晌才艰难地动了动同样嫣红的薄唇，声音彻底哑了："我错了……下次轻点。"

话落，徐成冽将她揉入了怀中，不让她再用那妖媚的眸子看他："说你爱我，星星……"

沈圆星被他闷在怀里呼吸不畅，挣扎着从他怀里仰起头，眼神懵懂地看了他片刻，她咽着唇迷迷瞪瞪地笑了，声音又脆又甜："我爱你。"

徐成冽眼里映着她，眸色越来越深："爱谁？"

"爱阿冽！"

"连起来再说一遍。"

在男生不断的要求下，沈圆星乖乖听从。

"我爱阿冽！我爱阿冽！我爱阿冽……"袅袅女音一遍又一遍，分贝也逐渐拔高，似要冲上云霄。

徐成冽见状，只好低首以吻封缄，将她的爱意吞没。

想到沈圆星嘴疼，徐成冽只小亲了片刻，便松开了她。

但他的呼吸仍是乱了，粗重不一地低喘着，语气坚定："够了，足够了……"

足够让他飞蛾扑火，哪怕覆灭、殒身。

徐成冽低头，轻抵住了沈圆星的额头，与她鼻尖相抵。

他纤长的眼睫压得沈圆星闭上眼，想别开脸，却被他牢牢握住后颈，动弹不得。

只听见喑哑磁欲的男音，如鬼魅般蛊惑人心："我也爱你。"

翌日天明，南城下起了雨，雨幕密集到看不清几米开外的人脸。

沈圆星是在潮润的晨风里醒来的。

她好像做了一个梦，梦里……她和徐成冽在接吻。

睁眼醒来的一刹，沈圆星从床上坐了起来，动静大得连刚洗漱完从洗手间里出来的苏梦都被她吓了一跳，忙不迭问她怎么了。

沈圆星没有回答，她只是觉得自己嘴有点疼，伸手小心翼翼地碰了碰嘴唇。

"嘶——"

似针尖扎下的痛意令她抽了口凉气，不敢再随便乱碰嘴唇了。

"星星，你没事吧？"苏梦满眼担忧地看着她。

连睡眼惺忪下床去洗手间的林娇也抽空瞥了她一眼。

沈圆星木讷地摇摇头："没事……"

她没敢说那个梦，感觉很真实，她甚至记得那一丝甘甜，以及那种几欲窒息的感觉。

沈圆星下了床，忙去书桌抽屉里翻找镜子，看看自己的嘴唇。

这一看她傻眼了，嘴角好像被什么咬破了，看上去有一点点肿。

"你在看什么？"上完厕所的林娇悄无声息地凑到了她身后，也往镜子里看了一眼。

吓得沈圆星忙把镜子收起来，思绪飞转，她问林娇："我昨晚……什么时候回宿舍的？"

林娇挠挠脸颊："好像是来电后没多久吧。我没注意时间，不过你昨晚回来的时候一身酒气，看上去是有些醉了。"

"岂止是有些醉了，那简直是醉糊涂了。"苏梦接话，朝着阳台走去，去取衣服，"在宿舍里撒欢、转圈、唱歌……这些也就算了，居然还跟我们说你追到徐成洌了。"

林娇："对对对，当时我们差点就信了。结果你又说男神亲你了！这就离谱！害我们白高兴一场。"

她们都相信徐成洌迟早会被沈圆星拿下，但接吻嘛……她们总觉得以男神的性子，以他那种被蹭蹭腿都要脸红的纯情程度，他俩就算是交往了，怕也很难突破这道壁垒。

所以，苏梦和林娇最后一致认为，昨晚是沈圆星喝醉了酒，在说胡话。

当然，沈圆星听了她们的描述，也觉得自己肯定是喝醉了说胡话，睡着以后又做了一个梦，仅此而已。

可为什么那个梦那么真实？

而且还有一些零星的破碎的画面在她脑海里慢慢拼凑起来。

为了把事情弄清楚，沈圆星上床拿了手机，坐在书桌前打算给徐成洌发微信。

结果沈圆星发现徐成洌的微信头像换了，换成了一片漆黑的夜，漫漫夜色里似乎藏着一颗不起眼的星星。

她下意识点进他的头像，看见了徐成洌的个人信息页。

昵称：摘星人
个性签名：愿得一颗星，白首不相离。

沈圆星愣住了，不知道是不是因为她对"星"这个字比较敏感，所以心脏才会漏跳一拍。

她压下满脑袋的混乱，身心紧绷地给徐成洌发消息：【在吗？】

对方几乎秒回：【醒了？】

这回复消息的速度，着实让沈圆星惊讶。

她又心惊肉跳了半晌，方才继续：【醒了……】

沈圆星顿了下，继续打字：【阿洌，我们昨晚……】

想问徐成洌昨晚他俩是不是去了图书馆、他是不是亲了她，可是沈圆星迟疑了，她不太敢问，怕那一切真的是梦。

毕竟连苏梦和林娇都不相信，徐成洌会主动亲吻她。

不知道沈圆星想问什么的徐成洌回了一个问号过来。

沈圆星咬了咬牙，打算迂回婉转一点：【不知道为什么，我今天醒来后……

嘴有点疼。】

这次徐成洌回了一排省略号过来。

沈圆星一鼓作气：【还有啊，我昨晚好像做了一个梦，梦到你了！】

这条消息发过去以后，徐成洌那边没有了回复。

沈圆星打字的动作僵住，暗暗自省，是不是把事情搞砸了？

说不定那真的只是一个梦，她对林娇和苏梦说的那些，真的是酒后胡言。

想到这里，沈圆星莫名有些沮丧。

她将手机放在了书桌上，俯身趴在了桌沿，咬紧牙关暗暗自省。

为什么会做那样的梦？难道她是追人追魔怔了吗？

她明明也不是真的喜欢徐成洌啊，打从一开始她追求他的目的就不单纯来着。

怎么会这样……

就在沈圆星绞尽脑汁也想不明白那场梦时，被她放在桌上的手机响了起来，吓得沈圆星蓦地坐直身体，赶忙拿起手机查看来电。

来电显示……A男朋友。

沈圆星一头雾水。

这是谁的电话？她什么时候存了这么个备注？

愣了片刻，直到铃声快挂断时，沈圆星终于接听了电话。

她屏住呼吸，没敢主动说话。

只听电话里传出一道熟悉的低磁的男音："我在你宿舍楼下。"

这声音……是徐成洌？

沈圆星整个愣住，明艳的五官僵着，黑白分明的眸子里盛满懵懂、不解等复杂的情绪，像做梦一样，总感觉很不真实。

"阿洌？"沈圆星声音微颤。

对方轻应一声，沉声让她下楼来。

虽然沈圆星还处在云里雾里的状态，但她没敢耽搁，挂断电话后便从衣柜里拿了一件外套披上，风风火火地往宿舍外跑。

苏梦和林娇望着她消失的背影，以及被甩上后微微震颤的房门，一头雾水地看了对方一眼。

林娇："星星这是怎么了？"

苏梦："不知道，但刚才那个电话好像是徐学弟打来的。"

"他俩这是要成了？"

"也许？"

沈圆星火急火燎地冲出公寓大楼时，雨还在下。

这样的清晨，学校里几乎看不见行人，以至于花坛那边撑着一柄黑色雨伞、长身而立的男生便格外醒目。

虽然男生只露了大半个身子，但单凭那双气场一米八的大长腿，沈圆星也能确定他就是徐成冽。

于是她拿手挡在头顶，冒着雨朝他小跑过去。

还好路程不远，她身上只是些微湿润。

"阿冽！"沈圆星钻进了男生伞下，一只手本能地握住他的胳膊，好减缓冲劲让自己停下来。

还好徐成冽稳立如山，被她撞到也丝毫没有后退，只身形晃了晃，另一只手还下意识抬起，想要扶住她。

沈圆星却注意到了他手里拎的香喷喷的早餐，是油条和豆浆，还有肉包子！好像还有药？

"好香啊！"沈圆星叹了一声，吸了吸鼻子，随后一本正经地问，"你找我干什么？"

其实她脑子里堆积了很多问题，但是一时半会儿理不好头绪。

徐成冽将早餐和药都给了她，棱角分明的俊脸神色温和，眸光幽沉地垂望着沈圆星，嗓音淡淡："给你送东西。"

沈圆星低头盯着手里的塑料袋，诧异不已："你怎么忽然这么好，居然给我买早餐？"

沈圆星话落，嘴角不由得勾起了弧度。

但徐成冽却拧起了眉，脸色沉了一些，眼神晦深。

看沈圆星这反应，徐成冽便知道她八成是忘记了昨晚在图书馆发生的事，遂心下憋了口闷气："因为我现在是你的男朋友。"

徐成冽的语气冷硬，说出口的话让沈圆星脸上的笑意僵住了。

半晌她才抬起头，目光懵懂地对上徐成冽的深情眼。

时间一点点流逝，沈圆星也从他眼里读懂了什么，从不敢置信到欣喜若狂，最后她一把抱住了徐成冽。

"真的吗？那些都不是梦！我真的追到你了！"

就说梦境不可能会有那种真实感，沈圆星就差原地起蹦，以诠释她内心此刻的欢喜。

半晌后她松开了徐成冽，举起手里的塑料袋："那药呢？"

送早餐她能理解，送药是做什么？

沈圆星弯着嘴角，笑意不绝。

徐成冽见她如此开心，心里憋的那口气蓦地就散了，心情回转。

他瞧着女生因为激动而泛着浅粉的脸，不禁想到了昨晚的吻，烫意很快便爬上了他的耳根。

徐成冽蓦地俯身，俊脸贴近沈圆星，吓得某人心脏乱蹦，美目圆睁，连呼吸都屏住了。

就在沈圆星脑袋空白时，徐成冽柔软滚烫的薄唇在她嘴角印下了蜻蜓点水的一吻。

他本没想吻她，只想凑近沈圆星一些，好与她说话。

可真正凑近后，他又心下一动，突然很想亲亲她。

于是他便放任自己亲了下去。

蜻蜓点水的一吻后，徐成冽爱怜地抚了抚沈圆星的脸，望着她被咬破的嘴角，满眼心疼自责，声音有些哑："不是说嘴疼？"

"上点药，好得快。"

3

雨声乱耳，也乱了沈圆星的心。

她全程没眨眼，无比真切地感受到了落在她嘴角的滚烫。

即便对方已经直起身去，她嘴角却还灼热着，像被火烧过一样。

许久后沈圆星明白了徐成冽刚才的话。

她昨晚不仅拿下了他，还跟他接吻了！

那些破碎的画面根本不是梦，都是事实！

徐成冽真的在图书馆里亲了她，翻来覆去，亲了三次。

从一开始的青涩生硬，到后来逐渐学会了撩拨和逗弄她。总之他亲了她，不止一次，力道有些狠，她嘴角都破了的那种狠。

想到这里，沈圆星难免觉得心烧脸烫。

不管怎么说，昨晚那也是她的初吻，竟然在跟徐成冽交往的第一天就被一举拿下了，这进展简直快得吓人。

思绪逐渐理清后，沈圆星望住徐成冽："那你现在是我的男朋友了？"

徐成冽轻轻"嗯"一声，似又怕她会错意，肯定地回了一句："是。"

"Yes！"沈圆星握拳，脸上又溢满了笑容，"我这就回去跟娇娇她们报告这天大的喜讯！"

沈圆星说着，拎着早餐和药，转身就要往公寓大楼里跑。

她这会儿恨不得宣告全世界，她追上徐成冽了！

可惜沈圆星刚转身要跑，细腰便被背后探来的一只手勾住，她被一股不容抗拒的力道勾带着后退，薄背撞进了男生温热的怀里。

沈圆星愣住了，心跳陡然加快。

浓烈的男性气息从四面八方涌来，她被包围了，像是落入虎口的小羊羔，后背贴着一团火热。

"跑什么,我话还没说完。"男音磁欲,响在沈圆星耳侧。

温热呼吸随着徐成冽的声音循序渐进地铺洒在沈圆星耳畔,痒意顿生,酥麻感尤甚,比电流穿身更让人警醒。

雨幕里传来细微的脚步声,似是有人朝这边过来了。

为了防止昨晚的偷拍事情再次发生,徐成冽将手里的伞倾斜,刚好掩住他和沈圆星的上半身,随后借着雨伞和花树的遮掩,他覆吻上她红透的耳垂,电流感瞬间涌遍沈圆星全身。

沈圆星偏头要躲,却被他单手翻转身体,面对面扣入怀里。

她仰头去看他时,他的吻刚好落在她嫣红微肿的唇上,轻轻研磨吸吮,又趁她惊愕之时,挑开她的齿关深入,彻底吞没她的呼吸。

这个吻来得突然,犹如风云变幻的夏日里一场雷阵雨。

沈圆星被吓了一跳,根本来不及拒绝,便被对方搅乱,一起沉入旋涡里。

她揪紧了徐成冽的衣服,闭上眼时,仿佛回到了昨晚。

那些断断续续的记忆终于连贯起来,沈圆星想起动情时,徐成冽将头沉甸甸地压在她肩上,问她亲起来怎么这么甜。

她还想起了一切事情的起源。

是她先"壁咚"徐成冽的,是她说要办了他,也是她一遍又一遍地说爱他……

那些借着酒劲说过的话做过的事,此刻无疑变成了沈圆星最羞耻的记忆。

她忍着嘴角的疼承受着徐成冽由浅至深的吻,由温柔理智到野蛮失控,她就像一条被浪花拍上岸的鱼,竭力苟延残喘,窒息感还是越来越强烈。

终于,徐成冽放过了她。

吻势渐退,沈圆星终于吸到了新鲜的空气,像回到水里的鱼,活了过来。

她大口大口地喘息着,贪婪地呼吸着空气,脸上一片潮红。

徐成冽的呼吸也有些乱,但他整体状态比沈圆星好太多了。

明明接吻是两个人的事,狼狈的人却只有沈圆星一个。

她趴在他怀里渐渐恢复理智,呼吸喘匀后,她从他怀里退了出来,摸了摸自己的嘴角,比之前更疼了。

"徐成冽,你……"禽兽吧。

沈圆星没敢把话说完,怕自己刚攻略到手的男神,还没来得及派上用场就飞走了。

于是,她话音一转,生生把不满咽了回去,巴巴地望着某人:"你又弄疼我了……"

还以为她要发火的徐成冽愣了一秒,似是有些失望。

他轻轻抹去了她唇上潋滟的水色:"可刚才亲你的时候,你看上去很享受。"

沈圆星一噎。

她承认,刚才亲的时候确实没觉得疼,而且越亲越觉得甜,想要更多。但是亲完以后是真的疼,感觉嘴巴又肿了一些。

说不过徐成冽的沈圆星只好换个话题,问他:"你不是还有话没说完吗?"

经她提醒,徐成冽想起了正事。

刚才留住她本来也是打算说正事的,可他才说了一句话,她的耳根就红透了,真的很诱人。

"听阿川说,这周末是你的生日。"徐成冽拢了拢思绪,尽量只看着沈圆星的眼睛,控制自己的视线不往她嫣红的唇上瞟。

徐成冽接着道:"到时候叫上你的室友们一起吃个饭,官宣一下。"

说到官宣,沈圆星可就来劲了。

仿佛刚才被亲疼的仇怨已经烟消云散,她忙不迭点头,冲徐成冽笑得绚烂:"官宣好啊,我没意见!"

瞥见她漂亮的狐狸眼里划过的流光,徐成冽自然明白,沈圆星追他为的是什么。

但他不在乎了。

无论沈圆星追求他的初衷是什么,他都坚信自己能够改变她。

毕竟他们已经交往了。

从今往后,攻守互换,他有足够的信心攻下沈圆星。

"走吧,我送你到公寓门口。"徐成冽抓住她空闲的那只手,将其搭放在自己拿伞的那只手的臂弯处。

两人并肩而行,亲密无间,却让沈圆星有一种虚幻感。

犹记得昨天之前,还是她每天晚上屁颠屁颠跟着徐成冽,送他到男生公寓门口来着。

这算不算风水轮流转?

回到宿舍后,沈圆星将早餐分了一些给林娇她们。

她自己吃了早餐后往嘴上抹了药膏,顺便把她和徐成冽正式交往的事情告诉姐妹们。

林娇她们自然是为她高兴的。

然后几人又八卦了一下昨晚他俩在图书馆的事,最终在沈圆星支支吾吾时,她们确定了她和徐成冽接吻的事实。

林娇过于激动，号了半晌，差点把沈圆星的耳朵震聋了。

大半天过去后，和竹马吃完早饭回来的李成欢问沈圆星下一步打算怎么做。

于是，沈圆星这才想起来，她应该去学校论坛官宣一下，得让柳星彤知道才行。

去学校论坛发帖官宣之前，沈圆星还是先给徐成冽发了一条微信：【阿冽，我能去论坛官宣一下吗？】

徐成冽回了一个问号过来。

【沈圆星：我想告诉所有人，你是我的了！谁都不许觊觎！】

消息发出去以后，沈圆星自己都嫌弃自己了，肉麻得一哆嗦。

但好在这招对徐成冽来说很有用。

他回了一句：【嗯……】

就在沈圆星以为他同意了，兴高采烈地准备登入论坛时，徐成冽又补了一句：【你想告诉所有人，我是你的什么？】

沈圆星隐约想起昨晚在图书馆，他蛊惑她说爱他，较真到字句必须完整。

【沈圆星：我想告诉所有人，你是我的男朋友！谁都不许觊觎！】

这样总行了吧！

沈圆星将消息发了过去，暗暗腹诽，徐成冽这人指不定有点毛病。

几秒钟后，徐成冽回了消息。

【徐成冽：嗯，我是你的。】

【徐成冽：去吧，有需要随时叫我。】

沈圆星如释重负，却又忽然想起手机上徐成冽的备注，于是她继续捧着手机给徐成冽发消息。

【沈圆星：阿冽，我手机里好像存了你的电话号码。】

【徐成冽：我知道。昨晚存的。】

【沈圆星：那备注也是你改的？】

【徐成冽：是吗？】

沈圆星抽了抽嘴角，立马断定"A男朋友"这个备注是出自徐成冽之手。

想来是她似醉非醉时说漏了锁屏密码。

【沈圆星：那你存我的号码了吗？备注是什么？】

【徐成冽：想知道？】

【沈圆星：[狂点头.jpg]】

【徐成冽：你猜。[摸狗头.jpg]】

沈圆星：狡猾的男人！可恶！

4

沈圆星决定不再和徐成冽耍嘴皮子。

于是她没再回复他的消息,用电脑登入了南大官方论坛。

其实官宣这种事情,沈圆星还是第一次干。

她当初和霍明涛交往,并没有正式意义上地官宣过,连请双方室友吃饭都是在交往两个月以后才突然想起来的。

不过他俩的恋情曝光度还是很高,毕竟那时候的沈圆星是学校论坛校花排行榜上票选最多的人。

无论男女,对她都格外关注。

沈圆星和霍明涛交往后,论坛上很快便有了他俩在一起的传闻。

男生们痛心疾首,女生们也心碎了一地,那阵子他俩热度很高。但后来因为他俩平日里比较低调,同框的时候并不多见,所以热度渐渐也就消减下去。

这就是为什么之前霍明涛在论坛维护柳星彤时,那么多人踩沈圆星的原因。

因为在大众眼里,霍明涛给柳星彤的偏爱和维护明显高于身为前任的沈圆星。

所以她才会被打上失败者的标签。

不过从今天开始,她将不再是被劈腿被抛弃的那个失败者。

沈圆星斟酌了很久,删删改改倒腾了近两个小时,才把官宣文案敲定。

彼时已近中午,正赶上一天中论坛流量比较好的时候。

再加上有林娇、苏梦她们顶帖,沈圆星和徐成冽交往的相关帖子很快在论坛掀起了风浪。

【算是官宣吧,我们在一起了!】

这个标题很直白,且炫耀的意味十足。

帖子主楼里,沈圆星简单讲了一下她和徐成冽产生交集以来发生的一些事。

算是她追求他的艰难历程。

其实写文案时,沈圆星是掺杂了一些真情实感进去的,毕竟徐成冽是真的很难追,她在追求他的这段时间里也确实吃了不少苦。

每天风雨无阻地早起,给他送早餐;夜里还得陪跑,连脚都磨破了,跑完步还得护送他回宿舍……还好风雨之后终见了彩虹。

沈圆星将先抑后扬这一点,贯穿于整个文案。

连坐在餐桌前捧着手机看她帖子的林娇都差点泪目了:"星星,真没想到这些日子你内心这么苦啊,呜呜呜。"

苏梦见林娇眼里闪着泪花，顿时哭笑不得："这不是你老人家非得'嗑'他俩'CP'，挑唆着星星去'攻略'你男神的吗？现如今她的使命达成了，改天你可得好好请她吃一顿好的，犒劳一下。"

林娇吸了吸鼻子，傻乎乎应下了，继续看帖子。

沈圆星的官宣帖最后的内容极度浮夸，且暗暗内涵了霍明涛一波。

她说希望这段恋情能够长长久久，也相信徐成冽是对的那个人。

帖子底下回复很多。

一开始是大片的惊讶，层主们像是商量好了似的，统一的感叹号，连刷两页。

【渣男去S：今天是什么黄道吉日，连男神都名草有主官宣了！】

【我爱吃肉肉：救命救命，这两个是校花校草榜上我最"嗑"的一对，这也太梦幻了！】

【明天我会有女朋友吗：女神又下凡了，为什么不是我！哦，原来是花落校草家啊，那打扰了，呜呜呜……】

【丘比特之神：话说，我刚从"明星CP"粉头的帖子里出来，刚吃完一碗狗粮，又来一碗？真的吃不下了啊！】

看到这条回复，沈圆星才知道原来在她发帖之前，论坛里热度最高的是半小时前有人发的霍明涛和柳星彤恋爱日常的帖子。

她去看了一下那个帖子，发帖人顶着柳星彤和霍明涛CP粉头的称号，还给他俩组了个"明星"的CP名。

沈圆星只想笑，就这CP名，不知道还以为是霍明涛和她呢。

不过这个自称是柳星彤和霍明涛粉头的楼主，倒是真没少在论坛发帖，替柳星彤和霍明涛撒狗粮。

楼里有他俩的牵手照、接吻照，照片拍得不错，两人看上去郎才女貌，确实登对。

帖子里"嗑糖"的人也不少，甚至夸张到将柳星彤和霍明涛说成南大最佳模范情侣。

可惜该帖的热度，如今已被沈圆星的官宣帖完全压下去了。

她退出帖子回到自己的官宣帖时，帖子的页数又翻了好几页。

看来她和徐成冽交往的事，给大家带去的冲击不小，帖子里的状况说是"男默女泪"也不为过。

柳星彤得知沈圆星和徐成冽交往时，差点把嘴里的牛奶吐出来。

室友看了论坛，哭着号着对沈圆星骂骂咧咧，说沈圆星不知道使了什么手段，居然把徐成冽骗到手了。

柳星彤这才知道官宣帖的事。

看过帖子以后，柳星彤的脸上青白交加，在咬破自己嘴皮之前，她忽然笑了一下。

几个室友全都朝她望过来。

柳星彤："一个人的官宣帖，真有意思，也不知道是真是假。她别是追人追疯了吧。"

她的话点醒了室友们，于是有人在官宣帖的高楼里发出了质疑。

【边缘恋歌：想问一下，楼主是沈圆星本人吗？官宣这种事情，怎么你一个人来，这也算官宣吗？】

【边缘恋歌：当然了，你要是真可怜到自己一个人跑来论坛官宣也可以，但你空口白话叫我们怎么相信怎么祝福？至少得发点照片之类的证据来证明你和校草的关系吧。】

这个叫"边缘恋歌"的人在帖子里发出质疑后，不少人跟风，也表示要让楼主发照片拿出证据。

甚至有人怀疑楼主是顶着沈圆星的名字在恶作剧。

帖子受到质疑时，沈圆星正转着笔在电脑前写作业，电脑界面停在学校论坛，正好让沈圆星看见了第一个发出质疑的人。

苏梦和林娇也注意到了这个人，且苏梦记得这个人似乎是用的固定马甲。

"这个'边缘恋歌'好眼熟啊，我好像之前在哪个帖子里见过这人。"林娇摩挲着下巴，绞尽脑汁在那里冥想。

就在答案呼之欲出时，她的话被苏梦抢了："柳星彤和霍明涛相关的恋爱帖里，我都见过这个人，没记错的话，她好像自称过是柳星彤的室友来着。"

林娇："没错，我也记得她这么说过！"

沈圆星眯起眼，视线从林娇和苏梦脸上回到了电脑屏幕上。

她勾了勾嘴角，莹白纤细的手指飞速在键盘上敲击着，正在回复那位叫"边缘恋歌"的同学：【要照片可以啊，想要什么类型的？牵手、拥抱还是接吻，我都可以满足你们哦。】

她顿了下，继续：【顺便多说一句，从今天开始，这栋楼就是我和我家阿冽的恋爱日记楼了，"缘更"那种。】

看见楼主回复的柳星彤等人差点气到吐血，几乎所有人都试着脑补了一下两位当事人接吻的画面。

有人大哭哀号，有人骂骂咧咧，也有人拿好碗准备吃粮。

几分钟后，沈圆星的回复有了新的回复。

【边缘恋歌：某些人别是被霍学长甩了以后受不了打击疯了吧，妄想症该治治了。】

后面还有两个人跟着回复，非要楼主发照片证明，而且点名要接吻照！

她们在赌，赌沈圆星就算和徐成冽真的交往了，进展也没快到接吻这一步。

接吻照对于沈圆星来说确实有些难度。

于是沈圆星思来想去，还是给徐成冽发了微信：【阿冽你在吗？】

徐成冽秒回：【在。】

【沈圆星：你之前说有需要戳你是不？】

【徐成冽：需要我做什么？】

【沈圆星：见一面！现在立刻马上！然后……拍张照片。[抠脸.jpg]】

男生宿舍，徐成冽刚从洗衣房回来。他手洗了沈圆星送给他的那件黑色衬衫，晾晒时也格外精细小心。

明眼人都看得出来，他对那件衣服有多宝贝。

回复完沈圆星的消息后，徐成冽忙完一切，在自己书桌前坐了下来。

正好乔英俊凑过来跟他说学校论坛上的血雨腥风。

"阿冽你好歹也上去吱个声，别让学姐孤军奋战啊。

"楼里那些人说得对，官宣应该是你们两个人的事吧！"

徐成冽没回话，他只是默默拿手机登入了论坛，然后细细翻看了沈圆星那则官宣帖里的相关回复。

看见那个叫"边缘恋歌"的 ID 时，徐成冽顶着自己的 ID 回复了对方：【你们要的证据。】

他在后面附上了一张照片。

照片虽然被人为模糊过，却不难看出，照片里的男女主角正是徐成冽和沈圆星两人。

他们好像在图书馆的角落里，冷白灯光落在角落一隅，明晃晃地映着正在接吻的两人。

从照片看，似乎是男方主动的，他将女方抵在墙角，吻得十分专注，甚至都没注意到有人偷拍。

徐成冽简单直白的回复之后，乔英俊和高晨以及沈明川直接石化了。

他们单知道徐成冽和沈圆星交往了，却不知道他俩居然进展这么快！

"阿冽啊，能跟我说说感觉吗？"乔英俊凑到他跟前，一副对恋爱很憧憬的语气。

徐成冽头也没抬，懒声回他："很甜。"

不止甜，还很爽。仿佛内心的空洞被填满，却又始终不知足，想索取更多，甚至把人拆骨入腹。

他一边应付乔英俊，一边在沈圆星发的官宣帖里跟帖：【谢谢楼里所有人的祝福，对于我们的恋情还有疑问的同学，欢迎来找我本人咨询。眼下

大家都散了吧,别再占用我女朋友的时间了,毕竟我还在等她忙完以后陪我吃饭。】

这大概是徐成冽在公共论坛上唯一一次发言,他的ID是"摘星人",和新改的微信名一模一样。

徐成冽带着照片下场后,楼里那些质疑的声音瞬间消弭,只剩下一堆"尖叫怪",嚷嚷着这是他们今年吃过的最甜的糖,甚至还有人拉踩柳星彤和霍明涛。

【今夜吻你:论颜值,还得是徐成冽和沈圆星这对比较好"嗑"啊,那照片简直把我逼疯了,好想要高清照!】

【可可爱爱没有脑袋:想必霍明涛应该很后悔吧,前女友找了个比他好千倍万倍的现任!】

【英俊潇洒:霍明涛算什么,也配拿来和校草比较?他当初和沈学姐交往就是高攀人家了好吧。】

综上所述,沈圆星才是真正的人生赢家,前任是系草,现任是校草,自己还是系花甚至校花的存在。

啧啧啧,真是神仙谈恋爱!

女生宿舍里,沈圆星看着那张模糊照片傻眼了。

她当然认得出照片里的人是自己和徐成冽,也知道昨晚在图书馆他俩确实干了点不为人知的勾当。

可她以为是不为人知,结果居然有照片!

"救命,这照片怎么这么糊啊,我想看高清的!"林娇又开始号了。

她就像是沈圆星和徐成冽最大的"粉头子",看着模糊的照片欲哭无泪。

可重点是沈圆星也没有高清照片,没办法满足她的诉求。

"星星啊,你能不能说说和校草接吻是什么感觉啊?"苏梦相对比较理智,"嗑"CP也没那么疯狂,只是笑眯眯盯着沈圆星,问她感想。

被包围的沈圆星脸色微红,半晌她才指了指自己的嘴角:"你们自己看。"

嘴唇都咬破了,自然是疼的感觉。

可惜林娇和苏梦都没想到疼,她们只想到了徐成冽当时的野和猛,一个尖叫连连,一个激动不已。

连素来淡定的李成欢都忍不住打趣沈圆星:"没想到学弟并没有你说的那么纯良无害,你俩进展还挺快。照这速度,他把你吃干抹净简直就是分分钟的事。"

沈圆星连耳根都红透了,梗着脖子想反驳两句,却被来电打断了。

她看了眼来电显示,是徐成冽。

诧异了片刻，沈圆星接通了电话，对方开门见山："中午一起去食堂吃饭？"

沈圆星含糊应了，片刻后，她小声问起了徐成洌关于照片的事，怎么看那张照片都不像是徐成洌自己拍摄的。

果然，徐成洌道："当时亲得太认真，被人偷拍了。"

沈圆星一噎。

他单说被人偷拍了不行吗？非得加一句"亲得太认真"！

就在沈圆星疯狂腹诽之际，徐成洌低磁的声音继续："放心，我已经让对方把照片发给我，他那边删掉了。

"需要我发一张高清的给你吗？"

他说这话时，嗓音嚼笑，戏谑之意尤甚。

沈圆星听完抽了抽嘴角，连声道："不用了谢谢。"

她的答复俨然在徐成洌意料之中，他低低笑了一声，磁哑地轻应一句："那就这样吧，一会儿见……

"宝宝。"

低磁男音又欲又沉的一声"宝宝"，差点要了沈圆星的老命。

她呼吸一竭，心下沸反盈天，似有电流穿身，酥麻感侵入她四肢百骸。

悸动不止。

第九章
可我喜欢星星 ★

1

南大校内一共设有三大食堂，分别位于学校西门、南门、北门附近，东门外则是一条热闹冗长的小吃街。

对于南大学生而言，东临南城大学城区最知名的小吃街便是最好的宣传语。

更何况南大食堂的饭菜也比其他大学更加美味可口。

沈圆星和徐成冽约在临近图书馆的3号食堂，约完以后她便后悔了。

她应该听李成欢的，让徐成冽来宿舍楼下接她，这样才能更确切地坐实她和徐成冽的恋情。

现在实在是痛失了一个秀恩爱的好机会！

但出门之前沈圆星又想通了。毕竟她追徐成冽也不容易，要是徐成冽不喜欢当众秀恩爱呢，毕竟连论坛官宣都是她自己提出来的，还说了不少好话才把某人哄开心，才得了他的首肯。

"其实星星的话有道理，以我对男神的了解，他一向行事低调，估计不喜欢被人围观谈恋爱吧。他愿意陪你在论坛官宣，我觉得应该已经是他的极限了。"林娇拍了拍沈圆星的肩膀，突然语重心长起来，"星星啊，我家男神可就交给你了，以后多担待他一些。"

沈圆星想说她和徐成冽的感情注定不会长久，这一点林娇应该比谁都清楚。

但想了想，沈圆星又把话咽了回去。

她眼下最应该考虑的，应该是怎么找机会带徐成冽去柳星彤跟前秀恩爱。

毕竟将徐成冽追到手不过是第一步而已。

她还得连本带利，把当初被撬墙脚的耻辱还回去才行。

思绪间，沈圆星出门了。

她乘电梯下楼，只拿了手机和饭卡，有些心不在焉。

直到电梯门快要合上时，柳星彤与其室友拿手挡住了门，她俩跻身进了电梯。

沈圆星瞬间打起了十二万分的精神，和两个女生各对了一眼。

柳星彤两人似是没想到会在这里遇见她，眼里掠过诧异。但诧异之余，柳星彤和室友夏若云对视了一眼，后者肉眼可见地撇了下嘴角。

沈圆星对夏若云有些印象，早前在乔英俊组织的联谊会上见过她。那时候在联谊会上，她似乎对建筑系那个系草很有兴趣。

电梯门重新合上后，梯厢里陷入了诡异的静谧。

沈圆星靠站在角落里，抄着手，右手拿着手机，目不斜视地盯着紧闭的梯门。她满脑子都在懊悔，没有让徐成冽来接她一起去食堂。

这可是大好的在柳星彤面前秀恩爱的机会啊！

"若云，你有没有觉得这电梯里有一股味儿啊。"柳星彤忽然开口，尖细的声音在封闭静谧的梯厢里格外刺耳。

正懊恼不已的沈圆星斜眼看过去，微翘的眼尾因眯眸的动作被压出妩媚勾人的眼线。

她听见那个叫夏若云的女生应了一句："什么味儿？"

柳星彤接话："像是狐狸的骚味儿。"

夏若云顿时明白了她的意思，轻笑着连连应声："嗬，是的。"

虽然她们没有多说别的什么，但话里行间的意思，沈圆星几乎秒懂。

不就是拐着弯骂她是狐狸精吗？

沈圆星挑眉，虽然心里根本不以为意，但她嘴上还是回怼了一句："再骚也骚不过踮着脚亲别人男朋友的某些人，是吧，两位学妹。"

她话落时，眸光定定落在夏若云和柳星彤身上，嘴角虽噙笑，但笑意却未达眼底。

就在柳星彤和夏若云脸色大变时，电梯到了一楼，门开了。

沈圆星率先出去，想起柳星彤黑着脸的样子，心情没来由地好起来。

走出兰慧楼大门后，沈圆星看见了等在旁边花坛前的霍明涛。他的确是个"三好男友"，每天都会来宿舍楼下接送柳星彤。

沈圆星与他的视线对上了一秒，霍明涛一副欲言又止的样子，被她无视了。

随后柳星彤和夏若云也从公寓大门出来，霍明涛的注意力便转移到了她们身上，忙阔步过去。

沈圆星虽没有回头去看他们，却是听见男生语气温柔地问女生，想去吃哪个食堂的饭菜。

随后柳星彤似乎问了霍明涛一句，哪个食堂今天有卖盐煎小排。

彼时，沈圆星已经快走到林荫道尽头处。

她步子很慢，不自觉去听身后不远处那三人的对话，基本上都是夏若云

175

在拍柳星彤的马屁，顺便感谢霍明涛请客吃饭云云。

沈圆星没怎么看路，自然也没想到自己会撞上一堵"肉墙"。

且那堵"肉墙"高大坚硬，被她撞了不仅纹丝没动，还让她后退了半步。

稳住脚跟后，沈圆星的目光聚在了半步开外的人身上，从那双气场一米八的大长腿看到他被衬衣覆裹的窄紧腰身，最后是他惊世骇俗的俊脸。

沈圆星呆住了，张着嘴，惊讶几欲从眼里、嘴里溢出来。

最终还是徐成洌冷沉的嗓音让她醒过神来："在想什么，连我都没注意到。"

他清洌的嗓音压着怨意，连落在沈圆星脸上的视线都带着超低的气压，幽怨不已。

与沈圆星相隔不远的霍明涛几人先后站住脚。

柳星彤第一个注意到徐成洌，眸中闪过诧异和欣喜的流光，最后却在徐成洌拦下沈圆星时尽数黯淡下去。

意识到自己撞上了徐成洌以后，沈圆星在他哀怨幽深的眼神里回过神来。

她收起了满脸的诧异，忙不迭上去摸摸他的胸膛："没事吧阿洌，我有没有把你撞坏啊？"

"对不起啊，我刚才在想……你会不会突然出现给我一个惊喜！"

沈圆星急中生智，脸上堆满生硬的笑容："没想到你真的突然出现了！"

徐成洌眯眯，显然不信她的说辞，且他也注意到了沈圆星身后不远处的三人，幽沉视线重点扫了一下霍明涛。

他长眉微扬，捉住了沈圆星握拳的手，轻轻一拽，便把她整个人拽到了怀里。

他单手勾着她的腰肢，在正午微风里，也在晃动的树荫和碎落的阳光下，徐成洌低首亲了一下沈圆星的额头，嗓音低磁悦耳，却又野痞霸道："这是你无视我的代价。"

"再有下一次，我就亲哭你。"

额头上的热意散去后，沈圆星慌乱地看了一眼徐成洌冷峻的面容，心脏突突地跳，似受了惊吓。

她没想到徐成洌会在这里等她。

没记错的话，当初她第一次陪徐成洌夜跑磨破脚时，他背着她走到这里，然后说一不二真的丢下了她。

鬼知道那天晚上回去后，她脚上的伤口有多疼。

她的思绪跑偏了，以至于徐成洌几时松开她，改牵住她手的，她也没注意。

只听见徐成洌低磁的嗓音提醒："今天3号食堂有你喜欢的盐煎小排，

再不走可就卖完了。"

沈圆星一听"盐煎小排",顿时想起了柳星彤刚才同霍明涛说的话。

她当机立断,握紧徐成冽的手,拉着他朝3号食堂的方向跑。

徐成冽见她一副要去拼命的样子,有些忍俊不禁。长腿阔步跟上她,总有一种要和沈圆星私奔的错觉。

南大3号食堂。

沈圆星和徐成冽到时,几乎每个窗口都排出了长龙队伍。

这是他俩第一次单独来食堂吃饭,算是为了证明恋爱的事实,两人特意趁着饭点时来人最多的地方溜达一圈。

果然食堂里大部分人的视线都在几分钟之内,悄然无息地集中到了沈圆星和徐成冽身上。

两人排入队列后没多久,食堂里忽然骚动起来,四周徐徐涌来议论声。

"妈呀,论坛上的官宣居然是真的!"

"接吻照都放出来了,还能有假,你是不是傻?"

"我听说是女方追的男方是吧,果然女追男隔层纱啊,那可比男追女简单多了。"

"什么啊,在沈学姐之前多少人追过徐成冽你又不是不知道。"

"有道理,所以追人还得看颜值……"

有人说徐成冽同意和沈圆星交往,一定是看上了她的脸和身材。

还有人说沈圆星对付男人很有一套,虽然论坛上的照片里,看着像是徐成冽更主动,但拍照之前呢?谁又能保证不是沈圆星先勾引的徐成冽?看照片上徐成冽欲把沈圆星拆骨入腹的气势,怕是之前被沈圆星撩得不轻。

"好家伙,今天是什么日子,这两对居然碰到一起了!"

"有一说一,柳星彤和霍明涛的颜值确实打不过沈圆星和徐成冽。"

"废话,前两个是系花系草级别的,后两个是校花校草级别的,这怎么比?"

"你们说霍明涛这会儿会不会肠子都悔青了……"

在越来越复杂的议论声中,沈圆星的余光瞥见了排在她和徐成冽旁边队列里的霍明涛和柳星彤,以及他俩的电灯泡夏若云。

沈圆星大大方方地看了他们一眼,注意到柳星彤的目光停留在她身后的徐成冽身上,便顺着视线回头望住了身高体长、峻拔如松的徐成冽。

徐成冽原本目视前方,仗着个子高视力好,在数面前排着多少人,顺便看看窗口里的菜色,看看沈圆星想吃的盐煎小排还有多少。

察觉到沈圆星落在自己身上的视线时,徐成冽收回了远眺的视线,垂下

177

浓密的眼睫,眸色深深锁住她,嗓音磁沉:"怎么了?"

沈圆星摇摇头,后想到旁边队伍里的柳星彤等还在看着她和徐成冽,她顺势张开双手抱住徐成冽窄紧的腰身,整个埋入了他怀里,声音柔媚酥骨:"阿冽,我好饿啊。"

被某人突然抱住腰身的徐成冽愣怔一下,隐约觉得体内有股炙热的冲动涌上来。

他好不容易才压下去,等理智回笼一些,明知道沈圆星这么做目的是什么,他却还是给了她回应。

徐成冽一条铁臂环住她,另一只手轻抚着她的头,低声问:"要不,我让你咬一口,先垫垫肚子?"

徐成冽的话说得很正经,可听的人却不怎么正经。

包括沈圆星在内,邻近他俩,听见了徐成冽低语的女生全都红了耳根,一道道抽气声让四周陷入了诡异的静谧。

沈圆星硬着头皮从他怀里仰起头,媚人的狐狸眼闪着光,满眸惊吓。

徐成冽被她逗笑了,余光瞥见队伍往前移动,他揽着怀里的人不紧不慢地跟上去。

期间沈圆星被迫后退着走,怕摔跤,她抱紧了徐成冽的腰。

这让某人的心情没来由地好起来。

2

队伍缓慢往前移动,沈圆星在徐成冽怀里根本不知进展如何。

等队伍停下来时,她赶忙从徐成冽怀里退了出去。

沈圆星这才察觉到周围人的视线有多复杂,羡慕嫉妒恨交织在一起,几乎都落在她和徐成冽身上。

食堂里渐渐又吵嚷起来,似乎是她和徐成冽在这里排队的事传开了,越来越多的人涌入3号食堂。

沈圆星往后望去,黑压压一片人群,大堂里的餐位都快满座了。

她有点着急,右手拿着饭卡,急躁地敲着左手掌心。徐成冽在她身后,仗着身高优势,他把沈圆星所有的小动作都尽收于眼底。

眼见着队伍距离窗口越来越近,沈圆星对盐煎小排的渴望已经掩盖不住了。她心情颇好,免不了又要转身往徐成冽怀里凑一凑,抱着他的腰仰头与他说话:"阿冽,我一会儿要两份盐煎小排。"

"能吃完吗?"徐成冽回搂着她,垂掩的深情眼里漾着宠溺。谁都看得出来,他现在心情很好,嘴角微微上扬着,一改平日里的淡漠疏离。

柳星彤看得暗暗咬紧后槽牙,但是碍于霍明涛就在她身后,面上不敢显露半分。

一旦有机会，她便会哀怨地瞪沈圆星一眼，心头之愤实在难泄。

听见沈圆星要两份盐煎小排，柳星彤心里也暗暗给自己多加了一份。

结果两边队伍排到窗口前时，盐煎小排正好只剩下两份，食堂阿姨举着大勺以商量的口吻问她俩，能不能一人一份。

沈圆星和柳星彤互看了一眼，刚要拒绝食堂阿姨的提议，却被一道男音生生抢先。

"阿姨你行行好，我女朋友今天要是吃不着两份盐煎小排，怕是会跟我闹分手。"

男音是从沈圆星头顶飘过去的，音色低磁，轻快风趣，斩钉截铁，听着很是耳熟。

于是沈圆星回眸望住了声音的主人——徐成洌。

正好看见他抿紧薄唇，眼也不眨地望着窗口的方向，整张俊脸都在冲窗口里的食堂阿姨发力。

徐成洌努力演出的诚恳、可怜，终究还是打动了食堂阿姨的心。

虽然沈圆星怀疑阿姨实际上是被某人的盛世美色所蛊惑，但这不影响她心安理得地接过食堂阿姨递过来的餐盘。里头盛了最后两份盐煎小排，凹槽被填得满满当当，还有几块小排滚落到了别的凹槽里。

"谢谢阿姨，您人真好，跟我妈一样善良美丽。"徐成洌弯了弯嘴角，笑得干净清朗，少年感十足。

如此唇红齿白又爱笑嘴甜的俊美少年，谁见了不扯着嗓子说喜欢？

饶是年近半百的阿姨，也被他一句话逗得心情大好，笑得合不拢嘴。

轮到徐成洌时，食堂阿姨将他餐盘盛得满满当当，走之前还慈爱地问他够不够吃，要不要再来点。

徐成洌笑着道了谢，转身离开窗口时，他嘴角的弧度微微收敛，眼里的笑意渐渐褪去，似又变回了平日里那个不易亲近的高高在上的男神。

直到徐成洌拥着沈圆星的肩，带她找到一张空餐桌坐下，围观的众人方才慢慢回过神来。

其中包括刚才排在沈圆星和徐成洌旁边那一列的柳星彤和霍明涛。

前者后知后觉地瞪大眼，看着窗口里食堂阿姨将空了的铁盘收到一旁，愣住了。

柳星彤的意识似乎还停留在刚才徐成洌和食堂阿姨的对话内容上，她完全不敢相信平日里不食人间烟火的男神，竟然会在食堂这种接地气的地方和食堂阿姨周旋。

就为了……两份盐煎小排？

不，确切地说，徐成冽所做的一切都是为了沈圆星。

意识到这一点，柳星彤的心里像堵着石头似的难受，加上盐煎小排也没有了，她更是气不打一处来。

唯一的好处是，她能借着盐煎小排这件事，将内心积压已久的不满发泄出来。

窗口里的食堂阿姨问了柳星彤不下两遍，问她想吃点什么。

但柳星彤耍起了小性子，杵在窗口前一动不动，也不吭声，双眼渐渐通红，像是受了天大的委屈似的，看得霍明涛赶忙上去安慰："别哭啊彤彤，虽然盐煎小排没有了，但是还有糖醋排骨和红烧排骨，要不咱们今天将就一下？

"毕竟之前那次，最后一份盐煎小排咱们就抢了沈圆星的，这次让给她，也算扯平了不是。"

听完霍明涛的话，柳星彤顿时气得更厉害了。

她回头瞪了霍明涛一眼，脸色青白交叠，片刻后，在队伍后面那些人的催促声里，柳星彤离开队伍朝食堂门外走。

夏若云喊了她一声也没有回应。

霍明涛皱着眉犹豫了片刻，还是拔腿追着柳星彤离开了食堂。夏若云紧紧跟上霍明涛，明显注意到霍明涛走出队列后，不自觉地往徐成冽和沈圆星落座的地方看了一眼。

因为柳星彤三人的离开，食堂内又躁动了一阵。

沈圆星亲耳听见隔壁桌的两个女生在议论这件事。

一个说这似乎是柳星彤和霍明涛第一次闹矛盾，他们俩怕是走不长久了；另一个说夏若云心里没点数吗，一天天跟着人家小情侣跑，别是想当第二个柳星彤……

沈圆星全都听在耳朵里，注意力完全不在对面坐着的徐成冽身上，也不在盐煎小排上。

这让徐成冽的眸色沉了沉，他左手探过去，轻轻在沈圆星光洁的额头上弹了一下，嗓音低沉："想什么，盐煎小排还吃不吃了？"

被弹额头的沈圆星暮地回过神来，她捂着额头往后退了一些，满目诧异地盯着徐成冽，欲言又止。

半响，她才鼓了鼓腮帮子，深吸一口气，变脸似的咧着嘴笑："吃吃吃，当然要吃啦！这可是阿冽帮我抢到的盐煎小排，特别香！"

话落，沈圆星观察着徐成冽缓和下来的脸色，随后接着道："你要不要尝尝，真的超级好吃的。"

她将餐盘往徐成冽面前推了一些，狐狸眼努力睁得很圆，黑白分明的眸子写满真诚，似是真心实意想要将自己喜欢的食物安利给徐成冽。

见她一副"你不吃,我会很失望"的表情,徐成冽暗暗叹了一口气。

他低眸瞥了眼沈圆星推到他面前的餐盘,余光注意到那些明里暗里朝他们看来的视线,他靠近餐桌,身子微微前倾,朝着沈圆星张开嘴,一言不发。

沈圆星的视线集中在他嘴上,她被他殷红饱满的薄唇蛊惑,莫名很难相信,徐成冽那看似寡情禁欲的薄唇,染了血色和水光后尤其诱人,像个妖孽似的。

就在沈圆星的思绪逐渐跑偏之际,张着嘴等待投食的徐成冽蹙起了剑眉,十分不乐意地合拢嘴,又在某人额头弹了一下。

这一次,他力道重一些,沈圆星吃痛地呜咽一声,捂着额头一阵搓揉。

她当然也回笼了思绪,茫然无措又好气地看着徐成冽又沉下去的脸色,心里骂了好几遍徐成冽。

沈圆星腹诽半晌,忍下脾气,声音温软地问:"怎么啦?"

徐成冽也忍着脾气,眼里暗光翻涌,蛰伏着欲望,语调轻飘飘:"不是要我尝尝?"

话落,他又张开嘴等着她。

后知后觉把餐盘又往他面前推了一些的沈圆星一脸问号。

徐成冽抽了抽嘴角,眸色一沉,嗓音沉且冽,似乎失了耐性:"喂我啊,笨。"

沈圆星终于反应过来,忙不迭往徐成冽嘴里喂了一块盐煎小排。

余光瞥见周围聚拢的视线,沈圆星心里又好气又好笑,没想到这个臭弟弟居然比她还会秀。

果不其然,沈圆星将这块小排喂到徐成冽嘴里后,四周传来参差不齐的吸气声,随后是前赴后继的议论声:

"救命!真没想到男神居然也是可以投喂的!"

"徐成冽好可爱啊,他两次张嘴等投喂,好乖啊,好想抱回家……"

"我觉得我又相信爱情了,看他俩秀恩爱,我也好想谈恋爱啊!"

"就我一个人觉得男神画风变了吗?他以前可不是这样的啊,今天的男神好像格外接地气……"

…………

沈圆星一想到柳星彤要是看见刚才那一幕,指不定得吐血三升,她的心情就好得不得了,她接连又给徐成冽投食了几次,对方都乖乖接受了,全程配合。

吃完午饭后,沈圆星和徐成冽一起离开了3号食堂。

她陪他去图书馆找书,她一边绕着书架转悠,一边剥开棒棒糖的糖衣,美滋滋地含着,蓝莓与奶味浸润她的唇齿,醇香甜腻,让人心情颇好。

是以徐成冽抱着一本厚重的书籍从背后悄无声息地靠拢,将沈圆星抵在实木书架上时,她并没有任何反抗,而是回身背靠着书架,噘着嘴踮起脚,用棒棒糖的塑料棒试探似的去戳徐成冽干净瘦削的下巴,声音含糊,嘴角带笑,挑衅似的冲徐成冽道:"让开啦,不然我戳你了哦。"

徐成冽长身而立,厚重的书籍被他临时插放在书架上,他两手撑于沈圆星身侧,高大身躯沉沉压向她。沈圆星很快便笑不出来了,她感受到了前所未有的压迫感。

她缩回了脖子,拔掉了嘴里的棒棒糖,舔舔唇,眸光怔怔,莫名心虚:"阿、阿冽……我错了。"

徐成冽轻扯嘴角,深眸锁着她色泽嫣红的唇,缓缓滚了滚喉结。

他的俊脸悬在沈圆星眼前,鼻尖几欲与她相蹭,哑声开口:"甜吗?"

"什么?"沈圆星茫然,呼吸很是约束。

徐成冽眼波一转,低瞥了眼她手里的糖,又问了一遍:"甜不甜?"

沈圆星忙举起没吃完的棒棒糖,凑到他唇边,说:"甜的,超级甜!你要尝尝吗?"

徐成冽沉沉"嗯"了一声,肯定地道:"要尝。"

话落,他错开了沈圆星递过来的棒棒糖,偏头吻上了她娇艳欲滴的红唇。

他先是轻咬她一口,随后在她吃痛闷哼的瞬间挤入她的齿关,去尝她唇舌浸润的糖的奶甜。

沈圆星万万没想到徐成冽的"尝"是这样……

她呆愣住了,被动地迎合他的吻。直到呼吸被搅乱,沈圆星才本能地勾缠着徐成冽的脖颈,往他怀里贴近。

半晌,徐成冽放过了她。

他把人搂在怀里,埋首亲吻她的发顶,沉沉喘着粗气,声音沉闷如震颤的鼓声,嚼着戏谑低笑:"果然没骗我……

"真的超级甜。"

在他怀里尚未喘匀的沈圆星说不出话来……

3

思绪回笼后,沈圆星用余光左右睃了一圈,确定刚才那一幕没有被人看见后,她稍稍松了一口气。

徐成冽直起身去,一脸餍足地勾着薄唇,将沈圆星手里没吃完的棒棒糖又塞回了她嘴里:"走吧,送你回宿舍。"

虽然他很是不舍与她分离,但沈圆星下午有课,他总不能一直霸占她午休的时间。

一听能回宿舍了,沈圆星心里难免雀跃。

但她脸上并未流露半分，反倒一副依依不舍的眼神望着徐成洌，不情不愿道："这么快就回去啦？"

徐成洌被她稚嫩的演技逗笑了，深眸里漾着戏谑："不然呢？我带你找个酒店开房一起午休？"

沈圆星："……太破费了，我还是回宿舍吧。"

说话间，沈圆星已经贴着书架往旁边挪去，一副生怕徐成洌兽性大发再扑上来的样子。

徐成洌低笑了一声，倒是没再继续逗弄她，他随手抽出了之前暂放的那本书，提醒沈圆星下楼去登记。

随后两人一起离开图书馆，从东门那边的林荫大道往兰慧楼去。

秋阳明丽，碎落的金光从林荫道的缝隙间零星落在行人身上。

回宿舍的路上，沈圆星和徐成洌谁也没说话，两人只手牵着手，像一对再普通不过的情侣，在校园里闲庭散步。

只不过一路上回头率太高了一些，一直被人盯着瞧，多少让沈圆星有点不自在。

好不容易到了兰慧楼前的林荫道，沈圆星忙不迭抽出了被徐成洌握住的手，扯着嘴角冲他笑："就送到这里吧，你也快回去吧。"

徐成洌虚攥了一把空气，骨节分明的指蜷紧，空落落地揣进了裤兜里，他凝着沈圆星，试图从她脸上捕捉一丝不舍。

可入目的全然是不敢张扬的欢喜，她真的很想飞奔回她的宿舍。

"星星。"低磁男音温沉唤她。

徐成洌长腿迈近她，猝不及防把人揽入了怀里，一双铁臂不松不紧地固着，也不管来往的行人怎么看，他贴着她的耳垂一字一句地叮嘱："记得想我。"

男音分贝压得低，略带些磁性，却又是特别霸道的口吻，像一座山倾轧在沈圆星身上。

她呼吸一竭，被他滚烫呼吸烧红了耳根，没应声。

在徐成洌松手时，沈圆星咬咬唇，小声应了一句"知道了"，随后转身顺着林荫道往兰慧楼走，疾步而去，身影很快便消失在小道尽头处。

一直驻足原地的徐成洌把手重新揣回裤兜，俊脸温沉，深眸凝着复杂的光，一副心事重重的样子。

他在原地站了许久，久到穿林的风抚平心下躁动，他才终于拎着手里的书，从林荫道的岔路口往松竹楼的方向去。

其实他本来打算送沈圆星到兰慧楼公寓门口，但她既然不乐意，他自然不会强求。

他有足够的时间和耐心，顺着她，迁就她，最后让她沦陷、离不开他。

183

沈圆星回到宿舍后,耳根的热度总算降了下来。

她先去洗手间上厕所、洗脸,然后回书桌前落座,拧开了一瓶矿泉水猛灌了几大口。

宿舍里其他三人都已经上床了,在酝酿睡意,准备午休。

听见响动,苏梦第一个往床下看,和沈圆星打了个招呼。

睡得迷迷糊糊的林娇也醒了,趴在床上八卦沈圆星和徐成冽的事。

"我可在论坛上看见你俩搂搂抱抱的照片了,简直就像真的热恋中的情侣一样。"

"星星,你老实交代,是不是悄悄对男神动心啦?"林娇睡意全无,甚至还有点兴奋。

沈圆星得知论坛上有不少她和徐成冽在食堂秀恩爱的帖子,很是心满意足。

她单是想想柳星彤看见那些帖子时的表情,就觉得今天的恩爱没有白秀,搭上一个吻也算值了。

沈圆星和林娇说了几句,没忍住和她们吐槽了一下徐成冽的变化,严厉地批评了林娇看人的眼光。

什么秉性高洁、高岭之花,都是假的!徐成冽那家伙人前人后根本两副面孔,还有动不动就亲人的毛病。

苏梦支着下巴,嘴角噙笑:"或许这才是徐学弟的真面目。"

"这说明在徐学弟心里,星星你是不一样的。毕竟人啊,总是在自己信任、亲近的人面前才会暴露自己的本性。"林娇舔舔嘴,光是听沈圆星说她和徐成冽之间发生的事,就觉得刺激有趣。

即便男神人设"崩"了,她对他的喜爱却是不减反增:"男神的'真面目'我更爱了怎么办?'年下'果然很香!'以下犯上'永远的神!"

沈圆星想了半晌才想明白林娇那句"以下犯上"是什么意思,她不自觉地又联想到徐成冽亲她时野性霸道的模样,心脏突突地跳,忙不迭转移话题:"我去洗衣服,你们赶紧午睡吧。"

话落,沈圆星将昨晚洗澡换下来的脏衣服装进塑料桶里,拿着钥匙和手机出门,去了洗衣房。

沈圆星前脚离开,宿舍里后脚便安静下来。

片刻后,之前一直没吭声的李成欢一边举着手机聊天,一边喃喃开口:"你们说星星会不会真的爱上徐学弟?"

刚躺下准备重新入睡的林娇又翻身而起:"你是说假戏真做?我最爱看这种戏码了!"

苏梦抽了抽嘴角，躺回了枕头上，闭上眼睛，不紧不慢道："我还是有点担心……徐学弟要是知道星星和他交往目的不纯怎么办？"

接下来的几天，沈圆星和徐成冽每天都会碰面。

两人一起吃饭，一起散步，一起去图书馆。

论坛上关于他俩恋情的帖子也一波接一波，热度早就盖过了霍明涛和柳星彤的相关恋爱帖。

周五的课程结束后，沈圆星又开始去小吃街的奶茶店兼职。

因为谈恋爱需要花钱的地方挺多，大概出于负罪心理，沈圆星没法心安理得地花徐成冽的钱，所以每次他在她身上花钱，她总忍不住变着法地还回去。

这样一来，开支远超出她的正常水平。

周五晚上以及周六一整天，沈圆星都忙于兼职。

她和徐成冽说了兼职的事情，他没有异议，只提醒她不要太辛苦。

这两天徐成冽也十分懂事，基本没怎么找过她。

就在沈圆星暗暗感慨弟弟难得不黏人时，苏梦她们仨在姐妹群里疯狂@她。

不过上班期间沈圆星很忙，直到夜里十点，她下班回学校的路上，才终于抽空看了眼手机。

【苏梦：@星星，你在忙吗？看过论坛没有？】

【苏梦：出大事了！】

消息已经是好几个小时以前发的了，沈圆星一条一条往下看，神色以肉眼可见的速度暗沉下去。

她走到兰慧楼楼下时，终于把历史群消息看完了，顺便又去学校论坛看了一眼，果然看见了苏梦她们说的那张照片。

照片里的男主角无疑就是徐成冽。

他穿的还是沈圆星送他的那件黑色衬衣，挺拔身形万里挑一，即便是在乌压压的人群里也格外惹眼。

当然，他身边的女人更吸人眼球，杏眼桃腮，肤若凝脂，气质温婉毓秀，笑起来比背景里的阳光还要夺目几分。

徐成冽的手扶着行李箱，俊容温沉地陪在女人身边，两人正穿越人声鼎沸的小吃街，看着像是南城市内最有名的那条。沈圆星曾去过那里，那附近有一家卖炸酥肉的店，地道又好吃，她很喜欢。

思绪回笼后，沈圆星退出了学校论坛，粗粗瞥了眼爆照帖下面那些带节奏的评论。

有说她可怜的，接连两个男朋友都劈腿，实在是命数不好。

也有幸灾乐祸的，说是从之前沈圆星和徐成冽官宣开始，就不看好他俩。

还有敲碗等后续的，大家想看看沈圆星看见照片，知道徐成冽大周六和别的女人在一起后会是什么反应。

沈圆星将手机揣回了包里，拖着疲惫的身躯往大楼里走。

一路上她没少被来往的行人盯着看，或同情或八卦，倒是没人上来和她搭讪，直接提起论坛上的事。

乘电梯上楼后，沈圆星拿钥匙时又把手机从包里拿了出来。

她走到了宿舍门口，开门之前犹豫了，还是拿手机给徐成冽打了个电话。

电话响了一小会儿对方便接听了，嗓音略带疲惫："下班了？"

沈圆星做兼职的事，徐成冽是知道的，他没有阻止她，也没有立场阻止她。

半晌，沈圆星才在电话这头轻"嗯"了一声，欲言又止。

"怎么了？"徐成冽似察觉到她的不对劲，多问了一句。

沈圆星刚想问他在哪儿，徐成冽那边先传来一道女声，温柔知性，很亲切地唤他"阿冽"。

再多的话沈圆星没听清，因为徐成冽已经匆匆挂了电话，只在挂断前跟她说了一句："我这边有点事，先去忙一下，晚点给你回电话。"

沈圆星听着"嘟嘟"忙音，心里空空的，倒是没什么太大的感触。

她就像是习惯了这种事，霍明涛也好，徐成冽也罢，她都不想过度追究，给自己找不痛快。

更何况她对徐成冽本来就有负罪感，没办法像对霍明涛那样对他生气，更别说再打电话过去质问了。

她用钥匙开了房门，回到了一片光明的宿舍。

林娇和苏梦她们正在聊什么，看见进门的沈圆星，交谈声戛然而止。

4

宿舍内陷入诡异的寂静，林娇三人的视线集中在沈圆星身上，神色各异。

半晌，苏梦先回过神来："星星回来了，累不累，饿不饿？过来吃点东西吧。"

苏梦她们围坐在餐桌前，买了点鸭脖、毛豆、腐竹和鸭掌，还配了两瓶玫瑰蜜酿。

比起做完兼职身心俱疲的沈圆星，她们仨的小日子过得相当不错。

若是平日里，沈圆星必定一扫疲惫加入她们，但今天她实在提不起兴趣来，完全没有食欲。

"星星……"林娇欲言又止，"你上论坛了吗？"

苏梦和李成欢齐齐望住沈圆星,暗叹林娇真勇,也只有她敢这么直接。

"去看了一下。"沈圆星笑了笑,声音云淡风轻,"你们轮着@我,我能不去看看吗?"

"那你都看见了……"苏梦问得小心翼翼,略有些担忧,"我觉得这里面可能有什么误会。徐学弟不可能是第二个霍明涛,你们说对吧?"

苏梦左右看了看林娇和李成欢,想让她俩一起安慰沈圆星。

但沈圆星根本不需要安慰,她将包放下,从衣柜里拿了衣服打算去洗澡:"没事啦,就算他是第二个霍明涛我也不在意,你们别太担心了,也别被论坛上那些人影响了,我真不可怜。"

相反,沈圆星觉得她和徐成洌之间,可怜的人应该是徐成洌才对。

就在沈圆星洗完澡从洗手间出来时,苏梦试探性地问了她一句:"你要不要给徐学弟打个电话问一下具体什么情况?"

林娇比沈圆星看上去更气愤,骂了徐成洌百八十遍,扬言要是徐成洌真的学霍明涛那个渣男劈腿,她就将他从自己的男神名单里除名!

沈圆星吹干了头发,考虑了很久苏梦的提议,最终还是打消了再打电话过去的念头。

当然,她也没等徐成洌的回电,临睡前直接把手机关机了。

翌日周末,也是沈圆星的生日。

大清早的,南城便下起了雨,雨势绵柔无力,却打落了不少枯枝败叶。

沈圆星起床后便将手机重新开机了,收到好几条徐成洌发的微信。

【徐成洌:怎么关机了?没电了?】

【徐成洌:充好电记得给我回个电话。】

【徐成洌:兼职太累了,已经睡了吗?】

【徐成洌:生日快乐,宝宝。】

最后一条消息是零点零分准点发过来的,卡在沈圆星生日这天第一时间送上的祝福,连沈明川的祝福消息都比徐成洌晚了几秒钟。

这让沈圆星心里多少有些触动。

她想起了早前和徐成洌说好,这周末要借着她生日的机会请两边室友吃饭,正式官宣来着。

如今论坛上的事尚不知真假,沈圆星想了想,还是决定装作什么也不知道。

她给徐成洌回了微信消息:【晚上叫上你宿舍的室友一起吃饭吧。】

对方秒回:【好。】

几分钟后,徐成洌又发了一条新的消息:【昨晚手机怎么关机了?】

一觉醒来后,沈圆星心里通透了许多,昨晚盘旋在心里的那股烦闷感早就消散了,她也没打算提论坛上照片那件事。

她飞快地回了两条语音:

"没怎么啦,就是下班回宿舍手机没电关机了,我放在书桌上充电,忘记了。"

"做兼职又太累,我回宿舍洗完澡倒头就睡着了……不好意思啊,才看见你发的消息。"

徐成冽的回复也很快,也是发的语音:"好,那我忙完给你打电话,中午我们单独去吃饭庆祝一下。"

沈圆星没来得及拒绝,徐成冽那边已经把餐厅定位发给她了,还说已经订好了包间。

于是拒绝的话全都被沈圆星删掉了,她只回了一句:【好。】

"论坛上又有新照片了,爆料徐成冽的那人是个跟踪狂吧!"林娇揪着眉坐在餐桌前,捧着手机骂咧咧。

在徐成冽的相关绯闻弄清楚之前,林娇决定先脱粉,不喊他男神了。

经林娇一说,沈圆星才知道,原来论坛上曝光的新照片是徐成冽带女人去酒店。

她看了一眼照片,照片里的徐成冽替女人拿行李箱,两个人并肩上台阶,似乎在交谈。徐成冽的侧颜展露在照片里,嘴角似乎噙着笑意。

这张照片出来以后,论坛上的人更疯狂了。

沈圆星没去看帖子的相关回复,她在桌前写作业,临近中午时方才换衣服准备出门。

出门之前,沈圆星和林娇她们说了晚上一起吃饭的事。

李成欢劝她:"星星,要不你还是和徐学弟分了吧,咱再换一个。"

"我考虑一下,过了今天再说吧。"沈圆星想,她总不能在自己生日这天提分手,太触霉头了。

徐成冽订的西餐厅在市中心最繁华的商业街。

沈圆星打车过去,到地方后,徐成冽还没到,于是她便自己在服务员的引领下去包间里坐等。

大概等了半小时,连窗外的雨都停了,包间的门总算有了点动静,服务生领着身形挺拔的徐成冽到了门口。

徐成冽进门时,视线正好与转头看他的沈圆星对上。

沈圆星看见了徐成冽怀里艳红的一捧玫瑰花,还有他手上拎着的一个六寸左右的蛋糕。

她从座位上站起身，视线落在徐成洌更换过的衣服上。

他今天穿的是白衬衫，外面套了一件薄薄的黑色风衣，稳重又不失少年感。

"生日快乐。"徐成洌进门后，服务生便退出去准备传餐了。

包房里此时只剩下沈圆星和徐成洌，两人在玻璃质地的长餐桌一角交接了手里的东西，玫瑰娇艳欲滴，香味馥郁好闻。

沈圆星道了谢，两人面对面落座，陷入了短暂的静默。

徐成洌面色如常，在等餐过程中，他拿出手机不知道给谁发了消息。

待做完这一切，徐成洌才将手机放下，两手随意交叠放在餐桌上，他定定望住沈圆星，淡淡启唇："论坛上关于我的传闻，你知道吗？"

正考虑着过了今天该如何跟徐成洌提分手的沈圆星愣住了。

她抬眸诧异地望住他，似是没想到他会主动提起这件事。

思绪飞转，就在沈圆星以为自己又要被人提分手时，徐成洌继续道："昨晚打电话，是想问我照片的事？"

沈圆星动了动唇，一时无言，她想否认，但又不知道如何开口。

徐成洌："来的路上，我已经去论坛上澄清过了。

"你是要自己去论坛上看，还是想听我亲口跟你解释？"

他定定看着沈圆星，想从她脸上捕捉到哪怕一丝的悲伤。可惜没有，她虽然心事重重，但看上去并非为那些照片的事情而烦恼。

"解释……什么？"沈圆星缓缓回神，后知后觉地思考起徐成洌刚才的话来。

他说他已经去论坛上澄清过了？也就是说，论坛上那些照片另有隐情？他不是第二个霍明涛！

单是确定了这一点，沈圆星便忍不住弯起嘴角笑了。

"不用解释，论坛上那些诽谤你的内容，我一丝也没信。"沈圆星忙不迭接着说，"我知道你不是那样的人。"

徐成洌欲言又止，深眸里涌着复杂的光。半晌他才组织好语言，沉声开口："是吗？你对我竟如此信任？确定不是因为不在乎？"

沈圆星根本没注意听他最后一问，听到徐成洌提到"信任"，她便连连点头："当然信任啦，你可是我千辛万苦才追到手的男朋友！

"再说了，你要是真和别人有点什么，为什么还答应跟我交往？

"我知道你不会的，我绝对绝对信任你！"

这些信手拈来的阿谀奉承，连沈圆星自己都不信，徐成洌自然也不会全信。

他酝酿了片刻，还是决定把事情的来龙去脉解释清楚。

不管沈圆星对他是真是假，他俩现在是男女朋友的关系，这是事实。身为男朋友的本分，徐成洌一定会尽到。

"照片里的女人是我大嫂，她昨天来南城交换学习，我去高铁站接她。"

徐成洌一边说，沈圆星一边在脑子里搜罗关于他大嫂的事。

记得之前徐成洌跟她提及过，说他来南城念大学是为了避免在月城大学吃他大哥大嫂的狗粮。

"昨天一早我哥便打电话嘱咐我帮他照看好大嫂，带她去南城最有名的小吃街逛逛，将她平平安安送回酒店。"

"昨晚你给我打电话时，我正好把她送到酒店，在前台办理入住手续。"

徐成洌的声音温沉好听，语速沉缓，很能蛊惑人心。

沈圆星仔细听着，结合徐成洌的解释，她算是弄明白了论坛上那两张照片的真正含义。

"所以第一张照片是你带你嫂子去逛小吃街，第二张是你送她去酒店？"

这样的话，一切也就说得通了。

为什么照片里的徐成洌对那个女人看上去格外友好绅士，他神情温和，也会和对方说笑，但两人之间的氛围却并不暧昧。

原来是嫂子。

"不过你嫂子看上去好年轻啊，看照片我还以为是在校大学生。"沈圆星实诚道，嘴角勾着浅浅的弧度。

连她自己都没意识到，她说话的语气比之前轻快了许多。

徐成洌发现了，她的情绪变化肉眼可见，让他的心情也一点点好转。

他的薄唇勾着弧度："可能因为她成天和大学生打交道的关系。"

话说到这里，徐成洌想到了昨晚离开酒店时大嫂商玥的提议，便顺口和沈圆星提了："今晚……我嫂子也想跟我们一起吃饭，她明天一早就回月城了。"

"可以啊，那晚上你去接她吧。"沈圆星并未多想。

她只是想亲眼见见徐成洌这位传说中被他大哥当成至宝的嫂子，到底是个什么样的人物。

也稍稍挽救一下徐成洌在林娇心中的形象，让林娇知道，她的男神还是男神，并不渣。

午饭过后，徐成洌带沈圆星去看了电影，还带她去商场买了个包，说是给她的生日礼物。

临近傍晚时，他俩又一起去了徐成洌大嫂落脚的酒店，接到人后，三个人一起往晚上吃饭的中餐厅赶。

吃饭的中餐厅就在南大北门对面，正好就是之前霍明涛生日吃饭的那家餐厅。

沈圆星、徐成洌、商玥三人从南大南门进来，一路上遇到了不少人，也算是证实了白日里徐成冽在论坛澄清的内容。

这会儿论坛上正一片骂声。

那个跟踪偷拍，最后还爆照造谣的楼主，被大家追着骂到现在。

后来有人爆料说，发帖子爆照的那个楼主是个爱慕徐成冽的女生，IP定位在兰慧楼902宿舍。

随后又有人表示，902宿舍里住着柳星彤。

众所周知，柳星彤和沈圆星不对付。

于是有人阴谋论，说这次爆照事件，是柳星彤在之前"盐煎小排"争夺战中败北后，恶意报复沈圆星的手段。

这些都是苏梦、林娇她们告诉沈圆星的。

在餐厅会面后，几个女生凑在一起聊了许久，连临时起意来参加沈圆星生日聚餐的商玥也多多少少听了点八卦。

席间商玥落座在沈圆星右手边，跟她聊了许多。

从学业到兴趣爱好，也聊了聊沈圆星不知道的徐成冽。

比如徐成冽小时候喜欢玩《消消乐》；再比如徐成冽以前被一个女生跟到家门口，非要做他朋友，最后还是商玥出面劝服安慰了那个女生，目送女生哭着离开。

"阿冽跟他哥一样，从小就招桃花。

"不过他们老徐家的人一个比一个专一、痴情，阿冽他既然选择了你，定然会一心一意永远喜欢你。

"这一点，我这个做嫂子的敢为他担保。"

商玥喝了点小酒，两颊泛红，说最后一句话时拍着胸特豪气。

徐成冽坐在沈圆星左手边，隔空看了商玥一眼，发现她打算继续往杯子里倒酒时，赶紧把她杯子抢了。

因着他和商玥中间隔了一个沈圆星，徐成冽动作时十分自然地揽住了沈圆星的肩膀，把人压在怀里，一并朝商玥靠过去。

就好像，他和沈圆星合为了一体。

"你别喝了，算我求你……回头我哥又该训我了。"徐成冽也喝了点酒，俊脸嫣红，眸光微亮，说话特别孩子气。

他亲昵地揽着沈圆星的样子，让林娇兴奋得不行，拉着苏梦和李成欢在旁边"嗷嗷"叫。

这顿饭的氛围异常和谐。

徐成冽和沈圆星作为东道主，没少被大家敬酒。

一来二去，大家都有些微醉，说起话来也没平日里那般谨慎拘束。

这顿饭临近结尾时，苏梦、林娇她们说笑，提到了沈圆星和徐成冽两岁年龄差的事，说他俩是姐弟恋。

正常情况下，姐弟恋中女方总要比男方更为辛苦一些。

商玥插了一句嘴："其实男人幼稚与否跟年龄真的没关系，我家阿洌虽然是弟弟，但在感情中一定会做到尽善尽美。星星你不用担心，和阿洌在一起，你不会太辛苦的。"

她说话时支着脑袋，脸上红扑扑的，染了薄薄一层红晕，眸色醉意阑珊，但语气中肯坚定，对徐成洌是十足的信任。

沈圆星扬着嘴角，手臂搭上徐成洌的脖颈，将他的俊脸勾到自己眼前，醉眼蒙眬地看着他，算是附和商玥的话："嫂子说得对，阿洌虽然是弟弟，但他不是一般的弟弟。跟他在一起，我一点也不辛苦！"

话落，她眼尾勾出妩媚的弧线，在众目睽睽下借着醉意往徐成洌耳畔凑近，色胆包天地冲他耳朵吹了口热气："是吧，弟弟？"

女音软磁噙笑，撩人于无形，平白勾起了徐成洌想亲她的瘾。

那声娇软蛊人的"弟弟"，成了他心里卡着的一根刺。

夜里十点多，徐成洌和沈圆星将林娇等人送回宿舍，又把商玥送回了酒店。

然后小两口才手牵手从学校南门进，被触及逆鳞且忍了一晚上的徐成洌带着某人去了图书馆。

直到进入图书馆，感受到周围环境越发熟悉，被酒意昏了头的沈圆星才总算找回点理智。

她抽走了被徐成洌攥着的手，侧身趴在窗台上，看着窗外皎洁的月光，莫名就想起了徐成洌那个可爱的嫂子。

沈圆星道："我现在终于知道为什么你大哥那么爱你嫂子了。

"因为她是月亮啊，全天下唯一的月亮，纯洁温柔，是无边无际的夜色里唯一的光。"

被她甩开手的徐成洌长身站在她身后，片刻后他覆上去，环抱着她柔韧的纤腰，也望了一眼窗外无垠的夜空，捕捉到了冷月银辉尽头处的一点星光。

男生低磁的嗓音轻喃，似梦呓："可我喜欢星星。"

话落，温热的吻伴着他滚烫的呼吸落在沈圆星耳畔。

这个吻从温柔到野蛮不过须臾时间，只因徐成洌想起了沈圆星对他浑不在意，以及叫他"弟弟"的事。

皎皎月色里，沈圆星被某人烫人且密集的亲吻吻得腿软无力。

某人还不停问她："谁是你弟弟，嗯？"

直搅得沈圆星呼吸紊乱，偏头躲避他的索吻，咬咬唇瓣，断断续续求饶："错了错了……我以后再也不叫你弟弟了……"

第十章
来见你 *

1

在最寂静的一隅，只有月色窥见了吻得难舍难分的两人。

直至呼吸将竭，沈圆星试探似的推了推压着她的徐成冽，对方终于收势，意犹未尽地放过她。

可他并未完全放过她，把人揽在怀里。等呼吸匀过来，徐成冽沉沉开口，命令一般："说你爱我，星星。"

沈圆星染了胭脂色的脸埋在他怀中，不明所以。

半响，她还是自他怀里扬起了头，如他所愿："我爱你，阿冽。"

徐成冽低首沉眸，凝了她肤若凝脂的脸片刻，腾出手慢条斯理地抹去了她唇上亲吻后的水色。

男生指腹的纹路触感粗粝，力道几欲蹭破沈圆星的细腻柔唇。

沈圆星掀着眼睫定定看着他，直看得徐成冽眸色越来越浑沉，又低首压下薄唇……她才及时回神，侧首避开了他极具侵略性的吻，心跳如雷，连声音都透着前所未有的暗颤："时间不早了……我得回宿舍了。"

徐成冽敛了眸中沉淀的欲色，低"嗯"了一声，往后退开半步，给沈圆星让了道。

两人离开了图书馆，徐成冽将沈圆星送回了宿舍，又在兰慧楼楼下站了片刻，直到沈圆星发微信说她到宿舍了，他方才转身离开，沐着沉缓的夜风和皎皎月色徐徐朝松竹楼走。

路上，他将手摸进了外套口袋里，摸到了首饰盒坚硬的棱角。

盒子里装的是徐成冽给沈圆星准备的真正的生日礼物——定制的情侣对戒。戒指内壁还刻了字，饱含了他对她的情意。

可惜徐成冽并没有送出去，因为目前为止，他和沈圆星之间的感情状态是畸形的。

他知道她肯定会戴上他送的对戒，可戴上以后呢？

象征着热恋的戒指，似乎带着点讽刺意味，徐成冽越想越觉得心里扎了一根刺似的，很不舒服。

于是他打消了把礼物送出去的念头，想再等一等，等到合适的时候，等沈圆星爱上他的时候。

沈圆星生日的第二天早上，徐成冽将商玥平安送去了高铁站。

之后的日子沈圆星和徐成冽都陷入了忙碌之中，在学业和兼职两不误的情况下，他俩见面约会的时间自然也就少了。

临近考试周，沈圆星结束了兼职工作。

恰巧新出了一部电影，徐成冽便找到了理由，约她周末一起出门。

彼时南城已完全步入冬季，寒风凛冽，吹在人脸上如刮骨的刀。

沈圆星大清早便醒了，洗漱完去阳台换鞋时，她撞见了今年的第一场雪。

盐白的雪簌簌而落，如柳絮，洋洋洒洒，很快便铺白了耐寒的绿植和水泥小道。

回到室内，沈圆星拿手机充电时看见了徐成冽发给她的消息：【星星，下雪了。】

沈圆星回复：【我看见了，今年的第一场雪呢。】

【徐成冽：嗯，像初恋一样美好的初雪。】

提到初恋，沈圆星第一时间想到的是霍明涛。

随后她对初恋美好这件事产生了怀疑，并否认了徐成冽的说法：【不，初恋并不美好，它不配和初雪相提并论。】

男生宿舍 609，徐成冽收到这条回复时嘴角抽搐了一下，一时间竟不知道如何反驳，总不能提醒沈圆星，她是他的初恋吧。

回头某人岂不是更得意？

【徐成冽：行，你说了算。】

【沈圆星：[捏捏脸 .jpg]】

草草聊了几句，沈圆星换衣服化妆，准备出门。

她和徐成冽约了今天出去玩，相当于约会。

昨晚徐成冽把出行指南发给她，已知的内容是，今天上午徐成冽打算带她去南城恒温水族馆，下午去滑冰，中午和晚上一起吃饭。

连晚饭后的时间徐成冽都安排好了，去看那部新上映的电影。

经过之前论坛上的事件后，沈圆星和徐成冽的感情似乎在大众眼里趋于稳定。

那些一开始不看好他俩，赌他俩几时会分手的吃瓜群众，最近也默默在论坛"嗑"起了糖。

而负责代替沈圆星和徐成洌发糖的人，正是他俩最大的"粉头"林娇。

林娇在学校论坛有个固定 ID，每日都会更新沈圆星和徐成洌的恋爱近况，这已经成了校内大部分单身人士的精神粮食，热度更是直接碾压柳星彤和霍明涛那一对。

经由林娇宣传，周末沈圆星和徐成洌要出门约会的事，几乎全校师生都知道了。

以至于徐成洌在兰慧楼楼下等沈圆星时，被足足围观了半个小时。

上午和下午的行程走完，沈圆星已经累得精疲力竭了。等晚餐时，她有些打瞌睡，徐成洌坐到她身边的位置，把人拉到怀里，温声哄她："靠着眯会儿，餐好了我叫你。"

也不知道是不是他的嗓音有什么魔力，沈圆星含糊应了一声，意识便开始涣散了。

待她醒来，已经是半小时后的事了。

徐成洌订的法式餐厅就在南城市中心，距离饭后他们要去的电影院也就两条步行街。

因餐厅的地理位置较高，落地窗外能看见大半个城中心的灯火。居高俯瞰时，那些斑驳的光点，如萤火尘埃，很梦幻。

徐成洌要了一份法式鹅肝料理，沈圆星对动物内脏无感，点的牛排。

空气中氤氲着薰衣草的淡香，餐厅中心摆放着一架黑色的三角钢琴。此刻有人在弹奏，沉缓曼妙的琴音烘衬出的氛围浪漫又唯美，最适合烛光晚餐。

沈圆星静静聆听，她不懂钢琴，只觉得琴声悦耳，以及钢琴前弹奏的国外小哥长得十分英俊。

"在看什么？"徐成洌低沉的嗓音在节奏悠缓的曲调里格外突兀。

他拉回了沈圆星的神思，引她举目看向他。

四目相对间，沈圆星察觉到了徐成洌眸中微浅的不悦，以及徐成洌望向钢琴那边时，几不可察的敌意。

她忙不迭摇头："没什么，我就是觉得……那钢琴不错。"

徐成洌挑眉，墨色瞳仁里暗光涌动。

他修长骨感的指节略随意地勾起手边的红酒杯，递到唇边轻抿了一口，将唇色润得鲜艳明丽，略有几分勾人，笑起来尤甚。

喝过酒后，徐成洌连嗓音都浸润着性感的哑，比琴声好听："我怎么就听不得你夸我以外的人或东西？"

就在沈圆星思考着如何接话时，对面的人起身离席。

他颀长的身躯被烛光晕染得朦胧暧昧，逐渐远离沈圆星，朝着餐厅中心舞台走去。

也不知道徐成洌和餐厅经理说了些什么，几分钟后，坐在钢琴前弹奏的人变成了他，沉缓的琴声也婉转轻盈起来，节奏比刚才明快许多。

突变的曲调悄无声息地化去了餐厅里氤氲已久的暧昧氛围。

不少客人的目光望向钢琴那边。

聚光灯错落在那个白衣少年身上，光线没入他蓬松的乌发，有一些则顺着他挺立的轮廓垂落，在他冷白俊美的脸上拓下明暗有层次的阴影。

沈圆星第一次觉得，神是存在于世间的。

而且此时此刻就在她眼前，身负万丈光芒，耀眼夺目。

她感觉那些光束像是从徐成洌身上发散出来的，他峻拔的身形和斧刻刀削的面容令人神往，引人遐思。但他身上无形散露的清冽高冷，却又让人望而止步，不敢靠近。

真如神明降世，神圣不可亵玩。

可偏偏沈圆星见过他欲求不满，覆着她恨不得将她拆骨入腹的贪婪世俗一面。

此时此刻想起来，她竟觉得心烧得厉害，平白生出一股冲动，想要撕碎少年身上的神光，拉他沉沦，看他为她疯狂的样子。

这个念头单是在心里辗转一轮，沈圆星都脸颊发烫，不敢再直视那个弹奏钢琴的少年。

即便他是属于她的。

一曲奏完，徐成洌赢得了客人的掌声。

他起身绅士儒雅地鞠躬施礼，随后在众目睽睽下，拒绝了前来搭讪的年轻女孩，笔直朝落地窗前独坐的沈圆星走去。

仿佛他漆黑如墨的眼底是夜，夜色里只坠着她一颗星星。

"如何？"

他落座，视线与沈圆星对上，似是很期待她的评价。

可惜沈圆星不懂钢琴，只支着弧线优美的下巴，扬着朱红的唇娇媚地笑，眼波流转着风情："好听，听完想立马开始恋爱的那种感觉。"

徐成洌心满意足地扬唇，清瘦指节点了点自己左边嘴角，示意她："你这里沾了酱汁。"

沈圆星跟随着他的指引，滑出舌头动作利落地舔了下左边嘴角，真尝到了黑胡椒酱汁的味道。

她咂嘴咂舌的样子竟是比食物还诱人几分，如同电流穿身，酥麻得令徐成洌心颤不已。

好半晌他才压下躁动，倾身伸手，以拇指抹去了她嘴角仍残留的酱汁。

因力道过重,他粗糙的指腹抹过的细腻肌肤,起了薄薄的粉红印子。

沈圆星吃痛,轻皱着眉,埋怨的话到嘴边,却在触及他沉甸甸的眼神后又咽了回去。

她不知道徐成洌怎么了,但他望住她的眼神带着深沉的欲望,像蛰伏已久快要按捺不住的野兽,令人怵得慌。

接下来的时间里,沈圆星再不敢东张西望了。

她乖乖吃东西,全程没敢再和徐成洌对上视线。

但他似乎一直在看她,露骨的侵略性令她如坐针毡,心跳如雷。

好不容易挨到用餐结束,沈圆星借口去了趟洗手间,让徐成洌先下楼。

结果她从洗手间出来时,徐成洌就等在长廊里。身着白色高领毛衣和黑色长裤的他,臂弯里还挽着咖色的呢子大衣,长身倚着透明的玻璃墙面时,几欲与窗外纷飞的大雪融为一体。

"雪下大了!"沈圆星走到徐成洌跟前,视线却落在他身后玻璃窗外的夜色里。

她刚想说,要不电影就不看了,直接回学校。结果徐成洌抢先开口:"走吧,电影快开始了。"

于是沈圆星只好话音一转,点头轻轻"嗯"了一声。

晚上八点半,电影准点开场。

沈圆星和徐成洌踩着点进入放映厅,找到座位时,她听见后排传来一道熟悉的诧异的男音。

"星星?"

沈圆星一边扒拉椅子一边往声源处看去,望见了霍明涛,以及坐在他身边的柳星彤。

与沈圆星一道的徐成洌自然也看见了他们两人,他只淡淡扫了一眼便将视线收回,替沈圆星压下座椅提醒她先入座。

霍明涛唤沈圆星是因为过于惊讶,没想到会在这里遇见她和徐成洌。

话音出口他便后悔了,赶忙闭紧嘴巴,侧头去看身边的柳星彤。

柳星彤的脸色略有些难看,一方面是因为霍明涛刚才那情不自禁的一声"星星",另一方面则是因为沈圆星和徐成洌一起出来约会。

好巧不巧,他们竟然在电影院遇见,且他俩还正好坐在她前面的位置。

沈圆星坐下后,放映厅的灯悉数熄灭了。

电影即将开始,她却没什么心思去看,反倒在想坐在他们后面的霍明涛和柳星彤。

怎么说呢,她总觉得这是老天爷在助她。这么好的机会,她可不得拉着徐成洌在柳星彤面前好好秀一番？

这么一想，沈圆星的心情顿时大好。

加上放映厅里光线昏沉暧昧，她施展手脚时便更为肆意大胆。

"阿洌，我害怕……能不能靠在你怀里看？"沈圆星小声开口，但她的分贝在寂静的影厅里也足够让附近座位的人听见了。

刚把爆米花放在手侧的徐成洌是真不忍心提醒沈圆星，他们今晚看的电影是爱情片，不是恐怖片。

一想到她的真实目的，徐成洌心下便沉甸甸地闷着，耍性子似的，不是很想配合她。

他沉默了片刻，连声音里都透露着不高兴，带着点生硬的冷："怕什么？怕被男女主角的恋爱甜死？"

沈圆星愣了一下，先是察觉到徐成洌些微的不悦，随后又意识到这部电影不是恐怖片……顿觉丢人不已，又有点气徐成洌无情拆台。

生气之余，沈圆星还来劲了，胜负欲被激了起来。

她开始在昏暗的环境里对某人上下其手。先是把挡在中间的扶手放下去，然后不管徐成洌的冷情，她挽着他的胳膊，整个身子靠过去，还把头靠在他肩膀上："我不管，我就是想靠着你。"

徐成洌不为所动，心里积攒了许久的不满在攒动，他正视图压制，顾不上贴着他扭来扭去的沈圆星。

后来某人越来越过分，不仅牵他的手，还抠他手心，也算是费尽了心思，想要勾动他配合她的把戏。

徐成洌抓住了她造作的手固在掌心里，偏头低首，在她耳垂上惩罚似的，弹了一下，说话声既低又哑："一会儿你还想不想回去了？"

一心只想抓住机会在柳星彤眼皮子底下秀恩爱的沈圆星僵住了，她吃痛地闷哼了一声，引得周围人朝他俩看过来。

她的脸色在昏暗中烧热红透，几欲滴出血来，但也只是咬住唇瓣敢怒不敢言。

鉴于自己理不直气不壮，沈圆星最后只触电般地收回手，坐正身子，再不敢乱撩了。

因为她知道，徐成洌是个狠人。

她可不敢再挑衅他的"权威"。

2

荧幕忽明忽暗，变幻在沈圆星吃瘪的俏丽脸蛋上。

她绞着手指正襟危坐，连余光都不敢飘向旁边的徐成洌，自然也没心情去管后面座位的柳星彤和霍明涛。

沈圆星不理解徐成洌的回避,明明平时他从她这儿占的便宜也不少,怎么轮到她想占他的便宜时,反倒不行了?

僵持的状况持续到电影结束,沈圆星还是没想琢磨明白徐成洌的心思,心下也因为没能在柳星彤面前大秀恩爱而遗憾。

影厅里的灯霎地亮了起来,徐成洌也看清了沈圆星耳根染上的薄粉。

坐在他们后排的柳星彤和霍明涛一动没动,视线都聚在前排的徐成洌和沈圆星身上。

只不过两个人的聚焦点不一样,柳星彤在看徐成洌,霍明涛在看沈圆星。

徐成洌的余光扫了后排的霍明涛一眼,撞见他出神的凝视,心下的酸意和占有欲几欲溢出胸腔。

他起身,握住沈圆星的胳膊,把人捞起来,与她十指相扣,嗓音清冽又透着淡淡挑衅:"走吧,开房去。"

被某人拽起来的沈圆星微微愣神,片刻后才反应过来徐成洌说了什么。

她心跳漏了一拍,试图抽回自己的胳膊,可惜力气不如徐成洌。

"阿洌,我……"沈圆星想说她刚才已经及时收手了,他怎么说话不算话?

但她余光瞥见了后排柳星彤青一阵白一阵的脸色,那些拒绝的话便"咕噜"一下咽回去了。

她强颜欢笑着,被某人拽出了影厅。

途经洗手间时,沈圆星赶忙抠住了墙边:"我不去开房,我要回学校!"

徐成洌停下来,微微侧身,居高临下垂望着她,心下暗笑了一声,俊脸压近她:"不是喜欢摸?"

沈圆星一噎。

僵持片刻,在来来往往的人影里,沈圆星苦着小脸欲哭无泪。

半响,她终于妥协了,一副视死如归的表情:"我要是不去……你是不是就要跟我分手了?"

本就想逗逗她,杀杀她那股得意劲儿的徐成洌笑容一噎,喉结慢滚,拧起了剑眉。他觉得"分手"这两个字刺耳又晦气,尤其是从沈圆星嘴里说出来,让人又恼又躁。

"那我去吧,你别和我分手……"沈圆星松开了抠着墙边的手,主动往他怀里靠。

被女孩柔软温热的身体挤了个满怀的徐成洌又僵了一下,心下逐渐蓄起的躁意霎地被压下去了。

他顿时哭笑不得,心痒痒地一把搂住了怀里的人,力气大到恨不得把她揉进自己身体里,与自己合为一体。

半晌,他才松开了沈圆星,大手用力地揉了揉她的发顶,似是故意把她头发揉乱,声音噙笑,颇为无奈:"逗你的,我不是那么性急的人。就算真的很想……我也会等你。"等你真正愿意的那天。

徐成浏话落,又牵住了沈圆星的手,只是与之前的粗鲁不同,这一次,他温柔又庄重地牵住了她的手,与之十指相扣。

沈圆星虽不明所以,但她能感觉到,徐成浏的心情似乎好转了。

就像乌云密布的天空突然放晴,变幻之快,叫人措手不及。

但不管怎么说,能逃过一劫,沈圆星的心情也回转了许多。她紧了紧与徐成浏相扣的手指,另一只手顺势抱住了他的胳膊,很是小鸟依人地贴着他。

"阿浏,你真好。"

徐成浏抽出了自己的手臂,把人搂在怀里,没忍住往她颊侧亲了一下,嗓音磁哑:"哪儿好?"

被亲的沈圆星只觉颊侧那寸肌肤滚烫灼热,心如鹿撞怦怦然,甜言蜜语信手拈来:"哪儿都好,哪儿哪儿我都喜欢。"

无疑,她的糖衣炮弹徐成浏很受用,他亦被她不走心的撩拨勾得心猿意马。

走出电影院后,徐成浏带沈圆星去附近夜市逛了一圈,买了点糖炒板栗还有周黑鸭,准备给沈圆星的室友带回去。

夜色越来越深,市中心的繁华却分毫不减。

路口停了一排的出租车,排着队循序渐进地接客。

沈圆星的本意是打车回学校,毕竟时间不早了,他们得赶在门禁之前回到宿舍。

可徐成浏却不肯打车,非牵着她过天桥,去街对面的公交站台,倒是让他俩赶上了回南大的末班公交车。

车门打开时,徐成浏牵着沈圆星的手上去,顺手投了币。

公交车上只有寥寥几人,稀疏松散地落座在公交车的前半段,徐成浏牵着沈圆星径直去了最后一排右手边靠窗的角落。

入座前他还特意停下,让沈圆星先进去,他高大的身躯随后落座在她身边,把她堵在了车尾最寂静昏暗的一隅。

玻璃窗外是城市霓虹,最惹眼的便是路边光晕冷白或昏黄的路灯。车内这一隅却是昏暗的,正好被站台前的树荫遮挡了光线。

沈圆星坐下后,看了眼被徐成浏接过随手放在他旁边空位的东西,不明所以地道:"前面那么多空位,跑这犄角旮旯来干什么?"

她说话间,伸长了脖子往车厢前半截看,确认空位还很多。而且正常情况下,不是应该找一个距离车门更近一点的座位,方便到站后及时下车吗?

她总觉得徐成冽是有所图谋。

果然，徐成冽垂眸凝了她片刻，单手覆住了前排座椅的靠背，忽然欺身朝她靠过来。

沈圆星下意识往后退缩，没想后背被徐成冽另一只手拦截，断了所有退路。

她不得不抬眸望住他，缩靠在车厢一隅，像是被鹞鹰困住的一只小鸡崽，声音轻颤："阿冽……你靠太近了……"

沈圆星支支吾吾，徐成冽那张浑然天成的俊脸已经贴她极近。

他滚烫的呼吸几欲融化她，陡立的鼻轻蹭过她鼻尖，很是暧昧亲昵。

但最让沈圆星受不了的却是他那道勾人的嗓音，蛊惑暗哑，带着欲色："星星……我想对你做一件我很早以前就想做的事。"

他说话时好几次碰到沈圆星的唇瓣，迫得她偏头欲躲，露了白皙脖颈在他眸底。

沈圆星屏住呼吸，心下已经预料到了什么，但她依旧装傻："什、什么事……"

"在公交车上……和你接吻。"男音错落在她耳畔，沉缓磁欲的嗓音震动她的耳膜和心扉。

沈圆星瞳孔微扩，诧异写满双眼，却埋没在这昏暗环境里。

她没有任何反应，只倔强地偏着头不让自己配合徐成冽，没想对方不疾不徐，沉沉地吻上了她暴露在他视野中的脖颈。

触电的酥麻令沈圆星呜咽了一声，她下意识地缩了缩脖子，却被徐成冽握住了腰身，动弹不得。

待徐成冽退开一些，他将沈圆星的脸转过来，骨节分明的指握着她娇俏的下巴："还躲不躲，嗯？"

沈圆星的眼角已经被莫名的泪意润湿了，她又羞又愤，声音却是喑哑无力的："徐成冽，你禽兽……"

"禽兽"扯开嘴角，就着唇上的嫣红和烫意又压上她的柔唇。

窗外光影流动，浮光掠影闪过拥吻的两人，这一幕恰巧被一路赶跑上车的柳星彤和霍明涛撞见。

他俩先后愣在了车厢前半截，视线远眺，正好落在车尾昏暗的一隅。

提议坐公交车回学校的霍明涛顿时后悔了，在他前面的柳星彤更是咬紧后槽牙，气得想转身下车。

可惜车门已经关上了，司机师傅直接起步，他俩只能晃晃悠悠地去找空位坐下。

沈圆星也不知道自己怎么了，从一开始的抗拒到后来的羞愤，最终占据她内心的却是肆意的快感。

她就像是被人顺着毛越来越舒服的猫，只想绵软无力地赖在徐成冽怀里，闻着他身上白栀子的冷香，感受着他身体的高温炙热，融化在他怀里。

徐成冽的大手顺着她的背脊线滑下，来回轻抚，等吻到几欲窒息，他才终于松开了沈圆星，把她搂靠在怀里缓着呼吸，等待暧昧散尽。

期间徐成冽无意瞥见了不远处落座的柳星彤和霍明涛，恰巧撞见他俩回头朝他和沈圆星这里看。

原本餍足的徐成冽勾了下嘴角，又勾起了怀里人的下巴，继续亲她。

沈圆星不明所以，只从唇缝间挤出低低的一句："又来！我气儿还没喘匀呢……"

但她也只是无能羞恼，仍旧阻止不了自己沦陷。

3
沈圆星是踩着门禁的点回的宿舍。

与她前后脚的还有柳星彤。

自从沈圆星知道公交车上她和徐成冽接吻的场面被柳星彤正好撞见，她心里的抱怨情绪顿时烟消云散。

两人进入电梯时，沈圆星还心情大好地哼着小曲儿，故意在柳星彤面前摸了摸被亲得微微发肿的红唇，喃喃抱怨徐成冽那家伙的粗鲁和不节制。

柳星彤见不惯她一副得意扬扬的样子，轻笑一声，嘲弄般道："还以为沈学姐今晚不会回宿舍住呢。"

柳星彤还记得电影结束时，徐成冽说过的话。

那会儿她心里暗暗呕血，对沈圆星恨得牙痒痒。但事后她想，徐成冽如此轻浮的态度，怕是对沈圆星也没几分真心，八成就是玩玩而已。

可当她在公交车上看见那一幕时，嫉妒终于如野草一般疯涨，彻底将她吞噬。

柳星彤不得不相信，徐成冽对沈圆星是真的有感情。他亲吻沈圆星时恨不得将沈圆星拆骨入腹，毫不掩藏他对沈圆星的欲望。

但庆幸的是沈圆星自己似乎并不知道徐成冽的心思，就如同霍明涛以前所说，其实在感情方面，沈圆星是一个很迟钝的人。

沈圆星没想到柳星彤会跟她搭话，她悠闲地靠在电梯壁上摆弄自己的指甲，懒懒接话："本来呢，是没打算回来住的……"

话未说完，她掀着眼皮似笑非笑地盯着柳星彤，瞧着柳星彤越发难看的脸色，她心里舒服极了。

电梯刚到九楼，沈圆星便率先出去，只留了一个背影给柳星彤。

她身姿摇曳地走到了906宿舍门前，从包里翻出钥匙开门。

便是此时，徐成洌一个电话打了过来，吓得沈圆星拿钥匙的手抖了一下，钥匙差点掉到地上。

她心跳加快，莫名心虚，不太敢接徐成洌的电话。

犹豫再三，沈圆星将电话挂断了，她麻利拿着钥匙开门进屋，招呼林娇她们过来吃东西，自己则拿衣服去洗澡。

等沈圆星洗完澡出来，她手机上有三个徐成洌的未接电话，还有他发来的微信消息。

【徐成洌：挂我电话？】

【徐成洌：不接电话不回消息，沈圆星，你一回宿舍腰板就硬了是不？】

【徐成洌：你等着！［捏脸.jpg］】

徐成洌的消息，字里行间都透着薄薄怒意。

沈圆星不知道他又在生哪门子气，但那句"你等着"却是让她心下狼藉，面红耳赤。

她觉着徐成洌这人真是越来越野痞霸道了，一点弟弟的自知之明都没有。

偏偏她还拒绝不了他，所谓美色惑人，果然不假。

沈圆星捧着手机纠结了好半响，还是给徐成洌回了一条消息：【刚去洗澡了……呜呜呜，阿洌你好凶。】

终于等到某人回复的徐成洌也刚洗完澡，顶着一头湿漉漉的乌黑碎发，脖子上挂着一条干毛巾。

他清瘦修长的指节握着手机，拧着眉敲字：【怎么，后悔追我了，觉得前男友比我温柔？】

这行字是他想到回宿舍时，在电梯里霍明涛对他说的话，一气之下才敲出来的。但发出去之前，他还是找回了理智，又把字一个一个删掉了。

最后，他给她发了一句：【沈圆星，说你爱我。】

在沈圆星看来，徐成洌就像个糖瘾犯了的孩子，任性霸道，字里行间都带着强横专制。

她盯着他发的消息看了一两分钟，满脸无奈，回了消息：【我爱你。】

结果对方秒回：【打字不算。】

沈圆星抽了抽嘴角，目光睃了林娇、苏梦、李成欢三人一圈，她拿着手机去了阳台。

待阳台落地窗关上后，她望着漫漫夜色给徐成洌发了一条语音："我爱你。"

收到语音消息的徐成洌戴着耳机反反复复听了很多遍。

203

他心下因霍明涛而起的妒火，总算得以压制住。

霍明涛说他和沈圆星交往时，把她当娇花一样呵护着，希望徐成冽也能多疼惜她一些。

徐成冽自然知道这指的是在公交车上时，他接连两次亲吻沈圆星的事。想必下车时霍明涛也注意到了，沈圆星殷红的唇瓣有些微肿，是他亲得太狠的罪证。

这多少让徐成冽感到不爽，虽然他当时也回怼了霍明涛。可出于某种叛逆心理，徐成冽还是克制不住地想在沈圆星身上留下更多属于他的印记。

为了压下心里的酸意，他只能一遍一遍地重复听着沈圆星的告白，即便她的话很违心。

待心里的惆怅感褪去，徐成冽也给沈圆星发了一条语音。

"我也是，很爱你。"

随后他没等沈圆星回消息，又补发了一条文字消息：【早点睡，晚安。】

沈圆星收到消息时正靠在阳台落地窗的玻璃门上，生怕徐成冽还有什么稀奇古怪的要求，比如要她语音唱歌给他听，哄他睡觉之类的。

结果等来的是他回应似的告白，以及一句饱含不舍的"晚安"。

沈圆星没有回消息，她心下有些怅然，在听见徐成冽那句"很爱你"时，她有种强烈心虚、歉疚的罪恶感。

翌日开始，沈圆星和徐成冽见面的次数又少了。

为了准备期末考，周末他俩都各自窝在宿舍里复习。

考完试的第二天，沈圆星便和沈明川一起乘坐高铁回了老家S市。

离校前的那天晚上，他们姐弟俩和徐成冽一起吃了一顿饭。

晚上回宿舍前，沈明川很有眼力见地先走一步，给徐成冽和沈圆星留了独处的时间。他俩去学校足球场溜达了一圈，后来又去了图书馆那熟悉的一隅，在温柔月色里唇齿相缠，无声宣泄。

热吻之余，徐成冽憋了许久的话总算说出了口。

他将头抵在沈圆星羸弱的肩头，粗重喘息着，嗓音哑欲："星星……我想带你回家。"

被他吻得七荤八素的沈圆星头脑一激灵，顿时清醒过来，心跳如雷似鼓，身形僵直。

半响，她才按捺住那份紧张，佯装镇定道："太、太快了吧……"

似是怕徐成冽继续这个话题，沈圆星捧着他棱角分明的下巴，让他抬头对上她的眼睛，主动踮脚去吻他，学着他亲吻她时那样摩挲，羞得脸颊发烫，声音轻颤："我还没有准备好……以后再跟你回家好不好？"

徐成冽被沈圆星隔靴搔痒般的吻吻得动情不已，他合着眼，含混不清地应了她。他搭在她腰上的手顺着背脊往上，来回游走，最后加重力道，把她搊入怀中，低首肆意又野蛮地索吻……直至她呼吸不畅，如溺水的人抓住浮木般，两手无助地抓住了他的手。

沈圆星的手柔软却滚烫，徐成冽修长的指节被她柔弱无骨的手指紧紧缠缚住，他偏头咬了一下她柔软的耳垂："星星……"

沈圆星涨红脸，闭上了眼睛，心跳飞快。

她不得不承认徐成冽是个男妖精，欲哑的嗓音便能把人撩拨得面红耳赤。

沈圆星被攻破了心理防线，她脑海里杂思万千，耳垂也吃痛不已，最后她压低声音："闭嘴，别叫我……"

徐成冽低低笑出了声，深眸里的欲色渐退，他低首亲了亲紧绷的沈圆星，从眉骨到眼尾，然后是鼻梁和嘴唇。

每一个吻都炙热滚烫，却又温柔如水，连他的声音也是："宝宝……你口嫌体正直的样子真可爱。"

沈圆星羞得想跳窗。

4

离开南城那天，难得遇见一个好天气。

晴空万里，蔚蓝如海，有阳光落在身上，多少能汲取到一丝暖意。

沈圆星和沈明川乘高铁回 S 市，徐成冽乘高铁回月城。

两座城市分别在南城东西两个方向。沈圆星认为这是一种寓意，因为她和徐成冽迟早会真正意义上的各奔东西。

高铁途经好几个城市，终于在下午两点十分准时抵达了 S 市。

沈圆星和沈明川各自扶着一只行李箱，下车后顺着涌动的人群往出站口走，差点被挤散。

还好 S 市这边的路线他们姐弟都很熟悉，即便挤散了，最终两人也在出站口外面会合了。

只是沈圆星看见沈明川时，他身边还站着一个西装革履的男人。

"姐，这里！"沈明川生怕沈圆星没看见他，冲她挥手。

沈圆星走过去，站在沈明川身边的男人自然而然上前，欲接过她手里的行李箱，却被她避开了。

男人刀眉凤眼，轮廓立体，鼻梁很挺，眼睛漆黑如墨，身上带着点成熟男人的温沉稳重，站在人群里是很惹眼的存在。以他的气质，大抵更适合出现在飞机上的头等舱，而非高铁站这样纷繁嘈杂的地方。

"姐……一凡哥特意来接我们的。"沈明川打量着沈圆星冷沉的脸色，余光瞥向伸手过去却愣在半途的沈一凡，夹在他们中间颇为尴尬。

沈圆星垂下眼睑，尽量不去看男人的脸，尤其是那刀眉凤眼。

她的语气和脸色一样冷沉："又不顺道，就不麻烦了。"

沈圆星的话是对沈一凡说的，这次没等沈明川开口，男人率先解释："爷爷想你们姐弟俩，攒了局，让家里人晚上一起吃饭。二叔让我来接你们去爷爷家。"

沈一凡说话时音色温和，一副好脾气的样子。

沈一凡是沈圆星和沈明川的堂哥，他口中的"二叔"，自然就是沈圆星的父亲。

加上爷爷他老人家开口，沈圆星没法拒绝。于是他们姐弟俩跟着沈一凡去了露天停车场，上了他那辆黑色路虎。

沈明川坐在副驾驶的位置，一路上和沈一凡有一搭没一搭地闲聊。

从近况到学业，兄弟间的氛围还算融洽。

但坐在后面的沈圆星却是全程没有说话。她将车窗摇下一半，吹着刺骨的风，直到脸上麻木，鼻尖被冻得又红又疼，眼里隐隐浮出泪花来。

沈一凡和沈明川聊完学业后，话题一转，主动和后座的沈圆星搭话："星星学习怎么样，法医学专业应该很累吧。"

沈圆星敛了神思，并未朝驾驶座的男人看去，冷淡地回了一句："还行。"

她对沈一凡的冷漠态度肉眼可见，可即便如此，沈一凡还是耐着性子好脾气地跟她说话："听二叔说你交男朋友了，年后我可能要去南城出差一段时间，到时候叫上你男朋友，我们一起吃个饭如何？"

沈圆星皱起了柳眉。

她爸知道的那个男朋友是霍明涛。她和霍明涛分手这件事，她暂时还没告诉老沈，眼下倒是正好拿来搪塞沈一凡："不用了，已经分手了。"

驾驶座的沈一凡神情微滞，侧头看了眼副驾驶的沈明川，似是想从他那里得到答案。

沈明川悄悄递了个眼色，算是证明了沈圆星的话。

接下来的路程中，沈一凡没再搭话。

他能感受到沈圆星对他的冷淡态度，怕再继续烦她的话，以沈圆星的性子，可能会让他靠边停车，她自己打车去老爷子家。

黑色路虎横穿S市，近一小时的时间，总算到地方了。

沈圆星下车时，沈明川趁着沈一凡去后备厢帮他俩拿行李箱的工夫，拉着她在边上小声说话。

"姐，你对一凡哥稍微好一点吧，他人挺好的，从小到大也没少照顾我们。"

沈圆星看了沈明川一眼，思忖片刻，点了点头算是应了。

因为有的事她没办法和沈明川细说。

母亲去世时,沈明川才三岁。那些错综复杂的事,他到底不及沈圆星记得清楚。

沈一凡人挺好的,这一点沈圆星不可否认。

她也知道自己对他的态度稍微恶劣了一些,但她控制不住。

随着岁月更替,他那张脸和那个男人太像了,尤其是那双漆黑的眼和刀风凌厉的眉。每次看见他,沈圆星总忍不住想起五岁那年夏天发生的事——

紧着裤腰带的男人,凌乱的床褥,以及床尾像被撕碎的破布一样,咬着嘴唇流泪的母亲。

"走吧,别让老人家们等急了。"沈一凡帮沈圆星拿了行李箱。

沈家老房子在S市老城区,房子是复式红砖楼,带一个小院子。沈圆星小时候在这边住过,那时候没分家,一大家子人住在一起,很热闹。

后来母亲没了,那个男人入了狱,一家人也就支离破碎了。

沈圆星的父亲沈峰带着她和弟弟沈明川搬了出去,刚开始那几年,几欲和家里断绝关系。

但时间是治愈一切的良药,即便是刻骨铭心的苦痛,也能被逐渐淡化。

那个男人是沈圆星的大伯,也就是沈一凡的父亲。

自从五岁那年发生了那件天大的事,沈圆星便恨极了大伯一家子。

这么多年过去了,恨意虽然消磨了一些,但她对沈一凡仍旧摆不出好脸色。

沈圆星他们仨进院子时,沈峰正在院子里拔鸡毛。

旁边坐着沈家老爷子,晃着躺椅,烤着炭火,手里抱着保温的茶杯,父子俩正在闲谈。

听见响动,老人和中年男人齐齐朝院门那边看去,看见了进门的沈明川和沈圆星,以及走在最后的沈一凡。

老爷子当即便咧开嘴笑了:"我们家星丫头回来啦,快过来给爷爷看看,在学校饿瘦了没有。"

说话间,老爷子已经从躺椅上起来了。午后的阳光落在他老人家花白的头发上,看上去似乎又苍老了许多。

沈圆星上前抱了抱老爷子,这一路到现在,她总算露了笑脸。

随后她又去厨房问候了奶奶,正好大伯娘吴春也在边上,对沈圆星没什么好脸色。

还是沈一凡进了厨房,吴春脸上的厌恶嫌弃才收敛起来,皮笑肉不笑地跟沈圆星打招呼:"星星回来了。"

沈圆星只看了她一眼,并没有回应。

连沈明川都敛了笑,沉着眼看了吴春一眼,也不吱声。

他们姐弟俩的反应着实叫吴春气不打一处来,眼眶一红便冲沈一凡道:"你自己看看啊,这可不是我不给他们姐弟俩好脸色,你瞅瞅他们对我这个做长辈有一丝尊敬之意吗?"

她心下骂着姐弟俩,脸上堆满了委屈,最后被沈一凡一眼看回去了,憋屈不已,气得冲出门去。

沈一凡想解释什么,沈圆星先打了招呼离开了厨房。

晚饭是在老爷子这儿吃的,席间沈圆星碗里的菜就没少过。

老爷子和沈峰都在替她夹菜,倒显得沈一凡和沈明川两人不怎么受宠,像是沈家捡回来养的孩子。

吃完饭,沈明川和沈一凡去厨房收拾残局,沈圆星便陪着老爷子下了会儿象棋,期间没少聊学习上的事,老爷子顺便还问了一下沈圆星的感情状况。

得知她和前任男朋友分手了,又交了一个小她两岁的新男朋友,老爷子笑得可开心了,还让沈圆星明年春节带回家给他老人家看看,也好给她把把关。

夜里十点多,沈圆星姐弟才和沈峰一起回家。

半小时的车程,路上沈峰也劝了沈圆星两句,让她对沈一凡不要总是臭着一张脸,到底是一家人。

沈圆星听烦了,翻出耳机戴上,顺便看了眼几个小时以前徐成洌发给她的微信消息。

【徐成洌:我到家了,你呢?】

【徐成洌:怎么办,我好像已经开始想你了。】

【徐成洌:寒假你打算怎么过?】

【徐成洌:很忙吗?吃晚饭了没?】

【徐成洌:沈圆星,你再不回消息我要生气了。[抄手.jpg]】

【徐成洌:还没忙完吗?给你打电话也没接。[怨妇脸.jpg]】

沈圆星冷沉的脸色逐渐缓和过来,她不觉间勾起了嘴角,捧着手机给他回了消息:【在回家的路上,本来想回到家再联系你的。】

消息发过去后,对方并没有如往常那样秒回。

这让沈圆星不禁怀疑,徐成洌是不是真的生气了。

于是她又给他发了一条消息:【真生气了?不理我了?】

【沈圆星:阿洌……】

【沈圆星:呜呜呜,阿洌生气怎么哄,一个亲亲行不行?[烈焰红唇.jpg]】

看见沈圆星发来的消息时,徐成洌刚洗完澡回到自己的房间里。

他本来想回复她的消息,但沈圆星发消息的速度比他快,倒是提醒了他"生气"的事。

于是徐成洌强忍着回复消息的冲动，耐着性子等到了她的后话。

看见某人发来的"烈焰红唇"动图，徐成洌忍俊不禁。

他拉开了书桌前的椅子坐下，修长指节落在手机屏幕上，慢条斯理地敲着字：【一个怕是不够。】

【沈圆星：那就一百个！】

接下来，徐成洌被"烈焰红唇"的动图刷屏了。他拿着手机哭笑不得，要是沈圆星这会儿在他跟前，他定然要把她拉进怀里好好惩罚一番，让她的嘴变成真正的烈焰红唇。

徐成洌陪沈圆星聊了许久，她那边回复始终断断续续，完全没了当初追他时的积极性。

不过徐成洌并不介意，他知道沈圆星刚回家，肯定会忙一些。

到深夜零点左右，他俩开了一会儿视频，徐成洌终于心安，去睡觉了。

一想到接下来整个寒假，他和沈圆星都要异地，徐成洌心里总觉得很不是滋味，本就压抑的情感在寂静的深夜里肆意又野蛮地生长。

徐成洌每天都度日如年，尤其在得知沈圆星去做了寒假兼职后，他每天都会疯狂地想她。

想她说话的声音，她的笑容，她唇上的柔软，以及她娇软的身子被他揉在怀里的感觉。

这种煎熬的日子一天比一天难度过，于是年三十这天晚上，徐成洌和沈圆星视频，一起跨年。

视频时，洗过澡的他仰躺在床上，将衬衫式睡衣的扣子解了几颗，露出结实的胸膛，还拿出他最低磁蛊惑的嗓音，问沈圆星："想我没有？"

视频那头的沈圆星端坐在书桌前，她桌上摆了一本书，正一边翻看一边做笔记，手机被立在旁边，全程她都没看过视频里的徐成洌几眼。

蓦地听到徐成洌变得欲哑的声音，沈圆星手里的笔顿住了，她扭头看着手机，自然瞥见了某人半露在外肌理分明的胸膛。

5

不出徐成洌所料，沈圆星的视线果然停留在他身上。

且她瞳孔微扩，有明显的情绪波动，一看就知道是被他蛊到了，眼睛都看直了。

而事实上沈圆星确实被蛊到了，她认为这世上应该没有女生能拒绝出浴后衣襟半敞、袒露胸膛的徐成洌，他身上每一分每一厘都透着致命的诱惑。

沈圆星后知后觉地回答徐成洌："有。"

关于是否有想徐成洌这个问题，对沈圆星来说，只能有一个答案，她自然不会没事找事回答说"没有"。

所以当她说"有"时，难免听上去像是敷衍。

躺在床上的徐成洌将手机凑近自己的脸，几欲把他性感的薄唇贴到镜头上，他继续问："哪儿想？"

沈圆星明显觉得手机屏幕被徐成洌胭脂色的薄唇晕出一片绯红，她下意识往后退了一些，与手机拉开距离。

但即便如此，沈圆星还是无法控制自己的思绪，她已经开始脑补起徐成洌一次次亲吻她时的样子。

每当徐成洌吻得动情，闭上眼睛时，她就会悄悄掀开眼帘偷看他。

此刻她的脑海里便是每次吻得难舍难分时，他布满情欲的脸。

越想，沈圆星的心跳便越快，她不自觉地咽了口唾沫。

半响，她才从过度脑补的画面里回过神来，喃喃回："自然是……心里想。"

沈圆星话落，雪色的两颊微微泛起了红，也不知道是因为自己的脑补害羞，还是因为这极具敷衍性的胡诌。

她以为话说到这个份上，徐成洌也该放过她了。哪知他不依不饶，又问了一句："有多想？"

本来因为专心看书被他打断，耐性就在一点点磨损消耗的沈圆星终于压不住心下的恼意，她拿过手机举到跟前，咬牙切齿地看着视频里与镜头拉开了距离的人："徐成洌！"

还有完没完了！

"嗯？"视频那头的徐成洌懒懒应了她一嗓，从床上坐起身来。

他单手举着手机，略随意地搭放在膝盖上，另一只手撑着身体，病恹恹地靠在床头，薄唇勾着弧度，唇色冶艳，像被人狠狠欺负过，纯欲动人。

沈圆星又咽了口唾沫，分崩离析的理智重新组建，她怂了，只好眸光闪烁地继续敷衍："特别特别想！恨不得立马跟你见面，扑进你怀里让你亲亲我的那种想！"

这下他总满意了吧？

沈圆星说话时，脸离手机镜头极近，还刻意将她勾人的狐狸眼瞪得圆圆的，以示真诚。

手机这头的徐成洌陷入了沉默。他眼也不眨地盯着屏幕上沈圆星不施粉黛的白皙小脸，目光垂落在她张张合合的小嘴上，一不小心便被反蛊了一波。

或许是他真的太想她了，隔着屏幕都想亲亲她。

徐成洌滚了滚喉结，眼里情绪暗涌，望着手机里的女孩，他的眸色越来越深。

沉吟许久，他终于找回了自己的声音，格外喑哑："真的？没骗我？"

沈圆星噎了噎，硬着头皮点头："比真金还真！"

"那你亲亲我。"哑欲的男音将寂静的夜晕染得暧昧。

沈圆星愣住，还以为自己幻听了，半晌她才试探似的开口："怎么亲？"

徐成沨："对着镜头……"

沈圆星照做了，生平第一次像个傻子似的，响亮地亲了一口手机镜头。

而后没等她开口，手机里就传出徐成沨懊恼的咒骂："……先挂了。"

话落，视频断开了，通话就此结束。

看着切回聊天界面框的手机，沈圆星一头雾水，陷入了前所未有的迷茫中。

挂断视频后，徐成沨拿着手机去了洗手间。

他在里面待了近两个小时，被沈圆星的隔空亲亲点起来的火这才燃尽。

裹着浴巾走出洗手间时，徐成沨正好撞见起夜倒水喝的徐文正。

"大半夜的，怎么又洗澡？"徐文正扫了自家小儿子一眼，不经意瞥见他手里没来得及息屏的手机。

屏幕上是一张吻照，徐文正只粗略瞟了一眼，倒是不难判断照片里的男主角是徐成沨本人。

下一秒徐成沨便将手机锁屏了，他边往自己房间走，边敷衍地回了徐文正一句："太热了。"

徐文正自然不信徐成沨的鬼话，毕竟窗外寒风凛冽，而室内虽有暖气，却也没热到需要冲澡的地步。

后来他细细想了一下，觉得还是年轻人火气太旺了。

徐成沨回到房间后，又抱着他和沈圆星初吻的照片看了许久。

本来他还想再给她打个视频的，但现在已经凌晨三点多了，沈圆星应该已经睡觉了。

所以他辗转反侧许久，最终也只是给沈圆星发了一条微信消息：【我想去见你，星星。】

沈圆星看见这条消息时，已是翌日清晨。

徐成沨字里行间的情意让她心悸不已，许久她才斟酌好言辞，给徐成沨发了一条语音："我也想。但是阿沨，我们离太远了。"

她顿了下，又补了一句："开学就见到了，忍一忍吧，乖。"

接连两条语音消息发过去后，沈圆星没再看手机。

徐成沨那边没有秒回，他应该还在睡觉，毕竟从他发给她的消息记录来看，他昨晚三点多才睡。

也不知道视频结束后他去干什么了，近两小时以后才没头没脑地给她发了那么一句话。

沈圆星以为等徐成洌醒了,应该会给她回消息。

结果正月初一这天,她和沈明川陪着沈峰去给老爷子拜完年回到家里,微信还是一点动静都没有。

不止初一这天,初二初三徐成洌也没有回消息。

期间沈圆星还主动给他发过消息,问他在干什么。

可她发出去的消息就像石沉大海,没有任何回应。

渐渐地,沈圆星便没再等徐成洌的回复了,想着他应该是正月里走亲戚,比较忙。

徐成洌的单方面失联一直持续到正月初六,也是阳历的2月14日情人节这天。

沈圆星早起后习惯性在微信上给徐成洌发了一句"节日快乐",附赠一个亲亲表情包。

消息发完她便去洗漱了,因为今天也是她家老爷子的生日,他们要去老城区那边给老爷子庆生。

出发去沈家老房子时,沈圆星和沈明川去取了提前定做的蛋糕。

在车上时,沈圆星想到了失联几天的徐成洌,转头问身旁的沈明川:"阿洌这几天有没有跟你联系过?"

原本靠在车窗上小憩的沈明川身形微僵,随后他坐直了身体,目光闪躲地看了沈圆星一眼:"没有啊……"

沈圆星狐疑地看了弟弟一眼,微微感觉沈明川在撒谎,但她并没有追问。

因为沈峰已经把车停在了巷口,催促他们姐弟俩下车。

沈圆星拎着蛋糕顺着巷子往里走,途中沈峰和沈明川轮流给她做心理建设。

沈峰:"星星啊,今天可是你爷爷七十岁大寿,虽然没办酒席,但至亲都在,你稍微给你大伯娘和一凡哥留一点颜面,别太过了。"

沈明川在一旁附和,虽然他对大伯娘吴春也没好感,但念在爷爷今天大寿,他也能忍一忍。

"知道了,我见了她就绕道走。"沈圆星拧着秀眉。一想到一会儿又要和吴春、沈一凡同桌吃饭,她心里就毛躁。

尤其是吴春。从小到大,从她嘴里说出来的话就像刀片一样刺人,没一句好听的。也因为她那些话,沈圆星和沈明川小时候就没少被周围邻居用异样的眼光看待。

连沈明川的轻微社恐都跟吴春脱不了干系。

要不是沈圆星的爷爷沈万兴尚在人世，她这辈子都不想和吴春、沈一凡牵扯上关系，更别说打照面了。

进了院子后，沈圆星和沈明川先去给老爷子贺寿，送上了各自准备的礼物和生日蛋糕。

正如沈峰所言，今天来家里吃饭的亲戚很多，包括老爷子夫妻俩的姊妹和他们的儿女们。

一大帮亲戚聚在一起，能凑四张圆饭桌。

沈圆星和沈明川、沈一凡等几个小辈被安排到院子里围坐一团，帮忙剥蒜。加上老爷子姊妹家的几个小辈，他们一共八个人，负责姜蒜、小葱、蒜苗等辅菜作料的准备工作。

其中年龄最长的就是沈一凡，他已经工作好几年了，在他们之中自然起了主导作用。

另外还有两个和沈圆星同龄的，是沈圆星某个姑婆家的孙子孙女。小学初中乃至高中，两人都和沈圆星同校。只不过他们关系一般，甚至在不懂事的年纪还和其他人一起排挤过沈圆星，说她是狐狸精的女儿。

经年未见，各自也没什么话题可聊。

只是沈圆星昳丽的容貌注定她在几个同龄人里会比较惹眼，自然也没少被几个小她两三岁左右的男生盯着看。

沈圆星低垂着眼睫心无旁骛地剥蒜，直到碗里装满，她才打了招呼，端着满满一碗蒜瓣往厨房去，打算换一个空碗回来继续剥。

可就在沈圆星走近厨房门口时，屋子里恰好响起吴春尖细得极具特色的声音：

"你们还不知道吧，老二家那个大丫头，在学校里那是男朋友换了一个又一个，简直就是天生的狐媚胚子。"

厨房里和吴春一起切菜洗菜的几个表婶、表姑也在一旁附和，没少编排沈圆星的长相、性格。

后来还将话题扯到了沈圆星的母亲于柔身上。

吴春："有句俗话说得好，什么人生什么种。沈圆星就是随了她那个狐狸精妈了。"

说到这里，吴春顿了顿，似是忆起了往事："当初老二要娶于柔，我就极力反对过。那于柔长得一看就不是安生过日子的人。

"后来果真应了我当初的话，把整个家里搅得鸡飞狗跳，连我家阿贵都被那狐狸精勾得……"

"啪嚓"一声，吴春的话没说完，一只瓷碗应声碎在了她脚边，碎瓷飞溅，白白嫩嫩的蒜瓣滚了一地。

213

厨房里顿时鸦雀无声。

以吴春为首的几人愣了几秒,脸色才稍稍缓过来,齐刷刷地看向厨房门口的沈圆星。

一开始沈圆星是打算无视,装作没听见,转身离开的。

她牢牢记着沈峰的叮嘱,也记着今天是爷爷的生日。

可吴春提到了于柔,时隔这么多年,吴春仍旧没有改变,还在往母亲身上泼着脏水。

唯独这一点,沈圆星忍不了。

她气得浑身发抖,端着瓷碗的手青筋凸显,最后还是没忍住,砸了手里的瓷碗,白花花的蒜瓣滚了一地。

吴春吓得脸色惨白,待看见沈圆星时,她才堪堪回神,起身大骂:"你个死丫头故意的是不是?你想杀人啊!"

说着,吴春便撸起袖子去推沈圆星,没想到却被沈圆星扣住手腕,反推了一把。

吴春踉跄后退,堪堪站稳,气得涨红了脸。

沈圆星则冷冷看着她:"道歉。"

"你说什么?"吴春似不敢相信自己的耳朵。

沈圆星便又重复了一遍,分贝拔高了许多:"跟我妈道歉!"

吴春愣了片刻,气笑了:"我凭什么道歉?我说错了吗?当年的事情谁也不知道到底是谁先主动的,谁不知道你妈年轻的时候在歌舞厅上班,指不定你大伯就是被她勾引……啊——"

吴春的话再次中断,她被沈圆星用力推了一把,摔坐在地上。

下一秒,女人便参毛似的从地上爬了起来,冲上去和沈圆星撕扯,嘴里还一直在骂骂咧咧。

沈圆星气得抓住她的领子红了眼眶:"当初死的怎么不是你?死的怎么不是你!"

吴春扬手便给了沈圆星一巴掌,力道之大,让沈圆星的左脸以肉眼可见的速度红了。

至此,这场闹剧被外面的人听见。

沈峰、沈一凡他们全都涌进了厨房,总算控制住了局面。

"星星,你冷静点!"沈峰拉住她的胳膊,不让她再靠近吴春,但又心疼她脸上的伤,他想安慰,却不知如何开口。

吴春扯着嗓子在哭,说沈圆星居然诅咒她这个长辈,厨房里乱成一团。

沈圆星脑仁涨得厉害,她拨开了沈峰和沈明川的手,没理会任何人,转身离开了厨房,径直往院门外走。

直到走出院门,到了外面寂静的巷子,沈圆星的心终于得到了一丝安宁,她漫无目的地往前走,最终在不知谁家种的一棵樱桃树下站住脚。

阳光很好,风轻云淡。

樱桃树抽了新芽,嫩叶成荫。此刻沈圆星便站在树荫底下,盯着树干上攀爬的一只小黑蚂蚁看。

她的心就像暴雨前的天气,沉闷阴郁,很想爆发似的哭一场。

但沈圆星最终还是忍住了,眼泪在眼眶里打了一转,又被她憋了回去。

她看着那只小黑蚂蚁,不由得想起了五岁那年夏天的那个午后。

那时也是这样的艳阳天,只是盛夏季节的阳光极具杀伤力,晒得人皮肉都疼。

五岁的沈圆星蹲在檐下看一群蚂蚁搬家,手里捏着一根软化的巧克力,是大伯沈贵给的。

大伯让她在屋外玩,说是要和她妈妈谈事情。大人谈事情,小孩子不许凑热闹。

那些经年不化的记忆,令沈圆星悲伤、自责,难受得像是身上压了一座山,喘不过气来。

就在她扶着樱桃树的树干猛拍胸口时,一道熟悉的男音从不远处传来,混杂在过耳的春风里。

"星星!"

男音温磁,带点诧异和惊喜,也将沈圆星从混沌的记忆深渊里拉拽出来。

她直起身,回头,循着声源处看去。身穿浅棕色呢子大衣的徐成浏站在阳光底下,左手拎着重重叠叠的礼盒,右手抱着一捧鲜红艳丽的玫瑰。

恍惚间,沈圆星以为自己入梦了,竟然梦见了徐成浏。

视线里的男生长腿阔步朝她走过来,须臾便从阳光底下步入了她所在的树荫里。

他那张人神共愤的俊脸变得清晰,腾出手抚上她红肿的左脸时,触感也很真实。

那轻微的刺疼让沈圆星意识到……这不是梦。

真的是徐成浏!

"阿浏?"女音迟疑,还是有些不敢相信。

毕竟徐成浏已经失联了几天,且他的家在月城,远在千里之外。

徐成浏拧着眉,浓密眼睫低垂着,眸光落在她红肿的左脸上,满眼写着疼惜,声音却很冷沉:"怎么回事,谁打的?"

男音满含担忧,令沈圆星差点哭了,眼泪在眼眶里打着转,她用力吸了

215

一口气，沉默半晌，最终扑进了徐成冽怀里。

她不想在他面前哭，便只好把脸埋在他怀里，用力把眼泪憋回去。

可她说话时的语气和声音，却颤抖得令人疼惜。

"真的是你……"沈圆星咬唇，抱住他腰身的手用尽全力，"阿冽……抱抱我。"

手里拎着东西的徐成冽身形一僵，心下那根弦似被人用力拨弹了一下。他忙把手里的礼品盒丢下，就着那捧红玫瑰，用力回抱住怀里的女孩。

他是第一次觉得，沈圆星这么娇小。

小得让人想把她搂在怀里护一辈子。

"谁欺负你了？告诉我。"徐成冽拧着眉，大手轻抚她的背脊。

但沈圆星始终没有回答他，只是抱着他的腰靠在他怀里，借助他的体温，还有他身上让人安心的气味，一点点治愈自己。

许久之后，出来寻找沈圆星的沈一凡和沈明川找到了他们。

沈圆星也终于自愈，她从徐成冽怀里昂起头来，定定看着他："你怎么会来这里？"

没得到答案的徐成冽欲言又止。

他盯着沈圆星脸上的伤看了片刻，知道她是不打算告诉他是怎么回事了，便把追问的话咽了回去，只一句——

"来见你。"

第十一章
负罪感 ★

1

沈圆星自然知道徐成冽来这里是为了见她。

可即便知道,此时真切地听到这句话从他嘴里说出来,她心里还是有些触动。

不过沈圆星想问的是徐成冽怎么会知道她在这里。

没等她再追问,她的余光已经瞥见了逐渐靠过来的沈一凡和沈明川。她的视线最终锁定沈明川,心下那些疑问得到了答案。

徐成冽也看见了逐渐走近的两人,他的视线掠过沈明川,落在另一个男人身上。

狐疑了片刻,徐成冽认出了男人,他似乎是南大建筑系往届的名人,学校论坛还留存着关于他的相关事迹,名字叫……沈一凡。

"星星,抱歉……"沈一凡也打量了徐成冽几眼,但他更关心沈圆星的状态以及她脸上的伤。

鉴于有外人在,有些话不好说,他便欲言又止。

沈圆星皱了下眉,本不想理会他,但又记起了沈峰的叮嘱,遂淡淡道:"跟你没关系。"

沈一凡只好看向徐成冽:"你是?"

"我男朋友。"沈圆星接了话,退出徐成冽的怀抱后,顺势挽住了他的胳膊。

等沈圆星介绍完,不仅沈一凡看向了她,徐成冽的视线也落在了她身上。

徐成冽心里暗喜,仅仅因为她一句再简单不过的介绍,就像是她在向别人宣誓对他的所有权一样。

"姐,阿冽来了,要不让他一起吃饭吧?"沈明川适时打破了诡异的静谧。

沈圆星看了沈明川一眼,又看看徐成冽,最后看向地上散落的礼品盒。

徐成冽则顺势将那捧玫瑰塞到了她怀里,再弯腰去捡礼品盒:"东西好像摔坏了,这顿饭怕是吃不上了。"

来之前沈明川就和徐成冽打过招呼,告诉他今天是老爷子生日。所以徐

217

成冽才带了礼品过来,本来是想给沈圆星一个惊喜的。

可刚才情急之下,徐成冽把东西扔在了地上,礼品盒或多或少有所损伤,送不出手了。

沈圆星倒也没打算带徐成冽和那一大帮亲戚一起吃饭。

她将徐成冽带来的礼品拎给了沈明川,让他带给沈峰和老爷子。至于礼品盒上的损痕,就说是沈明川不小心摔的。

沈明川无语。

"那你们不进去吃饭?"沈一凡隐约明白了沈圆星的意思。

她是不想浪费男朋友的心意,又不想让长辈觉得他没有诚意,便让沈明川背锅。

沈圆星往沈家的方向看了一眼,下定了决心:"不了,你们回去吧。"

沈一凡没有强求,他很清楚沈圆星现在回去只会和吴春闹得更难看。

或许她不想家丑暴露在自己男朋友面前。考虑到这一点,沈一凡默许他们离开了,由他和沈明川替他们善后。

走出巷子后,沈圆星像是彻底活了过来,就好像憋了很久的一口气终于能够吐出来了。

她紧了紧挽着徐成冽胳膊的手:"阿冽,谢谢你来见我。"

徐成冽抽出胳膊,揽她入怀。

他清瘦白净的手越过沈圆星怀里艳红的玫瑰,轻落在她颊侧,漆黑深眸里溢满疼惜,他揪着剑眉:"你真的不打算告诉我,脸上的伤是怎么来的?"

沈圆星想避开他的视线和触碰,却被他细长的手指握住下巴,丝毫不能动弹。

在徐成冽强烈探寻的目光下,沈圆星含糊其辞:"就吵架……动手了。"

话落,没等他追问,她赶紧先声夺人:"你怎么突然跑过来了,这么远,真的是特意为了我来的?"

莫名地,沈圆星紧张起来,心里沉甸甸的。

徐成冽松开了她的下巴,疼惜地瞥了眼她微微红肿的左脸,低首亲了下她轻抿的红唇。

蜻蜓点水,稍解相思,他空落落的心被填满了一些。

似是为了不让沈圆星有心理负担,徐成冽笑了笑:"主要还是陪我爸妈旅游,正好要经过 S 市,会逗留两天,我就和阿川商量了一下,想给你一个惊喜。"

徐成冽没告诉沈圆星,让父母出来旅游是他的提议,连经过 S 市也是他计划的路线。

为了来见她,过去几天里他做足了功课。

"情人节快乐,宝宝。"徐成冽拥抱了沈圆星,下巴磕着她发顶,声音温柔,"这是我们在一起过的第一个情人节。"

沈圆星呆愣住,心里涌起万千复杂的情绪,一时间不知道自己该做什么反应。

半晌,她才在他怀里小声道:"那我带你去S市好吃好玩的地方,度过我们第一个情人节吧。"

徐成冽轻"嗯"一声,算是应了。

不过他松开沈圆星后,端详了她左脸一阵,还是决定先带她去医院上点药。

打车去医院的途中,徐成冽想起了沈一凡,随口问了沈圆星两句:"你和沈一凡是?"

"堂兄妹。"提到沈一凡,沈圆星皱了下眉,情绪明显低沉了些,似是不太想聊他,但她又有些惊讶,"你认识他?"

徐成冽:"不认识,只是知道他这号人物。毕竟他是南大杰出校友,也算是我们的学长。"

沈圆星了然。她知道沈一凡在建筑设计圈的名头很响亮,说他在那个圈子里荣光万丈也不为过。

不过这些都与她无关,她也从没跟人说起过自己有这么一个名人堂哥,连林娇她们都不知道。

徐成冽也正是意识到了这一点,所以他点到即止,没再继续追问下去。

出租车将沈圆星和徐成冽送到了附近的医院。

待给沈圆星脸上的伤上完药,他俩便去了S市市中心地段,先去看了电影,然后又去了电玩城,一直玩到夜幕降临,城市霓虹初升。

临近晚饭饭点时,沈圆星接到了沈峰的电话,让她带徐成冽回去吃晚饭,话里话外都透露着要长辈们见见她男朋友的意思。

但沈圆星拒绝了,她带着徐成冽去了S市最繁华的夜市,逛了好几条小吃街。

填饱肚子后,沈圆星又接到了沈明川的电话。大致是说今晚他们家可能要借住一些亲戚,沈峰让他提前跟她通个气儿。

沈圆星一想到那些表姑表婶,心就闷得厉害,便对沈明川道:"我今晚不回去了,爸要是问起,你就说我今晚在酒店陪男朋友。"

电话那头的沈明川:"姐,你这是想急死咱爸……"

没等沈明川说完,沈圆星就挂断了电话。

一直站在她身边的徐成冽自然听见了她刚才的话,他落在女孩身上的视

219

线深沉了许多，薄唇勾起隐晦的弧度。

在沈圆星收起手机后，他整个人靠拢过去，大手从后面缠上了她的腰，把他心爱的女孩拥入怀中："你刚才说……今晚在酒店陪男朋友，认真的？"

被他从背后抱住的沈圆星身躯一僵，心跳漏了一拍。

随后她试图扒开徐成冽的手："我的意思是……去你落脚的酒店单独开一间房。"

"是吗？"徐成冽嘀笑，搂着她戏谑打趣，还不忘抬手拦下一辆出租车。

两人上了出租车，直接去了徐成冽落脚的酒店。

在车上时，沈圆星忽然想起一件重要的事。她今天出来得特别匆忙，身上也就带了手机而已，连钱包都没带，更别说住酒店需要用到的身份证了。

就在沈圆星犹豫着要不要给沈明川打电话，让他把身份证给她送过来时，徐成冽勾住了她的脖颈，把她整个人搂入怀里。

他滚烫的薄唇贴在她耳畔，哑哑地轻笑，蔫坏极了："这么晚了，你家离酒店又这么远，还是不要麻烦阿川了。"

"放心，我不吃人。"

沈圆星被他的声音蛊惑得心跳加快，耳根都红透了，面上却还故作镇定，甚至还能反击。

她转头沉沉望住他晦深的深情眼："我是怕我吃人。"

徐成冽愣了一瞬，薄唇勾笑，又欲又撩："没关系，我不怕。"

沈圆星噎住，总有一种搬起石头砸自己脚的感觉。

2

出租车在S市西城区一家星级酒店门口停下。

沈圆星和徐成冽先后下车。

待出租车扬尘而去，沈圆星望着酒店金碧辉煌的大门，心下打起了退堂鼓。

就在她思绪飞转，想要寻找其他去处时，徐成冽从背后凑近她，大手落在了她肩上，声音沉哑温柔："时间不早了，走吧。"

被勾住肩膀的沈圆星抿紧了唇瓣，身体僵硬得像是刚从冰柜里捞出来。

等进了酒店，穿过前厅，和徐成冽站在过道里等电梯时，沈圆星慌乱的心这才勉强稳定下来。

乘电梯上楼后，徐成冽带沈圆星刷卡进了房间。

室内光线柔和，并没给人特别大的冲击感，空气中浮着淡淡栀子香，像极了徐成冽身上的味道。

沈圆星望了眼窗外被薄纱窗帘遮掩的月色，光晕暧昧又朦胧。

进屋后她便站在玄关处，很拘束，很紧张。

身后将房门带上的徐成洌替她拿了拖鞋，轻放在地上，而后高大的身躯从背后覆上来，双臂缠上她纤细的腰身，把人拢在怀里，意有所指地噙着笑："你先去洗澡？"

沈圆星只觉被他吹着热气的耳朵酥麻一片，电流流进了心脏里，她整个人都麻了。

许久没等到回应，徐成洌松开了沈圆星，绕到她跟前弯下腰，俊脸凑近："都说了我不吃人，别怕。"

话落，他摸了摸沈圆星的头："乖宝，洗澡去吧。"

沈圆星望住他含笑的眉眼，仔细分辨着他话里的真伪。

半晌，她放弃了。房间里的暖气渐渐晕开，温度攀升上来，沈圆星最终还是先进了浴室。

浴室隔断层是磨砂质地的玻璃墙，灯光将沈圆星窈窕的身影打在墙体上，外面的徐成洌一眼就能看见。

他本来只是想逗逗她，没想过对她怎么样。

可蓦然瞥见磨砂玻璃墙上的倩影，徐成洌感觉自己体内的血液忽然燥热起来，心下沸腾不已。

为了平心静气，徐成洌拿出手机对着落地窗外的月色玩了几把《消消乐》。

直到精力值耗尽，浴室里的水声终于停了。

隔着玻璃墙，里面传出沈圆星雾蒙蒙的声音："阿洌……能借我一件衣服吗？"

徐成洌身形顿住，忙不迭将手机揣回了裤兜里，然后迅速从行李箱里翻出了沈圆星送给他的那件黑色衬衫。犹豫再三，他还是给沈圆星送了过去。

沈圆星沐浴完吹干头发，在浴室里逗留了好一阵才鼓足勇气走出去。

她穿的是徐成洌的衬衫，袖口绣着一颗金色的星星。

衬衣的扣子被沈圆星系到最顶端，鉴于身形差距太大，徐成洌的衬衣穿在她身上，宛如一件刚刚没过腿根的宽大连衣裙。

"我洗完了……你去吧。"女音薄浅轻盈，似雾拢着纱，朦胧却好听。

一直背对浴室方向的徐成洌回头看了一眼，目光陡然定格在女孩身上，不自觉地将她从上至下打量。

先是披散及腰的长鬈发，以及被青丝衬得莹白如玉的小脸。

其次是她裹在衬衣底下纤柔娇小的身子。从颀长美丽的脖颈，至衣摆底下白得发光的一双匀称细长的腿，他全都纳入了眼底，他很想留住这一刻，把女孩略显羸弱娇柔的一面藏起来。

许久，徐成洌才找回了自己的呼吸。

他的眸光明暗不定，张了张嘴，堪堪从惊艳中缓过来，嗓音沉哑地应了一声。

在徐成洌动身去浴室时，沈圆星将自己换下来的衣服挂进了衣柜里。

徐成洌从她身后经过，余光瞥见了被她小心藏起来的内衣。

酒店的沐浴露是薰衣草玫瑰的甜香，萦绕在沈圆星周身，令她格外香甜诱人。

进入浴室后，徐成洌靠在门上匀了匀急促的呼吸，皱眉看着镜子里不争气的自己，长长吐了一口气。

浴室里水声响起时，沈圆星抱着手机坐在了落地窗边的藤质吊椅上。

吊椅临窗，窗外清冷月色如白雾笼着玻璃窗和窗内的人。

为了平复自己躁动的内心，沈圆星拿起手机也玩起了《消消乐》，期间收到了沈明川发来的微信消息：【姐，你明天回家吗？一凡哥说明天下午想去祭拜一下妈。】

沈明川的消息就像兜头的一盆凉水，浇灭了沈圆星体内蠢蠢欲动的火。她的情绪如一百八十度大转弯，跌进了深渊。

半晌，沈圆星才回了一句：【知道了。】

她没说明天回不回家，沈明川也没追问。

室内沉寂，只能依稀听见浴室里淋漓的水声。

沈圆星晃荡着吊椅，在蒙蒙月色里荡来荡去，如浮萍草芥。

她将头抵在吊椅上，垂着长睫，眸光幽幽地翻看着手机相册，里面全都是母亲于柔生前的照片。年份久了，照片比较朦胧，但不难看出照片里女人的风情和妩媚。

其实吴春有句话倒是没有说错。沈圆星和她母亲几乎是一个模子刻出来的，遗传的狐狸眼狭长妩媚，五官大气明艳，是一眼就能让人铭记于心的那种长相。

只是相比沈圆星，于柔身上的气质更柔和温婉，就像濯水的青莲，妖而不艳，品性高洁。

徐成洌在浴室里也待了很久。

从关上门开始，他浑身的细胞都在沸腾，从头到脚没有一处肌肉不紧张。

洗澡时他更是涂了三遍沐浴露，薰衣草玫瑰的甜香几欲浸入他骨子里。除此之外，徐成洌还对着镜子将自己从上至下打量了一遍，摸了摸腹肌和胸肌反复试着手感，直到满意为止。

洗完澡后，徐成洌将乌黑碎发擦得半干，低垂凌乱的发丝为他添了一分颓靡感，很能惹人疼惜。

看着旁边挂着的衬衫式成套睡衣，徐成冽暗暗懊恼。他要是进门的时候没带睡衣该多好，这个时候还能麻烦沈圆星，帮忙拿一下衣服。

徐成冽叹了口气，套上了睡裤和睡衣，对着镜子又倒腾好一阵，最后他选择将睡衣扣子散开，略随意地走了出去。

屋内昏黄的灯色明暗不一地落在徐成冽敞开的衣间，结实的胸膛和腹肌沟壑若隐若现。他故作随意地拿了一条干毛巾擦着半干的头发，迈着长腿往落地窗那边走，视线幽幽垂落在吊椅上蜷缩成一团的沈圆星身上。

此时她正扒拉着手机，倚靠着藤椅，像一只高贵忧郁的猫儿，周身洒落冷寂的月光。

这样孤寂落寞的沈圆星，浇灭了徐成冽满腔的燥火。

他敛起心下的不正经，缓步走到了吊椅那边，倾身去看沈圆星的手机，正好看见一张年代久远的照片。

照片里的女人面目虽然算不上清晰，但轮廓眉眼却不难看出她和沈圆星很像。

本就心不在焉的沈圆星抬眸瞥了他一眼："洗完了？"

"嗯，洗完了。"徐成冽应了一声，将她从藤椅上抱起，去了大床那边。

受了点惊吓的沈圆星忙抬手圈住他的脖颈，直到徐成冽抱着她在床沿坐下，把她拢在怀里。

"在看什么？"徐成冽将沈圆星安放在他双腿之间，虚拢着她，目光落在她手机上。

沈圆星犹豫了一下，把照片给他看了："我妈。"

"原来是咱妈。"男音低磁，语气自然，但那温热的呼吸却烫得沈圆星耳红，心跳加快。

很快，沈圆星内心的起伏便被压下去了，她继续翻看着照片，一张接一张。

徐成冽发现那些照片都挺模糊的，看上去似乎很久远了。他刚想问什么，沈圆星自顾自地喃喃出声："我妈要是在世，一定很喜欢你。因为她很喜欢长得好看的男孩子。据说当初她最先看上的就是我爸的脸。"

沈圆星说这些时，声音很轻柔，噙着淡淡笑意，却又让人觉得悲伤。

她似乎陷在模糊不清的回忆里，情绪大受影响。

徐成冽总算明白了她情绪低落的原因，他下意识把人搂紧，滚烫的胸膛只隔着一件黑色衬衫的衣料，紧密贴在沈圆星的后背。

他托住了她的下巴，迫使她的脸朝向自己，随后低首去亲吻她的额头，薄唇柔软滚烫，在沈圆星心里留下一阵酥麻感。

"星星……"徐成冽心疼了。

他见不得她落寞忧郁的样子,却又不知道该如何安慰。

于是热吻一个接一个落下,如春夜的雨淋在沈圆星眉眼、鼻梁、颊侧和唇上,她心脏突突地跳,有什么东西如雨后春笋,接二连三地冒了出来。

沈圆星屈着腿抱着膝盖,斜倚在徐成冽怀里,偏着脖子迎合他覆上来的薄唇,与他接吻。

这个吻前所未有的温柔,像春雨柔柔打在花瓣上,浅尝辄止间饱含了怜惜、温柔。

可渐渐地,吻势粗重起来,春雨的绵密温柔后是夏雨的粗暴,两人的呼吸在寂静的夜里越来越混浊、粗重。

到后来,沈圆星不得不伸手揪住徐成冽的衣襟,像溺水的人抓住一块浮木。徐成冽能感觉到她的紧张,她绷紧的身体和揪着他衣襟的力道,无一不是证据。

理智尽失前,徐成冽结束了这个漫长的吻,长长吐了口粗气:"宝宝,你不该跟我回来的……"

他高估了自己的自制力。

沈圆星不明所以,脸上红晕未散,漂亮的狐狸眼覆满懵懂:"那我现在走?"

徐成冽:"……你敢。"

他咬咬牙,忍下了再压着她狠狠亲的冲动,起身下了床:"我去洗澡。这段时间里……你最好赶紧睡着。"

话落,徐成冽便往浴室去了,背影狠狠,似是隐忍克制到了极点。

沈圆星躺在床上,云里雾里地看向天花板的镜面。里面映着她自己,唇色嫣红,长发散乱,媚态天成。

被那个吻搅乱的思绪逐渐回笼,沈圆星闭上眼,平复呼吸后坐起身,去床头那边规规矩矩地躺下。

正如徐成冽所警告的那般,她要在他洗完澡回来之前进入梦乡。

3

等徐成冽冲完澡从浴室出来后,沈圆星已经睡着了,屋内只剩一盏床头灯还散着暖柔的光。

橘色光晕层层叠叠落在素白的枕头上,将沈圆星散开的头发染得金黄。

她睡得安稳,呼吸很浅,明艳的五官静美,比平日里温婉几分。

徐成冽赤着上半身,走到床畔时蹲下身,在灯下盯着女孩沉静的睡颜看了许久。

他骨节分明的手还替她将散在颊侧的发丝拢到了耳后,动作格外轻柔,丝毫没有吵到进入梦乡的沈圆星。

约莫看了半个小时,徐成冽绕到了大床另一边,蹑手蹑脚上床躺下。侧头看见旁边背对他的沈圆星时,他有种说不出的心安。

一阵窸窸窣窣的声响后,徐成冽将她揽入了怀里,虚拢着她,终于心满意足地闭上了眼睛。

被他移动的沈圆星皱了下眉。

她翻了个身,整个人撞入徐成冽结实温暖的怀抱里,而后又将脸贴在他温热胸膛,猫儿似的蹭了蹭,舒适得继续睡。

夜色越来越深,时间也一分一秒飞速流逝。

暖气烘烤着整个房间,闷在某人怀里的沈圆星出了不少汗,做了个噩梦,睡得越发不安稳。

她梦见了五岁那年的夏天,梦见了大伯从母亲房间出来后又"奖励"了她一根巧克力,还梦见暴雨滂沱的夜,搜救队的船只在江上浮行,最终打捞起母亲的尸体……

忽地,梦境一转,身穿红色连衣长裙的母亲朝她走来,面无表情,脸色惨白瘆人。走近后,母亲一把掐住了她的脖子,质问她,为什么当时没有推门进去救她……

梦里的母亲五官逐渐扭曲,声音尖锐,最后声嘶力竭、面目狰狞。沈圆星感觉自己快被掐断脖子,喘不过来气。

于是她痛苦到直接惊醒过来,额头上一层细密的汗。

夜晚静谧,酒店房间远离街道,十分利于睡眠。

空气里浮着栀子花的冷香,几欲与男生胸膛浸润的薰衣草玫瑰沐浴露的甜香交错相融。

沈圆星长睫扇了扇,徐徐往后退开一些,这才意识到自己不知何时滚到了徐成冽怀里。

刚才之所以觉得喘不上气来,也是因为她整张脸都埋在了徐成冽坚硬结实的胸膛处,掩住了口鼻。

小心翼翼地退出徐成冽的怀抱后,沈圆星平躺着,美目睁着,平静地望着天花板的镜面。

她还在回味刚才那个噩梦,心有余悸。

其实五岁那年,她根本不懂大伯沈贵进入母亲房间后都做了些什么。她只记得他给的巧克力特别甜,是她那个夏天里吃过的最甜的糖果。

可人是会长大的。当沈圆星的认知随着成长而广阔,她心里越发为五岁那年的事情感到愧疚。

这也是她大学要考去南城那么远的地方的原因。

因为离家太近或是每次回家，那些儿时的记忆就会像潮水一样强势地将她淹没。

尤其这一次，沈圆星还看见了和沈贵有七八分相似的沈一凡。

那些沉淀的、模糊的记忆又翻涌上来，清晰无比。

沈圆星闭了闭眼，她想要斩断脑袋里杂乱的回忆和思绪。可那些画面，那个男人的脸都反复交错出现……沈圆星咬紧了贝齿，呼吸急促了许多。

忽然，她平静下来，偏头看了眼旁边面朝她侧躺的徐成冽。

或许……做点别的事转移注意力就好了。

这么一想，沈圆星又翻身面向徐成冽。

她伸出箨尖似的食指，小心翼翼摸上了他凸起的眉骨。从眉骨开始，她以手为笔，温柔又细致地描摹起徐成冽的五官、轮廓。

这样做的确能够分散她的注意力。沈圆星脑子里那些混乱的画面，逐渐被徐成冽长而有型的剑眉和陡立的鼻梁，以及他嫣红薄唇等替代。

可仅仅只是描摹刻画他俊逸的面容还不够。

沈圆星迟疑了片刻，纤细莹白的手从徐成冽脸上转移到了他敞露的胸膛上。

徐成冽的胸膛结实且肌理分明，摸着手感很好，让人忍不住顺着他的胸肌往下摸到沟壑分明的腹部。

指腹下的肌肤细腻光滑又温暖，但随着沈圆星的触碰抚摸，她明显感觉到徐成冽的身体在发热。

他还闭着眼，呼吸却有所停滞，后又略微急促。

沈圆星还眼尖地注意到他垂掩的长睫颤动了一下，她勾着唇笑了，手指挑着他轮廓分明的下巴，覆上柔软温热的唇去亲吻他轻抿的薄唇。

"阿冽……"女音低喃，缠绵悱恻，像蛊惑人心的女妖精。

徐成冽不为所动，依旧紧闭双眼，装作什么也不知道。

可黑暗中，他明显感觉到沈圆星那双嫩滑荑荑摸到了他腰侧，在他裤腰边沿徘徊摩挲。就像无数蚂蚁爬在热锅上，爬得他心痒难耐，忍不住想要滚动喉结。

沈圆星的亲吻很生涩，像小猫小狗讨好主人一般，轻轻地吮他薄唇，再露点牙尖轻咬几下，便磨得徐成冽唇上一片火辣烧热。

他的呼吸越来越急促，除了不肯睁眼以外，他浑身上下每一个细胞都已经苏醒了。

好几次他都想顺势咬住沈圆星的唇瓣，狠狠亲回去。可每次都被她巧妙躲掉了，也不知道她是有意还是无意。总之，这样的后果很严重，徐成冽的兴致彻底被她勾撩起来。

他终于掀开了浓密漆黑的长睫,晦深的眸子涌着暗光,一点也不像刚醒来的样子。

徐成洌盯着某人近在眼前的精致脸蛋,大手蓦地扣住了她的后脑勺,翻身把人压制在了纯白的枕头上。

他携着燥热的呼吸,风卷残云般撬开了沈圆星的唇齿,长驱而入。

似是惩罚一般,他的吻很深,力道很重,贴着她的身体也越发滚烫灼人,浓烈的男性气息倾覆而下,将沈圆星团团包裹。

沈圆星愣怔了一秒,便被忽然进攻的徐成洌带入了混沌空白之境。

她本能地迎合他的吻,直到呼吸不畅,身子被巨山似的重量压到憋闷难受,徐成洌才终于松口,放过她艳红的唇,哑着声音低问:"大半夜不睡觉摸我……不怕我狼性大发?"

沈圆星也喘,比他喘得还厉害。她的脸色嫣红,红唇如雪里盛开的红梅,一张一合,声音轻颤:"不怕……"

她回话时,眸光直勾勾地对上徐成洌。黑白分明的眼里漾着水光,眼尾勾翘着,媚态横生,盈盈望着他,还像只狐狸似的蔫坏地勾着嘴角。

身下压着这么个风情妩媚的妖精,换了谁也受不了。

徐成洌粗重地喘了一口气,深眸浸满欲色,眼神越来越沉。他盯着沈圆星的眼睛看了许久,再三确定她的眼神里隐约含有邀请的意味后,才腾出手捏住了她白皙的下巴。

他的指节微微用力,将沈圆星的脸偏扭向一侧,露出她白皙温热的脖颈,而后俯身在她耳垂上轻咬了一口,声音哑欲,又痞又野:"嘴还挺硬。"

沈圆星吃痛不已,但她根本来不及喊疼,唇又被徐成洌封堵住了。

台风般席卷一切的野蛮的吻持续到她呼吸将竭,窒息感令沈圆星想抓住什么,但又无能为力。

于是沈圆星哭了,像是找到了发泄的突破口。她想起了那个梦,想起了五岁那年发生的事,哭得肆无忌惮。

徐成洌被吓到了,他松开沈圆星的唇,替她抹去眼角的泪,又亲亲她的额头,无措地哑声哄她:"我错了宝宝……怪我亲得太用力了。

"我不亲了,你别哭了,嗯?"

徐成洌温声哄了沈圆星好一阵,终于将她哄睡了。

他小心翼翼地下了床,又去了一趟浴室。

从浴室出来时,窗外的天色已经开始泛白,此时已经凌晨六点多了。

洗完澡后,徐成洌已然睡意全无。

他干脆从行李箱里拿出一本国外名著,去落地窗吊椅那边坐下翻看,直至窗外天色大明。

4
清晨的 S 市被浓烟似的白雾笼住，窗外雾蒙蒙一片，十米之外的景物完全看不清。

沈圆星是被唇上清凉的触感惊醒的。

她卷翘浓密的长睫掀了掀，迷离地望着床畔的一团黑影。

片刻后眼帘彻底拉开，沈圆星才看清了男生轮廓分明的俊脸。

徐成冽手里拿着药膏，食指蘸了一点，正动作轻柔地往沈圆星红肿的唇上涂抹。

见她睁开眼睛，他停下了动作："吵醒你了？"

沈圆星呆望着徐成冽，睡意散尽后，昨晚那些记忆如走马灯一样流转过她的脑海。

缓过神后，沈圆星的第一反应是掀开被子看上一眼。

她身上还穿着徐成冽那件黑色的衬衫，只是已经被她翻来滚去睡出了褶皱，简直没眼看。

徐成冽站起身来，弯腰从床头柜上抽了纸巾慢条斯理地擦手，深眸垂望着略慌乱的女孩，薄唇勾着浅笑。

他嗓音浅浅的哑，温润好听，带点戏谑的笑意："不是梦，就差那么一点，我们……"

"徐成冽！"沈圆星打断了他的话。声音是从被子里传出来的，因为她把脸蒙住了。

床前站着的徐成冽忍俊不禁，勾着嘴角坏笑着，俯下身连人带被子一起抱起，往浴室走去。

途中被子滑落在地上，沈圆星白里透红的脸露了出来，她赶紧拿手捂住："你别抱我……"

"抱你去洗澡。昨晚你出了汗，只简单给你擦了擦，还是得洗洗。"男音低沉又霸道。

徐成冽将沈圆星抱进了浴室，暂时放在洗手台上，他弯腰替她拿了拖鞋，温柔仔细地穿在她脚上。

抬眸时，他晦深滚烫的眸光望了眼她白到发光的腿，然后才站起身将她抱下了地，还不忘替她拉拉衣摆，尽可能多遮住一些那双惹人遐思的腿。

"洗完澡叫我，给你拿衣服。"徐成冽揉了揉沈圆星睡得凌乱的发，压着她的后脑勺忍不住又想亲亲她。

好在他及时收住，薄唇改印在沈圆星白皙挺翘的鼻尖："等你嘴好了再欺负你……"

徐成冽亲完退开身,眸光依恋地从沈圆星身上流转过,最后转身走出了浴室。

被留在洗手台前的沈圆星愣怔片刻,拍了拍胸口,压了压滚滚如雷的心跳声,才慢吞吞解了衬衣扣子,走到了莲蓬下。

她身上留有一些吻痕,像深埋雪山的红花,开得很绚烂。

热水冲在身上,沈圆星简单理了理昨晚的事,再次捂住自己的脸。

她和徐成冽之间的关系和进展,早已超出了她的预料和掌控。这样的发展令沈圆星很不安,她怕自己陷进这段本就虚假、目的不纯的感情。

洗完澡,沈圆星将浴室的门扒开一条缝,趴在门边喊了徐成冽一声。

徐成冽应声过来,将整理好的衣服递给她。

期间他目不斜视地看着她被热水熏得潮润微红的脸:"身上有没有哪里不舒服?"

沈圆星愣了愣,后知后觉地反应过来他的意思,忙不迭摇头:"没有没有。"

徐成冽心安了一些:"那等你收拾好,我们就出去吃早饭。"

"好。"沈圆星话落,接了衣服,将浴室的门重新关上了。

等她穿好衣服理好头发,从浴室出来,徐成冽也已经换好了衣服,正在拿沈圆星充好电的手机。

两人乘着晨雾走出酒店,打算去附近觅食。

虽然酒店里也安排了早餐,但徐成冽想吃点S市的特色美食。

吃饭过程中,沈圆星一直低埋着脑袋,没敢看徐成冽的脸。

其实越回想她越觉得自己昨晚对徐成冽太过分了点。明明是她先招的他,可最后打退堂鼓的也是她……想来徐成冽应该憋得很难受。

歉疚、害羞和尴尬等复杂情绪萦绕着沈圆星。

她今天本来打算带徐成冽去S市市内知名的博物馆逛逛,但眼下她根本没脸和他继续单独相处。

加上昨晚沈明川给她发消息,说今天下午沈一凡想去祭拜于柔。这件事始终像根鱼刺卡着沈圆星,她没办法缺席。

于是吃完早饭后,沈圆星便提出她要回家了。

徐成冽欲言又止,最终没有挽留。

因为他昨晚给沈圆星的手机充电时,凑巧看见了沈明川发给她的新消息,说是他们的父亲让沈圆星今天早点回去,下午一起去祭拜她的母亲。

"我送你回去。"徐成冽牵着沈圆星的手回到了酒店附近。

沈圆星要坐公交车回家，正好酒店附近有个公交站，只是需要转车。

"不用了，我自己回去就行。你送我的话，回头你还得自己回来，太麻烦了。"沈圆星拒绝了徐成洌的好意，似为了安抚他的情绪，她主动踮脚拥抱了他，欲退开时，却被对方反手搂住腰身，不放她走。

"阿洌……"沈圆星被摁靠在他怀里，声音细若蚊蚋。

徐成洌轻"嗯"了一声，抱着她不肯松手，语气很是不舍："我明天一早就要离开S市了……下次我们再见面应该是开学的时候。"

他顿了下，拧起剑眉，不太开心："也就是说接下来有足足十天我都见不到你。"

沈圆星被他身上白栀子的冷香侵入鼻息，脑袋空白了一瞬。

片刻后她才揪了揪他的大衣，从他怀里仰起头，一脸哭笑不得："十天很快就过去啦。"

徐成洌："……快吗？"

可他怎么觉着，看不见她的日子，度秒如年呢？

沈圆星看出了他眼里的复杂情绪，为了安抚他，她勾住了他的脖颈，迫使某人为她折腰。

她柔柔的唇瓣贴上他的，连哄带骗："这十天里我保证每天都给你打视频电话。"

徐成洌想扣着她的后脑勺深吻下去，却又被沈圆星唇上的药膏淡香牵制住了冲动。最后他只是避开红肿的地方，温柔地亲了亲她，妥协似的应了一声好，"骗我你就……"

"我就死定啦！"沈圆星接了他的话，有些好笑，"每次你都这么说，搞得我都想骗你试试了。"

"你敢。"徐成洌的嗓音低沉了些，略带威胁的意味。

沈圆星忙不迭摇头："不敢不敢，不骗你。"她笑着，说话时却别开脸去，不敢直视徐成洌的眼睛。

就在两人你侬我侬时，迎面的小道上走过来一对中年夫妻。

正是徐文正和谢明静。

夫妻俩刚在外面吃完特色早餐，还打包了一份打算给徐成洌带回去。

他们以为徐成洌会睡到日上三竿，没想到却在酒店旁边的林荫道撞见了他……和一个被他揉在怀里亲的女孩。

徐成洌松开沈圆星时，余光正好瞥见不远处双双愣住的徐文正和谢明静。

他脸上难得浮现慌乱，不自觉地看了沈圆星一眼，见她毫无察觉，他赶紧牵着她的手往公交站的方向走。

谢明静本想叫住他，被徐文正拦住了。

男人搂住了谢明静的肩："儿子大了，由他去吧。"

谢明静瞥他一眼，温声道："我知道。我就是想认识一下那个女孩子，之前从没听阿冽说起过……"

"他要是想让我们知道，刚才直接就把人带过来介绍了。"徐文正拍了拍谢明静的肩膀，"老婆别想了，阿冽他自己有分寸，等合适的时候肯定会把小姑娘带回家的。"

"我是怕他不正经，伤害到人家小姑娘。"

"那哪能啊，咱们老徐家祖传的痴情种，认定了绝对不放手。你就放宽心等着吧。"

谢明静在徐文正的宽慰下逐渐放下了心，后知后觉回过味来，才意识到某人这是连自己也夸进去了。

"不要脸，啧。"谢明静好笑地瞥了徐文正一眼，甩开他的手往酒店大门走。后者急忙跟上，又把人揽到了怀里，厚脸皮极了。

徐成冽的脸皮也极厚。

送沈圆星到公交站后，他死赖着不走，非得亲眼看着她上车。

等公交车到站，他又死皮赖脸地跟着沈圆星上了车。

沈圆星实在拿他没办法，又好笑又好气地往公交车最后一排靠窗的位置走。

俊容难掩笑意的高大男生紧跟着她，挨着她落座："就送你到你家楼下，我保证。"

话落，他把靠在玻璃窗上打瞌睡的沈圆星拉到了怀里，还不许她逃开："有男朋友不靠，靠块玻璃？我不要面子的？"

沈圆星挣扎了两下挣不开，便放弃了。

昨晚没睡好，她乏累得很，上了车又颠簸摇晃，她的困意越来越浓。

临睡着前沈圆星把下车的那一站告诉了徐成冽，随后十分自然地抱住了他的腰身，脑袋在他怀里蹭了蹭，找了个相对舒适的位置靠着小憩。

中途转了一趟公交车，整个车程大概一个半小时，总算到了沈圆星家小区附近。

她家住的小区比较老旧，门卫是个老大爷，是小区里的住户，对沈圆星也算熟悉。见她带了个高个子的男生回来，他免不了盯着多看几眼。

老大爷慈蔼笑着，打趣沈圆星："星星这是带男朋友回来了。可真有眼光啊，小伙子长得挺周正。"

沈圆星笑着应付了两句，牵着徐成冽往小区里走。

直到抵达她家单元楼下,她才撒开徐成洌的手:"我到了,你得说话算话,立刻回酒店去。"

沈圆星一脸严肃,徐成洌看出她是较真了,也没再赖皮。即便,他还挺想趁机拜访一下未来岳丈。

但徐成洌知道,沈圆星目前为止,应该没想过带他回家见家长。

所以刚才在酒店附近遇见徐文正和谢明静时,他的第一反应是先带沈圆星离开。

其实他心里很想带她回家,最好互相见过双方长辈,先订婚,毕业就结婚……但他也只敢想想。

他怕沈圆星为难,怕逼得太紧,她会直接放弃自己。

"那我走了。"徐成洌往后退了半步,深眸里暗光涌动,无奈且不舍。

沈圆星冲他挥手,严肃的神情松软了一些:"路上小心,到酒店记得给我发消息报平安。"

她嘴角勾着笑,目送他离开,并没有不舍。

因为对于沈圆星来说,十天确实不长,不见面也真的没什么大不了。

送走徐成洌后,沈圆星转身进了单元楼。

正如沈明川在微信上所说,沈一凡一早便带着礼品到沈圆星家里,下午他们一行四人开车去了西郊墓地。

这个地方沈圆星每年都会来。

墓碑上的于柔穿着洁白的连衣裙,笑容像一朵白茉莉,纯净美好。

她始终不变,倒是沈圆星,模样越发与她相像。

就在山风拂动沈圆星及腰的长鬈发时,她收到了两条微信。

【徐成洌:星星,别难过,我会永远陪着你。】

【徐成洌:记得代我向未来岳母大人问好。[乖巧.jpg]】

沈圆星愣怔了几秒,不禁四下张望,终于让她找到了远处台阶上朝她这边眺望的人。

他穿着褐色的呢子大衣,身形峻拔如松,立在山风里,坚定地望着她所在的方向。

只是在察觉到沈圆星发现他后,他像个大傻子似的立马蹲下身去,还以为那些绵延不绝的墓碑能遮挡住他峻拔的身影。

沈圆星被徐成洌慌乱的身影逗笑了,她吸了吸鼻子,泪意悄然褪去。

墓地风急冷凉,她的心却暖得一塌糊涂。

可越是温暖感动,她心里就越是过意不去。

她是否,不该再继续利用欺骗徐成洌了?

要是有一天他知道真相，知道她接近他追求他是在欺骗他的感情，实际另有所图……他会怎么办？

沈圆星不敢深想。

她只知道，如果换作是她自己被人欺骗感情，被对方利用当成报复别人的工具，那她可能永远都不会原谅那个欺骗她的人。

徐成洌他真的很好，比她想象中的更好。

原以为他身上最出色的应该是他那份得天独厚的皮囊。可深交以后，沈圆星却觉得，徐成洌的脸和身材是他整个人最不值得炫耀称赞的优点。

他骨子里是个善良又温柔的大男生，他是和霍明涛截然不同的人。

徐成洌对她越来越好，就让她对他的负罪感越来越强烈。

这一刻，她真的很想去告诉他所有真相。

第十二章
我们都静一静 ★

1

山风吹过后,沈圆星一时脑热被吹散,清醒过来。

她垂在腿侧的手暗暗揪住了羽绒服的衣角,说出真相的那股冲动劲儿散了。

半晌,沈圆星拿起手机给徐成洌发了一条消息:【大笨蛋。】

此后她便将手机揣回了衣服口袋里,没再看过消息,也没注意台阶那边的人是几时离开的。

元宵过后,沈圆星和沈明川一起返校。

高铁到达南城时,暮色已经降临。沈圆星和沈明川刚随着人群走出高铁站,便被个子高挑的徐成洌一眼捕捉到。

他一边给沈圆星打电话,一边穿越人海朝她走去。

等他走到沈圆星跟前时,她刚低头从包里摸出手机准备接电话,结果电话被挂断了,她再抬头时,那个给她打电话的人就明晃晃地站在她眼前。

"好久不见。"徐成洌单手揣在大衣口袋里,另一只手里捧着一束艳红的玫瑰,已经塞到了沈圆星怀里,顺便接过了她的行李箱。

他嘴角噙着肉眼可见的弧度,笑意润进了他那双撩拨人的深情眼里。

沈圆星堪堪回神,随他接过了行李箱,低头看了看鲜艳的红玫瑰,心情没来由地好起来:"也就十天……说得好像十年没见面一样。"

旁边的沈明川嘴角抽搐了一下,实在没眼看他俩眉来眼去,拖着行李箱自顾自往前走。

待徐成洌牵着沈圆星的手追上他时,沈明川已经拦下了一辆出租车。

他倒是特别有眼力见,将行李箱放到后备厢后,便先行坐进了副驾驶的位置,把后座的位置留给了徐成洌和沈圆星。

鉴于车上有旁人在,徐成洌倒也安分,只是牵着沈圆星的手,与她十指相扣。再就是途中将手支在车窗上撑着脑袋,一直盯着她瞧。

沈圆星拿他一点办法也没有，任由他盯着看，另一只手拢了拢怀里的红玫瑰，正襟危坐着和副驾驶的沈明川说话："一会儿到学校放完东西，先出来一起吃晚饭吧。"

沈明川回头看了沈圆星一眼，刚想应下，余光瞥见了旁边皱了皱眉的徐成冽，他生生改了口："不了，我和高晨、乔英俊一起去食堂吃就行。"

听他这么说，徐成冽微蹙的眉舒展开了，颇为欣赏地看了沈明川一眼。

沈圆星倒是没有察觉到他俩的不对劲，只把玫瑰花暂放在一旁，腾出手摸出手机："那你叫上高晨和乔英俊一起呗，我也叫上林娇她们。一整个寒假没见面了，我们一起吃个饭聚一聚。"

话落，沈圆星似想起了什么，偏头去看副驾驶位的沈明川："还有李静依，你把她也叫上吧，就说我请她吃饭。"

沈圆星偏头时，身子自然而然地倚进徐成冽怀里。

徐成冽低垂着长睫看着她，嘴角噙着弧度，眼神晦深得让人想入非非。他趁机低头亲了一下沈圆星的耳朵，动作飞快，迅雷不及掩耳之势。

被偷袭的沈圆星声音哑住了，她本来还想说什么，结果现在脑子里"嗡"的一声，全忘了。

再转头看向徐成冽时，他勾着嘴角冲她笑，一脸纯良无害。

晚上八点多，南城夜色深浓如墨，乌云蔽月，倒是有一颗星星在夜幕中格外耀眼。

沈圆星等一行人浩浩汤汤去了小吃街，找了一家干锅店入座。

席间林娇得知寒假期间徐成冽去了S市，没少八卦他和沈圆星的事。

至于沈圆星，她更关注李静依和沈明川的进展，吃饭时心不在焉，基本都是徐成冽在为她服务。

晚饭后，沈明川陪李静依去看电影，高晨和乔英俊回宿舍，林娇她们仨则去操场散步。

大家都心照不宣，给沈圆星和徐成冽留足了私人空间。

毕竟十天没见，徐成冽免不了要把沈圆星拽到无人问津的昏暗角落里亲一亲。

第二天正式开学，正常上课，日子便如流水一样潺潺而过。

沈圆星依旧在兼职，学业和兼职两顾，把自己的时间安排得特别满。

自从寒假里和徐成冽的关系有突飞猛进的趋势后，沈圆星便整天提心吊胆，怕自己陷进去，也怕徐成冽陷得太深，回头对他造成的伤害更大。

所以她如今只在必要的时候才和徐成冽见面，多数时候是在食堂，万众瞩目的地方。

因为只有这样,他俩秀恩爱才能被大众知道,才能传到柳星彤耳朵里,达到沈圆星最初的目的。

她每天都会翻开"大作战计划"看一遍,提醒自己勿忘初心。

这样不温不火的日子持续到盛夏来临,南大学生会那边组织了一场校内男子篮球赛。

各系各班都组织了队伍,徐成冽他们班也一样,他们整个宿舍,除了体能不太好、性格偏内敛的沈明川,其余三人全都被拉进了球队。

毕竟是比赛,每天晚上徐成冽都会被乔英俊他们拉着去室内篮球场练习。

沈圆星被他邀请了好几次,终于在柳星彤等一众女生去看练习赛时勉为其难地去了一次。

一开始沈圆星的注意力还在柳星彤身上,格外关注她沉浮变幻的脸色。

因为篮球场上正在进行练习赛的两支队伍,分别是徐成冽他们班和霍明涛他们班。

无论是身材还是长相抑或球技,霍明涛总是输徐成冽一截,这让柳星彤的脸色越来越难看。

沈圆星盈盈笑着,可视线却逐渐从柳星彤那边转移到了球场上挥汗如雨、奔走运球的徐成冽身上。

来看他们打球的女生不少,全场呼声最高的便是徐成冽。

当徐成冽举着篮球起跳,投进一颗三分球后,四周涌起了浪潮般的尖叫声,议论也纷杂,多多少少传到了沈圆星的耳朵里。

"徐成冽好帅啊!鬓角汗湿的样子太可爱了,真性感!"

"我今天才发现原来男神的身材比他的脸更让人心猿意马,你们刚才看见没有,他球衣底下藏着腹肌哎!"

"啊啊啊,你别说了,越说我越嫉妒沈圆星!她到底怎么追上男神的……"

"男神他怎么这么完美!到底是不是人啊!"

…………

无数的赞美从四面八方传进沈圆星的耳朵,她的视线也随之再一次聚焦在徐成冽身上。

恰巧练习赛的上半场结束,穿着红色球衣野性十足的徐成冽朝沈圆星这边小跑过来。

"宝宝,水。"他低沉的嗓音噙着对她独有的温柔,视线也只看向她,连余光都落在她身上。

沈圆星只觉得四周蓦地安静下来,似乎所有的注意力都朝她这边集中过来,她莫名有一种在黑暗中被聚光灯打在身上的感觉。

她缓了片刻才强装镇定地递了矿泉水过去,中途又收回手,把瓶盖拧开。

徐成冽接了水，先漱了漱口，将水吐掉后，他本就嫣红的唇染上了潋滟水色，润得饱满诱人，让人很想咬上一口。

沈圆星不自觉地盯着他艳红的嘴巴看，默默咽了口唾沫。结果被徐成冽发现了，他故意将俊脸凑到她面前，嘴角上扬，莠坏地笑，压低了声音："是不是想亲我？"

男生磁哑的嗓音说着露骨的话，沈圆星的脸"唰"地红透了。

她呼吸滞了滞，差点陷进徐成冽那双深沉却藏着星云的眼眸里，下意识否认："我没有，我不是……"

徐成冽嘴角的笑意又深了一些，倒是没和她继续争辩。

球场上，乔英俊扯着嗓子喊了他一声。

徐成冽回看了一眼，不紧不慢地又喝了一大口水，才把水拧好塞回沈圆星手里。

走之前，他伸手揉了揉沈圆星的脑袋，忽地心下一动，没忍住，俯身往她发顶亲了一下，声音压得极低，又欲又哑："可我想亲你了。"

周遭顿时响起一片抽气声，以及场上那些男生此起彼伏的起哄和口哨声。

身在风眼中心的沈圆星呆愣原地，直至那个身穿红色球衣的人跑远，回身冲她挥手，她才终于回过神来，胸腔里的心跳是前所未有的剧烈。

明明徐成冽只是亲了一下她的头发，比起他曾经无数次把她压在图书馆一隅抵死缠绵，这根本不算什么。

可她的心却比任何时候跳得都快，像是沉睡中苏醒的火山，蠢蠢欲动，有什么东西要爆发出来。

正式的篮球赛是在一个天朗气清的大晴天举行的。

盛夏暑热令人心燥火大，室内篮球场内人满为患，空调冷气只能勉强压住暑气。

沈圆星和林娇她们一起坐在观众席前排，时刻准备着为自己班级呐喊助威。

好在比赛队伍随机抽签，徐成冽他们班和霍明涛他们班对上了，全程没有和沈圆星他们班有过交集。倒是没让沈圆星陷入为谁加油的两难境地。

比赛进行了整整一天。

徐成冽他们班一路打进了决赛，在傍晚时分取得了最后的胜利。

不过这份胜利来源于徐成冽最后一个三分球的牺牲。

敌队一个身材魁梧的男生在赛末时，趁徐成冽起跳那一秒狠狠撞了他一下，众目睽睽下，徐成冽单脚落地重心不稳摔了，但投出去的球仍旧进了。

直到比赛结束，沈圆星才发现他的右脚不对劲。她态度强硬地扶着他去了校医务室检查，这才知道徐成洌右脚韧带和脚踝都有所损伤，需要休养几天。

"太过分了！"沈圆星抄着手在病床前踱步，生气的样子简直不要太真情实感。

徐成洌靠坐在床头，含笑看着她。

傍晚的夕阳殷红如血，血色从玻璃窗斜斜照入，浇灌在徐成洌身上，也拉长了走来走去的沈圆星的身影。

校医去取药了，这会儿医务室里便只有沈圆星和徐成洌两个人。

干燥的风从门外灌入，拂动了分隔病床用的帘幕。

徐成洌忽然开口，嗓音清冽噙笑："星星，你过来坐。"

沈圆星皱着眉，还在骂那个把徐成洌撞倒的人，盘算着要找机会从那人身上把这笔账讨回来。

蓦地听见徐成洌唤她，她迟疑了一秒，最后看在他受伤的份上，顺从地坐到了他床边。

"还疼吗？"沈圆星问他，担忧的语气是真的，眼神也是真的。

徐成洌心满意足，长臂一伸便把人捞到了怀里，用力揉乱她扎成马尾的头发。

随后在沈圆星满脸不高兴地扒拉他的手时，他低头覆上了她轻咬住的唇瓣，轻松撬开她的齿关，长驱而入。

与此同时，他揉乱她头发的那只手滑到了她脑后，另一只手勾住她的腰肢，好让她能以最舒服的姿势迎合他的吻。

静谧室内很快响起粗重不一的呼吸声。

徐成洌亲了沈圆星一次又一次。第三次时，门外进来一个人，一眼就望见了屋内尽头处接吻的两人，当即呆愣当场。

徐成洌察觉到了来人，掀起长睫看了一眼，对上了来人复杂的目光。

竟然是霍明涛。

背对房门的沈圆星丝毫没有察觉，她的意识混沌，不由自主地开始回应徐成洌的吻。

中途她感觉到徐成洌松开了她的后脑勺，揽着她的腰身，一边亲吻她一边倾身，似是把遮挡用的帘幕拉上了。

帘幕隔绝了霍明涛窥探的视线，他最后一眼看见的是徐成洌眼中的挑衅和得意。

霍明涛的心里顿时惊涛骇浪起伏不定，莫名有一种闷胀不爽的感觉，以及越来越清晰的酸意，在他心里漾开。

帘幕拉上后，徐成洌重新垂下眼睫。

在沈圆星本能的回应下,他的手挪回了她脑后,加深了这个吻。
好想……把她揉进身体里。

2
等徐成洌上完药后,夜幕已经降临。
沈圆星陪他去食堂吃了晚饭,又把他送回宿舍,固执到一定要等沈明川下楼来交接,她才肯离开。
她临走前还不忘叮嘱沈明川,这几天在宿舍里多照顾徐成洌一些。
沈明川连声应下,随口溜出一句:"放心吧姐,我会照顾好姐夫的。"
他话音落定,沈圆星和徐成洌双双愣住了。
半晌两人才缓过神来,下意识对看了一眼。沈圆星面染绯色,极不自在地看了沈明川一眼。徐成洌则望着她,勾着嘴角,笑意不绝。
目送徐成洌和沈明川进了公寓后,沈圆星才往兰慧楼的方向走。
回去途中她去小超市买了一根雪糕,一边吃一边拿手机给沈明川发微信,让他以后不许再叫徐成洌"姐夫"。
就在沈圆星闲逛回兰慧楼的路上,途经楼下花坛,她听见花坛后面传出零碎的争吵声。
男女的声音听着都很熟悉,于是沈圆星驻足,伸长了脖子往花坛那边看。
透过海棠树的花枝,沈圆星看见了花树后面半遮半掩的柳星彤和霍明涛,他们俩正面对面站着,情绪波动似乎很大,在……吵架?
"不就是一杯奶茶的事,这也值得你冲我大发脾气?"霍明涛的声音愠怒,"我今天确实是太累了,你也知道我刚打完比赛……"
柳星彤眼尖地注意到他皱起的眉头和隐约流露出的几分不耐烦,她心里顿时火冒三丈:"什么叫不就是一杯奶茶的事?你明知道我经期还没结束,还给我买冰奶茶,我不该生气吗?"
"我不是看你嚷嚷着热吗?说你想喝冰的……我顺着你还不行?"
"我想喝你就让我喝,我来月经了你不知道?你到底爱不爱我?"
"那你要我怎么样,我不让你喝,回头不还是我的错,说我欺负你,连一杯奶茶都舍不得给你买?"
霍明涛的耐心濒临耗尽,他本来就因为在医务室看见的那一幕心烦不已,况且他已经道歉了,还主动去医务室帮柳星彤拿了止痛药,以备不时之需。他实在是不明白,柳星彤到底在气什么。
柳星彤气笑了,用力推了霍明涛一把:"你是不是想分手?"
她话落便气得往花坛外面走,打算甩手离开。
这种话柳星彤并非第一次说,每次霍明涛都会立马服软追上来抱住她、哄她，简直百试不爽。

　　这一次霍明涛依然想伸手拉住柳星彤，但当他抓住柳星彤的手腕时，余光却蓦地瞥见了花坛外朝他们这边张望的沈圆星。

　　隔着花枝他也能一眼认出她来，正如今天篮球比赛时，她穿着浅蓝色的吊带连衣裙坐在观众席，虽极尽低调，却还是万众瞩目。

　　当时霍明涛便一眼就看见了她，至于她身边其他人，似乎都沦为了苍白的背景。

　　被发现的沈圆星顿觉尴尬，她忙收回脖子，继续往前走。

　　没走两步，便听见柳星彤的声嘶力竭："霍明涛！"

　　随后是男生一气之下的回复："是，行了吧！"

　　沈圆星是在进了兰慧楼等电梯时和柳星彤遇上的。

　　电梯刚到，沈圆星还没进去，后来居上的柳星彤撞过她的手臂，先一步进了电梯。

　　沈圆星皱了皱眉，朝电梯里已经站稳脚的柳星彤瞥了一眼，才徐徐走进去。

　　后面还有人从大楼外进来，但柳星彤已经先一步关上电梯按了楼层，那些人便没赶上这一趟电梯。

　　电梯徐徐上行，梯厢里只有沈圆星和柳星彤两个人。

　　对方压根儿就沉不住气，没几秒便先开口了："沈圆星，你现在一定很得意吧。"

　　沈圆星几乎秒懂，无非是想说她刚才撞见他俩吵架。沈圆星想了想，觉得自己倒也没必要说假话，便勾着嘴角微微颔首："这么明显？"

　　柳星彤噎住，后咬牙切齿许久，终于在电梯到达楼层时冲沈圆星冷笑了一下："走着瞧。"

　　"好啊。"沈圆星应了她一声，慢吞吞地走出电梯往宿舍去。

　　沈圆星回宿舍后，第一时间给徐成冽发了微信报平安：【我到宿舍了，今晚你洗完澡早点休息。】

　　她想了想，又补了一句：【洗澡要是不方便的话，尽管差遣阿川。】

　　徐成冽回了一句"好"，似是去洗澡了。

　　沈圆星也去洗了澡，换了睡衣，又去洗衣房把衣服扔进了洗衣机里。回宿舍后再把之前遗留的功课做了，方才和踩着点回到宿舍的林娇她们闲聊了一阵。

　　林娇先是问徐成冽的伤势，后来又说起了论坛上关于柳星彤和霍明涛的帖子。

　　沈圆星这才知道，原来柳星彤和霍明涛吵架的场面不止她一个人看见了，现下已经有人不嫌事大，去论坛上开帖了。

"你们说霍明涛和柳星彤是不是要分手了？"林娇啃着老冰棍，被冻得张着嘴哈气。

苏梦撇了下嘴："他们俩锁死最好，分什么手啊。"

连在写报告的李成欢也参与了讨论："我觉得吧，霍明涛现在应该知道星星有多好了，估摸着心里在暗暗后悔也不一定。"

林娇："谁让他当初眼瞎的，活该！星星现在已经是我男神的了，让他滚远点。"

沈圆星支着脑袋，被一道题难住了。

正思虑间，她被林娇拍了一下肩膀："星星，问你个问题啊。要是霍明涛真的后悔了，想跟你重归于好，你怎么办？"

沈圆星缓了下神，面上没什么表情，回答得十分干脆利落："好马不吃回头草，我又不是柳星彤，才不捡别人的破鞋穿。"

显然，沈圆星的回答令林娇很是满意。接下来的时间里，谁也没再打扰沈圆星做题。

翌日，又是个艳阳天。

学校论坛上关于柳星彤和霍明涛吵架的帖子，热度已经盖过了之前徐成冽在篮球练习赛上当众亲吻沈圆星额头那件事。

论坛上有人劝和，也有人劝分，关于他们的事热度很高。反倒是沈圆星和徐成冽的热度降了下来，约莫是他们最近太低调，见面次数也比之前少了许多。

大二下学期的课程比之前紧一些，沈圆星又在做兼职，忙起来根本没时间和徐成冽出去约会。

徐成冽为了打发时间，临时起意报了个读书社团，尽可能不在沈圆星忙碌时去打扰她。

巧的是徐成冽进入这个读书社团不久后，柳星彤也加入了这个社团。

于是学校论坛上又有了新的风向。有人在论坛上发了一张照片，照片里柳星彤坐在窗前看书，与她相隔两个空位的徐成冽则在看她。

因为这张照片，无数流言蜚语在南大传开，饶是沈圆星再怎么忙，也总能听见一些是是非非。

不过沈圆星从来没在乎过，她和徐成冽一切如常。两人偶尔见面，就会一起去食堂吃饭，沈圆星也会在夜深人静时被徐成冽拉去图书馆那隐秘的一隅亲亲。

学期临近期末时，论坛上有了新的爆照，有人拍到柳星彤去蹭徐成冽他们班的课，虽然他们之间隔着两三个人，但柳星彤的目光似乎一直落在徐成洌身上，还有人看见徐成洌夜跑时柳星彤就跟在他身后不远处。

于是铺天盖地的猜测散布于论坛每个角落。

所有人都在议论，沈圆星是不是又被柳星彤撬墙脚了，也有人公然质疑柳星彤的行为，是否是想脚踏两条船。

【大白兔奶糖：我怎么觉着这个柳星彤很喜欢抢人东西是怎么回事，她和霍明涛到底分手没有啊？】

【轻轻亲亲河边草：沈圆星到底行不行啊，不行让我上啊！】

【英俊潇洒：有些人真是脸皮厚，总是喜欢别人家的男朋友。可惜啊，并不是谁都是霍明涛的好吧。】

相关言论很多，离开学校的前一天晚上，沈圆星被徐成洌困在图书馆一隅。徐成洌白皙修长的指节握着手机，翻着论坛，将一条接一条的帖子及回复念给沈圆星听。

被他亲得唇色嫣红的沈圆星粗粗喘着气，后背靠在冰凉的墙体上，她望着薄唇懒动的男朋友，哭笑不得。

"阿洌……我真的相信你。"这句话沈圆星已经说了不下五遍了，可不知道为什么，徐成洌的脸色还是阴晴不定，看上去很不开心。

"对我这么信任？"徐成洌沉声，收起了手机。

他高大的身躯笼着沈圆星，腰身沉沉压着她，大手也紧紧扣在她的细腰上："柳星彤接近我，你不吃醋？"

信任是一回事，不在乎是另一回事。他又不傻，能感觉不出她对他的态度到底属于哪一种？

"这有什么好吃醋的，是她接近你，又不是你接近她。再说了，论坛上那些照片不过是捕风捉影而已，就拿那张说你看她的照片来说吧。你看的分明是从窗外经过和你打招呼的我，不是吗？"

学校论坛上爆出第一张照片时，徐成洌就急吼吼地给沈圆星打电话报备解释过。

沈圆星一看那张照片便想起了那个午后，她和林娇她们去解剖实验室的途中刚好经过徐成洌他们看书的教室，看见教室里的徐成洌，她便给他发了一条微信，让他看窗外。

于是徐成洌侧头看向窗外，沈圆星就在阳光下冲他做鬼脸。

自那以后，论坛上那些流言蜚语和所谓的照片，沈圆星再也没信过。渐渐地，她和徐成洌对这些绯闻也麻木了。

沈圆星没想到徐成洌会忽然质疑她对他的感情。

其实一开始，徐成洌觉得沈圆星对他百分百信任是一件值得高兴的事。

可时间久了，连高晨都忍不住问他："阿冽，沈学姐对你是否过于放心了？柳星彤和你的照片一张接一张被爆到论坛上，换别人家女朋友怕是早就炸了吧。"

高晨的话无疑像一只无形的手，将徐成冽从许久以来织就的情网里暂时拉了出来。

他想起了沈圆星追他的初衷。这些日子以来，因为沈圆星的顺从、不自觉的迎合，他几乎快忘记了她一直都另有图谋。

"星星，说你爱我。"徐成冽回神沉眸，低垂长睫凝着她白玉无瑕的脸。

沈圆星不止一次被他如此要求，每次她都很顺从，从未让他失望过。

可今晚，也不知道是风太燥热的原因，还是因为刚才接吻时，徐成冽略带惩罚性质的吻令她嘴唇有些疼。总之沈圆星心里有些不耐，她皱了皱眉，抬眸回望住他俊逸的脸："为什么总要我说那三个字呢？"

"徐成冽，你是不是一开始就不信我爱你？"

徐成冽哑住，那句"是"差点脱口而出。

沈圆星接着道："我都说了，我相信你和柳星彤是清清白白的，我相信你不会是第二个霍明涛。你怎么就不信我呢？"

"你这样……真的很像小孩子无理取闹。"

这是沈圆星第一次对徐成冽说重话，她心情不太好，但又说不上来为什么不好。

话说完后，沈圆星望见了徐成冽眼里一闪而过的诧异，便在他呆愣时轻轻推开了他："时间不早了，我该回去了。

"你也赶紧回宿舍休息吧……我们都静一静。"

3

沈圆星离开图书馆后，徐成冽还在那一隅像根木头桩子似的呆立了许久。

第二天一早，沈圆星去松竹楼楼下等沈明川，暑假他们姐弟也要回家，订了上午九点多的高铁票。

徐成冽也订了票，和沈圆星他们只差二十分钟的车次，早早就约好了一起去高铁站。

但鉴于昨晚两人在图书馆闹了点小矛盾，沈圆星早上并没有联系徐成冽，徐成冽那边也没有给她发消息。

就在沈圆星以为徐成冽会刻意避开她去高铁站时，身穿白色T恤的高个子男生跟在沈明川身后从公寓大楼里走了出来。

沈圆星的视线与他对上，两人皆是欲言又止。

倒是沈明川夹在中间，承担起活跃气氛的重担。

"姐，我们坐地铁还是打车？"

"地铁。"

"好吧。"沈明川抿唇，视线落到徐成洌身上，"阿洌，你饿不饿，要不要去超市买点面包什么的垫垫肚子？"

"不饿。"

在双重低气压的压迫下，沈明川最终选择了沉默。

他们三人乘坐地铁去的高铁站。

或许是正值上班高峰期，地铁上乘客特别多。

沈圆星被上下车的乘客撞了好几次肩膀，直到后背贴上一堵肉墙，她手里的行李箱被徐成洌接了过去，他高大的身躯推着她去了靠门边的角落里，用他的身体筑起围墙将她保护起来。

至此，沈圆星好不容易坚硬起来的心又软下去了。

她仰头去看徐成洌的脸，他却平视前方，只剩修长的脖颈和弧线性感的下巴清晰可见。

沈圆星抿抿唇，盯着他凸起的喉结看，想说的话咽了回去。

在地铁行驶过程中的浮浮沉沉中，徐成洌峻拔的身形始终沉稳如山，将沈圆星护得严严实实。

虽然他没低头看她，但他身上白栀子的冷香却无时无刻不在蛊惑影响着沈圆星。

被徐成洌护在怀里的沈圆星不由得开始反思昨晚的事。

说到底还是她自己生出了撂挑子的想法，她在犹豫要不要把事情跟徐成洌说开。

如今柳星彤和霍明涛的感情出现了危机，柳星彤又有追求徐成洌的迹象。这对于沈圆星来说，她当初制定的针对柳星彤的计划已经成功了百分之八十了。

至于剩下的百分之二十，只要徐成洌坚定不移地爱她，就足够对柳星彤造成强烈冲击和伤害。

所以对于沈圆星来说，她已经可以收手了。可她心里对徐成洌怀有愧疚，一想到他知道过往一切都是骗局会是何种反应，她就无法将实情说出口。

所以昨晚被徐成洌质疑她对他的感情时，她的反应是前所未有的大，就像是被踩了尾巴的猫，突然抓狂。

现在回想起来，她无缘无故对徐成洌发了一通脾气，是她的不对。

就在沈圆星纠结着是哄徐成洌还是无视这次矛盾，方便后面顺其自然跟他提分手时。横身挡在她身前的徐成洌低首垂望着她，长睫低掩，剑眉轻拧，语气略有些委屈:"一个晚上了,你静够了没?"

沈圆星愣住,片刻后抬眸对上他的眼睛,被他眸底浮动的浓情蛊得心脏怦然。

没等她张嘴,徐成洌扬了扬下巴,眼睛看向别处,咬了咬薄唇,声音稀碎:"你要是静够了……就抱我一下。"

沈圆星顿时绷不住了,她想也没想便扑进他怀里,两只手自然而然地圈上了他劲瘦的腰身,声音闷闷的:"笨蛋徐成洌……"

徐成洌身形微僵,下一秒腾出一只手回抱住她,沉沉俊脸如冬雪初融,化出一抹春色。

他承认,他真的离不开沈圆星。不过一个晚上没有联系,却仿佛过了一个世纪。

地铁到站后,沈明川发现徐成洌和沈圆星之间的画风突变。

两人又亲密无间起来,公然在他面前牵手、搂抱,检票进站时,还旁若无人地亲吻额头,你侬我侬。

看不下去的沈明川难得去宿舍群里发了句牢骚。

【沈明川:你们说,阿洌什么时候才能有骨气一点?】

【高晨:你要是特指他对沈学姐的话,我觉得骨气这玩意儿他这辈子都不可能有。】

【乔英俊:这次我站高晨。洌儿在姐姐面前怕是一辈子也支棱不起来了。】

送走了沈圆星和沈明川,徐成洌在候车时看见了微信群消息,他嘴角抽搐了一下,也去冒了个泡。

【徐成洌:你们懂个屁。一群单身狗。】

暑假很长,长得让徐成洌憎恨。

好不容易熬到收假返校,他却因为返校当天南城的断崖式降温而感冒了,始终没敢和沈圆星亲亲,怕把感冒传染给她。

开学第一周,学校论坛上有人爆料,说柳星彤和霍明涛分手了。

这件事在论坛上引发了激烈的讨论,很多人觉得是谣言,不肯相信青梅竹马的 CP 也能决裂。

但大部分人却是一副早已预料到这种结局的口吻,且纷纷开始揣测柳星彤接下来的动向,还好心在论坛上喊话沈圆星,提防着点柳星彤。

沈圆星不以为意,她根本没去论坛上看过,更别提回应了。

进入大三后,她的学业明显比大一大二时繁重许多,连兼职都辞了。适逢徐成洌感冒,沈圆星每天早上都会给他送早餐,顺便买点家中常备的感冒药。

徐成洌这人生起病来十分孩子气,说什么也不肯去医院看病,怕打针怕输液，怕看医生，连对症拿药都是沈圆星连哄带骗才搞定了他。

一周过去了，他感冒的症状减轻了许多。沈明川告诉沈圆星，徐成冽已经悄悄停了药，之前开的那些药全都被他扔进了垃圾桶。

所以周六这天早上，沈圆星冒着雨去校外给他买了他想吃的那家酱肉包子和豆浆，顺便也给他带了点常用感冒药。

九月初的雨难得细密，如柳絮一般，洋洋洒洒润湿沈圆星的头发和衣服。

她出门时没下雨，便没拿雨伞。可等她买好早餐和药返校时，细雨忽然飘了起来，她只好硬着头皮冒雨跑到松竹楼下，给徐成冽打电话让他下楼来拿东西。

就在沈圆星等候徐成冽时，一道熟悉的身影从松竹楼里走了出来。

那人穿着黑灰色格子衬衫，手里拎了一把雨伞，脸色苍白，形容憔悴，看上去像是生病了。

沈圆星一眼便认出他来。正是近几日在学校论上热度很高的男主角，霍明涛。

霍明涛也看见了在路边等候的沈圆星，视线垂落在她左右手拎的东西上，不禁长眉微蹙，眼露一丝羡慕，又忍不住自嘲地扯了扯嘴角。

不用想也知道沈圆星手里的早餐和药是给谁买的。她竟冒着雨来男生公寓送东西，可见在她心里，徐成冽有多重要。

霍明涛这几天身体也不舒服。

开学第一天他便和柳星彤正式分了手，接连几天晚上都去买醉，吃饭睡觉作息都不规律，生活一塌糊涂。

今天一早醒来，他便觉得身体哪儿哪儿都不舒服，头昏脑涨，身体发热，四肢虚软无力……都是感冒的症状。

偏偏上午他们班有课，室友们早早起床出门了，宿舍里只有他自己。

霍明涛也没想到会在松竹楼下遇见沈圆星。

与她相比，此时此刻的他显得格外狼狈凄惨。于是他收回视线，打算装作没看见沈圆星，目不斜视地从她身边经过。

可就在与沈圆星擦肩而过时，他眼前忽然一黑，天旋地转。

沈圆星听见了"扑通"一声，下意识回头看了一眼，正好看见昏倒在雨地里的霍明涛。

她愣了几秒，还是本着人道主义过去帮忙了。

这恰好又被刚下楼来走出大门的徐成冽撞见。

徐成冽看见沈圆星把买给他的早餐和药扔在了地上，全力去拉拽搀扶倒在地上的霍明涛。

4

沈圆星也没想到自己会摊上这么个事。清晨下着蒙蒙细雨，来往的行人本就不多，她只能拼尽全力，才勉强将霍明涛扶了起来。

她顾不上地上的早餐和药，艰难地搀扶着霍明涛往校医务室的方向去，丝毫没有注意到身后不远处，徐徐从男生公寓大楼里走出来的徐成冽。

将霍明涛送到校医务室后，沈圆星本打算赶回男生宿舍，可医务室的老师却叫住了她，说是要去拿点东西，暂时让沈圆星看着点床上昏昏沉沉的病人。

沈圆星本着送佛送到西的慈悲，坐在了医务室内另一张床上。

巧的是霍明涛躺的那张床恰好是当初徐成冽躺过的，她和徐成冽还在这里接过吻……

想到这里，沈圆星终于意识到她应该给徐成冽打个电话，以免他下楼后看不见她人担心。

电话刚拨出去，一道熟悉的铃声却在沈圆星身后响了起来。

她愣怔了一秒，似是不敢相信一般回过头，视线定定落在了刚从门口进来的徐成冽身上。

"阿冽……"沈圆星张了张嘴，视线垂落在他手里拎着的塑料袋上，正是她之前慌忙之下丢弃的早餐和药。

"你怎么在这儿？"诧异之余，沈圆星从病床上起身，朝徐成冽走了过去。

徐成冽的视线却越过她望了眼病床上躺着的霍明涛，那人的脸色很苍白，看上去的确很不舒服的样子。

虽然知道沈圆星把人送来医务室并没有做错什么，但徐成冽心里就是觉得不舒服。是以他好半响才将视线落回沈圆星身上，眸色深深地看着她："我跟着你过来的。"

沈圆星了然，第一时间想到的竟也不是解释。她皱着眉回望住徐成冽的俊颜："好啊，你看见了也不来帮我，你知不知道他有多重，像头猪一样……"

本来心情郁结的徐成冽顿时一噎。

恰巧医务室值班的老师拿了药品和器材回来，询问起沈圆星和霍明涛的关系。

没等沈圆星回答，徐成冽先开口，斩钉截铁："她只是个热心校友而已。"

老师看了徐成冽一眼，笑了笑："行吧，那你们先回去吧，一会儿等人醒了，我再让他给朋友打电话。"

沈圆星道了谢，十分自然地挽着徐成冽的手臂出门去。

天上还飘着雨，徐成冽刚出门便抽出了手臂，改将沈圆星搂在怀里护着，不想让她淋雨。

沈圆星则看了眼他捡回来的药和早餐。药也就算了，塑料袋脏了并不影响。

但那酱肉包子和豆浆却是不能吃了。

于是沈圆星从徐成冽手里拿过早餐，顺手扔进了路边的垃圾桶里："都脏了，我带你买新的去。对了，你感冒好全了没，淋雨真的没关系吗？"

徐成冽心头压的那座大山悄无声息便被挪开了，他眸色沉沉垂望了沈圆星一眼，将她往图书馆里带。

还是那熟悉的一隅，栀子的冷香和男性身体的灼烫沉沉压着沈圆星，徐成冽正用他自己的办法向她证明，他的感冒已经好全了。

大清早的，图书馆里根本没什么人。即便徐成冽惩罚似的咬了沈圆星的耳垂，引得她吃痛叫出去，也没人注意到。

饶是徐成冽什么也不说，沈圆星也从他的肢体语言里知道他在生气这件事。她两手轻轻推了推沉压着她的人，一脸无奈："我就是本着人道主义把他送去医务室而已，你别多想。"

徐成冽沉吟片刻，垂首将额头与沈圆星相抵，嗓音哑欲："可你扔下了给我买的早餐和药……"

沈圆星哭笑不得："这只能说明在我心里人命比身外之物重要。这么说吧，就算今天晕在我面前的是一条狗，我也会扔下东西去帮它的。"

徐成冽愣了愣，心下最后一丝不悦也因为沈圆星的话彻底被消除了。

他顿了下，没头没脑地说了一句："霍明涛和柳星彤分手了。"

沈圆星不明所以，这件事她早就知道了，用得着他特意再说一遍？

徐成冽在她狐疑的目光里继续道："要是他后悔了，想追回你，你会跟他走吗？"

他不想做一个疑神疑鬼的"怨夫"。但或许因为一开始就知道沈圆星的虚情假意，所以徐成冽总想从她的言行中得到安全感。

别人家男朋友或许根本不在意的一件小事，他总忍不住想要向沈圆星确定一遍又一遍。

比如，她的爱。

沈圆星也察觉到徐成冽这些日子以来的变化。似乎从上学期期末闹了那一出开始，他们之间的感情状态就一直不算好。

徐成冽的不安，沈圆星能感觉到，她不由得怀疑他是不是察觉到了她的谎言。可如果他真的察觉到了，应该会生气到直接跟她提分手，甚至对她厌恶至极吧。

"星星……你会吗？"

"不会。"在徐成冽追问第二遍时，沈圆星回笼了思绪，给了他明确的答案。

话落，她明显感觉到徐成冽松了一口气，而后徐成冽又朝她压来，用力且贪恋地抱住她，将头埋在她肩上深嗅她身上的气味。

许久，徐成冽才满血复活，直起身牵住沈圆星的手："走吧，陪我去食堂随便吃点。"

霍明涛在医务室里醒过来时，窗外已是夕阳西下的光景。

早上的细雨早就停了，下午时忽然出了太阳，傍晚的残阳嫣红胜血。

室友在床前守着他，见他醒了，难免斥责几句："你说你，为一个柳星彤把自己搞成这样叫什么事？"

霍明涛蹙眉，依稀记得一些他失去意识前的事。他在松竹楼下遇见了沈圆星，与她擦肩而过时忽然天旋地转眼前一黑……后来意识蒙眬时，他隐约听到了沈圆星的声音。

后来经过医务室老师的阐述，霍明涛基本确定是沈圆星送他到医务室的，心里没来由地有些暖。

"没想到沈学妹人这么好，可比柳星彤好太多了。"室友嘴碎起来，忍不住又骂霍明涛两句，"你说你当初是不是眼瞎，居然为了一个柳星彤，把沈学妹抛弃了，害得我跟她室友表白也被拒绝了……"

室友后面的话霍明涛没注意听，他只是忽然有所感，沉沉问了一句："你说……我现在后悔还来得及吗？"

室友："……啥意思？"

片刻后，室友回过味来，"你想追回沈学妹？"

霍明涛没吱声，只听室友接着道："你疯了吧，她现在可是徐成冽的女朋友！我觉着沈学妹不会回头跟你的，她和徐成冽感情好着呢，你没看论坛上关于他俩的帖子吗？"

霍明涛拧起了浓眉，淡淡不悦："可我是她的初恋……我想试试。"

室友顿时不知该说些什么，但想想又觉得霍明涛的话或许有些道理，毕竟初恋是每个人一生中最难忘也是最难放下的，不是吗？

霍明涛养好身体的第二天，他在明思楼必经之路堵到了去上课的沈圆星。

彼时沈圆星正在和林娇她们聊上节课的知识点，蓦地被人拦住去路，她们一行四人相继愣住。

沈圆星看向霍明涛，不自觉皱了皱眉。她什么也没说，只看了霍明涛一眼便要移开视线，并打算绕过他继续往前走。

察觉到她的意向，霍明涛连忙开口："星星，我想跟你单独聊聊……"

不只是沈圆星，旁边的林娇、苏梦和李成欢都被男生的话惊到了。

几个女孩子交换了一下目光，随后齐刷刷看向沈圆星，只见她皱着眉头冷沉着脸，面无表情地回："不好意思，我没时间。麻烦让一让，我还赶着去上课。"

霍明涛横在原地一动不动，也不介意林娇她们的存在了，他直接说明了来意："上次你送我去医务室，我还没来得及谢谢你。要是可以的话，今晚一起吃饭吧，给我个机会好好感谢你。"

霍明涛掏心窝子的话在沈圆星听来竟有些可笑。好端端地，请她吃饭，感谢她？

沈圆星挑眉，声音依旧冷沉："学长不用客气。其实那天就算路边晕倒的是一条狗，我也照样会送它去医务室。"

霍明涛一噎。

旁边的林娇没忍住笑出了声，后连忙捂住自己的嘴。

沈圆星看了她一眼没说什么，只在霍明涛愣住时越过他，头也不回地朝明思楼的方向走。

林娇、苏梦、李成欢三人跟上，没走多远便忍不住议论起来。

"什么意思啊，霍渣渣这是想吃回头草？"林娇一副鄙夷的语气，越发瞧不上霍明涛了。

苏梦也扁扁嘴："看起来他是有这意思。啧啧，脸皮怎么这么厚？"

李成欢："八成是以为星星送他去医务室是对他余情未了吧。"

沈圆星顿时无语。

自那天开始，沈圆星时常会见到霍明涛，但多数时候都是她单独行动，或者和林娇她们一起出行时才会遇见他。

她和徐成冽一起时，霍明涛却是从未出现过。

苏梦说霍明涛这人有点心眼在身上，还知道撬墙脚得趁徐成冽不在的时候，倒也算有点自知之明，知道自己正面肯定赢不了徐成冽。

"他这撬墙脚的伎俩八成是从柳星彤那里偷学来的。"林娇很是瞧不上霍明涛。

沈圆星也瞧不上霍明涛，且霍明涛越是反常纠缠，她越是觉得自己当初真是瞎了眼才会答应和他交往。

为了不刺激到徐成冽，沈圆星并未把霍明涛的纠缠告诉他。但纸终究包不住火，学校论坛上关于这件事的风声很快传开了，徐成冽自然也知道了这件事。

不过，他并未责怪沈圆星的隐瞒，因为柳星彤纠缠他的事，他也没告诉沈圆星。

一方面是徐成冽认为自己能够解决好，一方面则是他知道，就算告诉沈圆星，她肯定也是一笑而过并不会在意，反倒是她不在乎的态度，自己见了会难受。

他不想给自己找不痛快。所以在知道霍明涛对沈圆星的心思后,他也一直没有主动在沈圆星面前提起过。

他们之间一切如常,日子和之前没什么区别,却又总让人有种不得劲的感觉,烦闷,无力。

风平浪静的日子过得很快,转眼就到了徐成浉二十岁生日这天。

沈圆星零点零分准时给他发了微信消息,是生日祝福。

早上她还给他送了早餐,是打包的长寿面。

因为是二十岁的生日,徐成浉一整天下来收到了来自四面八方亲朋好友的祝福。有家人的视频电话,也有朋友的短信问候,学校论坛上也有庆生帖。

加上徐成浉生日这天是周一,他们班全天都有课,所以这个生日他过得尤其繁忙。直到夜幕降临,他才有时间和沈圆星一起请乔英俊他们吃饭。

吃饭的地方在市中心商业街,一家在南城特别有名的自助餐店。地方还是乔英俊他们商量后一致决定的,徐成浉只负责订座。

徐成浉也没想到,柳星彤会带着她的小姐妹跑来餐厅找他。

彼时他刚从洗手间出来,正站在洗手台前慢条斯理地挽着衣袖。

镜子里映出徐成浉顾长俊拔的身姿,他身上穿着去年生日时沈圆星送给他的黑色衬衫,袖口的星星被他小心翼翼折了起来。

柳星彤悄无声息地走近,在他身后一步远的位置站定,目光灼灼地落在镜子里的男生脸上:"徐成浉……"

被娇柔女音点名的徐成浉掀起了长睫,目光透过面前的镜子看见了站在他身后不远的女生,几乎下意识地,他皱了下眉头,生理性的反感涌上心头。

他又垂下眼睫去,想装作没听见、没看见。

可等他转身时,柳星彤横身拦在了他身前,美目盈盈朝他望来:"我有话想跟你说,能不能给我几分钟……"

柳星彤轻咬唇瓣,一副楚楚可怜的样子。但徐成浉看在眼里,却是半点怜香惜玉的心情都没有,他拧着眉,声音低冷没有情绪:"不能。"

话落,徐成浉便要绕过柳星彤,却见她忽然张开手扑过来。

说时迟那时快,徐成浉生硬地收回了迈出去的腿,连连后退几步,侧身避开了柳星彤突如其来的拥抱。

柳星彤撞在了洗手台上,虽然冲劲不大,但她还是磕到了小腹,疼得龇牙咧嘴。

这一幕恰好被走廊另一头过来的沈圆星看见。暖色调的廊灯坠在她妩媚妖娆的红裙和精致的面容上,她撩了下眼皮,放缓脚步,心下轻笑了一声,蓦地烧起一把火来。

第十三章
他们成了两条平行线 ★

1

柳星彤撞得疼了,便顺势折下腰去,装得一副楚楚可怜的模样。

她目光盈盈地望向徐成洌,似是希望能引起他的同情,哪怕只有一点也好。可惜徐成洌却像是根冰棍子,又木又冷,面无表情。

柳星彤只好开口求助:"徐成洌……你能不能扶我一把,好疼……"

话说完,柳星彤揪着眉垂下眼睫去,一副就要软倒在地的趋势。

就在这时,一只手探到了她眼前。柳星彤顿时欣喜,连忙搭上那只手站直身,嘴角勾足笑意,抬眸向手的主人道谢:"谢谢你,徐成洌……"

话没说完,她看清了那只手的主人,是沈圆星。

她蓦地抽回手,脸色突变,由红转黑,连眼神都变沉寂冷漠许多,带着妒意。

勾搭徐成洌被沈圆星撞个正着,柳星彤多少有些难堪。

沈圆星则笑盈盈看着她,眸光戏谑,略含讽刺:"柳学妹太客气了,不过就是扶一把而已,完全不用谢。"

"哦对了,你小腹还疼吗?要不要我们帮你打个120?"

沈圆星也收回了手,抄在臂弯处。说话间,她眸光一斜,看了眼退避三舍的徐成洌,红唇勾得艳丽:"阿洌,还愣着干什么,给柳学妹叫救护车啊,她刚才都疼得站不稳了。"

徐成洌堪堪从沈圆星忽然出现的惊愕中回过神来,领会了她的意思后,配合地摸出手机。

电话还没打出去,柳星彤已经装不下去了:"不用麻烦了,我好多了……"

沈圆星扬唇:"这么快就好了,柳学妹的恢复能力挺强啊。"

柳星彤狠狠咬了一下唇瓣,看向沈圆星的眼神充满嫉妒和愤恨,却要强颜欢笑:"既然沈学姐也在,那我就先不打扰阿洌了。有些话,还是等下次社团活动的时候再跟你说吧。"

柳星彤那一声"阿洌"喊得亲切,令沈圆星的眉心突突跳了两下。

且她说话时,目光刻意越过沈圆星望向徐成洌,声音温柔得能掐出水来。

就在沈圆星暗暗磨着后槽牙时,站在她身后不远处的徐成洌微微上前,十分自然地将手落在了她腰侧,对柳星彤道:"你就是这样从我家宝宝手里抢走霍明涛的吧?"

"阿洌?"徐成洌冷笑了一声,声音顿挫有力,如刀刃一样锋利,"你还挺自来熟。

"我劝你还是不要白费功夫了。毕竟我不是霍明涛,我也不喜欢你这款。任凭你费再多心思,也不过是自取其辱而已。

"南大门槛也不低,考进来不容易。与其花心思在勾别人男朋友这种事上,不如静下心多读点书。"

话落,徐成洌紧了紧落在沈圆星腰上的手,将她往怀里压了压,转向她的视线深情又温柔:"宝宝,你说我说得对不对?"

沈圆星对上了徐成洌深不见底的眼,被他眸中的情意荡漾了春心。

心脏"扑通扑通"跳着,她连声附和徐成洌的话,顺势给了柳星彤一记暴击:"我家阿洌说得对。柳学妹,你这总喜欢勾别人男朋友的习惯是不太好,得改改。回头出入社会,容易挨打。毕竟这世上的人也不是都像我这么心地善良的。"

柳星彤涨红了脸,她没想到徐成洌竟然会对她一个女孩子说这么重的话,一点风度都没有。可一想到,他这么做都是为了沈圆星,她又嫉妒得抓狂。

"徐成洌,你真以为她是真心喜欢你吗?她不过是想利用你刺激霍明涛而已!如今霍明涛已经和我分手了,沈圆星的目的已经达成了,她迟早会甩了你的……"

柳星彤说的这些根本没有实质性的证据,都是她作为女生的第六感,因为沈圆星追求徐成洌的时机实在太巧合,加上早前一次偶然的机会,她亲耳听见沈圆星跟她弟弟沈明川说自己无法接受姐弟恋。

一个排斥姐弟恋的人忽然追求比自己小两岁的徐成洌,且时间刚好卡在她和霍明涛交往之初。柳星彤怎么想,都觉得沈圆星是在报复。

可惜她误会了。沈圆星要报复的人不是霍明涛,而是她。

被柳星彤戳中一半心思的沈圆星难得面露慌色,她身子绷直,生怕徐成洌真的会往柳星彤说的那方面去想。

她心里很矛盾,杂乱无章,一时半会儿竟忘了反驳,只面色冷了下来,体温陡降。

徐成洌落在她腰上的手僵了僵,随后收紧力道:"就算她真的甩了我,那也是我自己无能留不住她,用不着你来替我操心。"

男音冷沉得似要结冰,带着愠怒和极度的不耐烦,就像一只被踩了尾巴的猫,神情紧绷,严肃得吓人。

柳星彤想说的那些话全都哑在了嗓子眼里,她看着徐成冽越发暗沉的脸色,终于意识到一件事。

或许从一开始,徐成冽就知道沈圆星追他的目的不纯,可他最终还是答应了跟沈圆星交往……

所以徐成冽是真的喜欢沈圆星,不计得失。

柳星彤失意离开时,脸色颓然,像是信仰崩塌,万念俱灰。

她一走,徐成冽落在沈圆星腰上的手便抽走了。他到底还是被柳星彤的话干扰了,加上霍明涛确实有在接近沈圆星的迹象……这让本来就没什么安全感的徐成冽,内心极度不安。

沈圆星自然不知道他心里在想什么,只是沉浸在他刚才维护她时说的那些甜言里,心脏怦然。

静默半晌,沈圆星才握住了徐成冽的胳膊,安慰似的对他道:"我没想过和霍明涛复合,我也没想过利用你报复他。"

这是真话,所以说这番话时,沈圆星直直看着徐成冽眸光复杂的眼。

徐成冽滚了滚喉结,像是得到了安慰,蓦地把她揽入了怀里:"星星,我爱你。"

沈圆星回抱住他,两只手柔弱无骨地揪着徐成冽的衬衫。她心下涌着暖意,犹豫了许久,方才沉声开口:"阿冽,如果……我是说如果,如果我真的有骗了你,你会怎么办?"

徐成冽的手落在了她的后脑勺,轻抚着,他嗓音淡淡:"我说过的……让我知道你骗我,你就死定了。"

所以沈圆星,不要撕破谎言,就这么骗我一辈子。我会……乖乖被你骗。

2

南城入秋后,天气越发寒凉。

距离徐成冽生日那天以后,又过了五日,正好是沈圆星的生日。

适逢周六,刚下过一场凄切的寒雨,气温冷凉。

沈圆星一大早便裹着象牙白的呢子大衣出门,长鬈发被苏梦费心编织后盘在脑后,端庄典雅。虽与她明艳的气质不太相符,却并不违和,只在她明丽动人的俏脸上添了几分岁月静好的温婉。

按照徐成冽制定的计划,他要带沈圆星去吃早饭,然后上午便出发,去南城周边的大型游乐场玩一整天。

差不多到傍晚时分再赶回学校,晚上叫上林娇她们和乔英俊他们,一起热热闹闹吃饭庆生。

计划是徐成冽定的，沈圆星没什么异议。

她只负责早起，打扮好自己，然后出门。

走出兰慧楼大门时，沈圆星看了眼乌云散尽后朗润明净的天空，总觉得到中午时应该会有太阳。

鉴于徐成冽微信上给她发消息，要她在兰慧楼门口等他十分钟，于是沈圆星便散步到了海棠花树的花坛那边。

站了大概三五分钟，一道高挑身影从松竹楼的方向过来，脚步很是急促。

沈圆星下意识朝那人看去，还以为是徐成冽来了，没想抬眸看见的却是风风火火、神色匆忙的霍明涛。

他手里拎着一个礼品袋，目光锁定花坛前的沈圆星，不由得加快了脚步。

"星星！"男音清透，中气十足。

沈圆星下意识皱眉，眼看着霍明涛越来越近，她心下第一个念头却是……要是让徐成冽撞见她和霍明涛碰面说话，他又该吃醋了。

就在沈圆星想要转身避开霍明涛时，霍明涛已经走近并伸手抓住了她的胳膊，显然是预判了沈圆星的预判。

拽住她以后，霍明涛又在她抽回手之前松开了她，直接开门见山，把礼品袋递了过去："生日快乐。"

沈圆星猝不及防，看着被塞进手里的礼品袋，她拒绝的话没来得及说出口，霍明涛已经后退过去，手臂微抬冲她挥了挥。

"再见！"

话落，他人已经转身小跑着离开了，留下沈圆星半举着手，张着嘴愣是没说出话来。

这一切，发生得太突然了。

"嘀嘀！"

车笛声破空响起，格外刺耳，引人注目。

沈圆星收回了追着霍明涛远去的视线，顺着声音侧头看去，她看见了一辆军绿色的大吉普。驾驶座的车窗完全降下，徐成冽一整只胳膊垂挂在车门上，正目光幽幽地瞧着她。

沈圆星心下一"咯噔"，连忙小跑过去。

"哪儿来的车？"沈圆星在车外站住脚，微张着嘴喘气，眼尾细长的弧度妩媚勾人，瞳仁里噙着惊诧。

徐成冽睨了一眼她手里的礼品袋，薄唇抿成一条线，沉默了片刻才沉声道："上车。"

他没有回答沈圆星的问题，视线也漫不经心地移开，目视前方。

沈圆星应了一声，绕到了副驾驶座那边，拉开车门上了车。

那个礼品袋被她放在了腿上。车内的氛围似凝固了一般,逼仄感包裹沈圆星全身。

徐成洌迟迟没有发动引擎,也没说话,更没有看她。

但即便如此,沈圆星还是察觉到了他的愠怒不爽。

就在徐成洌试图自我调节情绪时,沈圆星将腿上的礼品袋放到了脚边,随后她倾身靠近了驾驶座的徐成洌,猝不及防地往他又冷又臭的俊脸上亲了一口。

"回头我就把东西还给他。"

沈圆星嘀笑,亲完便要退回去,却被徐成洌先一步握住了后颈。

独属于男性的气息瞬间吞没了沈圆星的呼吸,她被撬开了齿关,两只手撑在了徐成洌大腿上。

从被迫承受他的吻,到奋起迎合,沈圆星总算化解了徐成洌心里所有的醋意、不满。

他餍足后放开了她,顺势将她脚边的礼品袋拎走,嗓音略哑:"我还。"

沈圆星没有意见,坐好后系好了安全带。徐成洌亦是,然后从大衣口袋里摸出来一只戒指盒:"右手给我。"

沈圆星不明所以,犹豫了一下将右手伸了过去。一只银戒套在了她的中指上,冰冰凉凉,沁人心脾。

沈圆星愣住了,她错愕地看着徐成洌,眼尖地注意到他左手中指也戴着同款的戒指。

所以是……情侣对戒?

给沈圆星套上戒指后,徐成洌深深望了她一眼:"生日快乐,宝宝。"

这份礼物早在去年沈圆星生日时他就准备好了,可那时候他因为一些顾忌并没有送出手。如今一年过去了,他急切地想让所有人都知道,她是属于他的。

城郊的游乐场极大,一共春夏秋冬四个娱乐区域。

徐成洌陪着沈圆星玩了个遍,连午饭都是在游乐场内解决的。

傍晚时分,他俩开车回到了南大。路上沈圆星总算弄清楚车了的来历,是徐成洌借的,目的就是为了一整天带她自由行,不用挤地铁和公交车,机动性更强。

南城入夜,华灯初上。沈圆星回宿舍洗了个澡,随后和林娇她们一起出门,和徐成洌他们会合。

一行人图方便,浩浩汤汤涌入小吃街,找了一家环境还不错的火锅店。

吃饭时,林娇刷着论坛,忽然看见了一个帖子,正好与沈圆星有关系。

说的是早上楼主看见霍明涛到兰慧楼下和沈圆星碰面，似乎给沈圆星送了什么东西。

楼下有人跟帖，提到今天是沈圆星的生日。于是大家开始揣测，霍明涛和柳星彤分手后，打算重新追求沈圆星。

后来又有人跟帖爆料，说前几天徐成洌生日时，柳星彤也曾出现在他请客吃饭的那家自助餐餐厅里。

吐槽纷至沓来，不少人说柳星彤和霍明涛这两人绝配，行事作风简直如出一辙，不要脸的程度也是。

晚饭过后，沈圆星因为喝了些酒又吹了风，加上白天在外头玩了一天，实在身心俱疲，晚饭后便和林娇她们一起回了宿舍。

徐成洌则陪着乔英俊他们还去台球厅玩了一会儿。

沈圆星回到宿舍后第一时间便给徐成洌发了微信报平安，这似乎已经成了一种习惯。

她去洗澡的时候，苏梦和李成欢将长餐桌简单布置了一下，泡了茶，也摆上了瓜子花生和卤味，准备办一个睡前茶话会。

沈圆星刚从洗手间出来，便被拉到桌前落座。

"我们宿舍好久没有敞开心扉聊聊了，趁着今天星星生日，大家都高兴，不如聊一聊近况。"苏梦简单说了几句开场白，于是从李成欢开始，几个女生敞开心扉聊起了自己的近况。

从生活到学习，再从学习到情感，一个都没落下。

轮到沈圆星时，李成欢问她："如今柳星彤和霍明涛已经分手了，柳星彤的'地基'也被你拿捏住了。这算是目的达成了吧？"

嗑着瓜子的沈圆星愣怔几秒，后知后觉地点点头："算是吧。"

正如李成欢所说，她现在应该算是百分百圆满完成了她的大作战计划。

徐成洌生日那天，他对柳星彤说的话已经足够伤透任何一个爱慕他的女孩子的心。

这个结局正是沈圆星所求的，可她当时并没有感受到胜利的喜悦，反应平平无奇。

"那你以后打算怎么办？还要和徐学弟继续下去吗？"苏梦随口问了一句，她的话却如滚烫的烙铁，重重印在了沈圆星心上的软肉。

她被灼疼，不自觉地揪起了眉，陷入了沉默。

林娇接了话："梦梦你说的这叫什么话，星星和男神当然要继续恩爱下去啊，他俩现在可是我们南大真正的模范情侣！再说了，那可是徐成洌哎！很难追的好吧。"

苏梦看了林娇一眼，显然她还没意识到整件事的重点。

李成欢明白苏梦的意思："星星，你喜欢徐学弟吗？有没有想过把真相告诉他？"

沈圆星艰难地抬起眼帘，眸光复杂，还是没应声。

李成欢便接着道："我们没有别的意思，就是怕徐学弟知道真相，会对你俩感情造成影响。所以星星，往后的路要怎么走，你自己要想清楚。"

毕竟走错一步，都可能会对她和徐成洌未来的感情状态造成蝴蝶效应。

茶话会并没有持续很久，沈圆星这一夜却是辗转难眠。

她那本大作战计划的日记本总算画上了圆满的句号，本子被她收进抽屉底部，没再翻开过。

那本日记就像是她欺骗徐成洌的实质性罪证。沈圆星想过毁掉，骗徐成洌一辈子，可她又忍受不了良心的谴责。

于是直到寒假前，沈圆星都以学业繁忙为借口，尽可能推掉了和徐成洌的约会。

期末考的前一周，沈圆星被辅导员叫去了办公室。

学校下了一个通知，要着重挑选一批优秀学生分别前往国外几所合作名校交换学习。

这对于沈圆星来说是一个机会，一位专业课的教授向学校推荐了她。辅导员是想问问她自己的意思。

作为交换生去往国外名校学习是不可多得的机会，沈圆星自然是心动的。她二话没说就走流程填写了申请表，接下来就是等学校的官方通知和公告。

填表时沈圆星脑子里只想到了学业，以及未来的事业。等填完表格离开辅导员的办公室时，她才想到了徐成洌。

她似乎忘记了和徐成洌商量这件事。

沈圆星拿出手机翻到了徐成洌的微信，聊天界面最后一条消息是徐成洌发的，一句"想你了"。

决定出国交换学习的事忽然堵在了她的嗓子眼，她的手指僵在手机界面上，半晌打不出字。

最后沈圆星放弃了，她不知道怎么跟徐成洌商量，因为她心里已经有了决定。无论徐成洌怎么想怎么看，她都会出国。

所以……和他商量似乎变成了一件可有可无的事。

考试结束后，沈圆星和沈明川一如既往要坐高铁回S市。

离校那天南城刚下过一场雪，地面铺了一层银白，仿佛整个世界陷入了沉睡。

去高铁站的途中，沈明川和徐成洌聊起了学校要选派优秀学生去国外名校交流学习的事。

沈明川有意向，但他们班只有一个名额，辅导员和各专业课老师的意思，是想让徐成洌去。

"我已经拒绝了，对出国留学并没有兴趣。"徐成洌沉声，语调平淡，听上去确实是没兴趣。

不仅如此，徐成洌还鼓励沈明川去争取，两个人正聊得热切，沈明川斗志昂扬。

话题结束前，沈明川问徐成洌："出国留学这么好的机会你都不要，那你以后想干什么？"

徐成洌扯开嘴角淡淡一笑，视线垂落到旁边静默了一路的沈圆星身上，他腾出手勾住了她的肩膀，在沈圆星抬眸对上他温情脉脉的视线时，柔声道："我想……毕业后跟你姐领证结婚。"

徐成洌虽是在回答沈明川的话，但他眼睛却看着沈圆星。且他眸色幽深，目光真诚，可见刚才的话并不是开玩笑。

他真的太想抓住沈圆星，套牢她。目前看来，只有结婚是唯一能让他心安的办法。

沈圆星愣住了。她瞳仁微扩，避开了徐成洌饱含情意的视线，心里悄无声息地打起了退堂鼓。

徐成洌的情意和期待就像一座巨山，沉甸甸地压在她身上。

她快要……喘不过气来了。

3

寒假结束前沈圆星便提前回了南城。

申请去国外名校交换学习的事，她暂时谁也没告诉，连沈明川都不知情。

回南城后她又找了兼职，只为了让自己接下来整个学期更忙，最好连口喘气的工夫都没有。

等徐成洌察觉到后，是在学校公布交换生选派名单时。

这件事沈明川比较关注，因为他填了申请表，一直期盼着能够和李静依一起去国外某所名校交换学习。

结果名单出来的那天，沈明川在名单上看见了沈圆星的名字，赫然就排在名单首位。

沈明川第一反应是给沈圆星打电话求证，奈何沈圆星此时正在兼职的奶茶店里，约莫是赶上店里高峰期，电话一直没接。

于是沈明川把这件事告诉了徐成洌，还以为他知情。

结果徐成冽看着名单愣怔当场,五官都僵住了,明眼人都看得出来他也是局外人,什么都不知情。

　　时值盛夏,南城气温持高不下,即便入了夜,暑气也还被夏风挟裹着,烘烤得人和草木一样蔫儿吧唧的。
　　温度终于在夜里九点多缓慢降下来。沈圆星捏揉着酸软的胳膊,拎着包走出奶茶店。
　　凉风习习,从边上吹来时,沈圆星的余光瞥见了身影没在黑暗中的男生,他峻拔的身形正倚靠在奶茶店外的那面墙上。
　　学校公布了交换生选派名单这件事,沈圆星是知道的。
　　她自然也就猜到了徐成冽出现在这里的原因。
　　沈圆星深吸了一口气,朝阴暗处走去。
　　隔壁那家肥肠粉的店面今天休息,正好为这条热闹喧嚣的小吃街留下一隅寂静。
　　徐成冽就靠在这一隅寂静里,他的余光早就瞥见了从奶茶店里出来的沈圆星,他已经在这里静等了她近一个小时。
　　在沈圆星走过来时,徐成冽收回了落在她身上的视线,默默站直了身体。
　　他滚了滚喉结,冲她挤出一个笑容,嗓音带着点哑:"下班了,饿不饿,我带你吃点夜宵去。"
　　说话间,徐成冽自然而然地牵住了沈圆星的手。
　　他俊脸上溢着淡淡笑意,但眸色太深,隐没在黑暗中,沈圆星不清楚他的笑意有没有到达眼底。
　　只隐约觉得徐成冽的反应太平静了,显得异常。

　　沈圆星跟着徐成冽进了一家烧烤店。
　　坐下后,他先要了两瓶冰镇过的啤酒,中途似乎想起了什么,又改要了一瓶加热的唯怡奶。
　　沈圆星没点东西,但徐成冽都是按照她的口味点的,每一样都是她爱吃的。
　　加热后的唯怡奶送上来时,沈圆星的鼻尖微微有些泛酸。她垂下了眼睫,遮掩了眸中氤氲的雾气,暗暗深呼吸。
　　徐成冽坐在她对面的位置,拎着一瓶啤酒猛灌了一口,然后将润泽过的薄唇抿紧,一副要笑不笑的样子,神情落寞悲伤。
　　这顿夜宵吃得很没意思,两个人都没讲话。
　　沈圆星甚至没吃几口,倒是把徐成冽费心给她点的热奶喝完了,温痛了一整天的小腹得以缓解。

吃完夜宵，徐成冽结了账，又重新牵住了沈圆星的手。

两人穿过逐渐熙攘的人群，从南大东门进，终于从闹市转入了静谧清雅的校内。

这次徐成冽没带沈圆星去图书馆里面，而是去了图书馆后面那片隐秘的小树林。

小树林深处只有一盏冷白色的路灯，以及从枝繁叶茂的林木间错落下来的几缕月色。

沈圆星被扣住腰身压在了一棵银杏树的树干上，徐成冽滚烫的薄唇带着淡淡酒味粗鲁地卷走了她的呼吸。

静谧的夜里，虫鸣清脆，男女逐渐粗重的呼吸也渐渐响彻方圆几里。

徐成冽的吻野蛮深重，具有强烈的侵略性。

沈圆星有些承受不住，嘴角被咬破后，她偏头想躲，却被他捏住了下巴，接着是更深的吻与索取。

唇齿厮磨之余，沈圆星推了推他坚硬的胸膛，羞愤难掩："徐成冽……你别这样！"

徐成冽含住了她的耳垂，轻咬一下然后吮吻，兽性似乎压制下来，他放慢放缓。

沈圆星眼角已然被泪湿，她揪紧了徐成冽的衣襟，尽可能维持平缓的呼吸："你想问什么想说什么，直接点……不要像个小孩子一样闷不吭声地发脾气。"

徐成冽轻轻"嗯"一声，耐着性子亲吻她，没有多说话。他合上眼听着沈圆星顿挫起伏的呼吸，又在她咬紧唇齿时撬开她的齿关，贯穿似的深吻她。

这场疑似惩罚的吻格外漫长，落幕时，沈圆星几乎身软无力，沉沉跌在徐成冽怀里。

他搂着她的腰，抱着她靠坐在银杏树下，力道不松不紧，声音也不疾不徐："星星……为什么不告诉我？"

沈圆星靠在他怀里匀着呼吸。她知道徐成冽在说什么。

半晌，她直起身，想要从他怀里出去。

徐成冽不肯撒手，两人僵持不下。沈圆星就着嘴角破碎的痛意转头直勾勾看着他，神情清冷："因为我认为我有权利做主自己的人生，不需要向任何人报备。不管怎样，我都要去留学。"

徐成冽面色僵住，些微愣神。

沈圆星便是趁他愣神之际挣脱他站起身来，随手抚平自己被弄乱的裙摆。

她的腿肚子还有些颤，脸上热意未褪，唇色嫣红，轻咬过后更红得胜血："所以徐成冽，你别来质问我。"

261

愣神许久的徐成洌终于回过神来，他甚至不敢深呼吸，怕会扯痛心脏。

半晌他屈起了一条腿，微微抬首，难得仰望了沈圆星一次，声音里噙着几欲破碎的笑意："可我是你的男朋友不是吗？你到底……有没有爱过我啊，沈圆星？"

拔高的男音让四周陷入了死寂，连夏虫都停止了鸣叫。

这个问题对于沈圆星来说似乎很难答得上来，她攥紧了裙摆，垂眸看着那个靠坐在树下的少年许久，视野渐渐模糊了。

眼泪汹涌如潮浪，几欲决堤，可最后还是被沈圆星憋了回去。一句"没有"生生卡在她喉咙眼，她想狠狠心咬咬牙说出来，最终却失败了。

她没有回答徐成洌的问题，转身大步流星地离开，头也没回，快出小树林时，她甚至跑了起来。

脚步声越来越远，直到最后消弭在夜风里。

徐成洌将手肘支在了膝盖上，单手捂脸，随后捡起边上一块石头用力砸了出去。

他心碎得快要哭出来，深情眼潮热润湿起了雾，又被他仰着头生生逼回去。

回到宿舍后，沈圆星把自己关在洗手间里近一个小时，想了很多。

待混乱的思绪被理清楚以后，沈圆星重新打起了精神。

接下来的日子，她和徐成洌陷入了类似于冷战的一种状态。

沈圆星以为，这次去国外交换学习，或许是她结束这场漫长骗局的一个契机。错过了，她怕是再也没办法斩断和徐成洌之间的关系。

怀揣着歉疚、亏欠和徐成洌在一起，对沈圆星来说实在是一件勉强的事。

美好的爱情变成了她的心理负担，她实在承受不起。

可让她现在告诉徐成洌，她一直都在骗他。她又说不出口。

于是冷战持续到整个学期结束。

适逢毕业季，恰巧霍明涛便是这一届毕业生之一。

霍明涛在离校的前一天约见了沈圆星。

他把之前被徐成洌退还回来的生日礼物重新交到了沈圆星手里，是他当初送她的那条项链。

灼热夏风拂乱沈圆星及腰的长发，也卷起了她长裙的裙摆，她不以为意地压了下去，裙摆重新遮掩住那双白皙纤长的腿，只有骨骼分明的脚踝和小腿肚还露在空气里，漂亮得引人情不自禁地盯着看。

霍明涛便盯着她的脚踝看了许久，浓烈的歉疚与不甘在他低沉的嗓音里展现得淋漓尽致："星星，当初的事，是我不对。我知道我对不起你，也不配得到你的原谅，但我还是想最后再问你一次，你能不能……再给我一次机会?"

沈圆星盯着他塞到她手里的敞开的首饰盒。

里面那条项链倒是没什么变化,还和当初霍明涛送她时一样漂亮。

但沈圆星只是看了一阵便将首饰盒合上了,接着重新塞回了霍明涛手里。

她声音清冷,语气寡淡:"抱歉,我不能。"

许是她的果决终于斩断了霍明涛心里的残念,又或许是他早就预料到了这个答案。

总之听完沈圆星的回答后,霍明涛浑身一松,舒了口气,然后抬头温柔笑着看着她:"所以你是真的很喜欢徐成洌吧。

"尽管他比你小两岁。"

霍明涛话落,又深深吸了一口气。

他看了眼被塞回来的首饰盒,想起了沈圆星生日那天晚上,徐成洌带着礼品袋敲开他宿舍门,冷着脸一副要吃人的表情,把礼物退还给他时的场景。

徐成洌警告他,以后不许再缠着沈圆星。

连他宿舍里的张明明都被警告了一番,只因张明明帮霍明涛从李成欢那里旁敲侧击打听到了沈圆星生日那天的行程。

那时候霍明涛便清楚,徐成洌有多爱沈圆星。

他也知道,沈圆星这辈子可能都逃不出徐成洌的手掌心了。那小子就像一条毒蛇,锁定了猎物,便要纠缠到底,至死方休。

"星星,徐成洌这人并没有你以为的那样纯良无害。你别陷得太深,小心万劫不复。"

霍明涛也不知道自己是出于什么心理,给了沈圆星这样的忠告。

沈圆星只冷眼看着他,似乎并不在意。

只是在她打发完霍明涛转身打算回宿舍时,却看见了和乔英俊他们一起,准备去明思楼上课的徐成洌。

徐成洌定然也看见了她,且应该看了她很久,包括她和霍明涛谈话的场面。

不过在触及沈圆星的视线时,徐成洌移开了视线,一副无所谓的样子,像针一样扎进了沈圆星心里。

自那以后,他们就没再见过面了。

考完试,沈圆星便回了S市。按照学校的安排,暑假结束前,她将直接动身去国外那所名校,下学期正式开始交换生的学习生涯。

所以沈圆星很清楚,从她离开南城那天开始,她和徐成洌可能就不会再见面了。

他们之间僵冷到现在,总还是欠缺一个了断。

于是动身飞往国外的前一天,沈圆星将机票改成从月城起飞的航班,她当天便搭乘高铁，赶赴月城。

去见徐成洌最后一面。

4

高铁途经南城，又过了很久才到月城。

彼时夜幕垂落暴雨倾盆，雨声掩盖了世间万物的声音，只听得见淅淅沥沥、滴滴答答的声音。

沈圆星一个小时前就给徐成洌打过电话，他没接。

于是她又给他发了微信，很简单的一句：【阿洌，我来月城了。】

消息如石沉大海，直到高铁到站，沈圆星走出高铁站，依旧没有回复。

雨势越来越大，晚上九点多的高铁站人来人往，对于人生地不熟的沈圆星来说，四面八方都充斥着危险陌生的气息。

她站在出口处，跨坐在行李箱上抱着手机等消息。

期间沈圆星的心里十分杂乱。她原本是想就这么冷战到底，顺理成章出国，然后和徐成洌断掉联系。

可她始终觉得自己对他有所亏欠，总想着补偿他什么。

翻来覆去地想，沈圆星最终也只想到了一个补偿办法。在她能力范围内，也是徐成洌最想要的。

那就是……她这个人。

时间一分一秒地过去，沈圆星的手机快没电了，她也没带充电宝。

她想了想，还是决定再给徐成洌打一个电话，万一他没有看见她微信上的留言呢。

就在沈圆星垂首拨打电话时，有人走到了她面前，是个身材臃肿的阿姨，笑盈盈地问她要不要住酒店。

沈圆星淡笑着拒绝，阿姨仍锲而不舍，似乎打定了主意要把她拐去自己说的那家酒店。

就在这时，一道熟悉的男音从沈圆星身侧传来，清洌独特的声线极具穿透力，连雨声都被他压了下去。

"她说不住酒店，你听不懂？"男音愠怒，似伺机发泄。

态度恶劣到那位死缠烂打的阿姨都面色一变，对他生出了几分惧意。

随后阿姨撇撇嘴，扭头呸了口口水，没好气地离开了。

沈圆星的视线则集中在来人身上，他拎着一把黑色长伞，穿着一件黑色衬衫，衬得皮肤莹白。

"阿洌……"她张了张嘴，再多的话并未说出口。

因为沈圆星注意到他身上那件黑色衬衫,并不是她送他的那件。

这也让她瞬间清醒过来。她是来补偿他,来还债的。

徐成冽也将视线沉沉落在了沈圆星身上,眸光晦深,令人捉摸不透。

他没有应她,只是扯着嘴角,语气嘲弄地问她:"来月城做什么?你们S市没航班?"

话落,他意有所指地看了眼沈圆星的行李箱。

徐成冽知道她这是要出国了。一想到沈圆星在图书馆后面小树林里说过的话,他就觉得自己真是犯贱。

明明她都不爱自己,可他却还是在收到她微信,得知她来月城的那一刻心动不已。

徐成冽给沈明川打过电话,确定过沈圆星的车次,也知道她特意改了航班要从月城飞国外。

他本想无视她的微信消息,可窗外的雨声惹人烦躁,他在家里坐立不安,还是跑过来了。

甚至在来的路上他还在想,若是沈圆星愿意道歉,或是表露出一丝歉意,他一定立刻就原谅她。

但是她面上沉寂,像没有风浪时的海平面,平静得让人有种对未知事物的恐惧。

许久后,沈圆星站起身,目光直勾勾地望住他,平静又低沉道:"我来见你。"

徐成冽的心被小鹿撞动,"扑通"狂跳,他抿了抿薄唇,差一点就要缴械投降去拥抱她。

还好最后他忍住了。

他眉尾微挑,别开脸:"我有什么好见的?"

话虽如此,他心里的阴云却因为沈圆星那句话而分散开,心下晴朗起来。

沈圆星自是没注意到他的心思,她自己陷在紧张里,一心想着该如何邀请他去酒店,又如何顺理成章地补偿他。

明说是不可能明说的,她说不出口,也怕徐成冽听完以后转身就走,那她连最后一次补偿他的机会都没有了。

斟酌许久,沈圆星鼓足了勇气:"阿冽……你能送我去酒店吗?"

徐成冽身形顿住,回眸望住她,眸光复杂了许多。

最终他还是答应了。虽然他一声没吭,却撑开了手里的伞,又接过了她的行李箱。

"酒店订好了?"男音沉沉,语气略有些不自在。

沈圆星跟在他身侧,没敢伸手去挽他的胳膊,她摇摇头:"还没。"

她不订酒店是为了做两手准备。如若徐成洌没有来找她，那她就去国际机场附近找个酒店落脚，方便赶飞机。

徐成洌没再多问，带她去了高铁站附近的露天停车场，上了一辆黑色奔驰。

沈圆星并没有问什么，只乖乖坐上了副驾驶的位置，任由徐成洌带她去了 S 市环境较好的一家酒店。

入住酒店后，徐成洌替她叫了餐。

把沈圆星安顿好以后，他便拿了车钥匙打算离开。

没想刚吃完东西填饱了肚子的女孩却冲上来，从背后抱住了他的腰。

那一刻，徐成洌连骨头都软了，根本没办法再往前多迈一步。

但他还有自己的骄傲，他虽没有扒开沈圆星的手，却也没有出声没有回头。

就在徐成洌心下狂乱不安，不知道沈圆星要做什么时。

沈圆星绕到了他身前，美目盈盈地望着他："阿洌，留下来。"

徐成洌呼吸一竭，霜白的俊脸布满红霞，他几乎秒懂了沈圆星的意思和眼神。

她是在……邀请他。

她是认真的，似乎她在来月城之前就做好了决定。

这让徐成洌受宠若惊，他所有的计划都被打乱了，他心里涌着惊涛骇浪，困兽几欲冲破囚笼。

可沈圆星并没有给他拒绝的机会。她踮脚勾住了他的脖颈，送上嫣红唇瓣，去亲吻他比夜雨更冷凉的薄唇，试图用自己炙热的柔唇灼烫他。

徐成洌猝不及防被扑上来的女孩攻城略地，卷走了呼吸和理智。

他大脑一片空白，被吻得心猿意马，身体逐渐不受控制。

期间徐成洌曾推开过沈圆星一次，但她并不气馁，似铁了心要拉他沉沦，又朝他扑来，并推着他倒在床尾。

色调偏暗的酒店房间内，沈圆星骑坐在徐成洌腰上，俯身压着他亲吻，吻技还是生涩，且因为急促，显得有些狼狈。

于是徐成洌反击了，他将沈圆星反压在了床尾，深眸染上浓情，嗓音克制得有些沙哑："沈圆星……我给过你机会了。"

…………

房里的灯亮了一宿。

沈圆星始终残存着一丝理智，一次又一次地主动亲吻着徐成洌。

她从未如此放纵过自己，像是在用生命在推倒压在她心头的那座沉甸甸的大山，也似是在雨声的掩盖下宣泄了自己所有的情感。

翌日早上六点整，沈圆星穿戴整齐地离开了酒店。

晨风吹得她清醒无比，她离开时背影决然，不给自己任何回头、后悔的机会。

她打车去了机场,路上拿手机给徐成沨发了最后一条微信消息。

没有多余的阐述和情绪词,以决绝又冷血无情的口吻跟他提了分手。

发完消息后,沈圆星便将徐成沨所有联系方式拉黑,然后看着窗外飞逝的街景,她想,她对徐成沨的亏欠昨晚应该勉强偿还了。所以……未来如果还有机会再见,她应该……应该就能坦坦荡荡地看着他的眼睛,说一句"好久不见"了吧。

徐成沨似做了一个漫长的美梦。

梦里沈圆星在他怀里一遍又一遍地回应着他的爱意,直到他的吻吞没她的声音和呼吸。

这个梦令徐成沨疲累,一觉睡到了大中午。

窗外的雨已经停了,艳阳高照,就如徐成沨初醒时那一秒的心情。

但很快他的好心情便被压下去了。酒店前台打了个电话过来,询问是否还需要续房。

徐成沨犹豫了一下,打算询问过沈圆星的意见再给前台那边回复。

挂断电话后,徐成沨将浴巾裹在腰上在房里转了一圈,没找到沈圆星,连她的行李箱都不见了。

徐成沨终于意识到了不对劲,他拿起手机想要给沈圆星打电话,结果手机已经没电自动关机了。无奈之下,徐成沨只好穿衣服出门,连洗漱都顾不上,就去地下停车场开车前往国际机场。

他心里的不安感越来越浓烈,昨晚的一切发生得太过突然急切,他这一觉又睡得极沉极死,还陷在梦里无法自拔,根本不知道沈圆星是什么时候离开的。

午后的风吹得他眼睛生疼,不久,他总算赶到了月城国际机场。

他还没来得及告诉沈圆星,他俩冷战这段时间里,他并没有真的生她的气。他只是在竭尽全力想办法,想要跟她一起去国外交换学习而已。

他没办法忍受与她分开,更何况是两年那么久。

但机场每天落地、起飞的飞机很多,来往的乘客也多,人影纷杂,想要从中找到某个人,根本不可能。

更何况,徐成沨根本不知道沈圆星的航班多久起飞,或许她早在很久以前就已经离开了月城。

…………

下午三点多,徐成沨回到了酒店。

办理完退房手续后,徐成沨借了充电宝,将手机重新开机。

看见微信有一条未读消息时,他的心跳停了半拍,一股恶寒从脚底板升起,瞬间侵袭全身。

他站在艳阳底下,却感受不到任何的暖意,就像一具刚从冰柜里拉出来的冷硬的尸体。

他甚至不敢点开那条微信查看,总觉得看完微信后,他和沈圆星之间就要彻底结束了。

事实证明,徐成洌的第六感也是很准确的。他拖着疲惫的身躯坐进驾驶座后,还是点开了那条微信消息。

【沈圆星:徐成洌,我走了。不用等我,我们……分手吧。】

"分手"那两个字像是被加粗加大,深深刻印在徐成洌眼里。

他浑身冰冷地坐在车内,逼仄的空间里顷刻便被寒气浸染,气压极低。

徐成洌几欲将手机捏得变形,他心里沉睡的火山正无声地喷涌,火星四溅,飞灰铺天盖地,几欲令他窒息。

许久徐成洌猛烈喘息起来,明明没有眨过眼睛,湿热的眼泪却顺着眼角肆无忌惮地往下淌,像是阀门被生硬打开了一样。

他的视线越来越模糊,越来越看不清手机上的字,捏着手机的力道也逐渐放松,指节止不住地轻颤。

撕心裂肺的痛感从徐成洌左胸起源,发散四肢百骸,让人痛不欲生,他仰头靠在座椅上,痛苦地闭上了眼睛。

他满脑子都是昨晚的沈圆星,她那么主动、热情,原来是因为她心里早已打定了主意,要分手。

昨晚想不通的事,徐成洌现在全都想明白了。

他忽然笑了起来,自嘲讥讽,带着哭腔。

他将头埋在了方向盘上,双肩在逼仄的车内轻微耸动,许久以后,他才重新抬起头,给沈圆星回了微信:【我以为你是来爱我的。可是沈圆星,你怎么这么狠?给了我爱,又把我打入十八层地狱。】

徐成洌打字时手都在抖,也不知道是因为悲痛还是气愤,他敲键盘时非常用力。

可笑的是,连他鼓足勇气用尽全力发出去的消息,都被沈圆星拒收了。

消息后面是一个鲜红的感叹号,以及底下还有相关提示:【对方开启了朋友验证,你还不是他(她)的朋友……】

看着那个感叹号,徐成洌忽然就笑出了声。

他接着尝试给沈圆星打电话、发短信,即便知道这样做根本没用。这不过是一次又一次地证明,沈圆星已经把他所有联系方式全部拉黑了而已。

可徐成洌还是机械麻木地给她打电话发消息,一条接一条,刷了满屏的感叹号。

很久之后，徐成洌抹去了脸上的泪。

自嘲、不甘、悲伤、绝望等各种复杂的情绪随着时间推移，终于随着泪意悄然褪去。

他找回了一丝理智，给沈明川打电话。

但沈明川也是今天的航班飞国外，只是他去的学校和城市与沈圆星不同，恐怕此刻他也在飞机上，所以暂时联系不上。

徐成洌只好给他留言，询问沈圆星的航班信息，以及在国外的落脚处。

他得追上去，问她为什么要这么对他，她到底有没有爱过。

但徐成洌的计划被打乱了。

他刚给沈明川发完消息，便接到了母亲谢明静的电话，说是徐文正在出差期间发生了车祸，此刻正在临市第一人民医院里躺着。

这件事犹如晴天霹雳，让徐成洌暂时抛弃了所有想法。

但幸好，徐文正只是伤了腿，并没有生命危险。

但家里只有徐成洌正好放暑假，可以照顾徐文正的饮食起居。

于是出国去找沈圆星的事便搁置了。

暑假一过，徐成洌便回到了南城。

仅仅一个假期过去，他身边的人和物便发生了翻天覆地的变化。

学校论坛上流传着许多关于徐成洌和沈圆星的传言，不少人因为沈圆星被选派出国当交换生这件事，判定他俩已经分手了。

但这些也只是空穴来风的流言而已，从未得到过当事人的认证。

对此，徐成洌没有任何反应。

他们宿舍里，沈明川出国了，就剩下三个人。

高晨和乔英俊都很关心徐成洌和沈圆星的情感状态，但不管他们怎么旁敲侧击，徐成洌就是咬紧牙关，什么也不肯透露。

沈明川那边也没有情报，说是他姐出国后极少跟他联系。每次他追问徐成洌的事，沈圆星都会无视装死，总之没有正面回复过。

日子一天一天过去，从秋入冬，南城又迎来了今年第一场初雪。

徐成洌生日那天，乔英俊和高晨陪着他大半夜坐在大排档喝得烂醉。他喝醉了就哭，什么也不说，只是梦呓时情不自禁喊着"星星"。

乔英俊和高晨身为局外人，也只能抓耳挠腮替徐成洌干着急。

直到几天后，也就是沈圆星生日那天，论坛上的一则帖子火了。

高晨和乔英俊才算彻底弄明白了事情的始末，也因此对沈圆星嗤之以鼻，嫉恶如仇。

11月13日那天早上，学校论坛上一则关于沈圆星和徐成冽的帖子赫然飘在首页，标题是：【我再也不相信爱情了。沈圆星你这个大骗子！】

高晨最先看见这个帖子，点进去一看，镇楼图是一个日记本的照片，日记本上赫然写着"挖柳星彤'地基'大作战计划"一行字。

除标题以外，首页的署名和日期也很醒目。

沈圆星的名字就像一记重锤敲在了每个人心里。

楼主发了很多照片，都是那本"大作战计划"的具体内容。

其中包括"攻略"徐成冽的步骤。从联谊会开始，夜跑、早餐、看电影……这些全都在沈圆星的计划之中。

徐成冽看见帖子里的照片时，俊脸苍白了许久。血色回笼后，他敛去了眸中的惊涛骇浪，揪着一颗疼到极近麻木的心，深深呼吸，然后避开视线，不再听高晨和乔英俊对沈圆星的指责，以及对他的关切。

"这个沈圆星也太恶毒了，她怎么能为了报复霍明涛和柳星彤这么对阿冽！"乔英俊两手叉腰，在宿舍里走来走去。

彼时徐成冽已经离开宿舍，不知道干什么去了。

宿舍里就剩下高晨和乔英俊，在为徐成冽打抱不平。

高晨揉捏着眉心，也没想到整件事情这么荒唐。

他现在唯一想不通的事，沈圆星的日记怎么会在论坛上曝光。

她人已经出国了，按理说她的日记要么已经带走，要么就放在宿舍里没人会动，怎么可能忽然被人拍照放到学校论坛上？

这件事很快便得到了答案。就在日记事件爆发的第三天，建筑系的江颂带着那个日记本找到了徐成冽。

他俩在宿舍楼道尽头的小阳台碰面，江颂把重新包好的日记本递给了徐成冽："抱歉徐成冽，这个……物归原主。"

徐成冽刚开始并不知道这是什么，待他拆开了外面的包装，翻开本子看见第一页的署名，他才明白过来，心脏迅速剧烈缩紧，痛意悄无声息地蔓延。

但徐成冽全都忍下了，他面无表情地看了江颂一眼，冷声问："怎么会在你手里？论坛上的帖子是你发的吗？"

江颂被他冷厉阴狠的眸光锁定，瑟缩了一下，连忙解释："你别误会……这个是我前几天拿快递时不小心拿错了。"

这本日记是从国外寄回来的。男生公寓的快递都会积压在宿管值班室里，江颂正好也有好几个国际快递要收，便没细看，一股脑全拿走了。

结果寄给徐成冽的国际快递就夹在其中，被他带回了他在校外的租房。

学校没人知道江颂和柳星彤交往的事，更没人知道他们在校外租房同居。

所以江颂也没想到，柳星彤会在发现他拿错快递后私自拆了寄给徐成冽的快递。

"论坛上的帖子……我已经让柳星彤删掉了。这东西应该是沈学姐寄给你的，理应物归原主。"江颂把事情从头到尾解释了一遍。

顺便提了一句，他因为这件事已经和柳星彤分手了。

徐成冽并不想听，他只是捏紧了那本日记，满心都在揣测沈圆星给他寄日记的用意。

她到底还是不爱他对不对？

所以连骗他都不愿意了，非得斩断他心里所有的希冀。连过往那些美好都不愿意留给他，非要逼着他清醒过来，非要把事实证据送到他眼前，告诉他……过去的一切都是假的，从开始到结束，她对他没有付出过半点的真心。

日记本寄回国后，沈圆星一直在等一封邮件。

从徐成冽生日那天开始等，等到她自己生日那天。

可林娇忽然联系她，问她把"挖柳星彤'地基'大作战计划"这本日记，给过谁。

沈圆星有点蒙，支支吾吾半晌也没说出个所以然来，最后反问林娇怎么问起这个，林娇便把学校论坛上的事一股脑地告诉了她。

【林娇：星星，你对男神真的一点感情都没有吗？你俩真的分手了？】

【林娇：对不起啊，都怪我当初出的馊主意……我以为你俩能够日久生情假戏真做来着……】

【林娇：现在论坛上骂你的人可多了，你要不要去找男神道个歉啊？】

沈圆星没再回复林娇的消息，心下像沉了一块冰，又冷又重，冻得她呼吸不畅，血液阻塞。

难怪她一直没有等到那封邮件。

原来这就是徐成冽的答案，他选择把她的罪行公布于众。

沈圆星趴在桌上闭上了眼睛，忍着心里那股撕裂般的痛意，许久才直起身深深吸了一口气。

她看着桌上放置的镜子，看着镜子里的自己，艰难地扯开嘴角笑了笑。

"这样也好。"沈圆星喃喃。

徐成冽选择对她公开处刑……那她就真的不再亏欠他了。

想必他现在心里一定恨极了她。

沈圆星沉了口气，将这个念头深深埋进了心底，打算连同徐成冽这个人一起尘封起来。

两年留学生涯，沈圆星全心全意地投入学习，心无旁骛，封闭情感。

身边人都说她无趣,每天除了学习还是学习,不懂得享受人生。

沈圆星每次听到这种话都是一笑而过。

她现在很笃定自己要的是什么。

是学成回国,读研,考公,然后从事她梦寐以求的职业。

至于徐成冽,沈圆星再也没有打听过他的事。

他们之间彻底断了联系,成了两条平行线,各自在自己的轨道上勇往直前。

…………

结束留学生涯回国领取毕业证书那天,沈圆星低调地回了一趟南大,拿了证书,以及南大保送S大研究生的名额。

离开南城前,沈圆星和林娇她们吃了一顿饭,席间倒是久违地听林娇说起了徐成冽。

林娇说徐成冽大三下学期便转学了,据说是转专业去国外继续念书。

苏梦和李成欢都表示理解,毕竟对于徐成冽来说,南大是一个伤心地,他想逃离是很正常的事情。

这些沈圆星都明白。她以为两年的时间,她已经不会再因为徐成冽的任何事情起波澜。可听林娇她们说南大是徐成冽的伤心地时,沈圆星的心里还是钝痛了一下,自责又漫上了心头。

庆幸的是,她第二天就离开了南城,且打定主意再也不会回到这个城市。

时间就像沙漏,看似流逝的速度很慢,可蓦然回首,却又觉得时间原来过得那么快,犹如白驹过隙。

读研三年,拿到证书后沈圆星参加了公务员考试。

正式开始工作后,沈圆星便一直待在S市,没有离开过。

直到沈圆星三十岁这年,上头下了调令,要调她去月城市刑警大队,她这些年一成不变的生活,才终于有了点变动。

出发去月城那天,沈圆星难得又想起了徐成冽。

快八年了,S市通往月城的高铁已经换代了,窗外的风景变化也很大。

沈圆星还记得她出国前夕坐高铁到月城时的场景,记得那是多雨的盛夏,记得男生峻拔挺立的身形,以及在那家酒店里,他一次比一次更深的吻。

高铁到站时,沈圆星不禁想到一件很荒唐可笑的事。

月城是徐成冽的故乡。那么她会不会在往后的某一天,在这个陌生又熟悉的城市猝然与他重逢?

这个念头一闪即逝,沈圆星拉着行李箱向出站口走,勾着嘴角自嘲地笑着,心下一瞬激起的潮浪重重地拍了一下心墙后,又悄无声息退了潮。

她笑自己最近真是看了太多言情小说,想法已经开始偏离现实的轨道了。

真是可悲又可笑。

月城高铁站的人流量比七年前更大，似乎扩建了一些，出站后周围的建筑群特别陌生。

沈圆星沐着阳春三月的暖风步下台阶，走过天桥，去了街对面的路口等。

大概等了十分钟，一辆银色大众在她面前停下。副驾驶座的车窗降下，驾驶座上戴着金丝边眼镜的沈明川微微倾身，扯着嘴角冲她笑得比春日还绚烂。

"姐，上车啊，这里不能停太久的。"

沈圆星应了一声，把行李箱放进了车后备厢，然后踩着高跟鞋到副驾驶门前，拉开车门坐了进去。

她前脚上车，后脚沈明川便驱车离开，扬长而去。完全没有注意到落后他们一段距离，临时停靠在路边的黑色路虎。

路虎车里，端坐在驾驶位的男人穿了一件黑色的衬衫。

他手搭在方向盘上，目视着前方，目睹了那个身穿黑色连衣裙、戴墨镜的女人，笑盈盈地坐上了那辆银白色大众车的副驾驶。

莫名地，男人心脏揪紧，不自觉摸到了袖口处用针线绣的一颗星，他蜷紧指节，用力将其攥紧。

第十四章
你还喜欢我姐吗 *

1

银白色的大众开往月城市中心最繁华的地段。

沈明川在那一片给沈圆星订了酒店，这会儿先过去放东西，简单安顿一下。

他们姐弟有三个月没见面了。

沈明川三个月前辞去了 S 市那边一所中学的工作，到月城大学报到，从辅导员做起。现在住在学校安排的教师公寓，因为是一室一厅一厨一卫的格局，实在不方便带沈圆星过去挤。

再者，徐成洌也在月城大学任教。沈明川也怕沈圆星和他碰面会尴尬，毕竟他俩当年那事闹得挺大，双方都挺难堪的。

沈圆星自然不知道沈明川心里藏的事。一路上她都只是在看窗外的街景，想着要是有朝一日，她真在大街上和徐成洌猝不及防地重逢，应该以什么样的表情面对他。

他会跟她打招呼吗？还是说将她当成陌生人一样，直接擦肩而过？

思绪纷繁复杂，大概是因为曾经在月城的经历太过深刻难忘，所以沈圆星想起了很多以前的事情。

七八年来，她还是头一回这么清醒地回忆起过往，回忆起徐成洌。

以至于有那么一瞬间，沈圆星以为自己产生幻觉了，连旁边过去的那辆黑色路虎车上的男人，她都差点认成了徐成洌。

"姐，你明天开始上班？"沈明川的话拉回了沈圆星的思绪。

她将视线从车窗外收回。鸦羽般的长睫在她眼下拓下阴影，一双精致漂亮的狐狸眼勾人又妩媚，只单单瞥人一眼，那眸子里氤氲的风情便能把人魂儿勾走。

沈圆星轻"嗯"了一声，语气寡淡，声线低冷却又带着成熟女人的性感："刚出了个案子，交接的同事要临盆了，没法耽搁。"

"那你的住处……"

"先住酒店，这两天你要是有空，帮我看看房子。"

"行,包在我身上。"沈明川笑着应下,"你这次来月城就是太突然了点,不然我能早点着手安排,一定给你安排得妥妥当当。"

沈圆星也笑了下,她侧头看了眼驾驶座上眉眼轮廓成熟英俊的男人,满眼欣慰:"阿川也是个可靠的成年人了。"

过去的七八年时间里,沈圆星和沈明川也是聚少离多,姐弟关系不及小时候那般密切。

但自从沈明川在国外留学时和李静依谈了恋爱,他整个人的风格发生了一百八十度大转变。

年少时怯生生的少年成熟稳重了许多,做人做事甚至比沈圆星更周到靠谱,也算是挑起了沈家的大梁,很是让沈峰欣慰。

反倒是沈圆星,这些年忙于学业和工作,对家里的关心偏少。

而沈峰如今赋闲在家,整日操着老父亲的心,隔三岔五便打电话念叨起沈圆星的终身大事。

沈圆星自是一一搪塞过去,一门心思扎在工作上,无论是家里人安排的相亲还是生活中遇见的追求者,她一律回绝,不留任何情面。

用林娇的话说,她可能是因为前面两场恋情都比较失败,所以对爱情彻底失望了。

沈圆星说不清自己心里到底怎么想的,简单点说……她对身边的异性似乎都提不起兴趣。

所以面对追求者费尽心思地讨好以及制造的浪漫,她的内心毫无波动。

车子开进酒店地下停车场时,沈圆星回笼了思绪。

她看了眼腕表,这会儿下午三点多,不早不晚,但她有一点饿。于是去酒店办了入住手续后,沈圆星便跟着沈明川出去觅食了。

直到晚上八点左右,沈明川彻底安顿好了沈圆星,这才开车回学校。

路上他接了一个电话,是徐成冽打来的,问他要不要一起去喝酒。

沈明川应了。他三个月前来月城入职,和徐成冽重逢,两人相处时倒是和从前没什么两样,就是谁也没提过沈圆星。

就好像他们之间从没夹着过一个沈圆星,还是曾经的大学室友兼朋友。

沈明川直接去了徐成冽说的那家KTV。

除了徐成冽以外,还有几个同事,大家偶尔会聚在一起喝酒唱歌打麻将。

沈明川到时,包间里几个男人全都脱了外套撸起袖子,围在一起掷骰子、玩游戏、罚酒。

清一色的男人,大部分都是未婚,连"母胎单身"的都有。

见沈明川推门进来,一个个嚷着让他罚酒。

唯独坐在C位的徐成冽跷着二郎腿，单手搭在沙发上，另一只手轻晃着一杯洋酒，斜眼瞧着他，若有所思。

"沈老师身上有香水味哎，刚和女朋友见过面？"有人闻到了沈明川身上淡淡的白栀子香味，随口调侃了一句。

他们都知道沈明川有女朋友，且女朋友是月城人，还以为他刚摆脱女朋友才赶来跟他们喝酒的。

沈明川笑着否认了，自罚了三杯酒。

有人追问他身上的香水味，他犹豫了一下，如实道："大概是我姐身上染的吧。"

说话时，沈明川额外留意了一下坐在沙发上一声不吭的徐成冽，见他没什么反应，才暗暗松了一口气。

结果一帮人围着他追问姐姐的事，一个比一个积极。

沈明川招架不住，差点被摁翻在沙发上。

边上一身洁白衬衫的男人举着酒杯喝完了里面的酒，薄唇紧抿成一条线，沉沉喝了一句："行了，你们就别为难他了，说好的喝酒唱歌玩骰子，聊别的做什么？"

徐成冽高挺的眉骨、鼻梁和削薄的唇有一半埋在昏暗里，光影晕染，令他那张棱角分明的俊脸添了几分冷厉感，一开口便镇住了场子，连氛围都严肃起来。

于是沈明川逃过了一劫，一群人回归了罚酒的游戏中。

翌日是周一，工作日。

沈圆星受生物钟影响，六点就醒了。她换了运动装，在酒店附近跑了半小时，才回到酒店洗澡洗漱，换衣服出门，直接打车去了月城市刑警大队。

昨天沈圆星在高铁上时便简单了解了一下她即将接手的那个案子。

死者是一名二十六岁的成年女性。据说案子初始，是受害人的家属报案说她失踪了，由于失踪时间已超过四十八小时，当地派出所直接立案并展开调查搜索。

后来警方在一条河里捞到了受害人的尸体，恰好家属也在受害人房里找到了相关遗书。

所以起初案子是以死者产后抑郁自杀的方向判断的，但因为死者大女儿的一句话，案子的风向变了，被定义为可能存在他杀性质的案件。

死者的尸体就在刑警大队的法医解剖室里，昨天上午送到队里，与沈圆星交接的那名法医已经初步对尸体进行了体表检查。

后面的工作，将全部由沈圆星接手。

所以她赶到局里报到完，直接换衣服扎进了解剖室，一待就是一整天。

中午沈明川给她打电话都没接到，到夜里下班，沈圆星才给他回了个电话。

"姐，你可算是回电话了。爸给你打电话说打不通，怎么回事啊？"沈明川的语气略焦急，还有点担心她的意味。

沈圆星一手举着手机，一手捏着后颈，没精打采地应他："我把他拉进黑名单了，忘了放出来。"

电话那头的沈明川一噎。

"他怎么了？"

沈圆星和助理小陈打了个眼色，让小陈下班回家，她自己则去柜子里翻了桶泡面出来。

这是她在之前岗位上养成的习惯，有时候忙起来没时间吃饭，就泡一桶面或者吃个面包，简单应付一下。

她将手机放在了办公桌上，开着外放。

只听沈明川道："他说咱们姨打算给你介绍个男朋友，让你加人家微信聊一下。还说……"

"说什么？你一次性说完，别吞吞吐吐的。"沈圆星皱眉，语气不耐。

吓得沈明川赶紧全盘托出："爸说让我也为你的终身大事尽一份心意，从我那些单身的同事里物色几个介绍给你认识一下。

"简单点说……他想让我在月城给你组织几场相亲局。"

沈圆星抽了抽嘴角："别搭理他，别给我介绍。"

沈明川："可爸说爷爷的身子骨越发不好了，他老人家想在有生之年亲眼看着你嫁得良人……"

沈峰搬出了沈万兴，这倒是沈圆星没料到的。

而且听沈明川的意思，似乎这次想让她相亲的人主要还是老爷子。

"要不……姐，我在我那些同事里帮你挑一挑？不管怎么说，老爷子都发话了，你就见一见应付一下也是好的。"沈明川苦口婆心，劝了沈圆星半晌才把人说服了。

她让沈明川给沈峰回话，就说那什么姨介绍的人她就不费时间去认识了，只接受沈明川这边的安排，且她只相一场，多了不干。

沈明川得令，转头就向沈峰如实报告，自此他也担起了为自家老姐挑选优质相亲对象的重任。

第二天一早，沈明川便在办公室里搜寻了一圈，初步锁定了两个目标人物。

首选自然是徐成冽，毕竟他各方面条件都是沈明川所有同事里最优秀的。但鉴于徐成冽和沈圆星的过往，沈明川决定先探探他的口风。

中午去食堂吃饭时，徐成冽被沈明川盯着看了许久。

那眼神略带探索，又饱含犹豫纠结，看得徐成冽浑身不自在。

于是吃完饭，放下筷子后，他两手合十，目光沉沉地盯住了沈明川："有话就说。你一直盯着我看，很恶心好吧。"

沈明川轻轻咳了一声，终于还是鼓足了勇气："阿冽……我能问你一个问题吗？你怎么一直不交女朋友？"

正午的阳光从玻璃窗外投入室内，地板上映着徐成冽正襟危坐的身影。他合十的手不由得握紧，眸色沉了沉，面上却是山水不显，从容淡然："麻烦。"

话落他便松开手，端着餐盘打算起身离开。

沈明川继续道："那你对我姐……还有想法吗？"

这个问题，沈明川问得很是小心翼翼。他也清楚当年是他姐对不住徐成冽，如今再问徐成冽这个问题，实在没脸。

可为了老姐的终身幸福，沈明川也只能硬着头皮冲了。

刚站起身去的徐成冽定定站在原地，他居高临下地睨了沈明川一眼，呼吸一竭，半晌才嘲弄般掀了下嘴角，语气坚定地否认："当然没有。"

几秒后，他潜意识地找补了一句，不屑又嘲弄："我又不犯贱，怎么可能对一个曾经伤害过我的女人念念不忘？"

话落，男人转身离去，头也没回。

留下沈明川揪着眉长叹了一口气，自言自语般喃了一句"也是"。

像徐成冽那么骄傲的人，怎么可能卑微到尘埃里去爱一个人。更何况对他来说，他家老姐还是个不折不扣的大骗子。

沈明川想通以后，下午就找了他看上的另一个候选同事。

他简单地说了一下沈圆星的情况，还给对方看了沈圆星的照片。那个同事对他姐是相当满意，当即便拍板决定，约日子见面。

沈明川赶忙把这个大好的消息汇报给沈峰，丝毫没注意到他出门去打电话时，一直埋头写着东西的徐成冽从座位上站了起来。

2
周三这天，沈圆星将最新的尸检报告交到了组长林燃手里。

中午时，沈明川给她打了个电话，说是相亲的事情他安排好了，要是沈圆星今天下午有空，就和对方约个下午茶。

沈圆星戳了戳餐盘里的米饭，看了眼腕表，应下了，随后又问了一下沈明川房子的事。

"放心吧姐，房子我已经看好了，初选了三处比较符合你的要求。等你哪天得空，我带你去看看。"沈明川应得爽快，事情也办得利落，得了沈圆星几句夸奖。

夸完他以后，沈圆星言归正传："就今天下午吧，喝完下午茶你带我去看房子。"

电话那头的沈明川："……不用这么着急吧，就算是应付，你好歹也走心点，下午和人家出去走一走转一转，不然我不好跟爷爷和爸交代啊。"

月城的春季很短暂，这两天隐约有一步入夏的征兆，气温陡然攀升。

不少女孩都穿上了漂亮的裙子，比路边的桃花还艳丽。

午后阳光正盛，路边花坛的花卉争奇斗艳，花色五彩斑斓。

与它们相比，身穿黑白竖条纹长袖衬衫的沈圆星略显寡淡无味。不过她一路上也没少引人注目，大部分人的视线都是从她五官明艳精致的脸，一路顺着她婀娜有型的身材，辗转落在黑色包臀短裙和被黑色丝袜包裹的腿上。

最后他们的视线总会被女人冷艳的气质和警告的眼神斩杀，仓皇移开眼去。

沈圆星理了理单肩包的带子，在路口等红绿灯时，她看了眼腕表。

下午两点半，距离她和那位相亲对象见面的时间还有十分钟。

还好沈明川懂事，知道把下午茶的地点选在市刑警队附近，她直接步行过去就行。

这次相亲极度草率，沈圆星连对方的微信都没加。

沈明川倒是推给她过，还发过照片，但她没兴趣也没时间去看。

反正对于她来说，今天这顿下午茶也就是走个过场，好让沈明川对老爷子有个交代。

她压根儿就没想交男朋友，更别说相亲结婚了。

是以这次去见沈明川那位同事，沈圆星连妆都没化，长鬈发随意绾在脑后，完全不像是去相亲的。

倒像是去出现场，验尸的。

沈明川说的那家茶餐厅就在街对面，过了人行道就是。

绿灯亮了以后，沈圆星踩着高跟鞋缓步穿过斑马线，快到店门口，她忽然想起了沈明川的嘱咐。

似乎……她得带一枝红玫瑰去。那是沈明川定的相亲信物。

值得庆幸的是，茶餐厅旁边就有一家花店正在营业。沈圆星经过茶餐厅左面的玻璃墙，径直走进了花店，全然没有注意到玻璃墙内西装革履的男人。

他正不断变换坐姿，从跷着二郎腿到放下腿正襟危坐，想了想还是往后靠在皮质沙发上，尽可能让自己看上去随意散漫一些。

沈圆星买了一枝红玫瑰从花店出来。午后暖风吹动她鬓边的耳发，发丝飘扬着，迷了她的眼。

她偏头看向车水马龙的长街，顺着风势，风又将她吹乱的鬓发抚顺。

也因此，沈圆星并未看见一墙之隔的男人侧头瞥了她一眼。

只一眼，徐成洌的视线便定格住了。

他有些恍惚，后知后觉地回头追着那抹清丽倩影，确定是沈圆星无疑。

她真的……来相亲了。

这家茶餐厅的客人并不多，熙熙攘攘坐了几人，大多是有伴的。

所以那个靠玻璃窗背对茶餐厅大门坐着的男人便尤其惹眼。

沈圆星进门后一眼就看见了他，单是一个背影，她就觉得那人有几分熟悉感。瞥见那人桌边放的一枝红玫瑰后，沈圆星走了过去。

"不好意思，让你久等了。"沈圆星单手扶着单肩包的带子，另一只手将玫瑰放在了玻璃方桌另一侧的桌沿。

两枝艳红的玫瑰面对面放在一起，就像热恋中亲吻的男女，惹人遐想。

沈圆星坐下了，随手将拿下来的单肩包放在了沙发内侧："不过我应该没有迟到。"

她说话时看了眼腕表，随手将散落了一缕鬓发勾到耳后。做完这一切，她才抬眸不冷不淡地看向对座的男人。

她胭脂色的唇微张，还想说什么，可当视线触及对面男人那张过于俊美的脸时，她失声了，嗓子突然哑住，那句"是你来早了"终究没有说出口。

来月城之前，沈圆星就曾设想过千万种和徐成洌重逢的场面，最多的场面便是街头相遇，然后擦肩而过。

她唯独没想过会在相亲局上和他重逢，像做梦一样。

沈圆星神情僵住，许久才在男人幽深黑眸的注视下悄无声息地平复了心海的波涛汹涌。她面上一凝，端着濒临破碎的平静。

这时服务生过来询问她是否需要点单，顺便给她倒了一杯柠檬水。

沈圆星终于找到理由，将视线平滑自然地从男人脸上移开。

她冲年轻秀气的男服务生笑了笑，红唇勾着薄浅的弧度，性感惑人，似是在勾人去咬她的唇。

沈圆星点了杯苦咖啡，然后向服务生道了谢。

那位服务生走之前忍不住多看了她一眼，没想却被她对座的男人凉凉瞥着，故离开时后脊都在打战。

这些沈圆星并未注意到，她点完单便垂下了眼睫，搭在膝盖上的手不由得攥紧短裙裙角，胸腔内沉睡已久的困兽似乎终于苏醒，正试图冲破枷锁。

沈圆星百感交集，各种复杂的情绪冲得她大脑一片空白。

先是惊讶，怎么会在这里遇见徐成洌？

随后是狐疑，不明白为什么徐成洌会拿着红玫瑰。她严重怀疑自己是不是搞错相亲对象了，沈明川的同事……怎么会是徐成洌？

最后占据她大脑的则是浓烈的愧疚。因为当年对他的欺骗，用网上的话说，她那叫……渣女行径。

总之沈圆星还是没办法将自己和徐成洌放在对等的位置。

愧疚之余，沈圆星端起手边温热的柠檬水喝了一口。她莹白精致的脸蛋浮起薄浅的红，明明紧张，心下情绪波动也很大，却又故作镇定地抬眸，朝对面西装革履的男人看去。

沈圆星动了动嫣红的唇，打破了他们之间的沉寂："你是……阿川的同事？"

理智告诉她，还是应该先把事情弄清楚，免得乌龙一场，让他们彼此更加难堪。

对座的男人姿态随意散漫，抄着手靠着皮质沙发，正目光幽幽地打量她。

他的视线毫不避讳，从沈圆星的头发丝儿打量到她脚上的黑色高跟鞋，视线被方形的玻璃桌模糊了一些，但并不影响他被她那双黑丝包裹的腿吸引住。

许久，男人才端起桌上的咖啡喝了一口，以掩饰他滚动喉结的小动作。

喝完咖啡，徐成洌才沉沉应了她一嗓，但他落在沈圆星脸上的视线却算不上和善，沉甸甸的，似要吃人。

沈圆星握紧了膝盖，半晌才松了力道，她打算不掺杂任何情感，只把徐成洌当成一个陌生人看待。

于是接下来他俩之间的对话，大多是你问我答模式，且对话内容干干巴巴，毫无营养，言辞也丝毫没有润色的成分。

沈圆星问他："怎么称呼？"

对面的男人神情一僵，眸色沉了几分，撇了下嘴角，似笑非笑，嗓音轻慢："徐成洌。"

沈圆星又问："年龄，职业，有无车房存款？"

徐成洌眸色微凛，薄唇弧度渐深，但笑意却始终未达他幽沉如墨不可捉摸的眼底："二十八岁，月大中文系教授，有车有房有存款。

"哦对了，我还有过一段情史。需不需要向沈小姐仔细交代清楚？"

男人那一句"沈小姐"差点让沈圆星破防。

饶是她心态端得再稳，这会儿平静的脸上也出现了一丝龟裂的迹象。

就在她调整心态时，服务生送了饮品过来，正好缓解了刚才那一瞬间紧绷的氛围。

沈圆星纤长的指拎着玫瑰金漆过的不锈钢搅拌匙，缓慢温吞地搅拌着咖啡。她脸上依旧镇定，又淡淡瞥了一眼对面的男人，勾唇淡笑："那倒不用。"

"不过徐先生你年轻有为又一表人才，怎么会单身至今？"天知道她问这个问题时，心都在打战，握着搅拌匙的手，力道紧得指尖都已发白。

坐在她对面的徐成洌扯唇轻笑一声，嗓音潮哑，语气淡淡："自然是在等人。"

沈圆星搅拌咖啡的动作一顿，心跳加快，却不敢看他："等……什么人？"

问出口的瞬间，答案在她心里呼之欲出，可又那么可笑、不真实。

男人陷入沉默，虚着眸看了她一阵，方才微挑了下浓而有型的剑眉，笑得更轻蔑嘲讽，声线倒是低沉了许多："念大学的时候招惹我，说会爱我一辈子，结果连招呼都不打一声就跑去了国外。

"现在回来了还要装不认识我，在这儿跟我装傻充愣。

"沈圆星，你、到底有没有心？"

其实说到这里时，徐成洌的情绪已经上来了。

沈圆星看着他，隐约捕捉到男人眸中的复杂情绪。但她猜不透他的心思，他说的话和他此刻阴沉的脸色十分违和。

许久，沈圆星才张了张嘴，压低了分贝反驳他："我打了招呼啊，明明给你发了微信说分手来着……"

男人的脸色陡然沉如黑炭，差点气笑。他咬牙切齿："我同意了？"

沈圆星哑口无言。

他同没同意她是真不知道，毕竟当初发完消息说分手，她就把他所有联系方式拉黑了。

沈圆星皱眉，漂亮且弧度狭长的狐狸眼眯了眯。

她盯着徐成洌仔细看，似是想要从他那张臭脸上看出点什么。

最后未果，沈圆星只好硬着头皮问他："所以你什么意思？"

一边说在等人，一边又沉着脸控诉她当初的罪行，连分手的事都被他似是而非地否认了……

沈圆星心脏突突地跳，看向徐成洌的视线不由得灼热起来。她心里有一个答案，但她不敢确定，所以眼巴巴望着徐成洌，等他开口，一锤定音。

徐成洌被她专注的眸光盯得耳根发烫。

他心脏鼓动着，努力稳住心神，抓准自己今天来这里的目的，薄唇勾出一抹轻蔑的弧度，当着沈圆星的面跷起了二郎腿，轻飘飘地回了一句："没什么意思，开个玩笑而已，沈小姐不会当真了吧？"

沈圆星心跳停了一秒，钝痛刺心。她望向徐成洌的眸光闪了闪，心里紧捏着的那个答案蓦地风化成灰，散掉了。

她的面色冷了下去，体温似在流失。半晌，她才端起热咖啡喝了一口，烫热的苦意将她从麻木的痛意里拽起，意识和理智逐渐回笼。

"自然不会。"沈圆星淡淡笑开，眸中氤氲着陌生的冷。

她放下咖啡后，看了眼腕表，机械地扯扯嘴角："不好意思徐先生，我一会儿还有工作，得先走了。"

话落，沈圆星便站起身，拎上包打算去结账。

见她动作利落地站起身去，随意又从容地拿上包，还轻扯了一下黑色包臀裙的裙角。徐成冽喉头一紧，心下像是被人用针扎了一下。

他跟着她站起身，声音虽低沉，但失了刚才的散漫淡然，略有一些急："那我们下次……"

"下次再见"这句话徐成冽还没说完，转身要去结账的沈圆星回头看着他，眸光冷沉疏离，淡声打断了他的话："相信徐先生应该也没看上我，那就不用浪费彼此的时间再约下次了。"

徐成冽噎住，心里像是吃了黄连一样苦。

沈圆星冲他笑笑，垂下长睫瞥了眼桌沿的红玫瑰，顺手拿起："这杯咖啡我请，算是我让徐先生久等的赔礼。"

话说完，沈圆星拿着那只玫瑰去了收银台那边。

结完账，女人身姿妖冶地走出茶餐厅，经过门口的垃圾桶时稍作停顿，把手里那枝红玫瑰扔了进去。

3

走出茶餐厅后，沈圆星在路口等红绿灯。

艳阳下，她亭亭玉立，身影袅袅婷婷，看上去就是个薄弱的小女子。

徐成冽长腿阔步追上她，恰好看见她拿手机准备给沈明川打电话。

他的身影投落在她身上，挡去了她头顶的阳光。沈圆星这才侧头看了他一眼，拨号的动作也顿住，她揪着眉满脸写着不高兴。

看清男人的脸后，沈圆星脸上所有情绪都僵住了。片刻后情绪淡去，她收回视线目视前方，也收起了手机，仿佛刚才情绪有所波动的那个人并不是她。

"徐先生还有事？"沈圆星拧眉，视线落在车水马龙的街上，心却不然。

追上她的徐成冽后知后觉地认识到自己的冲动，他沉吟片刻，故作镇定地将手揣进了西裤的口袋里，也和沈圆星一起目视着前方，只是他看的是街对面的红绿灯倒计时。

"出于礼貌，我应该送你回去。"时间太紧，徐成冽也只能找到这样没有说服力的借口。

但好在沈圆星似乎信了，没再多问。

人行道的绿灯亮了以后，沈圆星握紧了单肩包的带子，踩着高跟鞋大步往前走，丝毫没有要等男人的意思。

可她忘了徐成洌身高腿长，轻而易举就能跟上她，且步子不紧不慢，像是在散步一样悠闲自得。

一路上他俩谁也没说话，就这么沉默地同行了一程。

终点是市刑警大队门口。沈圆星率先站住脚，正如男人所说的"出于礼貌"，她冲他礼貌地笑了笑："我到了，有劳徐先生了。"

话落，沈圆星就往门卫亭那边走，连一句"再见"都不肯说。

留下胸口憋闷的徐成洌，一口气卡在那儿上也不是，下也不是。

他也搞不明白自己到底怎么想的。

明明气不过当初她的狠心决绝，却又犯贱似的放不下她，这种要死不活的感觉快把他折磨死了。

相比之下，过去近八年的孤寂，就像一场不痛不痒稍微漫长了一点的梦。

沈圆星回了局里，在办公室给沈明川打了个电话，问他徐成洌的事。

今天以前，沈圆星完全不知道沈明川和徐成洌竟然是同事。

盘问了一番，沈明川老实交代了。

"我也不是故意要瞒着你的，这不是你俩关系比较僵，我不知道怎么跟你说吗。"沈明川很委屈，连声道歉。

沈圆星揉了揉眉心，倒也没想把他怎么样："你知道我跟他关系僵还让我跟他相亲，脑子呆掉了？"

电话那头的沈明川哑口。

他想说相亲这件事真不是他故意为之，他也没想到去和沈圆星相亲的人会是徐成洌，明明他约的是另一个同事。

怎么搞了这么个大乌龙？

这件事里的弯弯绕绕沈明川自己都没想清楚，自然也没在电话里和沈圆星详细解释。

他默默认下所有"罪名"，被沈圆星劈头盖脸训了一顿，直到她解气，这事儿才算是告一段落了。

和沈圆星结束通话后，沈明川立马给徐成洌打了个电话，势必要把他在他姐那儿受的气全都发泄到徐成洌身上。

于是对方刚接通电话，沈明川便扯着嗓子问他："徐成洌，你不是说你不犯贱吗，跑去跟我姐相什么亲？"

被质问的徐成洌此刻就站在市刑警大队门口，他走到路边树荫底下，一手举着手机,一手揣在裤兜里,情绪倒是很稳定:"是老吴求我的。"

老吴便是沈明川原本安排给沈圆星的相亲对象。

沈明川才不信徐成洌的鬼话,作为兄弟,他最后一次好言相劝:"少扯淡。你要真的还喜欢我姐,就和她坐下来好好把话说清楚。

"快八年了,你俩之间就算有过恩怨情仇,也该被时间冲淡了。

"你要还喜欢,就把态度摆正重新开始。

"你要不喜欢,就别再跟我姐见面了。是男人就大度点,别总想着从我姐身上讨回公道。

"而且目前看来,你也赢不了她。"

…………

徐成洌懒得听沈明川继续说,直接挂断了电话。

他又回头看了眼市刑警大队的建筑,拧着眉。

他是想从沈圆星身上讨回些什么。

哪怕只是一句"阿洌,我回来了"。

周末这天,月城飘起了毛毛细雨。

沈圆星在租房的床上醒来,推开卧室的落地窗,去阳台那边舒展了一下筋骨,顺便看了眼楼下花坛里的樱桃树。娇弱白净的小白花早已经开败了,枝叶苍翠得很,被这场润物无声的细雨洗得油亮。

回屋后,沈圆星接了个电话,是林娇打来的。

林娇的家就在月城,大学毕业后被家里逼着考研,如今在月城一所私人鉴定机构工作。

她俩这些年一直有联系,只不过没什么时间碰面。

如今沈圆星调来月城工作,林娇知道后,自然要约她碰面,叙叙旧。

而且还正好赶上林娇三十岁生日,她家亲亲老公要帮她举办一个生日派对,就在今晚。

"晚上七点一起吃饭啊,吃完饭去唱歌,咱俩好好聚一聚。"林娇的声音一如既往的清脆软糯,风风火火的性子也没变。

沈圆星听她语速极快地交代完,方才沉笑一声应下。

随后林娇在微信上把吃饭的餐厅地址发给了她,附带一句:【星星,你目前还是单身吧?】

【林娇:我有个堂哥,今年三十二岁了,家里催婚催得厉害……他人长得还不错,虽然没有我男神那么帅,但英气耐看是个硬汉,而且他还是刑警哦,跟你职业蛮搭的!】

【林娇:对了!说不定你俩还认识,你不是也在市刑警大队上班?】

沈圆星一边看她的消息，一边走出卧室去洗手间洗漱，随手回了一句：【他叫什么？】

【林娇：林燃。好像是个小组组长吧。】

"噗！"沈圆星刚喝进嘴里的漱口水惊得吐了出来。

她给林娇回了语音："那可真是巧了，我们组长也叫林燃。"

回完消息，沈圆星把手机放到一边，挤了牙膏，对着镜子慢条斯理地刷牙。

等她刷完牙，林娇也回了她几条语音消息：

"不会真这么巧吧！"

"我给你发照片，你看看是不是他？"

"要真是的话，那说明你俩还挺有缘分的，你要不要考虑一下？反正你家里人也在催婚，肥水不流外人田。"

沈圆星一边听语音一边洗脸，然后简单地做了下护肤。做完这些，她拿起手机给林娇回消息："照片我看过了，确实是同一个人。"

沈圆星婉拒："你哥不错，还是不要浪费在我身上了，介绍给别的好姑娘吧。"

但林娇不依不饶："介绍给你怎么就浪费了？你就是好姑娘，天底下最好的姑娘！我不管，今晚我生日也叫他了，到时候你俩必须给我坐一块儿互相了解一下。"

静默片刻，她的新消息又来了："沈圆星，你给我打起精神来，你犯得着一辈子守身如玉惩罚自己吗？清醒点，听见没有！"

听着林娇拔高的分贝，沈圆星下意识把手机拿远一些。

她哭笑不得，没答应，却也没再拒绝林娇的好意。

晚上七点整，沈圆星踩点到了林娇说的那家餐厅。

她白日里去商场转了一圈，买了不少东西。除了给林娇的生日礼物，她还给沈明川买了两身行头。

给沈明川的东西，沈圆星出门前便让他自己过来取走了，顺便还让他开车送她去餐厅。

目送沈圆星进了餐厅，沈明川拿出手机冲着她的背影拍了一张照片，连带餐厅名字一起拍了下来。

随后沈明川将照片发到了朋友圈，配上文案：【我姐去和朋友聚餐啦，祝我姐早日脱单。[龇牙.jpg]】

发完朋友圈，沈明川便驱车回学校了。

刚停好车，走到公寓门口，沈明川便看见了拿着车钥匙匆匆往外冲的徐成冽。

两人狭路相逢，对视了一眼。

沈明川眉眼含笑，语气别提多优哉："哟，这么着急，去哪儿啊？"

徐成浏赏了他一记眼刀子，没回应他，只脸色暗沉一身杀气地从沈明川身边挤过去，一路小跑着去露天停车场。

沈明川看着徐成浏匆匆忙忙的背影，扶着公寓楼下的不锈钢栅栏，差点笑得背过气去。

晚上九点多，林娇一行人决定转战KTV。

沈圆星想着明天要上班，便打算先回家，不跟他们去了。

正好林燃也要走，便被林娇逼迫着送沈圆星一截。

于是沈圆星便和林燃肩并肩一起走出了餐厅大门。

大概因为他俩本来就是同事的关系，走在一起倒还能聊上几句。

比如组里即将结案的案子，那个溺亡的死者，经过这一周全组上下的努力，已然确定是他杀，且死者的婆婆已经自首了，说是她杀了死者。

如今案件进入收尾阶段，沈圆星和林燃聊的自然是此案中婆婆杀害儿媳并将儿媳伪装成自杀的动机。

从餐厅到露天停车场那一段路，沈圆星和林燃一直在说话。

两个人肩并肩，沐着清凉的夜风和朗润的月色，背影看上去特别登对，像一对刚开始交往的情侣。

入夜后的月城，气温陡降。沈圆星只穿了一件薄薄的长袖雪纺衬衫，一边走，她一边悄悄地摩挲手臂。

林燃察觉后，当即便把他身上的薄外套脱了下来，披在了沈圆星身上。

沈圆星想脱下来还给他，他摁住她的手，两人就在路边僵持了一会儿。

后来沈圆星实在拗不过，又真的觉得冷，便乖乖把衣服披好。

直到到了露天停车场，上了车，沈圆星立马将外套脱下来还给了林燃。

林燃看着她，心下一动："我听娇娇说，你也是单身。"

沈圆星正系着安全带，片刻后她冲他尴尬地笑笑，算是承认了。

结果林燃接着道："那你……要不要跟我试试？"

"多谢林队的抬爱，不过我对谈恋爱没兴趣。"

"是对谈恋爱没兴趣，还是对想跟你谈恋爱的对象没兴趣？"林燃笑笑，随口问了一句，倒也没有逼着沈圆星给他一个答案的意思。

车子开出露天停车场，跟着导航开了大概二十分钟，就到了沈圆星租房所在的小区门口。

原本林燃是要送她到住所门口的，被沈圆星拒绝了。

她目送林燃的车开走，然后转身往小区里走，余光注意到一辆黑色路虎停在了路边。

沈圆星定定朝那辆路虎看了一眼，驾驶座上的人看不真切，只从体型判断，应该是个男人。

一阵夜风吹过，沈圆星搓了搓胳膊，忙不迭往小区里走。

只是这一路上她总感觉有人跟着，可每次回头看，身后都是空荡荡的，就算有人，也大多是小区里的住户，看不出有什么可疑的地方。

被跟踪的感觉一直持续到单元楼下，沈圆星实在心有不安，她站定住，低头在包里摸索了一阵，摸到一瓶防狼喷雾，然后才进了单元楼。

上了电梯，她随便按了一个楼层，等电梯到楼层后，她便走出去，到旁边安全通道口等着。

约莫等了三五分钟，电梯下去又上来，果然在她所在的这层楼停了。

"叮！"电梯门徐徐打开，沉缓的脚步声响在走廊里，似有停顿。

那人先向右走了几步，后又退回来朝左边走。

沈圆星将安全通道的门留了一条缝，那人朝左边去时，正好会从她眼前经过。

于是沈圆星看清了跟踪她的那人的脸。

虽只是一个侧脸，沈圆星却是准确地辨认出他来。

徐成洌是真没想到自己会做出这种事。

他只是在沈明川朋友圈里看见了一条动态，认出了照片里那道背影是沈圆星，且凭借沈明川的文案，他便以为沈圆星又去相亲了，心里当时便燃起了一把火，理智几欲被烧光。

等他清醒过来，他自己已经跟了沈圆星和那个男人一路，顺势摸到了沈圆星住处，跟着她进了小区，又进了单元楼。

他在楼下看见电梯上楼，停在了四楼。

于是，他也来了四楼。但这栋楼是一梯四户的户型，出了电梯，左右各有两户人家，他一时间没办法确定沈圆星到底住在哪一户。

就在他考虑着要不要挨家挨户敲开门碰碰运气时，旁边安全通道的门忽然被打开了。

有那么一瞬间，徐成洌感觉到了一股阴风从暗处涌过来，他的后脊顿时发凉，起了一身鸡皮疙瘩。

突然，安全通道里的感应灯亮了，一抹窈窕身影徐徐走出来。

徐成洌头皮一麻，根本没看清那是什么，转身就往电梯口走。

就在他疯狂戳着电梯按键时，背后传来了熟悉的女音，隐忍着笑意："徐先生这是在干什么？尾随？"

听着声音，徐成洌便认定身后的人是沈圆星无疑。

想起自己刚才狂按电梯时的狼狈，徐成洌俊脸沉沉，脸色难看至极。

半晌他才蹙着眉，回身面对背后抄着手淡然瞧着他的女人，没说话。

沈圆星只好正了脸色，接着道："徐先生怎么知道我住在这里？跟了我一路，到底想干什么？"

她一口一声"徐先生"，仿佛他们之间只是不久前因为相亲才偶然认识的陌生人。

徐成洌眸光沉沉，揣进裤兜的手攥成拳头。他昂起脖颈，尽可能让自己看上去是一副瞧不上她的姿态，嗓音带着淡淡的哑，还带着几分刀刃般的锋利："自然是想报复你。"

沈圆星噎住，嘴角的弧度消弭。

她想起了当初林娇跟她说，她那本日记的内容被曝光在学校论坛上。

她还以为，那就是徐成洌报复她的手段。原来那只是其一，原来这么多年过去了，他心里还是记恨她的。

"那你随意。"良久，沈圆星才吐出这么一句。

她说这话时没什么情绪，视线也没再落在徐成洌身上。

既然确定了跟踪她的人是徐成洌，沈圆星便不再过多防备。

她将防狼喷雾揣回了包里，去按了电梯。门开后，她直接进去，没有要继续搭理徐成洌的意思。

男人在电梯门合上前挤进去。

他和沈圆星站在一条水平线上，中间却隔了一个人的距离。

明明两个人处在同一个空间里，却像陌生人似的，谁也不看谁，谁也不开口。

直到电梯上到六楼，沈圆星走了出去。

徐成洌才后知后觉地醒悟过来，原来她住六楼而不是四楼，那刚才她去四楼是……

徐成洌忽然想明白了，一时间不知道该夸沈圆星聪慧过人、警惕性高，还是骂自己傻。

"沈圆星，加个微信吧。"男音在沈圆星身后响起。

她正站在 601 室门口拿钥匙开门，蓦地听见徐成洌的话，心跳漏了一拍，开门的动作也顿住了。

许久她才回过头看向男人，满目狐疑，淡淡吐出两个字："理由。"

"报复你。"男人沉声，"你逃了快八年，欠我的，也该一点一点还回来。不是吗？"

这个理由无比荒唐，可沈圆星却无法反驳，拒绝不了。

她只是胸口憋闷得厉害，不知道是因为徐成冽冷情的话，还是因为他看自己的眼神过于凉薄。

最终，沈圆星还是妥协了。

她拿出手机打开微信找到了二维码，递过去："自己扫。"

徐成冽垂下长睫，从裤兜里摸出手机。但他并没有扫码，而是在手机上点了几下，冷冷道："通过。"

沈圆星愣住片刻，退出二维码界面。

她看见了通讯录那栏刺眼的一抹红，点进去一看，果然是添加好友的申请。

犹豫了片刻，沈圆星通过了申请。

徐成冽心头的大石头终于落下，他暗暗吁了一口气，最后瞥了女人一眼，没再说什么，转身进了电梯。

待电梯门合上，电梯下行，走廊里的感应灯也熄灭了。

沈圆星终于回过神来。

她继续打开房门，进屋后将钥匙和包挂在了鞋柜上方，自己则抱着手机靠在门后，在一室寂静和昏暗里，长长叹了一口气。

缓了片刻，她才将灯打开。

她一边换鞋，一边看刚加的好友的信息。

沈圆星发现，徐成冽的微信名和个性签名还和以前一样。

昵称：摘星人

个性签名：愿得一颗星，白首不相离。

也不知道是徐成冽懒得改名字和个性签名，还是想凭借这些，牢牢记住她对他犯下的过错。

大概……是后者吧。

4

接下来的一周里，沈圆星因为之前快结案的那个案子发现了新的线索，陷入了昏天黑地的忙碌中。

每天下班她都会看一眼微信，不出意外，都会收到"摘星人"的消息。

无非就是一些灵异图片。好像在徐成冽的眼里，她这个人特别怕鬼。

所以他所谓的报复，就是给她发一些，她害怕的东西的图片。

可惜徐成冽不知道的是，沈圆星根本不怕那玩意儿。

她是无神论者，只相信科学，实打实的唯物主义者。

所以徐成冽发来的那些图片反倒成了沈圆星每日的笑点。她疲累时总会拿出手机翻看一下他单方面发过来的图片，再看看他的昵称和他的签名。

直到翻到最顶端，沈圆星忍不住想，她当初删除了徐成冽的好友以后，他是否还给她发过什么消息吗？

可惜这件事沈圆星没机会再求证了。她的微信聊天记录在重新加回徐成冽的那天就变成了一片空白，仿佛他们真的只是不久前才相逢相识的新朋友，而并非故人。

就在沈圆星发愣时，林燃敲响了她办公室的门。

"我听小陈说你这边有了新的发现？"

沈圆星应了一声，把最新的尸检报告递给了他："之前因为嫌疑人自首，受害人的尸体只做了简单的体表检查，导致我们遗漏了很多重要线索。我从受害人的血液里提取到了迷幻药的成分，且受害人生前应该遭受过性侵，体内有疑似精液的残留物。"

沈圆星带林燃去了解剖室，就着尸检报告，当面跟他解说。

归根结底，最新的尸检报告足够证明，杀害死者秦英的凶手并不是跑来自首的死者的婆婆。

这个案子另有隐情。

夜幕降临时，忙了一整天的沈圆星难得这么早下班。

她走之前去了一趟林燃的办公室，打算告诉他精液对比的结果。

没想到却在林燃办公室的走廊里遇见了一个四五岁大的小女孩。

小女孩穿着薄薄的春季套装，外头套了一件薄款针织开衫，孤零零地坐在走廊里的椅子上，怀里抱着一个长耳兔布偶。布偶看上去很旧，应该有些年份了。

沈圆星四下看了看，除了小女孩，并没有其他人。

她本想去找林燃，结果小女孩听见响动，抬起小脸朝她看来，一双黑不溜秋的眼睛圆睁着，眼眶泛着红，显然是哭过。

那一瞬间，沈圆星铁一样的心柔软了几分，她迟疑了片刻，朝小女孩走了过去。

得知小女孩是死者秦英的大女儿，沈圆星不由得生出几分同情。

特别是小女孩告诉她，她的小名也叫"星星"时，沈圆星更是有种莫名的亲切感。

有那么一瞬间，沈圆星想到了母亲于柔。

沈圆星的名字是于柔起的。于柔说星星的本质是恒星或行星，所以星星的本质应该是球体，所以是圆圆的星星。

于柔唤她的名字时十分温柔，饱含了一个母亲对孩子的慈爱。

沈圆星:"星星在这里做什么？"

"我是来看妈妈的……可是警察叔叔说妈妈睡着了，我不能去打扰她。"童音稚嫩又纯真，明明没有任何悲伤的情绪，却叫沈圆星听得难过。

沈圆星摸了摸星星的头，勾了勾艳红的唇："你一个人来的？"

"嗯！"星星抿了抿小嘴，奶声奶气道，"爸爸要照顾妹妹，奶奶不在家，爷爷身体不好……所以我只能一个人来。"

沈圆星嘴角的笑意僵住，没想到这么点大的孩子，竟然真的敢一个人跑来这里。

"你家在哪儿？"

"坐12路公交车，到水河街站下车，再穿过一条小巷子，就能看见我家门口那棵很高很大的樱桃树了。"

沈圆星哭笑不得，她能理解小孩子的认知和大人不一样。但星星应该算是同龄孩子里比较聪明、记性也比较好的孩子了。至少根据这个描述，他们能送星星回家。

半晌，林燃来了，他告诉沈圆星，他们已经给星星的家人打了电话，晚些时候会有人来接星星回家。

但沈圆星陪着小丫头等了近一个小时，她的家里人还是没来。

沈圆星只好又给她家里打了个电话。

得知一时半会儿没人能来接星星回去，局里其他人要么下班了，要么在忙自己的事，暂时也没人有空送小丫头回家，沈圆星便跟星星那位瘫痪在家的爷爷打了招呼，表示自己会送星星回去。

正如星星所说，乘坐12路公交车到水河街站下车后，穿过一条冗长的小巷子，就能看见一栋老式居民楼楼下栽着一棵枝繁叶茂的樱桃树。

花已经谢了，结了半个指甲盖那么大的青绿果实。

沈圆星站在居民楼底下，牵着小女孩的手，心下却藏着一团乱麻。

刚才回来的路上，星星跟她说起了她妈妈秦英的事。

据星星所言，她的父母似乎特别恩爱，爸妈都很疼她。只是爷爷奶奶似乎不太喜欢她和小妹妹。爸爸不在家的时候，妈妈时常会被爷爷奶奶骂哭。

她还有一个叔叔，是她爸爸的弟弟。

似乎自星星记事以来，叔叔一直都和他们生活在一起，听着像是没有工作在家啃老的不孝子。

最让沈圆星在意的是，星星说她很久以前曾经看见叔叔从妈妈的房间里走出来，叔叔看见她，还笑嘻嘻地给了她一块大白兔奶糖。

自那以后，星星就时常看见妈妈躲在房间里偷偷地哭。

小孩子的描述总是稚嫩懵懂的，但沈圆星却因为星星的话对她那位叔叔产生了强烈的厌恶感。

大抵是因为，他让沈圆星想起了自己的大伯沈贵，想起了五岁那年，男人给她的甜得发腻的巧克力。

星星家是小三室的户型。

沈圆星带着星星敲门后，开门的是个二十岁出头的成年男人，一头乱糟糟的黄头发，胡子拉碴，形容有些憔悴。

他看见沈圆星时眼睛亮了一下，笑容也掩不住他眼里令人不快的探索意味。

沈圆星出示了自己的证件，说明了来意。

男人看她的眼神才收敛了许多，并客客气气地请她进门坐。

出于私心，沈圆星忍着心下的不适感，进了他家的家门。

进门后，她陪星星回了星星爸爸妈妈的房间，结果房间里并没有人。

星星的二叔告诉沈圆星，他大哥带小侄女去医院了，小孩子有点发烧。

于是沈圆星便陪着星星在他们一家四口住的那间屋子里坐了一会儿。

期间沈圆星没少观察四周。

她想，如果星星说的话是真的，如果她的猜测没有错，那她或许能在这间屋子里寻找到什么有用的线索。

事实证明，沈圆星确实找到了一件至关重要的东西——

死者秦英生前的日记本。

秦英的日记本并不是市场上售卖的那种专门用来写日记的本子，她是用大女儿星星练字用的作业本记录的。

沈圆星也是无意间从星星的小课桌里翻出来的。本子压在课桌底层，有被故意隐藏起来的嫌疑。

她只翻看了第一页，便被秦英生前的经历揪疼了心脏，想也没想便拿手机拍了日记的照片发给林燃，顺便让他带人立刻赶来水河街十字巷这边。

便是此时，卧室的门被人推开，星星那位二叔端了一杯水进来："沈警官喝口水吧。"

沈圆星收起手机，也不动声色地合上了那个作业本。

她接了那杯水但没喝，只是看了眼星星，问男人："星星爸爸在哪个医院？星星也担心她妹妹，我想带她过去看看。"

男人犹豫了一下，给了沈圆星医院的地址，并且送她们到了门口。

眼见着就要走出门去，男人忽然叫住了沈圆星："沈警官，作业本你忘记放了。"

事态紧急，沈圆星根本没来得及把作业本放进包里，这会儿本子还被她拿在手里，便显得格外突兀。

男人盯着她手上的作业本看，神情狐疑。

没等沈圆星回话，他大步走过来，伸手要拿作业本："这是星星练字的本儿，就不用带去医院了吧？"

沈圆星错手避开了男人，男人抬头看着她，似看出了端倪，眼神暗了暗。

也就是眨眼的工夫，男人面露狠相朝沈圆星扑来。

她也没迟疑，一直摸在包里的手抓出防狼喷雾便照着男人的脸喷了出去。

一阵惨痛的叫声打破了居民楼的沉寂。

沈圆星没敢逗留，抱着星星便往楼道口跑。

像这样的老式居民楼是没有安装电梯的，且楼道狭窄阴暗，感应灯常年都是坏的。

沈圆星对路况不熟，一路跌跌撞撞，只能尽可能地把星星护在怀里。

她不敢留下星星，谁知道她那个叔叔会不会对星星不利……

"站住！"

狠厉的男音带着喘息声在冗长昏暗的巷子里响起。

沈圆星跑得高跟鞋都甩掉了也没敢停下来。但她抱着一个四五岁大的孩子，再怎么跑也不可能跑过一个二十出头的成年男人。

于是沈圆星只能扯着嗓子喊救命。

她这辈子从来没有这么拼命地喊叫过，但一直没有得到回应。

直到快到巷口时，迎面过来一个男人，直挺挺地接住了她和星星。

熟悉的白栀子的冷香侵入她的鼻息，沈圆星僵了一下。即便身处昏暗，她也还是认出了来人："阿冽……"

徐成冽不明所以，只是老远听见她的声音，所以一路跑了过来。

他甚至来不及询问沈圆星是什么情况，一个男人忽然从昏暗的巷子深处冲了过来，手里还举着一把水果刀。

徐成冽想也没想便把沈圆星和她怀里的孩子往巷口的方向推了一把，回身便握住了男人扎下来的刀子。

被推走的沈圆星回头看见徐成冽和男人缠斗在一起，她犹豫了一秒，还是选择先带着星星跑到安全的地方。

脚步声越来越远，徐成冽感觉自己握住刀刃的手被生生被拉开皮肉，痛意钻心刺骨，传遍全身。

就在他全力应付那把水果刀时，一股冲劲猛地撞入他的小腹，利刃扎入皮肉，他僵了一下，后知后觉地低头看去。

昏暗中，他隐约看见男人另一只手握着一把美工刀，停在他小腹……

就在男人从徐成冽手中抽回水果刀，打算继续往他身上扎时，去而复返的沈圆星捞起半道捡的板块砖头，用力砸在了男人额头。

对方僵愣的那一秒，徐成冽一脚踹开了他。

男人踉跄后退，倒在了地上，却还挣扎着要再爬起来。

便是此时，警笛声响彻整片夜空。

带着警示意味的声音令沈圆星心下一松，她没敢扔掉手里的砖头，急忙去扶摇摇欲坠的徐成冽。

"阿冽……阿冽你还好吗？

"徐成冽……"

徐成冽陷入黑暗前，唯一听见的就是沈圆星焦急担忧的声音。

臭女人……竟然喊他全名。

好气。

第十五章
我爱你，这次没有骗你 ★

1
　　医院的空气里总有一股很浓的消毒水的味道，徐成冽很讨厌这个味道，所以他讨厌进医院。
　　但这一次，医生说他得在医院住上整整一个月。
　　就因为他小腹上被人捅了一刀。
　　住院期间，来医院照顾徐成冽的主要还是护工，谢明静和商玥偶尔也会来照看他一下。
　　至于徐文正和徐成锦，一个因为几年前车祸留下的后遗症，腰和腿都没办法经受劳累甚至久站，来医院也帮不上忙，所以被谢明静留在家里煲汤。另一个，最近去被派去国外出差了，得下个月才能回来。

　　沈圆星和沈明川一起来医院探望徐成冽时，恰好是商玥给他送鱼汤过来。
　　跟着商玥一起来的还有两个四五岁大的小孩，一男一女，眉眼有几分相似，看着像是龙凤胎。
　　商玥显然还记得沈圆星，见她进门，便笑着打了声招呼，随后找了个借口，带着两个孩子和沈明川一起离开了病房。
　　他们前脚离开，沈圆星后脚便低下眼睫，没敢去看病床上靠坐着的徐成冽。
　　三天前的事情她还历历在目，那晚有多惊险，她现在就有多后怕。
　　要是那个男人刺的是徐成冽的心脏或是别的致命部位……沈圆星不敢继续想下去。
　　"杵在那儿干什么，离那么远，怕我吃了你？"徐成冽沉冷带点病弱的嗓音拉回了沈圆星的思绪。
　　她缓缓抬头看向他，欲言又止。
　　"还不过来？"男人揪起剑眉，本就没什么力气，冲沈圆星喊了两句后，顿时跟被霜打的小野花似的，蔫蔫地合上眼。
　　沈圆星见状，急忙走了过去，顺手把买来的果篮和百合花放在了床头柜上。

她想扶徐成洌躺下，结果手刚伸过去，便被男人骨节分明的指握着。

力道虽沉重，但沈圆星是能挣开的。

她弯着身子，明艳五官清晰地映入男人不知何时又睁开的眼，手腕被他抓着，一动没敢动。

近距离的对视下，沈圆星心里打起了退堂鼓。

她刚要往后退，徐成洌开口了，声音轻又哑："沈圆星……你现在算不算是欠了我一条命？"

沈圆星对上他幽深的视线，心下没底："算……所以你想要我怎么还？"

她反问，似是做足了最坏的心理准备，她的气息比刚才稳了一些。

徐成洌从她黑白分明的眼睛里看见了自己的脸。

他的呼吸一窒，视线颤颤垂落在沈圆星轻抿成嫣红的唇。她今天涂了口红，是低调的暗红色，没她原本的唇色好看。

徐成洌这样想着，下一秒又忍不住对自己骂骂咧咧，关键时候走什么神啊！

"你能不能先放开我？"沈圆星的话拉回了他的思绪。

徐成洌不仅不放，反倒攥得比刚才更紧一些。他的视线重新回到了她那双狭长妩媚的狐狸眼上，不自觉地滚了下喉结，忍着腹部轻微的痛意，直起身凑近了女人，几欲亲到她柔软温热的唇。

沈圆星下意识想退开，却被他扣着手腕拉拽回来，鼻尖不小心与徐成洌相碰。沈圆星慌了，心跳顿时加快，脸上也烧热起来。

"怎么还你不是很清楚？当初决定离开我的时候，不是就已经还过一次？"徐成洌不让她退开半分，偏要她的鼻尖抵着他的。

说话时，他滚烫的薄唇总免不了蹭到沈圆星。本来只是想逗弄她，可呼吸相闻的瞬间，徐成洌却是心猿意马起来。

被他封印在心底深处总不敢想起来的那一夜，突然又浮现在了他的脑海里，一幕幕一帧帧，如走马灯一样。

好几次徐成洌都想亲上去，最好咬破沈圆星那该死的嘴。但他忍住了，暗暗深呼吸，最后松开了她的手腕，放她退开。

沈圆星站直身子，愣在病床前。

她满脑子都是徐成洌刚才的话，也很清楚他在说什么。

果然，下一秒徐成洌便厚脸皮地开了这个口："做我的女人，随叫随到的那种。"

羞辱感几欲将沈圆星淹没。

她看向徐成洌，男人却并未看她，只是沉着一张俊脸，一副"你欠我的必须还"的嘴脸。

沈圆星反复深呼吸，最后一个字也没说，转身跑出了病房。

她一走，床上的徐成洌便急了，作势就要掀被子下床，结果还没拔掉手背上的针头，沈圆星又回来了。

她像是下了很大的决心，莹白的脸涨得通红，更妖艳妩媚，连朝他看一眼都风情得让人心脏怦然。

"我还。"沈圆星磨着后槽牙，"就一次！"

让她长期和他纠缠在一起，那不可能！随叫随到，那更是异想天开！

浑蛋徐成洌……把她当什么了？

一个月后，徐成洌出院了。

期间沈圆星只去看过他一次，他们不欢而散，但理清了"债务"。

为了讨要那笔"债务"，徐成洌出院后又在家里养了大半个月，天天各种汤品补品养着，也没忘记把身材锻炼好。

月城入了夏，天气便燥热起来。

风云变幻也是家常便饭的事，有时候上午雷雨，下午又是烈日炎炎。

徐成洌挑了个艳阳天给沈圆星发的微信。

微信内容很简单，她一看就能懂的那种：【今晚我去找你。】

沈圆星并没有回复。

徐成洌也不在意，反正他消息已经发了，这债他是讨定了。

只是今晚去找沈圆星之前，他还得琢磨一下穿什么。

礼拜六，谢明静和徐文正出门玩去了。

徐成洌在家翻箱倒柜一整个上午，直到商玥和徐成锦带着两个小家伙回来，他才勉强决定了晚上的穿着。

今晚徐成锦和商玥带孩子们来和徐文正他们一起吃晚饭，来的路上买了不少食材。

进屋后，徐成锦便去厨房忙碌了。商玥把两个孩子交给了徐成洌照看，她去书房帮徐成锦找东西。

傍晚时，徐成洌打了招呼便出门了。

沈圆星那边还是没有回他消息，于是徐成洌便给她打了个电话。

结果沈圆星连电话都没接。

夜幕降临时，月城的天被乌云笼住了，天气预报也说今晚有大暴雨，要市民出行注意安全。

徐成洌开着他那辆黑色的路虎往沈圆星的住处去。

到她小区门口时，他把车停在路边，又一遍一遍给她打电话，却始终无人接听。

徐成冽的心情从一开始的烦闷到此刻的担忧,越来越浓烈。

他又给沈明川打了电话,沈明川也不清楚,只说:"可能又有什么要紧的案子,她在解剖室里忙得焦头烂额也不一定。你找她有很重要的事?"

徐成冽哑住,不好说他找沈圆星是"讨债",便随便搪塞了一句,挂断了电话。

就在他第 N 次给沈圆星发微信时,大嫂商玥给他发了一条微信过来。

【商玥:阿冽,这个本子是你的吗?】

她还发了一张照片,照片里的日记本正是当初沈圆星从国外寄回学校给他的"罪证"。

【徐成冽:是我的。】

不过,那本日记他早就不知道扔到哪里去了,还以为很早以前就扔进垃圾桶了。

【商玥:我一开始不知道是你的,就翻开看了一下,不好意思啊。】

【徐成冽:没事。】

都已经过了这么多年了,那本日记对他的影响已经没有当初那么深刻了。

【商玥:这个……你看见了吗?】

又是一张照片,拍的也还是那个日记本,只不过里面的内容不同。

徐成冽点开图片粗粗扫了一眼,视线蓦然定格住。

商玥发的这一页的内容,徐成冽从未见过。应该说日记本他从来没有翻开过,因为当初被人曝光在学校论坛上时,他就已经清楚地知道了里面写的什么。

可是这一页……

阿冽,对不起。

我知道你可能不会再相信我的话……但我还是想说,我爱你。这是真的……

我爱你,阿冽。你愿意给我一个解释的机会吗?

你愿意……跟我重新开始吗?

如果你愿意,就给我发一封邮件吧。求你……

商玥的消息又不停地发了过来:

【你别怪我多事啊,阿冽。】

【每个人年少时或多或少都会做错事,但感情的事一向分不出高低和对错。】

【只要你还爱她,你将永远无条件地原谅她。即便你嘴硬不承认,但你的身体、你的心,它们都在如实地表达你。】

【别让自己后悔啊,弟弟。】

徐成冽看完消息的那一秒,窗外暴雨倾盆,雨声"滴滴答答"像冰雹一样砸在车身上。

他眼眶潮热湿润,视线蒙眬了一阵,他擦掉眼泪,推开车门下去冲进了雨里,埋头往沈圆星住的小区里跑。

这么多年来,他一直都在等。

等沈圆星回来,哪怕她是回来继续骗他也好。

但他始终没有等到……他还以为这辈子都等不到了。

可原来早在多年前,就在沈圆星决定把日记寄给他的那一刻起,她就已经主动向他求和了。

她是想告诉他,她是爱他的。

带着无论他知道真相后会如何对待她的决心。

凌晨一点多,沈圆星回到了住处。

她今晚加班了,在解剖室里和一具尸体待到现在,连晚饭都还没吃。手机也早就没电了,她也没工夫给它充电,想着等回家以后再说。

结果她在门口掏钥匙开门时,背后忽然涌来一道劲风。

她手里的钥匙"啪"的一声掉在了地上,熟悉的白栀子冷香将她包裹住,她陷入了一个温暖却湿漉漉的怀抱。

沈圆星甚至没来得及挣扎,便因为察觉到来人是谁后,陷入了僵直、诧异。

她没敢乱动,她不确定徐成冽身上的伤好了没有,怕自己挣扎时不小心弄伤他。

男人的身上是湿的,仿佛淋了很久的雨。

"徐成冽……"沈圆星开口,轻细的声音在寂静的楼道里格外清晰,带着轻微的颤抖和狐疑。

男人低低应了一声,遂又觉得不对,便搂紧她的腰身,沉闷道:"别叫我全名。"

沈圆星顿时无语。

"你来找我……有事?"她没理会他的异议。

徐成冽往前一步,从背后将她压在了她家门上,就在无人的过道里。

沈圆星一惊,刚想训他,徐成冽滚烫的薄唇咬上了她的耳朵,轻轻含住她的耳垂,呼着热气:"星星……宝宝。"

沈圆星呼吸一竭,心跳漏了一拍,浑身酥麻不已,却是没说话。

男人又紧了紧她的腰身，头埋进她的脖颈，许久才闷闷道："我们重新开始吧……好不好？"

沈圆星僵住了，尘封的记忆涌向她。

那本日记的最后一页如潮汐一般涌上了她的心头。

她的呼吸急促了许多，不知道为什么，鼻尖酸涩得厉害。

徐成洌还在她耳边喋喋不休："对不起……对不起。

"是我的错，我应该早点看见那一页，我应该早点给你发邮件，我应该早点告诉你……我从一开始就知道你在骗我。

"我是心甘情愿被你骗的。

"从你招惹我的那一刻起，我就知道，我迟早会坠入你的骗局，万劫不复。

"星星，我们重新开始吧，或者你再骗我一次。

"这次骗我一辈子就好……"

徐成洌的声音带着些微哭腔，低哑却又磁欲好听。

沈圆星被他蛊得心脏怦然，许久才抬手摸了摸他埋在她脖颈的脑袋，哭着笑了："笨蛋徐成洌。

"我爱你……这次没有骗你。"

2

寂静空旷的走廊里，感应灯早就灭了。

沈圆星单手扶着租房的大门，以微薄之力勉强支撑着徐成洌压在她身上的重量。

男人则因为她的话陷入了漫长的沉默。

许久后，还是沈圆星先从汹涌澎湃的情绪中回过神来，她默默收回了别扭地摸着男人脸侧的手。

"徐……阿洌，"沈圆星咬了咬唇瓣，"能不能先松开我……太重了。"

徐成洌轻轻"嗯"一声，迟疑了片刻，生怕这只是一个梦。

"星星，你先掐我一下。"男人固着她纤腰的手隔着衣服轻轻摩挲了两下，酥麻痒感令沈圆星心跳加快。

她不明所以，逃离情绪支配后，声音清丽许多："掐你干什么？"

"我怕我又在做梦。"徐成洌如实回，声音很沉，不难听出他的情绪也低落下去。

他曾经不止一次梦到过沈圆星，梦里的她总是上一秒深情下一秒绝情，反复将他捧上云端再摔下来。

那种强烈的落差感实在让徐成洌备受打击且后怕。

沈圆星僵了片刻，轻轻拍了拍他固在她腰上的手，示意他松一下力道。

徐成冽意会到了，松手的下一秒，沈圆星转过身在昏暗中捏住了他的下巴，紧接着熟悉滚烫的柔软附上他的薄唇，辗转勾描，如一条湿热的火线，徘徊在他唇上，撩拨半晌也不更进一步。

徐成冽被莫名的酥痒感撩动心扉，微微张唇，反咬住了沈圆星造作的柔唇，熟门熟路地撬开她的齿关。

耳鬓厮磨的吻逐渐失控，从一开始的浅尝辄止，到后来沈圆星的大脑被搅得一片空白，几欲力竭。徐成冽及时勾住了她的腰身，帮她站稳，然后，他依依不舍地松开了她水色潋滟的唇。

沈圆星轻喘着，声音因为刚才那个吻极尽妩媚："是梦吗？"

男人后脊微僵，忍俊不禁之余又用力抱了她片刻："不是。"

"那现在你能松开我了吗？今天真的好累，而且你身上似乎湿透了。"沈圆星顺势摸了摸他一如既往劲瘦的腰身。

她原本只是想摸摸徐成冽的衣服到底有多湿，却摸得男人没忍住，偏头又重重咬了下她的耳垂。

沈圆星吃痛，徐成冽及时松开她，两人之间的距离终于拉开了。

"你怎么还跟以前一样爱咬人？"沈圆星弯腰捡起了掉在地上的钥匙，转身开门。

钥匙"丁零哐当"的声音将走廊里的感应灯惊亮了，橙黄灯光柔和地覆在门口一高一矮两道身影上。

门开后，沈圆星先进屋："先换鞋去洗个热水澡，别感冒了。"

徐成冽身上真是有够湿的，不用想也知道他来的时候肯定淋了雨。

沈圆星从鞋柜里拿出了一双崭新的男士拖鞋。

刚进门的徐成冽看见后，心里莫名生出酸意。

他进门后带上了大门，隔绝了室外的夜风，玄关处冷白的灯光下，他微皱眉头，盯着沈圆星刚拿出来的那双男士拖鞋，若有所思。

已经换好鞋的沈圆星见他杵在门前没动，便朝他看去。

视线触及男人揪着的眉，以及他垂落在拖鞋上的视线，她隐约明白了什么，极不自然地说了一句："别乱想……鞋是按你的尺码买的。"

徐成冽长睫微掀，眸光略诧异，但被他盯着看的沈圆星却窘迫至极。她总不能直白地告诉徐成冽，说她一直在等着他来向她"讨债"吧。

不只是拖鞋，沈圆星还准备了其他东西。

刚才在外面被徐成冽从背后抱住时，她还在想，他该不会是来"讨债"的？

毕竟即便是沈圆星，也无法料到徐成冽会忽然有这么大的转变，仅仅因为当初她写在日记本最后一页的那段话。

思及此，沈圆星看着终于弯下腰换鞋的徐成冽，没忍住探手去摸他润湿的黑色碎发。

就像摸一条独属于她的大狗狗。

只要她朝他张开手,他就会义无反顾地朝她扑过来。

"做什么?"磁哑的男音响起时,沈圆星落在男人发顶的手被抓住了。

她发散的思绪立刻回笼,想抽回手,却被换完鞋站起身来的徐成冽紧紧拿捏住,他顺势朝她过来,将她逼退,最终抵靠在鞋柜上。

男人高大的身躯沉沉抵着她,随后扣住她的手指,紧紧锁住。

徐成冽低首,激吻过后如烈焰般的薄唇漾着好看的光泽,在灯下格外诱惑人,声音也是。

"摸我头做什么,嗯?"他说话间,故意将薄唇贴近沈圆星同样红艳的柔唇。

沈圆星偏头避开,红晕浸染雪色肌肤,爬满她的脸颊:"没做什么……"她的声音软软柔柔的,透着心虚。

话落,没给徐成冽深究的机会,沈圆星推了推他的胸膛:"快去洗个热水澡,你身上都湿透了……"

徐成冽眉眼噙笑,没人知道他此刻心情有多好,也没人知道他现在有多想和沈圆星黏在一起,哪怕是洗澡……他也不想和她分开。

"要不,你和我一起?"半晌,徐成冽想到了这个两全其美的好办法。

沈圆星差点被自己的口水呛到,红晕蔓延到了耳根。她拒绝:"你先去……我歇一下再洗。我有点饿了,先煮面吃……"

说着,她就想逃离男人。

结果徐成冽似有预知能力,先一步将她打横抱起,他一边低笑,一边四下寻找浴室的位置:"先洗澡,洗完澡我给你煮面吃。"

浴室很快就被徐成冽找到了,他把沈圆星塞进去,自己再跻身入内,反手把浴室的门关上、反锁,动作一气呵成。

且那扇条纹磨砂玻璃门被他高大身躯堵得死死的,沈圆星连一丝逃出去的希望都没有。

就在她绞尽脑汁找借口时,徐成冽摁开了浴室里的灯。

明晃晃的灯光下,男人姿态散漫地倚在门上,噙笑盯着沈圆星,给了她最后致命一击:"只是洗澡而已,你害羞什么?又不是没一起洗过。

"还是说……你想陪我做点别的什么?"

沈圆星哑口无言。

她现在收回之前的告白还来得及吗?她怎么就爱上了徐成冽这么个骚男人。

303

3

窗外雨打玻璃，噼里啪啦。

浴室里的淋浴被徐成冽拧开，温热的水将他和沈圆星一起淋湿，这下沈圆星想逃也逃不掉，只能硬着头皮留下来陪他一起洗。

她身上雪纺质地的白衬衫遇水则透，里头黑色的胸衣衬得沈圆星肤色胜雪，惹人浮想联翩。

徐成冽受不了这样香艳的视觉冲击，转瞬便将满脸被水润湿的女人推到了淋浴下的那面墙上，捏着她的下巴覆上薄唇去亲吻她。

沈圆星心跳极快，推拒了两次无果，她妥协了，渐渐踮脚回吻，勾住徐成冽的脖颈。

后来男人脱掉了湿透的衬衣，她换气时额头抵在他胸肌分明的胸膛，视线无意瞥见了他小腹的伤疤。

沈圆星心下微微钝痛，她伸手抚上男人腹部的伤疤，眼露不忍和疼惜，声音极轻，几欲被水流声掩去。

"还疼吗？"

徐成冽单手撑在墙面上，另一只手虚揽着她的腰，俊脸上嫣红一片，正沉浸在方才激烈的吻里，神情旖旎，蓦地听见沈圆星的话，他眸光微滞，不明所以。

直到感觉到女人娇柔温热的指在他伤疤附近轻抚，酥麻痒感直涌入他的大脑，才低低应了一声："不疼了……"

嗓音沉哑，混杂着欲色。

沈圆星正陷在心疼他的情绪里，连视线都胶着在了徐成冽伤口那处，根本没有意识到男人低头在亲吻她的耳垂。

"星星，你多帮我揉一揉……"徐成冽哑声蛊惑她，亲吻从她耳垂渐渐移到她肩颈。

沈圆星照做，荑黄一直落在他腰腹上。

但很快她的呼吸和意识就被徐成冽热吻带起来的战栗感击溃了，越发身不由己。

沈圆星很清楚徐成冽的意图，理智告诉她，明天还得上班，现在时间已经很晚了，她不该纵容自己陪他折腾，可身体却不受大脑控制似的，只想放肆亲吻和拥抱他。

在徐成冽的薄唇第 N 次覆上来时，沈圆星避开了几秒，趁机道："你悠着点，我明天还得上班……"

徐成冽低低笑了一声，薄唇勾扯出极性感的弧度，嗓音又欲又撩，低低"嗯"了一声。

浴室里水声绵延不断，氤氲的热气将玻璃窗蒙上一层薄薄水雾，隔绝了外界的一切。

近两小时后，沈圆星才被徐成冽抱去主卧安顿，他自己则穿好衣服去厨房翻冰箱，找出一个番茄、两颗鸡蛋，还有一把挂面。

约莫花了半个小时，徐成冽做好了一碗香飘四溢的西红柿鸡蛋面。

疲累到沾床就睡的沈圆星被香味馋醒了，费了不少力气才勉强撑开眼帘，隐约注意到床畔蹲着一道黑影，差点还以为家里进贼了，一秒清醒了过来。

待看清徐成冽的那一刻，她长长松了一口气，软身躺回床上，揪起了细长漂亮的眉："真的不来了……"

女音带点哀怨撒娇的味道，听得徐成冽心下荡漾。

他勾着薄唇，凑上去亲了一下沈圆星的额头，说："给你煮了碗面，吃完再睡，嗯？"

"面？"沈圆星虚着眸，正在困意和饥饿感之间拉扯斗争。

片刻后饥饿感战胜了困意，她在徐成冽的搀扶下，挣扎着坐起身来。

徐成冽给她垫了个枕头在身后，让她靠坐在床头，他亲手喂她吃面，似是在弥补之前在浴室里犯下的罪行。

沈圆星慢条斯理地吃着面，一口接一口，长睫低垂着，尽可能不去在意徐成冽落在她脸上越发烫灼热的目光。

直到吃完最后一口面，她接过了徐成冽递来的纸巾擦了擦嘴，抬眸看向他："面煮得不错，很好吃。"

徐成冽备受鼓舞，眸子里雀跃着光："那你等我一下，不许睡。"

沈圆星一头雾水。

她眼睁睁看着徐成冽端着面碗走出卧室，强撑了大概十分钟，徐成冽还是没回来，她实在忍不住，还是躺下了。

就在她半梦半醒之际，身上压下一股重量，沉如巨山。

沈圆星被封住了唇瓣，呼吸不畅，想推开身上那座"山"。

但徐成冽并未遂她意，压着她亲了又亲，生生把人从睡意里拉扯出来。

"徐成冽……"沈圆星皱眉，她真的困到了极致。

男人沉沉应了她一嗓，重重咬在她唇上，呼吸滚烫："不许叫我全名，叫一次罚一次。"

沈圆星乱了呼吸，在男人的甜言蜜语间逐渐失去理智。

徐成冽向她讨要那碗西红柿鸡蛋面的奖赏，随后又罚她没有等他过来就滚进了被窝，最后又因为她叫了他的全名最后罚了一次。

总之等沈圆星真正睡着已经是凌晨四五点的光景，她连梦都没再做过，一觉睡到天明,连生物钟都不管用了。

令沈圆星没想到的是,徐成洌一宿没睡。

她睁眼的那一刻,他就侧躺在她身旁,单手撑着脑袋盯着她瞧。

沈圆星的呼吸滞了滞,险些被男人的盛世俊颜蛊惑了心智。

下一秒,她瞥见了窗外透亮的天光,在徐成洌倾身过来吻她时,沈圆星猛地坐起身:"几点了?"

她一边说着,一边翻找自己的手机。

被她吓到的徐成洌吁了口气,也跟着坐起身,被子划过他劲瘦裸露的腰腹,他的嗓音带着点一夜未眠后的倦意和哑:"八点……别慌,你上班还来得及。"

沈圆星掀开被子下床,急急忙忙往卧室外走。徐成洌见状,只好跟着她下床出门去,一路跟到洗手间门口,他被沈圆星关在了洗手间外面,几分钟后门才打开。

沈圆星已经拧开水龙头准备洗漱了。

本想与她温存片刻的徐成洌暗暗叹了口气,过去帮她的忙:"你平时都是几点起床的?"

据他所知,沈圆星应该是九点上班,所以他算好了时间,打算八点左右叫她起床,没想到沈圆星自己醒过来了。

一想到她昨晚因为自己一直挨到凌晨四五点才睡,徐成洌心里难免有些愧疚和心虚。

这会儿,他趁着沈圆星洗漱的时候,站在她身后慢条斯理地帮她打理头发。

令沈圆星意想不到的是,徐成洌竟然还会扎马尾,扎头发的动作很是娴熟。

她刷完牙,看着镜子里扎着高马尾的自己,总有一种梦回少女时代的错觉。

"你怎么会扎头发的?"其实她想问的还有昨晚那碗香喷喷的西红柿鸡蛋面。总感觉她不在的这几年,徐成洌偷学了不少令她意外的技能。

徐成洌从背后抱住她的腰身,勾着薄唇笑得格外俊美好看:"学的,这两年我可没少替我大哥大嫂看孩子。"

沈圆星想起了上次在医院病房看见商玥时,她身边跟着两个四五岁大的小孩子,一男一女,小女孩有一头齐腰的黑长直发,秀丽可爱。

她敛了神思,看着镜子里站在她身后的男人,顺势抬手摸了摸他的脸:"我家阿洌真能干。"

徐成洌愣了片刻,意识到沈圆星在用一副夸小孩的语气夸他,顿时不乐意了,非把人压在洗手台上亲够了才放过她。

思绪一转,徐成洌想起了昨晚。

他抵着沈圆星的额头,意味深长地笑了:"宝宝说得对……我确实很能干。"

4

本来没往深处想的沈圆星被徐成洌意味深长的笑意盅了片刻，竟然意会了他话里的深意。

她心脏"怦怦"乱跳，赶忙推开了徐成洌越来越凑近的俊脸："我得去换衣服，你让我一下。"

徐成洌没阻拦她。趁着沈圆星去换衣服的时候，他去厨房将早已熬好的鸡丝粥盛上桌，还有几个水煮鸡蛋。

八点半以前，沈圆星在徐成洌的陪同下解决了他为她准备的爱心早餐，而后终于出门，由徐成洌开车送她去上班。

路上，沈圆星问起徐成洌怎么起这么早。

男人目视前方，很平静地回她："我没敢睡。"

顿了下，徐成洌将车缓缓停在了红绿灯路口处，趁着等红绿灯的间隙，他侧头看了沈圆星一眼，接着道："我怕我睡醒以后，你又像当初那样消失不见了，只给我留下一条提分手的微信消息。"

他声音温沉，说话时嘴角噙笑，沈圆星听着却莫名觉得有些悲伤。

她心下像钝刀割过一样疼，半晌才从喉咙挤出一点声音来："阿洌……"

"我知道这一次你不会再离开我了。我知道的。"徐成洌打断了她的话，眼神充满坚定。

沈圆星咬了咬唇瓣，满眼歉意和疼惜。她从来不知道，原来自己当初的离开，竟然对徐成洌造成了这么大的伤害。

黑色路虎开进了市刑警大队的大门，临时停在了局里的露天停车场。

沈圆星已经整理好了情绪，重新打起精神。

下车前，沈圆星把租房的备用钥匙给了徐成洌，让他回去以后好好补个觉。

拿到钥匙的徐成洌面露讶异，窃喜了一阵，紧跟着沈圆星下了车。

恰好对面车位停了一辆吉普，驾驶座的车门被人推开，也下来一个男人。

男人看见沈圆星，扬声跟她打招呼："早啊沈法医。"

"林队早。"沈圆星也看见了林燃，冲他礼貌地笑了笑。

沈圆星余光瞥见绕到她身边来的徐成洌，本想催他回家补觉，却在瞥见男人蓦然冷沉下去的脸色后，心脏突突了一下。

徐成洌的视线也落在迎面过来的林燃身上。

他对林燃印象深刻，记得这人给沈圆星披过衣服，还开车送她回了住处。

许是同为男人，所以徐成洌一眼就能看穿林燃看沈圆星的眼神，并非单纯将她当成同事看待。

307

某种意义上来说,林燃这人就是他的潜在情敌。

一想到沈圆星和林燃是同事,两人职业又很互补……徐成浏便忍不住想做点什么,好让林燃清楚地意识到沈圆星已是名花有主。

就在他绞尽脑汁想法子时,站在他身旁的沈圆星忽然抓住了他的手臂,借力踮脚往他脸上亲了一下。

当着林燃的面,她毫不避讳,且言行自然,温声和徐成浏说:"回去吧,下班见。"

徐成浏当场便愣住了,脸色由暗到明,逐渐放晴,喜色肉眼可见。

沈圆星以为,他就像一条对着主人摇尾巴的大狗狗,傻乐不已,尾巴快摇成螺旋桨了。

半晌徐成浏才从惊喜中回过神来,他的视线落到了沈圆星身上,嗓音哑了一些,温润好听:"那我先回去了……下班来接你。"

沈圆星冲他挥挥手,站在原地,直到徐成浏上车,她才让出道,目送他那辆黑色路虎离开。

期间林燃一直在旁边看着,等到沈圆星送完人,他才和她一起往楼里走。

虽然林燃不认识刚才那个男人,但从沈圆星踮脚亲对方这一点,他便可以判定他俩关系匪浅。

他不由得想起了之前一时兴起的"告白",侧头看了沈圆星一眼,笑了笑:"故意演给我看的?"

因为他早前向她阐明过心意,所以她怕他死缠烂打?

沈圆星也看向他,神情微滞,随后会意过来,她摇头笑了笑:"林队误会了,刚才那个是我男朋友。"

"看出来了。"林燃应了一声,还是不理解沈圆星当着他的面亲她男朋友的用意。

好在她解释了:"因为以前的一些事,我男朋友比较缺乏安全感,所以我想时时刻刻都让他感受到我是爱他的。"

刚才那个吻是安抚,并非故意要在林燃面前秀恩爱。

林燃后知后觉地明白过来,愣怔片刻,他才找回自己的声音,神色复杂地看了沈圆星一眼:"沈法医和之前似乎不太一样了。"

她刚才的笑容比以前自然太多了,是发自内心的,笑得明艳动人,就像枯木逢春,整个人都比当初刚来局里时鲜活了许多。

沈圆星笑笑,并不多言,轻易便把话题转移开了:"林队放心,我依旧会废寝忘食努力工作的。"

林燃也笑,声音和缓:"废寝忘食还是算了,努力就行,不然回头你那小朋友该心疼了。"

沈圆星一时语塞，只嘴角的弧度深了许多。

徐成洌开车离开市刑警大队后，直接回到了沈圆星的住处。
虽然他昨晚一宿没睡，沈圆星也让他回来补觉，但这会儿他实在很亢奋，浑身细胞都在沸腾，根本睡不着觉。
于是面对清冷的租房，徐成洌心下一动，拿了钥匙又出门了。
从沈圆星住的小区开车到月城大学要半小时左右的车程。
徐成洌一路心情极好，哼着小曲儿，开车到了他住的公寓大楼。将宿舍里的东西简单打包后，他便联系了搬家公司，把自己的家当全都搬去了沈圆星的租房。
忙活到大中午，徐成洌应付似的吃了桶泡面，然后利用下午的时间，将房子大扫除了一遍，重新布置。
约莫忙到傍晚时分，窗外天色昏沉下来。
徐成洌将买回来的食材放进了厨房冰箱里，正计划着今晚给沈圆星做好吃的，同事一个电话打了过来，约他晚上去喝酒。
电话那头还有沈明川，他们这个周末谁也没看见徐成洌，不知道他在忙些什么，打电话约他喝酒也被拒了，电话挂得贼快。
沈明川只好硬着头皮在微信上问徐成洌：【忙什么呢？喝酒都不来？】
【徐成洌：不来，刚搬完家。】
【沈明川：搬什么家？】
【徐成洌：长辈的事，少打听。】
沈明川头上落下三个问号。

5
徐成洌没来得及和沈明川多做解释，一个来电插了进来。
是沈圆星打来的，在跟他报备今晚加班的事。
"不知道会忙到几点，你就别来接我了。"
"晚饭你自己按时解决，早点回去。"
沈圆星之所以这么说，也是考虑到明天是周一，徐成洌应该要上班。
徐成洌含糊应付了几句，还陷在她晚上要加班的低落情绪里。
挂电话之前，沈圆星难为情地清了下嗓子，哄了某人一会儿。
徐成洌的心情这才回暖，薄唇又勾起弧度，嗓音低磁："你快去忙吧，早点忙完，早点下班，昨晚本来也没睡好……"
电话那头的沈圆星噎了噎，想说昨晚到底是谁拼了命地折腾她，这才导致她睡眠不好的？

但话到嘴边她又咽回去了，她舍不得凶他。

简单说了几句，沈圆星这边先挂了电话。

她马上要出现场，还不知道今晚要忙到什么时候才能回去休息。

不过好在她过去两年在S市工作时已经习惯了这种忙忙碌碌的日子，现在就算连续三天三夜不睡觉也能熬过来。

夜里十一点多，沈圆星被林燃强行安排下班。

于是她冒着细雨，打车回到了住处。

从电梯出来后，沈圆星一边拿钥匙一边顺着走廊往前走，最后停在了她住的那一户。

刚把钥匙插进锁孔里，房门应声而开，连刚灭掉的感应灯都吓得亮了起来。

站在门口的沈圆星亦是。她瞳孔微扩，呼吸一竭，明显被吓到了。

门内露出玄关处冷白的灯色，将男人高大的身躯清晰描摹，映入了沈圆星的眼帘。

她摸到包里防狼喷雾的手一软，松了力道，从包里滑了出来。

屋里刚打完一个哈欠的徐成洌眼含水色，声音带点沉郁的鼻音："回来了……欢迎回家，宝宝。"

话落，徐成洌伸手将门外的沈圆星拉进了屋里。

房门重新关上时，沈圆星终于从惊诧中缓过神来。

她鼻息间全是徐成洌身上栀子的冷香，沁人心脾，令人心安。

男人搂着她的肩，领着她往屋里走。这一路路途短暂，却频频刷新了沈圆星对自己住处的认知。

对于沈圆星来说，租房只是一个临时栖息之所。

她这行工作，在住处度过的时间还不及在工作岗位上多。

所以她在租房这方面一切从简，就只有一个硬性要求，那就是浴室得有浴缸，因为她需要泡澡来舒缓一天的疲劳。

至于装潢之类的其他琐碎，沈圆星不在乎。

从住进这套租房起，她的房子里就一直冷冰冰的，没什么烟火气。

但是今晚的租房却大不一样。进门玄关处，鞋柜上方的置物架上添了许多装饰用的摆件，其中不乏精美的相框，且里头的照片还是她和徐成洌大学时的合照。

之前客厅的灯坏了一只，如今已经重新更换过了，室内显得更明亮一些。

除此之外，餐桌上还铺了碎花粉的桌布，临墙的一方靠放着一只玻璃质地的花瓶，里头插着几朵红玫瑰和白栀子，连空气都被氤氲得甜蜜温馨许多。

最让沈圆星震惊的是餐桌上冷透的三菜一汤。她分明叮嘱过徐成洌，让他自己准点吃晚饭……

"星星,我有一件事得向你坦白。"徐成洌从背后拥住她的腰身,将俊脸埋进她脖颈,呼吸温热如火,几欲烧烫沈圆星脖颈间的肌肤。

沈圆星偏着头想躲,徐成洌却像口香糖一样黏上来,继续在她耳边絮叨:"我自作主张把东西都搬过来了……所以从今天开始,我们同居吧,好吗?"

沈圆星背脊微僵,"同居"这两个字似乎被附加了力道,震得她耳朵发麻。

虽然徐成洌是在问她的意思,可沈圆星却觉得他这是先斩后奏加糖衣炮弹的连环招数,目的简单明了。

沈圆星根本拒绝不了。

男人也没等她回答,从背后亲吻她,先是耳背,又一路辗转到脖颈,他哑声道:"你要是不想让我住进来,也可以把我赶出去的。虽然我已经向学校交还了宿舍的钥匙,但还不至于流落街头……"

沈圆星耳根酥麻的痒,听着徐成洌的话,心下哭笑不得。

她当然不可能把徐成洌赶出去,更不可能让他流落街头。从始至终,她也没信过男人一句疑似卖惨的话。

"行了,别演了。"沈圆星戳穿他,声音里噙着宠溺的笑意和无奈,"我只是觉得太突然了,没有不允许你搬进来的意思。

"再说了,你把这里布置得很温馨,让人很有……归属感。"沈圆星顿了半响,总算找到一个合适的词来表达她内心的感受。

话落时,她为了躲避徐成洌的亲吻,果断转身扶住他的腰身,迎头对上他低垂下来的视线。

徐成洌那双深情眼被岁月磨砺得昏沉厚重,越发乱人心智。

只一眼,沈圆星便陷进了他深不见底的眸里,提着心脏放轻了呼吸,想说的话突然就忘了。

徐成洌低头吻下来时,沈圆星颇为配合地闭上了眼睛。

她揪紧了他腰间的衣服,迎合男人的吻,直至自己的呼吸染上他身上淡淡的香味。

徐成洌扣着她的后脑勺,换气时满目欲色地凝着她,哑声问:"饿不饿?再撑两个小时能行吗?"

沈圆星不明所以,只木讷地点了点头。

于是下一秒,徐成洌将她打横抱起,她脱口而出的惊呼被吞进了肚子,两人一路往卧室去。

满打满算的两小时过去,徐成洌只身一人从卧室里出来了。

他穿了件浅灰色的丝质睡袍,腰带拴得略显随意,胸襟微敞,露出胸膛上清晰的指甲印。

那是沈圆星挠的。不只是胸口,徐成冽的后背、手臂和腰上,都被她挠过,她疯起来活像一只小野猫,半点不肯服输。

不过在体能上,还是日常去健身房锻炼的徐成冽更胜一筹。

沈圆星半睡半醒间,被徐成冽拉起来喂了点饭。

第二日一早,她的生物钟恢复正常,却还是没能早过徐成冽。

他就像是钢铁铸成的身体,即便睡眠时间短,但丝毫不影响他精力无限。

早饭过后,徐成冽开车送沈圆星去上班。

然后他自己踩着点到学校,在办公室里和过来找人说事的商玥见了一面,被旁敲侧击地问了一下情感方面的近况。

其实能和沈圆星复合,徐成冽心里还是很感激商玥的。

要不是她在书房翻出了沈圆星那本日记,要不是她发现了写在日记本最后一页的那些内容,他也不知道自己会和沈圆星闹别扭到什么时候。

或许他们之间的心结永远也不会解开,就这么错过一辈子。

"嫂子,你最近有没有特别喜欢的东西?比如化妆品、护肤品或者包包什么的?"徐成冽打算报恩。

商玥听他口风便意会了什么,笑着拒绝了:"我喜欢的东西你大哥会买,你只管顾着你家那位就行。"

"这次你可要把握好,争取早日把人带回家去见见爸妈。"

无形中被喂了一嘴狗粮的徐成冽哑口。

送走了商玥,徐成冽将沿途买的三明治和咖啡放到了沈明川的座位上。

东西才刚离手,他就被门外进来的沈明川抓了个现行:"干什么呢?又是哪个女学生给你送的早餐,往我桌上扔?真把我当垃圾桶了。"

徐成冽抽回手,悠然回到了自己的位置。

他戳开了电脑,没看沈明川,但说话的调调不难听出他心情有多好:"来的路上正好看见你平日里最喜欢去的那家甜品店,顺便买的,就知道你肯定还没吃早饭。"

沈明川蹙眉,一脸不信:"你有这么好心?"

他一边说着,一边上前检查三明治和咖啡,确实是他平日里最喜欢买的那一家,发票还在袋子里。

思绪一转,沈明川捏着发票走到徐成冽跟前:"你这是暗示我给钱的意思?"

不对啊,就算要付钱给徐成冽,他今天带早餐的行为还是很诡异。

"什么情况啊,今天这太阳打西边出来了?"沈明川故意朝窗外看了一眼,隐约察觉到徐成冽的心情特别好。

徐成冽勾着薄唇漫不经心地笑,等电脑开机后,他才终于侧头看向沈明川,笑得意味深长:"别乱想,不过是长辈对晚辈的一丁点疼爱而已,不必大惊小怪。

"你要是喜欢,我以后每天早上都给你带早餐。"

徐成冽话落,起身去饮水机那边接水。

一头雾水的沈明川还跟着他:"什么长辈晚辈的,你在说什么东西?"

他隐约记得昨天在微信上,徐成冽也提过长辈这事儿。

"谁跟你长辈晚辈啊,你少占我便宜!"话落,沈明川身形定住,目光紧跟着回到座位的徐成冽。

似是想通了什么,沈明川的下巴差点掉到地上:"你……你不会是跟我姐复合了吧?"

这件事事关沈圆星的声誉,沈明川没敢太大声。说话时,他几乎把嘴巴贴到徐成冽脸上,被徐成冽皱眉嫌弃,十分抵制地推开。

他对沈明川的说法很不满意,剑眉一挑:"什么叫复合?

"我们压根儿就没有分手过。不过是闹了点小矛盾而已。"

沈明川实在不忍心戳穿某人。

试问有哪对情侣闹点小矛盾能闹八年这么久?

第十六章
等待是最长情的告白 ★

1

思绪飞转，沈明川想起昨天徐成冽在微信上提到过的"搬家"那件事。

结合徐成冽刚才的话，他后知后觉地反应过来："你昨天说搬家……搬去哪儿了？"

徐成冽正拿手机给沈圆星发消息，问她今晚能不能准点下班，故他没看沈明川，只是随口应了一句："还能搬去哪儿？"

虽然是反问，但徐成冽的话却已然给了沈明川答案。

沈明川呆愣了片刻，似是不肯相信，还在做最后的挣扎："你该不会和我姐……同居了吧？"

"去掉'该不会'和'吧'。"徐成冽抬眸定定看着沈明川，亲口给了他致命的一击，"我和你姐同居了。"

这个事实对沈明川来说无异于晴天霹雳，愣是将他劈了个外焦里嫩。

好半晌沈明川才从惊愕中找回思绪，皱眉认真道："徐成冽你悠着点，你要是敢在结婚前搞大我姐的肚子，我就了结了你！"

徐成冽脸上那股嘚瑟劲消了些，片刻后，皱起眉小声嘟囔："我怎么可能舍得。"

他和沈圆星好不容易才过上了梦寐以求的二人世界，他才不想让第三个人插足。

不过沈明川倒是提醒了他，结婚这件事，确实应该尽快提上日程才是。

三天后，沈圆星负责尸检的那个案子告一段落。

她得了一天假期，还是林燃特例批给她的，让她在家好好休息一下。

沈圆星提前一天把休假的事情告诉了徐成冽，徐成冽果然把她假期当天的行程安排得满满当当。

又是看电影，又是去游乐场，他似乎是想用这一天的时间，补足他们分开这些年所有的空白。

一天东奔西跑下来，沈圆星觉得这休息日竟然比上班还累。

不过她停下来时总能看见徐成冽嘴角的弧度。他看上去很开心，连那双深不见底的深情眼里都溢满了喜色，真实又具有渲染力。

好几次沈圆星都有一种梦回当年的错觉，仿佛徐成冽还是那个明朗干净、纯情又禁欲的绝色少年。

每每如此，沈圆星便觉得这一整天的奔波劳累是值得的。往后的每一天，她都要努力让徐成冽感受到她对他的爱意，让他幸福。

"宝宝，我们再去坐一次摩天轮吧，刚才忘了拍照。"徐成冽买了两支冰激凌回来。

他将草莓味和牛奶味混合的那一支递给了沈圆星，自己拿着巧克力和牛奶味的那支，举目看向不远处的摩天轮。随着夜幕的降临，游乐场的灯光交错亮起，缓缓转动的摩天轮在夜色里美得朦胧又梦幻，就像童话世界。

没等沈圆星回应，徐成冽另一只手牵住了她空闲的那只手，与她十指相扣。他牵着她往摩天轮的方向去，每一步都很坚定。

那道高大俊挺的身影就在沈圆星眼前晃荡，她的心跳莫名加快，总有一种想要扑上去抱住他腰身的冲动。

搭上摩天轮后，沈圆星被徐成冽搂着肩膀拍了合照。

在逼仄的空间里，她鼻息间全是男人的气息和味道，耳边则是他磁哑的嗓音："星星，下次放假，跟我回家见家长吧。

"或者你带我回家见家长也行。"

沈圆星的心跳漏了一拍，呼吸急促了一些，脸上烫热起来，也不知道是因为徐成冽的话，还是他靠近她时，吐纳在她颊侧的温热呼吸。

拍完合照，徐成冽收起了手机，顺势将发愣的沈圆星拉进怀里，低头亲吻她。

彼时摩天轮正好升到高空，窗外是一望无垠的夜幕，被城市的灯色映得发白。

今夜无月，连星星也极少，却恰好有一颗星星坠在窗外的夜空，似在窥探接吻的两个人。

沈圆星也不知道自己怎么就答应了徐成冽的提议，答应他下一个休息日就陪他回去见家长。

她觉得自己八成是被徐成冽低磁的嗓音和那个极致缠绵深入的吻迷惑了心智，才会答应他这么严肃重要的事情。

见家长意味着什么，沈圆星再清楚不过。

一想到自家老爸日日夜夜催她结婚，沈圆星竟是头一回没有对"结婚"这件事产生抵触。

因为一想到和她一起迈入婚姻殿堂的人会是徐成冽,漫漫余生似乎也变得有盼头起来。

从摩天轮下来时,正好晚上七点整。

徐成冽本打算带沈圆星在园区内部吃点东西垫垫肚子,晚点继续畅玩游乐场的夜间项目。

结果沈圆星下了摩天轮后接到了林娇的电话,说是今晚有个同学聚会,让她过去聚一聚,和老同学们一起吃饭。

沈圆星本来拒绝了,可林娇那边不依不饶,问这世上还有什么事情什么人,比她这个朋友更重要。

如此犀利直白的灵魂拷问,沈圆星自然避无可避。

于是她便把和徐成冽复合这件事告诉了林娇。

沈圆星话落后,电话那头一阵尖叫。

林娇:"我不信我不信!你这兜兜转转七八年,竟然又和我男神搅在一起了?"

沈圆星抽了抽嘴角,看了眼旁边面不改色盯着她瞧的徐成冽,硬着头皮回电话那头的林娇:"那你要怎样才肯相信?要不要换他接电话,让他亲口告诉你?"

徐成冽听了一脸跃跃欲试,作势就要接过她的手机。

结果电话那头的林娇却拒绝了:"声音还能作假呢!这样吧,你带他一起来同学聚会,我必须得亲眼看见你俩卿卿我我才相信!"

站在沈圆星身旁的徐成冽勾了勾嘴角,趁着沈圆星愣神无语之际,他凑到她手机边上,替她回了林娇的话:"行,我们这就赶过去。"

话落,徐成冽直起身拉回了刚才的距离。

被他那张俊脸虚晃了一下,心下正小鹿乱撞的沈圆星无语。

她真的不想去秀恩爱啊。要是有得选,她只想选择回家睡觉。

可徐成冽看上去很想去聚会的样子,他似乎迫不及待想要宣告全世界,他们和好了。

见他这么积极,沈圆星实在不忍心让他失望。

于是她哭笑不得地冲电话那头早就被惊呆了的林娇补了一句:"记得把地址发我微信……"

2

林娇聚会的地方是月城南郊的一家KTV。

这边僻静,属于月城近年正在开发的区域,商业体系不成熟,来这一带的人自然也就少一些。

徐成冽很庆幸自己跟来了，否则他绝对不放心沈圆星一个人出没于这么偏远的地方。

黑色路虎跟着导航提示抵达了目的地附近。

徐成冽将车停在了就近的露天停车场。

下车时，他皱着眉凑过去给沈圆星解安全带，嘴上不忘抱怨："林学姐这选的什么地方，这么偏。"

沈圆星坐好，任由他替自己解开安全带。她趁机扫了一圈窗外，这露天停车场只停着十几辆车，显得特别空荡。

"听说是因为这家KTV是某个老同学开的，这次聚会全场免单。"

徐成冽解开了安全带，却并没有退开身。他在沈圆星回过头来时，精准无误地亲上了她殷红的唇瓣。

轻啄了一口，他方才噙着笑意起开。

下车后，沈圆星被徐成冽搂着肩膀逗弄，非要咬她耳朵。

两个人一边朝KTV大门的方向走，一边嬉笑打闹。特意出来接他们的林娇和另外一个女同学老远就看见了他们，一个比一个后悔，为什么非得出来吃这口狗粮……

待沈圆星和徐成冽搂搂抱抱地走近，前者终于注意到了台阶上的林娇和另一位同学。她连忙在徐成冽腰上拧了一下，收起了脸上的笑意，严肃极了："正经点，别闹了。"

徐成冽立马乖了。

他朝林娇她们看了一眼，收起了在沈圆星腰上造作的手，规规矩矩搂着她的肩，正了正脸色。

可惜即便如此，林娇她们也还是一副难以言喻的表情看着他俩。

尤其看向沈圆星时，林娇一直在用眼神质问她：到底怎么回事？

沈圆星保持着笑容，一时之间很难解释，只硬着头皮道："好久不见了，我们赶紧进去吧，别让其他同学久等了。"

话落，跟在她身边的徐成冽礼貌地向林娇和另一位学姐问了一声好。就像一条大狼狗，乖乖安坐在主人身边，冲着主人的朋友们吐舌头微笑。

林娇受宠若惊。自从当初沈圆星和徐成冽结束关系后，她就以为这辈子都不可能再和男神见面了。

没想到时隔近八年，沈圆星和徐成冽竟然还能破镜重圆！这绝对是南大最劲爆最不可思议的大新闻！

"徐学弟比大学的时候更帅了，难怪连星星都被你迷得团团转，连我堂哥都入不了她的眼。"林娇半开玩笑，想要缓解久别重逢后些微的生疏感。

徐成洌却不然。听完林娇的话,他沉默了片刻,缓缓眯起眼:"所以你堂哥是?"

林娇隐约感觉到了一丝危险,也终于意识到自己刚才说错话了。

好在沈圆星及时解救了她:"快点进去吧,我等不及想见见其他老同学了。"

话落,沈圆星拽着林娇和另外一个女同学,急忙朝电梯口那边走。

徐成洌一眼就看穿了她的心思,倒也没计较。

他缓步跟上她们,在等电梯时,满脑子都在想林娇那个堂哥的事。

直到电梯到了,沈圆星她们率先进入电梯,徐成洌才灵光一闪,想起了市刑警大队那个叫林燃的男人。

林燃和林娇……都姓林,再加上之前沈圆星去聚餐,林燃送她回家……

徐成洌俊脸一垮,冷不丁从背后盯了一阵林娇的后脑勺。以至于在电梯那丁点时间里,林娇始终如芒在背,感觉一股恶寒从脚底板升起,一路顺着她的后脊往上爬,浑身不自在。

"叮!"

电梯终于到了楼层,林娇第一个冲了出去。沈圆星半张着嘴,想跟她说什么,却根本没来得及。

另一个女同学也走了出去,留下沈圆星幽幽地回头看了一眼站在她身后的徐成洌。男人勾着嘴角噙着笑,目光平静,一脸无辜。

到包间后,沈圆星和那些个老同学一一打了招呼。

成年人的聚会总免不了寒暄。期间她最担心的就是徐成洌,毕竟这里也就他算个"外人",还是所有人的学弟。

不过徐成洌比沈圆星想象中更擅长交际,和她那帮男同学打起交道来如鱼得水。

渐渐地,沈圆星对他的担心也就消失了。

中途她离开包房,去了一趟外面的洗手间,因为包房内部的洗手间被人占着,她又有些急。

好在外面走廊的洗手间离他们所在的包房并不算远。

沈圆星刚进隔间,外面便传来一阵脚步声,以及两个女人说话的声音。

"我是真没想到啊,沈圆星和徐成洌居然真的复合了。"

"是啊,也不知道徐成洌是怎么想的。当初柳星彤都已经将沈圆星欺骗他的证据发到学校论坛上了,他居然还能继续喜欢下去……"

"你说沈圆星那本攻略日记啊?"

"不然呢?反正我要是徐成洌,我这辈子都不会原谅沈圆星……"

话音随着来人分别进了隔间而中断。

几分钟后,两个女人先后从隔间里出来,却在洗手台前被沈圆星拦下了。

聊八卦的两个女人恰好也是沈圆星大学的同学,不久前她们才在包间里照过面,寒暄过几句。

这会儿在背后说人坏话被抓个正着,两人很是尴尬,一时间竟不知道如何跟沈圆星搭腔,想灰溜溜离开,却又被沈圆星拦住了去路。

"你们刚才说,是谁在学校论坛上曝光了我的日记?"沈圆星直接开门见山。

她没有要为难她们的意思,毕竟她们说的是事实。当初是她对不住徐成冽,是她做了伤害他且不可原谅的事。

虽然徐成冽已经原谅了她,所求也不过是她爱他这一点……但沈圆星还是会难受,尤其在听到别人议论徐成冽时。

女人们互看了一眼,一个人试探性地开口:"是……柳星彤。就中文系和徐学弟同级的那个女生。"

随后另一个人趁机道歉:"对不起啊星星,我们不是故意在背后议论你和徐学弟的。其实你们能和好,我们大家都替你们开心……"

她们还说了什么,沈圆星没注意听。

她满脑子都在想一件事,当初在学校论坛对她公开处刑的人,竟然不是徐成冽?

所以她这些年……一直都误会他了。

原来她的阿冽,从始至终都没有对她实施过报复!

3

沈圆星回到包房时,先她一步离开洗手间的两个同学正在和林娇打招呼,说是有事要先走一步。

她俩离开时和沈圆星擦肩而过,完全没敢和她对上眼。

林娇离得近,察觉到异样,便拉着沈圆星盘问。

可惜,沈圆星的注意力一直在沙发那边正和几个男同学玩骰子罚酒的徐成冽身上。

她完全没注意听林娇的话,林娇自说自话半晌,终于意识到不对劲,这才顺着她的视线看过去,一时间被刺激得难以言喻。

"行了行了,你赶紧过去看看你家那位吧,见色忘友的臭女人。"林娇给沈圆星让了道。

沈圆星的视线这才在林娇身上停留了片刻。

319

她浑不在意林娇的揶揄，朝徐成浉走过去时，似下定了某种决心。

于是一分钟后，整个包间里的人的注意力都集中到了沈圆星和徐成浉身上。

只因女人上去牵起了男人的手，将他从沙发上拉扯起来，二话不说，便牵着他要往包房外走。

待走到包房自带的洗手间门口，她脚步顿了一下，想也没想便推开半掩的门走了进去。

"咔哒"一声，洗手间的门被落了锁，逼仄的空间里静谧无声，只有沈圆星和徐成浉两个人。

后者一脸茫然，不明白沈圆星突然之间这是怎么了。

下一秒，徐成浉便被推靠在了洗手台上，然后又被撞进怀里的女人踮脚吻住。事发突然，他毫无防备，但也只是惊愕了片刻，他便垂掩眼帘，认真回应这个吻。

约莫吻到沈圆星呼吸不济，男人才念念不舍地松开她，骨节分明的指轻轻压在她泛着浅粉的脸侧："星星……"

徐成浉长睫低垂，幽深的眼眸里浮着欲色以及其他情愫。

但当他触及沈圆星盈满雾气的双眼时，心下却是"咯噔"了一下。

沈圆星轻咬了一下被亲得艳红的唇瓣，酸涩感从心头涌上了眼眶，泪意越发显著，连开口道歉的声音都是些微哽咽的："对不起，阿浉……对不起。"

徐成浉愣住了，他白皙修长的指节轻抚上沈圆星的发顶："虽然不知道你为什么道歉，但是没关系的星星，只要你别是不爱我就行。"

本就因为学校论坛那件事难过的沈圆星破涕为笑，任由徐成浉抹去她眼角溢出的泪，哽咽地接着道："你真的是笨蛋吧，这么多年，你就没想过报复我？"

徐成浉看着她，沉默了片刻，隐约明白了什么："你才是笨蛋吧，我怎么可能舍得报复你。

"虽然我确实也曾恨过你，但也就恨过一两天。

"我说过的，从一开始我就知道你追我另有目的。所以从某种意义上来说，也不算你骗了我。"

徐成浉一边说着，一边温柔地亲吻着她的眉眼，直至她的呼吸变得急促："星星……如果你在这场聚会上待得并不开心，那我们就回家吧。

"回家以后再继续把我拉进洗手间，堵在洗手台上亲，嗯？"

沈圆星几乎秒懂徐成浉话里的深意。她脸色微红，刚想骂徐成浉不正经，却又被他俯首吞没了呼吸。

在接吻这种事上，徐成冽好像有着与生俱来的天赋，沈圆星根本抵挡不住他的勾撩。

不过短短半分钟，她的呼吸就全乱了，心下野马奔腾。

门外突然响起的敲门声打断了洗手间里逐渐旖旎的氛围，沈圆星被吓得一激灵，把脑袋埋进了徐成冽怀里。

直到男人低哑的笑音以及他温热的呼吸拂过她耳畔，她方才心安了许多。

外面传来林娇试探性的声音："星星……你和徐学弟没事吧？"

沈圆星脑袋磕在徐成冽胸膛，半晌才揪了揪他衣角，小声道："我们出去吧，回家……"

徐成冽的笑声低磁温沉，他牵住了她的手："好，回家继续。"

沈圆星和徐成冽牵着手从洗手间里出来时，包房里所有人都在盯着他们看。

无非就是之前沈圆星把人拽进洗手间的壮举惊到了他们，众人一个个都十分好奇，他俩在洗手间里都干了些什么，怎么沈圆星的脸那么红？

不过沈圆星并没有给任何人八卦的机会。

她直接跟林娇提了回家的事。

来回几个眼神，林娇便明白了她的意思，笑得意味深长："行吧，那你俩回去的时候注意安全啊。

"对了，徐学弟刚才喝酒了没？要是喝酒了，记得叫个代驾啊。"

林娇千叮咛万嘱咐，生怕沈圆星被色欲熏心，失去理智。

她甚至还将沈圆星和徐成冽送到了 KTV 大门外。

不过徐成冽并没有喝酒，所以他俩并不需要叫代驾。

两个人搂搂抱抱，一路走到露天停车场，终于在停车场的犄角旮旯里找到了徐成冽那辆黑色路虎。

上车后，沈圆星还没来得及系上安全带，整个人便被顺势欺身过来的徐成冽压在座椅上风卷残云地吻。

这一切发生得太过突然。

只换气间，沈圆星听到了徐成冽在她耳畔的低语，哑欲含情："星星……我爱你。"

沈圆星一秒便沉沦了，偏头露出脖颈，对他越发炙热的吻欲拒还迎："我也爱你。"

…………

回到住处后，两人进门的第一件事还是接吻。

且这一次是沈圆星主动的。不知道是不是今晚喝了点酒的缘故，她格外奔放勇猛,顷刻便将徐成冽压到了客厅的沙发上。

后来徐成冽抱着沈圆星回了卧室。半夜,他给沈圆星煮了点夜宵,两个人在厨房又亲了起来。

这一晚对于徐成冽而言,必将永生难忘。

他和沈圆星之间最后那一丝隔阂似乎彻底被打破了,她对他的爱意如野草般疯涨,每次深吻到力竭时,徐成冽都能感受到。

所以,他暗暗下定了决心。翌日一大清早,他便出门买了早餐,顺便回了一趟家里。

等沈圆星在生物钟的作用下醒来时,徐成冽已经裹着一身风尘回来了,还给她带了香喷喷热乎乎的肉包子和粥。

"干什么特意出去买早餐?家里不是有面条吗,将就一下就行了。"沈圆星在玄关处接到徐成冽,接过了他手里的早餐,先放到餐桌那边。

随后她抄着手靠在玄关处的置物架上看着徐成冽弯腰换鞋。

直到他换完鞋,直起身走过来给她一个早安吻:"我顺便回了一趟我妈家,拿了点东西。"

沈圆星了然,在徐成冽的催促下,她去洗手间洗漱。

洗漱完出来,他已经将早餐摆盘装好了,还替她拉开了餐椅。

"星星,你一边吃,一边听我说。是很重要的事。"

沈圆星不明所以,坐下后她拿起了陶瓷的勺子,轻轻搅拌碗里的蔬菜粥,视线落在对面位置的徐成冽脸上:"你说吧,我听着。"

男人沉默了片刻,忽然从一旁的包里拿出一些东西。

沈圆星视线扫过去,粗略一看便看见了房产证、银行卡等诸如此类十分重要的东西。

她搅拌的动作呆住了,呼吸微滞,心跳加快,隐约意识到了什么。

徐成冽慢条斯理地将自己全部家当拿出来,整齐地摆放在餐桌上。

至此,他才看向沈圆星,薄唇勾着轻浅的弧度:"这些是我的全部家当,目前我名下一共两处房产和两家商铺,另外还有我舅舅公司百分之五的股权。"

"车有三辆,存款……目前只有八位数,不过我以后会更加努力的。"

"所以星星,你愿意给我一个照顾你一辈子的机会吗?嗯?"

他语速沉缓,说话时,一直目光灼灼地看着沈圆星。

以至于沈圆星几乎全程被他的眸中的深情、坚定摄住,浑然不知他是几时又是从何处掏出的戒指盒。

待她看见戒指盒里静静躺着的那枚戒指时,徐成冽已经试探似的牵起了她的右手,声音沉哑,眼神期待:"我能帮你戴上它吗,宝宝?"

沈圆星的内心早已经被诧异填满了。她精致狭长的狐狸眼瞳孔微扩，瓷白小脸僵着表情，心跳飞快。

好半响，她才做出反应，软软应了一声"好"。

然后在徐成洌小心翼翼往她手上套戒指时，沈圆星瞄了眼桌上那一排证件、银行卡："阿洌，你刚才说你的存款……"

"八位数，你不信的话可以自己看存折。"徐成洌嘴角噙着弧度，从沈圆星微颤的声音里，他隐约听出她对他收益的质疑。

或许是不信他能凭着每个月的工资，和他舅舅公司每年分红攒下这么多钱吧，于是徐成洌又拿出手机，把自己的副业一并告诉了沈圆星。

"周吴郑王，还记得吗？"他翻出某小说网站的APP，以及作者后台，"其实从高中开始，我就开始在网上写作了。

"大概是运气还不错，迄今为止我写了四本书，反响都不错。

"另外……明年开春我有一场签售会，到时候你能以'徐太太'的身份陪我出席吗？星星。"

徐成洌絮絮叨叨个不停，只管把自己的身家全都一五一十地交给沈圆星，全然没注意到沈圆星抱着他手机看到作者后台有多震惊。

周吴郑王是徐成洌？

她大学的时候还在苏梦的推荐下看过他的小说来着，当时她似乎还和徐成洌提起过……

好家伙，所以"周吴郑王"这个秘密，徐成洌向她隐瞒了这么久！

"星星？"

"徐成洌……你对我还有其他秘密吗？"

两人几乎同时开口，不过徐成洌的声音被沈圆星压了下去。她这会儿正聚拢神思，目光灼灼地看着男人的眼睛。

徐成洌愣了愣，摇头："没了，只有这一件事……我有点难以启齿。"

沈圆星咬住唇瓣，半晌还是没能憋住笑："那我问你，我们分开的这些年，你有没有……"

其实她这么问，也是想缓解一下被求婚的紧张感。徐成洌只谈过一次恋爱，还是和她。这一点，沈圆星比谁都清楚。

所以她询问的并非徐成洌的感情史，而是因为沈明川说他们经常一起去KTV喝酒唱歌出去撒欢，所以她联想到了别的什么。

徐成洌自然意会了沈圆星的意思，他正了脸色："当然没有，我可是你的男人。"

他的语气很坚定，沈圆星被震慑住了，忽然就很懊悔，自己干什么要问这种蠢问题。

沉默在他们俩之间蔓延了片刻，徐成冽将沈圆星戴上戒指的手举高，珍重欣赏。

他的薄唇荡开弧度，笑意几欲从他眼睛里漫出来："我终于等到这一天了，星星。"

"你知道我微信的个性签名是什么吗？"

在徐成冽抬眸看来时，沈圆星的心跳漏了一拍，她木讷点头："愿得一颗星，白首不相离。"

男人俊脸逼近，几欲吻上她，温热呼吸铺洒在沈圆星鼻翼附近，他一字一句："真好，我终于如愿了。"

沈圆星没能受住男色的诱惑，亲了下徐成冽。

她这般不经意的撩拨，差点害得他们两个人上班都迟到。

中午时，徐成冽和沈明川一起在学校食堂吃饭。

期间沈明川惊呼了一声，激动得一把抓住了徐成冽的手臂："大新闻啊！阿冽！"

徐成冽睇了沈明川一眼，念在他是沈圆星亲弟弟的份上，只是默默把自己手臂从他手底下抽出来，淡淡应了一句："又是哪个老师要结婚了？还是说换女朋友了？"

"什么啊，我是说我姐。"沈明川白了他一眼，把手机递到他面前，"我姐改微信名和签名了！"

一听和沈圆星有关，徐成冽立马来劲了，他的视线定格在沈明川的手机界面上后，忽地愣住。

正如沈明川所说，沈圆星更换了微信名和个签。

昵称：星
个性签名：此生不负摘星人。

简单明了，却像丘比特的箭，一击即中徐成冽的心。

"你俩情侣名？"沈明川后知后觉地反应过来徐成冽的微信名和签名，也后知后觉地意识到，自己竟然傻到主动凑上来吃他俩的狗粮。

果然，徐成冽回神后，薄唇弯起了弧度，肉眼可见的笑意浮现在他深眸里，连说话都轻快许多："这不是再正常不过的事吗，有什么好惊奇的。阿川啊，稳重点。"

沈明川哑口无言。

从食堂离开，回到办公室，徐成冽脸上还是很灿烂。

沈明川暗暗叹了一口气，想起家里老爷子的催促，以及老爸的叮嘱，他搭上了徐成冽的肩："阿冽啊，你打算什么时候把我姐领回你家去？我家老爷子和我爸可是急性子，我姐都三十岁了……"

"快了，今年之内应该可以。"徐成冽打断了他的絮叨，"你姐已经答应了我的求婚，接下来就是见家长环节，还得双方长辈一起吃饭。订婚什么的，大概年底吧，到时你就得改口叫我姐夫了。"

沈明川愣住了，他是真没想到，两人进展居然这么快！

"哦对了，这周末我要带你姐回家吃饭，你也一起吧。

"有空的话帮我联系一下你家里那边，我估摸着你姐多半没空带我回去见他们，你看看他们有没有空来月城玩几天，顺便了解一下我的情况？"

自从早上跟沈圆星求婚成功，徐成冽便考虑了很多往后的事。在结婚这件事上，他没指望沈圆星能腾出太多时间，花费太多精力陪他一起计划。

毕竟她工作又忙又累，他可不想浪费她用来陪他的时间。

沈明川半晌才应了一声，询问了一下周末碰头的地点和时间。

末了，他重重拍了几下徐成冽的肩膀："不愧是你啊阿冽，但凡和我姐沾边的事，你真是一点不含糊。"

不管怎么说，在安排父母见面这些方面，徐成冽比很多男人都考虑得周到全面。

虽然都是些小事，却足以看出他对沈圆星的重视和情意。

沈明川想，家里那边应该会对徐成冽这个未来的女婿相当满意。

4

周末，正式入夏的月城阳光明媚艳丽。

沈圆星起了个大早，将昨天徐成冽准备好的礼品清点了一下。

她今天要去徐成冽爸妈家做客，这算是他们交往以来她第一次正式登门拜访见家长。所以务必要万事俱全，给长辈们留下好印象。

清点完礼品后，沈圆星给难得赖床的徐成冽准备了早餐。

出门前，她挑了许久的衣服，最后在徐成冽的建议下挑了一条半袖的素色连衣裙，化了淡妆。

"其实你不用这么紧张，我爸妈人还不错，而且他们应该早就见过你了。"徐成冽站在沈圆星身后，替她整理及腰的长鬈发。

平日里沈圆星工作时，习惯将长发绾起，再搭配一身职业装，看上去成熟稳重却颇为死板。

今天休息，她久违地披散着长发，往镜子前一站，整个人好像又鲜活明媚起来。

听见徐成冽的话，正在心里叹息沈明川今天不得空，没办法陪她一起去见家长的沈圆星思绪回笼，目光微滞。

她看着镜子里站在身后的男人："见过我？"

徐成冽倾身拥住她，薄唇微扬："是啊，早在很久以前就见过了。"

"很久是多久？"

"大概久到我们交往后的第一个情人节那个寒假？"

在徐成冽的提示下，沈圆星想起了他们一起度过的第一个情人节。

那时候还是寒假，徐成冽跋山涉水到 S 市旅游，同他的父母一起。

可沈圆星印象中并没有见过他的父母。

"就在我送你回家的那天早上，我爸妈远远见过你。所以星星，不用紧张。我会一直陪在你身边，我保证。"

徐成冽摸了摸她的脑袋，声音温沉稳重，有让人心安的魔力。

沈圆星深吸了一口气，即便嘴上表示自己已经准备好了，但在去徐成冽家里的途中，她还是紧张得不行，一直将手搭在膝盖上，捏紧衣裙。

约莫半小时后，车子开进了小区。沈圆星的呼吸更急促了，在副驾驶的位置坐立难安，肉眼可见的紧张局促。

徐成冽实在看不下去了。将车停稳后，他借着给沈圆星解安全带的时机，压着她深吻，直至彻底将她的思绪搅乱，让她大脑空白，不再胡思乱想。

事实证明，徐成冽的这个办法很管用。沈圆星被他牵着手到他家门口时，脑袋里还是一团云雾，脸上呆呆的。

还好给他俩开门的是徐成冽的大嫂商玥。她笑着跟沈圆星打了招呼，细缓温柔的声音拉回了沈圆星的神思。

"这是大嫂，你见过的。"徐成冽搂着沈圆星的肩膀，连进门时都不肯撒开手。

沈圆星脸色微红，跟着他喊了一声"大嫂"。

随后徐爸徐妈相继从厨房出来，热情欢迎。

徐成冽果然如他自己所承诺的那般，一直陪在沈圆星身边，在适当的时候插了一嘴："爸妈，这是星星为你们精心准备的。"

谢明静接了东西，客气了几句，便让徐成冽带沈圆星去沙发那边落座。

坐下没两分钟，沈圆星便因为二老折回了厨房心有不安。

她看了看边上替她挂包的徐成冽，又默默站起身："阿冽，要不我去厨房帮帮忙吧？"

徐成冽头也没回："不用，一会儿我去就行，你和大嫂在客厅里看电视吧。"

沈圆星欲言又止，神情局促。这些都被坐在旁边的商玥看在眼里。

商玥刚把客厅茶几摆弄了一下,她看了眼厨房那边,安慰沈圆星道:"你不用太紧张,厨房那边爸妈是不会让你进的,坐在这儿吃点东西吧,我陪你聊聊天。"

其实商玥一早就过来了,因为她知道今天徐成冽要带女朋友回家,所以想着早点过来帮忙。

结果谢明静愣是不让她进厨房,说她在自己小家要照顾徐成锦和两个孩子,没道理来公婆这儿还得帮着干活,就权当是来做客的,帮着陪陪客人就行。

商玥说不过二老,也没好意思跟他们说,其实在她和徐成锦自己的小家,一般情况下都是徐成锦伺候她和两个孩子来着。

沈圆星受宠若惊,一副坐立难安的样子。

她从小到大没见过像徐成冽爸妈这样的父母。她家每次聚在一起吃饭,向来只有长辈休息,晚辈忙活的份儿。

所以在沈圆星的意识里,长辈才是应该坐在这沙发上优哉游哉吃东西看电视的人才对。

结果到徐成冽家里,竟然颠倒过来了,一时间让人实在难以适应。

商玥显然看穿了她的心思,给她递了一个橘子:"其实我第一次来家里做客,也跟你一样拘束。

"但根据我这些年的总结,归根结底还是运气好,遇到了好的公婆。所以你也不要太有负担,以后加倍对二老好就行了。"

"谢谢……大嫂。"沈圆星还是不太适应跟着徐成冽喊人。

商玥笑笑,转移了话题,旁敲侧击问了一下沈圆星家里的情况。

她俩到底是见过面的,虽然相隔多年,但聊一聊也就熟悉了。至少对于沈圆星来说,她在徐成冽家又多了一个算得上熟悉的人。

临近中午饭点时,徐成锦接了两个孩子过来。

他今天没假,吃完午饭还得往法院赶,至于两个孩子,下午就放在谢明静这边。

商玥作为除了徐成冽以外,唯一得到沈圆星信任的人,主动担负起了为她介绍的职责。

看见徐成锦进门时,沈圆星好不容易松软的身板又挺直了。鉴于徐成锦的眉眼和徐成冽有几分相似,她免不了多看几眼。

两相对比,沈圆星觉得还是徐成冽更好看,因为大哥看上去冷冰冰的,不怎么近人情的样子。

一想到他还是法官,沈圆星更紧张了。

那边,从徐成锦手里接了水果的商玥正和他简单说了一下家里的情况。

两个孩子已经自顾自去了沙发那边,和沈圆星大眼对小眼。

徐成锦将公文包挂好,和沙发那边的沈圆星点头示意后,视线便落回了商玥身上。

他替她拢了拢散在鬓边的发丝,嗓音温沉:"今天辛苦你了。"

商玥眨眨眼,笑意在眸子里漾开,一时间不知道该说什么好:"我明明什么忙都没帮上。"

男人也笑了,薄唇扯开弧度,冷沉俊脸化出柔情,他倾身亲了一下商玥的额头:"你能过来把关,就已经够给阿冽那小子的面子了。"

不远处站在沙发前的沈圆星被玄关那两人的小动作惊呆了。

她忽然想起徐成冽说他去南城念大学的原因。没记错的话,好像是不想每天被他大哥大嫂喂狗粮来着。

竟然是真的!

鉴于沈圆星是第一次跟徐成冽回家见家长,今天来徐家吃饭的只有身为至亲的大哥徐成锦一家子,以及舅舅谢征一家。

满满当当一大桌人,小孩子们全都被安排到茶几那边看电视吃饭了,一个比一个乖巧,全程没去打扰过那帮大人。

沈圆星作为今天这顿饭的主角,本以为自己免不了要喝点酒。

结果徐成冽以一人之力,把酒全都挡下了。

一顿饭下来,沈圆星在这个家里终于放松了许多。用徐成冽的话来说,她的适应能力本来就强,而他们家氛围一向轻松愉快,谁来了都会觉得亲切。

下午徐成锦赶去上班,他和商玥的一双儿女则被谢明静夫妇带出门了,同行的还有徐成冽的舅舅以及他家小孩。

至于沈圆星和徐成冽,则留在家里和商玥以及徐成冽那位舅妈打麻将。

一桌四个人,刚刚好。

玩了一下午的麻将,桌上四个人,输的只有徐成冽一个。

要不是谢明静他们回来得及时,徐成冽怕是连最后二十块钱也保不住。

不管怎么说,这顿午饭和一下午的麻将并没有白费。晚上吃饭时,沈圆星比之前放开了许多,叔叔阿姨、大哥大嫂、舅舅舅妈越喊越顺口。

连徐成冽拉她到房里亲亲也半点不带怕的,她反倒还把徐成冽压在门板上"欺负"了一顿。

晚上九点多,沈圆星和徐成冽回到了自己的住处。

温存过后,她窝在男人怀里,将他家里的人从头到尾夸了一遍,言语间似乎很是羡慕他们家的家庭氛围。

徐成冽想到了她家的情况，心疼地把人紧紧搂在怀里。
"以后他们也是你的家人。"

沈圆星见过徐成冽的家人后，也开始着手安排让徐成冽见她家长辈的事。不过她工作比较忙，这件事本来是交给沈明川去办的。

结果没过两天，沈明川便告诉她，徐成冽把一切都安排好了。等沈圆星下个休息日，就让她家里人来月城做客。

"姐，别的不说，就阿冽这为人处世的态度，我是真的服气。你俩赶紧计划结婚吧，那小子天天催我改口……"

沈明川叨叨到这儿，被沈圆星打断了："那你就提前改口呗，早点适应也好。"

电话那头的沈明川哑口。

沈圆星下一个休息日是半个月以后。

正如徐成冽所料，她只休息一天，根本没办法带他回S市去见家长，所以他安排老爷子等人过来月城做客反倒是最好的决定。

正如沈明川所说，徐成冽为人处世很讨长辈们喜欢。原本不满于他年纪比沈圆星小，怕这段姐弟恋里沈圆星会受累的沈峰最终也被说服了。

晚上一起喝酒时，醉醺醺的沈峰拉着徐成冽一起去了趟洗手间，他老人家还趴在洗手台上哭了一阵，把徐成冽吓坏了。

好一番安慰后徐成冽才知道，原来沈峰这是舍不得女儿了。

大抵天底下所有父亲嫁女儿之前都会有这样的心情。

沈峰拉着徐成冽在洗手间门口聊了很久，泪眼婆娑，就没停过："我们家星星从小到大独立自主惯了，没让我这个当父亲的操什么心。

"我知道她身上有很多不足，这些都怪我这个当父亲的没能尽到责任。

"要是她妈还在，我们家星星一定会成长得更加优秀……"

说着说着，似是想到了什么伤心的往事，沈峰哭得更伤心了。

徐成冽还是第一次见父辈的男人在自己面前肆无忌惮地抹泪，更何况这人还是自己未来岳父，他无措极了。

半晌他才给沈峰递纸巾，一边安慰一边夸沈圆星："其实星星一直都很优秀。叔叔您放心，往后余生我会好好照顾她的。"

这句话，徐成冽深夜和沈圆星回到住处时，也同她说过。

只不过是在他俩洗完澡以后，相拥而眠时，他亲吻着她的额头，抚摸她的背脊，温声深情款款跟她说的。

沈圆星得知沈峰痛哭流涕的事，心下也有些酸涩。

不过她那股子难过劲儿还没涌上来，便被徐成冽翻身压下的吻驱散了，余下的只有无尽的滚烫和空白,她没工夫去难过。

沈圆星和徐成冽的婚期定在年底,腊月二十八日那天。

鉴于沈圆星的工作性质,她只请了一周的假,直到婚礼前两天都还在正常上班。

整个婚礼的操办基本都是由徐成冽代劳的,沈圆星只需要偶尔抽空试个婚纱和妆容。

婚房那边也都是徐成冽在忙活,目前为止,沈圆星还没去婚房看过,他们准备等婚礼之后那几天假期再搬家。

婚礼前两天,徐成冽给还在上班的沈圆星打了个电话报备晚上聚会的事。

说白了就是乔英俊他们赶来月城给他俩当伴郎,提前两天到了,起哄要给徐成冽办个最后的单身派对。

为了说服徐成冽答应,乔英俊那边一再保证,就只是朋友们聚一聚,绝对不会邀请异性参加,所有人都不允许带女朋友。

沈圆星这边没什么异议,她只说了一句:"最后的单身夜,玩得开心点。"

电话那头的徐成冽哭笑不得,最终叹了一口气:"你对我是真的一点也不担心啊。"

听他这意思,似乎对自己的懂事不是很满意。沈圆星笑了下:"你是我的男人,我自然是相信你的。不过你要是愿意的话,我晚上下班了可以去接你。"

言外之意,徐成冽今晚在派对上可以放心喝酒了,喝得烂醉也没关系,毕竟他和乔英俊、高晨他们也很久没见面了。

徐成冽自然是愿意的,心里别提多欢喜。

晚上去参加单身派对时,好心情全写在了他的脸上。

派对是乔英俊提议的,沈明川负责订KTV安排好一切,顺便在场帮沈圆星盯着徐成冽。

来参加派对的多半是大学时跟徐成冽关系还不错的同学,以及月城这边平日里一起喝酒的同事。

清一色的男人,谁也没带家眷。

眼见着后天就是沈圆星和徐成冽的婚礼了,大家祝福、艳羡、揶揄,轮番着来。

后来酒过三巡,徐成冽靠坐在沙发一隅,俊脸埋在光影暧昧的暗处,手里晃着一杯鸡尾酒,薄唇勾着极浅的弧度。

高晨从洗手间回来后,拎着一瓶啤酒走到徐成冽身边坐下,看了眼乔英俊他们,他的视线又落到了旁边的徐成冽身上,淡淡开口:"阿冽,你想好了吗?

"不管怎么说,沈学姐她当初确实欺骗了你,而且……你因为她受到的伤害也不少。"

当初沈圆星的日记在学校论坛曝光后,高晨是第一个为徐成冽打抱不平的人。他痛恨被人欺骗感情,连带着那阵子对沈明川都爱答不理,微信上几乎断了联系。

作为旁观者,高晨以为沈圆星确实做得太过分了。

所以在收到徐成冽发来的结婚请柬,得知和徐成冽结婚的对象是沈圆星时,高晨心里是一万个想不明白。

忍了许久,他今天终究还是想听听徐成冽的说法。

徐成冽显然没想到他会这么问,转眸看向他的视线里有些微诧异,随后又明白了什么。

徐成冽扯了扯嘴角,笑得很坦然:"结婚可不是儿戏,你觉得我像是那种会草率决定结婚对象的人?"

高晨沉默,眉头微蹙。

徐成冽接着道:"这种事情吧,你大概是不会懂的,我也说不明白……唯一能确定的是,我还是爱她,只爱她。

"其实她愿意爱我嫁给我,这已经是我设想过的最好最好的结局了。

"你不会懂的,每当我觉得这辈子我会永远失去她时的那种痛不欲生的感觉。

"或许……我来这个世上就是为了爱她的。说句玩笑话,不爱她我可能就活不好吧。"

徐成冽话落,乔英俊面红耳赤地走了过来,挟裹着一身的酒气。

他直接把高晨推到一边,往他俩中间一坐,两只手左右开弓,分别搭上了徐成冽和高晨的肩膀:"你俩搁这儿嘀咕啥呢?还是不是好兄弟了,说悄悄话还避着我和阿川?"

徐成冽淡淡笑开,喝了一口杯子里的酒,什么也没说。

另一边的高晨却是揪着眉,心思昭然若揭。乔英俊也不是没听他吐槽过徐成冽的死心眼,看着高晨的脸色瞬间明白了什么:"哎呀,高晨你个榆木脑袋,我觉得沈学姐和阿冽这事儿你得这么想。

"网上不是有段话这样说吗?当你满眼都是一个女孩的时候,你要搞清楚,是你喜欢她,不是她喜欢你。

"所以就算有一天你在她那儿受了天大的委屈,你也不能怪她。谁让你有本事喜欢她,却没本事让她喜欢你呢?

"对吧阿冽?"

331

乔英俊话落，一巴掌拍在了徐成洌肩上。

他的话让高晨和徐成洌双双愣住了。

谁也没吭声，似乎都在回味他刚才那番说辞。

半响，徐成洌才回味过来，一把将乔英俊掀翻在沙发上，他站起身去，勾着眉尾微露不悦："说谁没本事呢？我家星星很爱我的好吧。"

被掀翻后"哎哟"了一声的乔英俊顿时无语。

旁边替徐成洌担心许久的高晨忍俊不禁，也算是想通了："行吧，那就祝你们百年好合，永远相爱。"

徐成洌笑了笑："放心吧，我们会的。"

至少他会永远深爱他的星星。

5

腊月二十八日这天，月城下雪了。

柳絮一般的碎雪洋洋洒洒铺白了大街小巷，就连酒店门外那排万年青都被裹上了一层银白冰装，藏匿在雪色下的苍翠生机盎然。

接亲车队在酒店外排成长龙，噼里啪啦的气球鞭炮绕着酒店响了一圈。

徐成洌在乔英俊、高晨等伴郎团的帮助下一路过关斩将，总算赶在吉时之前将沈圆星抱出酒店，钻进了迎亲车队的头车里。

相比他大哥大嫂的中式婚礼，徐成洌和沈圆星的婚礼风格偏梦幻浪漫主义。

婚礼地点定在月城唯一一家"冰雪王国"游乐园。

整个游乐园由冰雪打造，现场被装点得像童话世界一样。

连沈圆星的婚纱都混杂了一些童话梦幻的灵感，公主裙蓬松得像一条巨大的美人鱼鱼尾，银白发亮，如梦似幻。

仪式开始时，沈圆星挽着沈峰的手入场，身后跟着龙凤胎徐肃白和徐月柒两个小家伙，一路小心翼翼地替她托着曳地的裙摆。

在晃荡的层层叠叠的裙摆下，徐成洌为她量身定制的水晶鞋若隐若现，让她从头到脚都成为宾客的焦点，活脱脱就是一位从童话里走出来的雪国公主。

沈圆星所迈出的每一步，都是向着徐成洌的。不疾不徐，坚定不移。

婚礼的流程冗长烦琐，但沈圆星和徐成洌携手走到了最后。

整个过程中，唯独那句"我愿意"最让他们彼此印象深刻。

尤其是徐成洌，仿佛到这一刻，他才真正意义上拥有了他的星星，而不是如镜中花水中月一样虚无缥缈的东西。

仪式结束后，沈圆星换了衣服和徐成洌一起到了婚宴酒店。

忙忙碌碌一整天，到暮色降临时两人方才松了一口气，坐在酒店配备的休息室内歇了一小会儿。

晚上九点多,宾客基本都已经被送走了,剩下一些自远方来的客人要留宿,他们也都安排好了酒店。

乔英俊本来想跟着沈圆星他们夫妻俩回婚房,闹一闹。结果被徐成洌一口否决了,扬言谁敢闹洞房,回头风水轮流转的时候,可别怪他不客气。

徐成洌一句"风水轮流转"可把乔英俊他们的气焰全压回去了。

毕竟他们这一大帮人里,目前未婚的也不少,乔英俊和高晨便是其二。

于是最终回到婚房的也只有沈圆星和徐成洌夫妻俩而已。

从进门开始,徐成洌的手便不安分。趁沈圆星换鞋时,他从背后抱住她,从耳背后颈开始吻。

一想到今晚是新婚夜,且接下来的几天沈圆星都能在家休息陪他,徐成洌心里别提多来劲。

待沈圆星换完鞋,他自己也三下五除二踢掉皮鞋和袜子,将人打横抱起,直接进了主卧附带的浴室。

喝了点酒微微有几分醉意的沈圆星抱住他的脖颈笑话某人猴急,结果没半小时便哭喊着说"我错了"。

可惜徐成洌"不原谅",生生让主卧的灯亮了一宿。

鉴于沈圆星的假期只有一周,徐成洌取消了蜜月计划,挑了附近的一处旅游景点,带着她去山里度假三天。

山里有滑雪场和温泉酒店,正好满足沈圆星提出的两个要求——极限运动和舒缓筋骨。

至于徐成洌,他只要待在沈圆星身边就开心。

短短一周的假期转眼即逝。

沈圆星复工的第一个清晨,徐成洌拉着她睡了一会儿懒觉,后又踩着点送她到了市刑警队的大门口,顺道收获了一波来自于沈圆星同事的贺喜。

虽然徐成洌还处于放寒假的空闲状态,但他正月初八有一场新书签售会。所以将沈圆星送去上班以后,他自己回家也没闲着,在电脑前一坐就是一整个上午,连午饭都是沈圆星给他发微信询问他时,才想起来要点份外卖。

工作完,徐成洌把屋里简单收拾了一下。当初装修婚房时,他特意入手了不少智能家电,比如洗碗机和扫地机器人,倒是帮他省了不少家务活,这也让徐成洌傍晚时有空出门采购。

婚后的生活比沈圆星想象中更幸福。

每天晚上回家都有人做好热腾腾的饭菜等着的感觉,实在难以言喻。

连她那些同事都说她结了婚后整个人都变了,容光焕发,总是笑盈盈的,身上那股清冷的气质已经被不自觉发散出来的暖意浸染了，真就像那无边无际的夜幕中最耀眼的一颗星星。

沈圆星对自己的状态自然也很满意。

不过，她也并非只顾到自己。和徐成洌恋爱以来，她最大的收获就是明白了无论是什么感情关系，都需要双方齐心协力维护才能持续的道理。

她不想让徐成洌变成单向付出的一方。所以正月初八这天，沈圆星想方设法腾出了下午的时间，紧赶慢赶终究是赶去了他的新书签售会会场。

彼时签售会现场已经进入了第二个环节。

徐成洌戴着口罩和黑色线帽坐在台上，一身宽松休闲装全黑，显得他露在袖口下面的手腕、指节冷白生辉。

男人姿态随意地坐在椅子上，一双气场惊人的大长腿闲散交叠，他右手捏着上市的新书，左手正扬在半空，给现场的读者朋友以及主持人展示他卫衣袖口上用金色麻线绣的一颗星星。

那颗星星和他线帽侧面的星星如出一辙，不难看出是同款。

主持人刚刚提问他这是哪家的衣服，星星绣得很生动好看。

正是因为这个问题，几分钟前还神色恹恹、冰着脸一副公事公办高冷姿态的徐成洌，如今像是被夺舍了一样，变得话痨起来。

"这些衣服网上就能买到，不过这颗星星嘛，是专属于我一个人的，你们买不到的。"徐成洌口罩下的嘴角扬了扬，笑意几欲从他那双深情眼里溢出来。

场下来参加他签售会的读者有百分之六十都是男生，另外百分之四十的女生是难得的真爱粉，否则也不至于来参加一位男频作者的签售会。

令她们惊喜的是，这位风靡全网的当红作者，竟然是个身高体长，看上去很有型也很有范的青年。

虽然他戴着口罩也并没有对外公布过实际年龄，但这并不影响女粉们根据他的言谈举止和声音，以及露在外面的手和深情眼脑补他的脸。

无论怎么脑补，她们都坚信"周吴郑王"大大肯定是个人神共愤的大帅哥。

台上，主持人仍在追问"星星"的来历。

徐成洌晃了晃手上的戒指，是炫耀的语气："这是我老婆给我的专属标记，代表着，我是她的所属品。"

男人话落，台下传来一阵吸气声，随后是无数女粉心碎的声音。

之前签名的时候，就有人发现作者手上戴了戒指，但没人在意。毕竟这年头，单身的人也总喜欢往自己手上戴戒指，且他们还时常分不清每根手指上戴戒指所代表的意思。

可现在"周吴郑王"当众宣布已婚,大家也不能自欺欺人了。

主持人:"没想到周老师还有这样的一面,总觉得一提到您太太,您就像是变了个人似的。"

徐成冽没有否认,低磁地笑了一声:"或许吧。毕竟我只要一想到她是我太太,就忍不住欢喜。实在是抱歉,我调整一下情绪。"

主持人和台下的读者们被男人风趣又深情的回应逗笑,唏嘘不已。

沈圆星坐在最后一排,隐没在人群中,听见前排两个女孩子在小声嘀咕。

"真好奇周老师的老婆长什么样,能让他一想到她就这么欢喜。"

"肯定很美吧,毕竟周老师看上去就很帅的样子。"

"话说周老师签售会,他老婆不来看看吗?"

"对啊,我们周老师真可怜……"

全都听在耳朵里的沈圆星哭笑不得。

她可是连饭都没吃就开车过来了,她们的周老师到底哪里可怜了?

下午五点多,徐成冽第一次线下签售会兼书粉见面会圆满收官。

男人从会场后门离开,还不忘给沈圆星发微信,说去接她下班。

结果刚拿出手机,徐成冽便看见了沈圆星在微信上给他的留言:【徐先生,你家太太在地下停车场等你。[亲亲.jpg]】

徐成冽进电梯的步子生生顿住。跟编辑打了招呼后,他直接从安全通道一路跑着往地下停车场去。

沈圆星那辆红色的宝马在略空旷的地下停车场内格外惹眼。

徐成冽一眼就看见了那辆车,车牌他早就熟记于心,确实是沈圆星平日里开着去上班的那一辆。

他一路小跑过去,到车前才摘下口罩,整个人看上去哪里像奔三的已婚男人,活脱脱就一在校大学生。

看见他,坐在驾驶座上玩着《消消乐》等他的沈圆星立马退出了游戏。

她推开车门下去,默契地和男人拥抱在一起,声音里浸着甜和喜悦:"签售会的表现很棒,不愧是我家徐先生。"

徐成冽往她发顶亲了一口,长长吐了一口气,嗓音低磁:"所以徐太太怎么来了?"

他记得沈圆星今天要上班来着,便没有央求她陪他来参加签售会。

徐成冽以为,这世上再没有比他更懂事的老公了。

结果沈圆星却自己跑过来了,委实给了他一个大惊喜。

"当然是来接我家徐先生回家啊。"沈圆星踮脚亲了他一下,然后退出他的怀抱,转身去车后座拿出早已准备好的一捧艳丽玫瑰,"祝徐先生新书

335

大卖,再创新高!"

徐成冽顿时哭笑不得,满心欢喜无处倾泻,最后干脆全都倾注到吻里。他扣着女人纤细柔韧的腰肢,掌着她的后脑勺,以吞灭山海的气势,用力地吻乱她。

迷离之际,沈圆星听见男人在他耳畔沉磁的嗓音:"星星,我爱你。带我回家吧,回我们的家。"

沈圆星轻"嗯"一声,很喜欢徐成冽那句"回我们的家"。

她小时候也是有家的,但是那个家自从母亲去世以后就变了味道,再也没有家的感觉了。

沈圆星做梦也没想到,她这辈子还能拥有属于自己的家。这一切都要感谢徐成冽,是他的坚持,是他冗长热烈的爱意,让她有机会也有勇气拥有了这个家。

沈圆星想起了不久前的一次大扫除,她在徐成冽的书房翻出了他压箱底的日记本,里面写满了他在国外交换学习时的相关动态。

从那一刻开始,沈圆星意识到,徐成冽他从来就没有真正意义上地和她分开过。就连她在国外交换学习的那两年,他也退了学,于次年义无反顾地去了她留学的那个国家,那座城市。

甚至徐成冽就读的那所大学,就在她交换学习的那所大学隔壁。

他啊,一直都是陪着她的,就在她身后等她回头,从未离开过。

看完那本日记后,沈圆星一度想追问徐成冽,如果……如果她没有来月城,甚至没有回国。他会怎么样?

会像过去八年一样,一直傻等吗?

后来沈圆星自己找到了答案。

从徐成冽日以继夜倾注给她的爱意里,她找到了唯一的答案。

正如网上所说,"等待是最长情的告白"。

所以徐成冽一定会一直等他。

但这并不能证明他傻,只能证明……他真的很爱她。

"阿冽。"
"怎么了,老婆?"
"你想要个孩子吗?"
"说实话,我不想。我只想要你。"
"那要是我想要呢?"
"那我就努努力,争取早日让你如愿以偿。"

番外一
星星永远属于你一个人 ★

又是一年盛夏。

白日里的月城被烈阳炙烤,地表温度直逼40℃,蝉鸣不止,人心烦躁,离了空调根本活不了。

月城市刑警大队近日遇到了个棘手的案子。

死者的尸体是在江里打捞起来的,发现的时候,尸体因为在水里浸泡的时间过长,已经呈现"巨人观"现象。

遇到这样的高腐"水浮尸",林燃只能把压力给到法医部门那边,勒令沈圆星尽快给出尸检报告,以确定死者死因以及身份。

当然,尸检期间,林燃也带人四处走访,顺着江流往上游寻找线索。

他眼下很是怀疑这名死者和一起连环凶杀案有关,因为这已经不是他们近期遇见的第一件"水浮尸"案了。

第一件"水浮尸"案件发生在一个月前,当时案子并没有递到刑警队这边,是当地派出所处理的,他们以为只是夏日炎炎的一场意外溺水事件。

可这一个月里,已经接连发生四起溺水事件了。

事有蹊跷,案子便转到了林燃手里。

这个案子给月城市市民造成了严重的心理影响,上头要林燃他们尽快侦破案件。

沈圆星为此加班加点熬了两天两夜,吃喝拉撒基本都在队里,没有回家。

徐成洌心疼不已,每天早起给她准备早餐,带着新的换洗衣服去市刑警队,尽可能为沈圆星分忧。

有时候他也想劝她适当休息,不要太拼。

可是在看见新闻报道几位死者家属的现状,徐成洌那些到嘴边的话便又说不出口了。

接连忙碌了几个日夜,这起连环水浮尸案总算有了进展。

将受害人的身份信息、死因弄清楚以后,林燃带着队里的其他成员展开了走访调查，轮到他们没日没夜地加班了。

沈圆星久违地回了家，虽然仍旧没办法准点下班，但是能回家睡觉，她和徐成洌已经很满足了。

这天晚上，徐成洌亲自下厨，为沈圆星准备了丰盛的晚餐，饭后又给她切了果盘，准备了一些甜品，让她在客厅看电影，消消食。

差不多晚上十点整的样子，沈圆星回主卧浴室洗澡了。

徐成洌也在外面洗手间洗了澡，把自己弄得香香的，去床上等她。

他俩已经有一周的时间没有亲热过了，今晚总要补回来。

可就在徐成洌心里美美盘算的时候，浴室里忽然传来沈圆星的惊呼声。

徐成洌没来得及思考，心脏蓦地收紧，麻溜地从床上下来，光着脚往浴室冲去。

"怎么了？"他声音急切。

冲进浴室的刹那，他的视线被袅袅水雾遮拦，几秒后才捕捉到扶着洗手台欲要蹲下身去的沈圆星。

她已经洗完澡了，头发湿漉漉地散在嫩白细腻的后背，肌肤上水痕蜿蜒，犹如一朵出水的芙蓉，清丽得惹人怜爱。

但徐成洌已然顾不上心动，视线触及沈圆星腿上蜿蜒的一抹红色，他的心脏突突跳了两下，后脊忽凉。

半小时后，徐成洌带着沈圆星赶到了家附近的中心医院。

徐成洌已经吓坏了，来医院的路上强装镇定，但脸上血色尽失，白得有些吓人。

这会儿将沈圆星交到了医生手里，他心里才总算有了落点，情绪翻涌上来，眼眶肉眼可见地泛起了红。

但他忍着没哭，不敢叫沈圆星再反过来担心他的情绪。

等医生检查报告出来的期间，徐成洌给沈明川和商玥分别打了个电话，希望他们过来医院一趟，他怕一会儿沈圆星真有什么事，他一个人忙不过来，得有人照顾他老婆才行。

徐成洌刚打完电话，接收沈圆星的女医生便急匆匆朝他过来，脸色不太好，吓得徐成洌跟着出了一身冷汗。

可对方却只是指责他道："你老婆这是早期先兆流产的迹象，你这个当老公的怎么不注意点？"

徐成洌当场呆住，耳鸣"嗡嗡"。

医生后面还说了些什么，他没怎么听清。

他此刻满脑子只有一个念头——

星星怀孕了!

医生说沈圆星怀孕已有七周多,见红是因为她最近过劳导致。

得知徐成冽夫妇根本不知道怀孕这件事,医生没忍住念叨了一句:"你们这些年轻人啊,若是没有要孩子的打算,就应该小心做好措施啊。现在这叫什么事?"

训完话,医生话音一转:"那你们现在怎么说,这孩子保还是不保?"

徐成冽还处在震惊里,一时接受不了因为自己的疏忽导致沈圆星怀孕,现在还先兆流产。

相比之下,病床上的沈圆星很冷静,斩钉截铁道:"保!烦请医生一定帮我保住这个孩子!"

医生见她神情坚定,点点头,去开药了。

走之前还不忘叮嘱沈圆星多休息,配合用药保胎,定期到医院检查。

医生离开后,负责照看沈圆星的护士给他们夫妻留了点独处的空间。

徐成冽终于接受了现实,他坐在床畔椅子上,垂掩眼帘,脸上满是自责:"老婆对不起。"

"我早就说过,我想要一个我们的孩子。一切都是顺其自然发生的罢了,你有什么好对不起的?"沈圆星唇色有些淡,躺在床上,模样有些虚弱。

之前沈圆星月经没来,徐成冽就提醒过她。

只不过那时候队里忙,沈圆星以为是自己作息不正常太劳累的缘故,所以月经才会推迟。

后来时间长了,她也就忘了。

徐成冽说要带她去医院检查身体,她也没放在心上。

没想到竟然是怀孕了。

所以无论怎么看,沈圆星先兆流产这件事都怪不到徐成冽身上。

毕竟她家阿冽,对她一向是胳膊拧不过大腿,但凡是她决定的事,他最终都会顺着她。

只是经此一事,沈圆星觉得,她以后还是应该多听听徐成冽的。

要是她早些到医院做检查,也不至于现在才知道自己怀孕的事。

等商玥和沈明川赶到医院时,沈圆星已经挂上了水。

医生说为了稳妥起见,孕妇需要住院观察一段时间。

徐成冽去办理住院手续了。

得知沈圆星怀孕的消息,商玥替她高兴,坐在床边陪她的同时,不忘跟她传授一些过来人的经验。

至于沈明川，他正打电话给家里人报喜，全然忘了沈圆星让他暂时保密这件事。

"孕早期是最危险的时候，你平时要多注意休息，不要太劳累，重活累活也千万别碰。吃东西也得忌口……"

商玥声音徐缓，如同催眠曲，沈圆星在她的叮嘱声里昏昏欲睡。

等徐成冽回来时，沈圆星已经睡着了。

商玥表示今晚她可以留下来陪床。

徐成冽却拒绝了。

他的老婆孩子，当然要自己守护。

再说了，劳累商玥，回头他哥出差回来，不得扒了他的皮。

"嫂子你明天上午过来替我一下就行，我去学校办一下辞职手续。"徐成冽在去办理住院手续的途中想了很多。

虽然他还没有做好当父亲的准备，但接下来还有七八个月的时间，足够他适应。

眼下最紧要的就是照顾好沈圆星，他绝对不能再让今天的事情发生。

所以徐成冽打算辞职，在接下来的时间里，他都要陪在沈圆星身边。

商玥能理解徐成冽的心情，倒也没劝他："那我先回去了，有事给我打电话。"

"谢谢嫂子。"徐成冽将商玥送出病房，并嘱咐沈明川帮他把商玥送到家。

送走他俩，徐成冽坐回了病床边，借着床头微弱灯光，他满目柔情地打量着沈圆星，想着怎么说服她休假待产。

但事实证明徐成冽是说服不了沈圆星的。

他俩谁是大小王，早在相爱之初就已经见了分晓。

沈圆星养好身子后，又回到了工作岗位，只是按照医生的叮嘱，定期到医院产检。

孩子和工作，沈圆星都想要。

按照她的计划，到孕晚期时，她可以申请假期，等生完孩子休养一阵，再返回岗位。

徐成冽为此辞职在家，全职写作。

为将来带孩子做准备。

沈圆星的预产期刚到，她的羊水便破了。

徐成冽一早便将沈圆星送到医院待产，疼了近十个小时，沈圆星才终于诞下一子。

当时等在产房外的除了徐成冽，还有双方长辈，连徐成锦都请了半天假疏导徐成洌，身为过来人，他最能体会徐成洌等在产房外的心情。

好在沈圆星母子平安。

转入VIP病房后，便有专业的护工帮忙照料孩子，徐成洌专心致志地陪着沈圆星。

等沈圆星休息时，他也会跟着护工学习带娃技能，倒是很快就能上手。

沈圆星在医院住了一周，确定身体没有大碍，才转去了月子中心。

他们一家三口同吃同住，在月子中心足足待了四十五天。

回家的第一天夜里，沈圆星便做好了随时起夜的心理准备。

没想到她却是一觉到天明。醒来时，她正好看见徐成洌笨拙地拿着奶瓶，在给儿子徐多余喂奶。

那时晨光初现，从落地窗窗帘缝隙间钻入室内。身穿家居服的徐成洌靠落地灯而坐，背对着床的方向，似是以身体帮沈圆星挡去了一些灯光。

望着那道稳重令人心安的背影，沈圆星的眼圈莫名有些发热。

她想起徐成洌给儿子起名时说过的话。

"之所以叫他徐多余，是因为他对于我而言，实在是个多余的存在。

"因为从今往后，我的星星就不再是属于我一个人的星星了。"

徐成洌字里行间都透露着对儿子的不喜欢。

可即便如此，他还是尽到了父亲的责任，将沈圆星的责任也都揽在身上。

思及此，沈圆星蹑手蹑脚地下了床。

彼时徐成洌刚好起身，将喝完奶睡着的儿子放回婴儿床上。

他直起身，正打算活动一下僵硬发疼的身体，不料沈圆星从背后抱住了他，温软柔荑搭在他窄紧的小腹上，无端撩起一把火。

徐成洌僵住，只听背后传来女人低闷的声音："徐成洌……

"星星永远是属于你一个人的星星。

"我保证。"

男人心头微颤，愣神片刻，方才情绪汹涌地回身揽了沈圆星入怀。

"你说的。

"说话要算话。"

番外二
我的阿冽 ★

时光荏苒，转眼又是五年。

月城的冬季今年来得稍早一些，最后一场秋雨过后，气温便直线下降，整座城市如坠冰窖。

夜幕垂落后，月城市内华灯初上。

沈圆星将写完的尸检报告给了助理，让他交给林队，她先下班了。

因为明天是她的生日，半个月前，她就跟徐成冽父子俩约好了，明天休假，和他们一起过生日。

不仅如此，今晚徐成冽的父母还要在家里提前给她庆生，所以一会儿他们要去二老家里吃饭。

听徐成冽说，徐文正和谢明静还叫上了徐成锦一家和沈明川一家，一起热闹。

沈圆星扶着单肩包的肩带走出刑警大队时，徐成冽的车已经等在路边。

她走近后，副驾驶和后座车窗几乎同时摇下。

下一秒，驾驶座的徐成冽直接开门下车，绕到副驾驶这边，帮她拉开了车门。

"老婆，请。"

男人殷勤之余，不忘冲从后座探出一颗脑袋来的徐多余抛去一个得意的眼神。

气得五岁的徐多余皱着一张俊俏的小小的脸，轻哼一声，软绵绵地唤着沈圆星："妈咪，我一个人坐在后面好孤单哦。"

他一边说着，一边眨着一双与徐成冽几乎一个模子刻出来的眼睛，拼命卖萌装可怜，几欲声泪俱下："妈咪……"

徐成冽的脸色都变了，积蓄了一路的怒气险些没压住。

他看了眼沈圆星，见她秀眉微拧，便猜测她肯定是被徐多余那臭小子的拙劣演技哄骗到了。

果然，下一秒，她便对他道："我还是坐后面吧，儿子一个人坐太危险。"
徐成冽哑口。
有安全座椅全方位包裹着他，到底哪里危险了？
可即便如此，徐成冽还是没办法驳回沈圆星的决定。
他只能认命地关上副驾驶的车门，然后替她拉开后座的车门，将她亲手送到徐多余身边。
关上车门前，徐成冽狠狠剜了安全座椅上神色得意的徐多余一眼，心里暗骂一百遍：臭小子！
徐多余冲爸爸吐了吐舌头，然后转身投进了刚上车的沈圆星的怀里，脸变得比六月的天还快，声音甜得发腻："妈咪！"
可偏偏沈圆星就吃这套，她顺手把儿子搂入怀里，低头在他额头上亲了一口。
刚坐进车里，准备系安全带的徐成冽顿时脸黑如炭，又气又伤心。
碍于不想坏了沈圆星的好心情，他只能忍着，假装看不见徐多余那小屁孩的所作所为似的，沉着脸开车。
一路上车水马龙。
因为正值下班高峰期，所以车流量大，路上有点堵车。
半道上沈圆星接了个大嫂打来的电话，问他们到哪儿了，顺便让他们带点饮料和啤酒，二老忘买了。

晚上八点多，徐成冽一家三口才终于进了二老住的小区。
徐成冽将车停在楼下车位后，沈圆星推开车门下去，不忘回身去抱徐多余。
徐成冽径直去后备厢拿东西。
除了在门口超市买的饮料啤酒，他还给沈圆星定做了一个生日蛋糕。趁着今晚人多，到时候可以给她唱《生日歌》，热闹一下。
一家三口进了单元楼，乘电梯上楼。
到家门口时，商玥已经把门打开了，正好在电梯口接到他们仨。
"寿星可算是来了。"
商玥帮忙接了徐成冽手里的饮料，目光瞥见他另一只手拎的蛋糕，不由得失笑："得，今晚这蛋糕肯定是吃不完了。"
沈圆星先进的家门，趁换鞋的时候，她和商玥唠了两句："怎么了？你和大哥也给我买蛋糕啦？"
"何止啊，爸妈也给你定做了一个，还有明川他们小两口。"
沈圆星哑口。
这么看来，这蛋糕确实吃不完。

窗外夜色漫漫，星月不见。

但小区里灯火繁密，胜似星空，夜景倒也不差。

沈圆星虽然是明天过生日，但不妨碍大家提前凑在一起，为她唱《生日歌》，送祝福。

席间徐成洌陪着徐成锦、沈明川还有徐爸，几个大男人喝了不少酒。

这顿饭一直吃到夜里十一点多，桌上的菜凉了又热，热了又凉，比去年的团年饭吃得还要久。

约莫零点左右，沈圆星挽着微醉的徐成洌下楼。

至于徐多余，小孩子作息不宜太晚，十点左右便在他爷爷奶奶家睡下了。

按徐成洌的意思，他明早酒醒了，再开车过来接徐多余回去。

为这件事，沈圆星走之前还被男人堵在洗手间里，又抱又亲，撒娇卖惨地央求了她许久。

徐成洌喝了酒不能开车。

沈圆星便叫了代驾。

夫妻俩在楼下等代驾时，徐成洌揽着沈圆星的肩膀，陪她一起数了数夜空零零散散的星星。

这种静谧安然的二人世界，对于徐成洌来说，实在是太久违了。

自从有了徐多余，他就时刻感觉自己在沈圆星心中的地位不保。无论是精力还是时间，都被那小子瓜分去了。

"老婆，我们今晚不回家好不好？"

徐成洌偏头，在凛冽夜风里冲沈圆星耳朵吹了口热气。湿潮灼热的气息似羽毛一样扫过沈圆星的耳尖，带起一阵令人战栗的酥麻痒意。

沈圆星的呼吸微乱，偏头欲避开男人的气息，声音低浅："不回家？那去哪儿？"

"酒店……怎么样？"

徐成洌落在沈圆星肩头的手蓦地移到了她颊侧，扣着她的脸不让她躲，然后再微微施力，她冰凉的耳朵便主动撞上了他滚烫的嘴唇。

惹得沈圆星脸颊燥热，如电流穿过般浑身酥麻。

"阿洌……"她低低唤他，声音无端变得娇媚，有些喘。

自从生下徐多余以后，她和徐成洌之间相处的模式，似乎快进到了老年夫妻一般。

生活中没什么波澜，因为徐成洌一向都听她的。

两人感情也一直很稳定，恩爱不疑，平平淡淡。

徐成洌已经很久没有对她如此造作过。

尤其这还是在外面。

虽然是深夜，小区里并没有路人，他们站的这个地方也是监控死角……

可徐成洌突然亲吻她最为敏感的耳朵，那种酥麻刺激的感觉，却是让她实在情难自禁，难以维持平日的淡然冷静。

但就在徐成洌被沈圆星欲拒还迎的斥责酥得心痒痒时，他兜里的手机忽然响了。

震耳的铃声斩断了暗夜里所有的暧昧。

沈圆星终于有机会喘口气。

冷静清醒后，她往男人腰上捏了一把，声音酥媚嗔怪："接电话……"

徐成洌恋恋不舍地站直身，一边摸手机，一边将老婆往怀里揉。

电话是代驾打来的，询问他们的具体位置。

没几分钟，代驾师傅到了。

沈圆星和徐成洌先后上车，师傅问他们到哪儿。

手肘支在车窗上的徐成洌微微偏头，似笑非笑地勾着薄唇，兴趣盎然地看着她，声音喑哑："老婆，你说呢？咱们去哪儿？"

沈圆星低眸看了一眼，他的另一只手正捉着她的手，搁在膝盖上，漫不经心地把玩着。

许是喝了酒的缘故，徐成洌比平日少了几分正经，恍惚似又回到了年少时，言行举止，甚至眼神，都带着肆意妄为的野气。

偏偏沈圆星对这样的他最没抵抗力。

于是在逼仄静谧的车厢里，她对代驾师傅低声说了一句："去酒店。"

说话时，沈圆星一直看着徐成洌。

她想抽回被他把玩的手，却被他拿捏得死死的。

代驾师傅从后视镜看了他俩一眼。

无论是外貌还是气质，两人无疑都是天造地设的一对。他做代驾这么久以来，还是第一次遇见颜值这么高的男女。

最重要的是，这二位手上戴着成对的戒指，俨然是一对夫妻。

夫妻去酒店……

代驾师傅抿抿嘴，尴尬地开口："请问……你们想去哪个酒店？"

沈圆星一噎，她已经好几年没住过酒店了，也不知道月城有什么适合情侣的酒店。

徐成洌见她一脸为难，又有些害臊，唇畔的弧度不由得变深，嗓音微哑，带笑："劳烦，翻云酒店。"

代驾师傅应了一声，终于发动引擎。

至于沈圆星，她脑子里正在反复寻味"翻云酒店"这个名字。

片刻后，她狐疑地看向徐成冽，欲言又止。

徐成冽也看着她，深眸晦暗，欲色将溢。

两人就这么静谧对视，直到代驾师傅按照徐成冽的意思，将车停在了翻云酒店地下停车场一个不起眼的角落。

订单完成，代驾师傅功成身退。

车里顿时只剩下徐成冽和沈圆星两人。

在昏暗的环境里，男人扯散了领带，似是觉得闷热，他还单手解了两颗扣子。

憋了一路的沈圆星抄着手，靠在座椅上，斜睨着他："你怎么知道'翻云酒店'？来过？"

徐成冽似是一早就料到她会这么问，噙着笑，暧昧不明地看着她，声音磁欲道："为了陪你过生日，我做了很多功课。

"老婆……你是在怀疑我对你的忠诚吗？"

男人说话间，欺身逼近。

她被他灼热的呼吸熏得耳热，抬眼看着车顶，心跳却难以克制地变快。

车厢内光线昏暗，只隐隐约约勾勒出两人的身形。

沈圆星枕着长发被压在座椅上时，听见了徐成冽手机闹铃的声音。

是一首她最喜欢的纯音乐。

她微微睁眼，只见垂首来吻她的徐成冽摸索到手机，掐断了闹铃。

随后他的呼吸与她分离。

在一片昏暗中，他用涌着暗欲的眸垂望着她，声音哑欲到了极点，却款款深情："星星……生日快乐。"

话落，男人的吻如雨点落下。

沈圆星如干涸的鱼，闭上了眼睛。

男人粗重的呼吸声又辗转到她耳畔："我爱你，老婆……"

她徐徐睁眼，不自觉地抱紧他的腰："我也爱你，我的阿冽。"

- 全文完 -